台灣詩人群像

莫渝　著

序言

詩完善的導讀

陳千武

　　《台灣詩人群像》著作者莫渝先生，是詩人、評論家、詩翻譯者。早期（莫渝按：指 1960 年代）就學於台中師專時，我就認識他是愛好詩文學的青年。目前是戰後興起台灣詩文學權威，繼續發行四十多年的《笠》詩刊主編，精通世界詩文學創作與評論的俊傑者。最早，我發現他在《笠》詩刊第 50 期（1972 年 8 月）發表的〈泥鰍之死〉一首詩：

> 再哭，連淚都將是太陽豐盛的午餐
>
> 逃課的學童從泥沼裡挖出
> 一尾泥鰍
> 左右手輪流緊捏，然後
> 甩到熱可燙手的石岸上
> 嬉笑地回家
>
> 留下我
> 孤獨的想著家
> 想著如何安排乾癟的靈魂？

詩喻社會經常會發生有意無意的惡行，感覺「孤獨的想著家，想著如何安排乾癟的靈魂？」，是一種善良的慈悲心，深刻令人感動。之後，莫渝先生便參與《笠》詩刊創作者與詩文學評論者。

看看本集《台灣詩人群像》，收錄的 25 篇詩人論，及針對〈詩與社會現實〉和〈台灣新詩之美〉主題分析詩的欣賞 27 首詩，均有深入的新詩意象解剖分析，而提醒詩性思考的原則、真理動態，十分正確。例如指李昌憲為「工業社會下不安定的牧歌詩人」，看其《生態集》詩篇，認為李昌憲長期持續關心「台灣生態環境保護」的詩業課題，竟也論及「生態學的觀念」，引用德國自然學家黑科爾（Ernst Haeckel），以及日本植物學家三好學翻譯為「生態學」等論證，甚至言及二千二百年前的中國思想家荀子等思想，改造地理環境之論調予以探究李昌憲詩作的原始思考，廣泛詳細的論說，顯然較一般的「詩人論」有其不同的優越性。

這在〈讀林豐明的詩〉裡，也有同樣深入考究的實例。他舉〈圓環銅像〉一詩，就是表達「政治不民主、社會非正常的國度現象」，其中「即使死了，還要站在路中央」，是指摘「偉人」生前供養的「惡勢力」，死了仍然繼續荼毒社會，極為揶揄而批判的詩。且強調「社會現象錯綜複雜，不論社會的換喻（metonymy）或隱喻（metaphor），即使完成藝術品，或詩作寫成，都只是社會現象的浮光掠影。但呈顯的詩，總需要提供警示或遠景。」如此說出詩創作的真諦，批判本質等，「詩貌」、「詩藝」的論述十分週到，能得到切實的感受。

又，論及詩的欣賞方面，即對每一首詩語的適切注解，以至全首詩的意象感受，提出獨特的評析相當週到。可以說這是「台灣詩人群像」以及「台灣新詩欣賞」，相當完美親善的導讀集。供給現代詩初學者、創作者或研究者都值得一讀的台灣現代詩論集。

——2007 年 2 月 10 日寫於台中。

目　次

序言　詩完善的導讀（陳千武）………………………………………i

輯一

鐵窗與秋愁──楊華作品研究………………………………………1

嗜美的詩人──王白淵論………………………………………13

無色透明的焰光──讀詹冰的詩………………………………31

真善美的求道者──讀陳秀喜的詩……………………………45

台灣詩的明燈──讀陳千武的詩………………………………59

綠色荒原的徘徊者──杜潘芳格研究…………………………69

鐵樹的怒放──談羅浪的詩……………………………………91

以詩雕人，為前輩塑像──葉笛初論…………………………97

在時間的洪流裡泅游──葉笛論………………………………105

與寂寞對話──接近黃騰輝的文學心靈………………………123

莊柏林速寫……………………………………………………133

童年的記憶：陀螺與鄉音──閱讀趙天儀的詩………………135

冷視與微雕的詩人──讀非馬的詩……………………………141

人間的詩人──岩上小論………………………………………155

滄然中孤獨的光──讀朵思的詩………………………………159

水紋蕩漾，依岸傾聽——讀敻虹的詩 169

從海上歸來的浪子——讀拾虹的詩 183

江自得的〈賽德克悲歌〉 193

追索本質的現實主義詩人——讀林豐明的詩 199

拆牆與卸磚——重讀利玉芳的幾首詩 213

掙脫無奈，承擔重任——讀陳坤崙的詩 231

工業社會下不安定的牧歌詩人——讀李昌憲的詩 241

埋種自己，萌芽茁壯——讀林央敏的詩 257

尋夢與自我對話——讀陳明克的詩 271

艱苦卓絕的貞愛——讀林盛彬的詩 289

輯二

詩與社會現實 305

台灣新詩之美 315

媽祖生（陳千武） 332

海　峽（陳千武） 336

杜潘芳格 5 首詩欣賞 340

水晶的形成（李魁賢） 347

成吉思汗的夢（李魁賢） 350

給所有哭泣的女人（李元貞） 354

男　人（李元貞）⋯⋯⋯⋯⋯⋯⋯⋯⋯⋯⋯358

水色即興（德　亮）⋯⋯⋯⋯⋯⋯⋯⋯⋯362

軒　聲（德　亮）⋯⋯⋯⋯⋯⋯⋯⋯⋯⋯366

燈下削筆（陳義芝）⋯⋯⋯⋯⋯⋯⋯⋯⋯369

某一角落（陳義芝）⋯⋯⋯⋯⋯⋯⋯⋯⋯372

花　園（陳　黎）⋯⋯⋯⋯⋯⋯⋯⋯⋯⋯375

相　逢（陳　黎）⋯⋯⋯⋯⋯⋯⋯⋯⋯⋯378

葬　花（劉克襄）⋯⋯⋯⋯⋯⋯⋯⋯⋯⋯382

前往彭佳嶼（劉克襄）⋯⋯⋯⋯⋯⋯⋯⋯385

遠　方（路寒袖）⋯⋯⋯⋯⋯⋯⋯⋯⋯⋯390

五分車（路寒袖）⋯⋯⋯⋯⋯⋯⋯⋯⋯⋯394

騎鯨少年（陳克華）⋯⋯⋯⋯⋯⋯⋯⋯⋯398

耽美主義者的冬天（陳克華）⋯⋯⋯⋯⋯402

那隻鷹（林燿德）⋯⋯⋯⋯⋯⋯⋯⋯⋯⋯408

革命罐頭（林燿德）⋯⋯⋯⋯⋯⋯⋯⋯⋯412

老　街（林德俊）⋯⋯⋯⋯⋯⋯⋯⋯⋯⋯417

新居　萬華一隅（林德俊）⋯⋯⋯⋯⋯⋯420

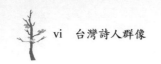

附錄

苗栗地區文學發展現狀 425

鋪設一條福爾摩沙詩路──2004 年台灣新詩概況.........................429

後記..440

輯一　詩人論

鐵窗與秋愁

——楊華作品研究

一、前言

　　十九世紀末二十世紀初，西方帝國主義者英國殖民統治下的印度，出現一位女詩人——奈都夫人（1879~1949），在 1905 年、1912年、1917 年，分別出版三冊詩集：《金閾集》、《時之鳥》、《折翼集》，建立詩文學地位後，她積極投入革命與政黨活動，為此，出入殖民主監獄多次；晚年，則饗宴國家獨立的勝利果實。雖然，她出身印度社會最尊貴的階級——婆羅門，卻留下一句名言：「以詩的悲哀征服生命的悲哀」，多少可以意會出其詩作所透露生命本質的隱喻。同時期，在東方帝國主義者日本的殖民統治下，台灣出現一位「以詩的悲哀征服生命的悲哀」的詩人——楊華（1906~1936），他在留下的詩稿《黑潮集》第 51 首說：「我要從悲哀裡逃出我的靈魂」，他先後用詩與小說，抗議生命的悲愁和困頓，控訴被殖民的無奈和無力。他沒有奈都夫人的顯赫身世背景，貧病的短暫一生，頗似英國的濟慈（John Keats, 1795~1821），濟慈染患肺結核，年僅二十五歲，楊華也遭肺病纏身，得年約三十；奈都夫人有「印度夜鶯」的雅稱，濟慈與楊華則同為「咯血的夜鶯」。

二、楊華簡介

　　楊華，本名楊顯達，字敬亭，筆名器人、楊花、楊華。1906（或7）年出生於日治時期台灣屏東的鄉下，1925 年以前的事蹟欠詳，

之後，以私塾教師為業，但體弱多病，生計一直困窘。1926 年，新竹青年會透過《台灣民報》，向全島徵求漢文白話詩，至 11 月底，共計徵得五十餘首（篇）；楊華以〈小詩〉和〈燈光〉兩篇，分別獲得第二名和第七名；前三名作品刊登在隔年 1 月 23 日《台灣民報》第 141 號，因而，〈燈光〉成了散佚的有題無詩之作，這次徵詩是文藝青年楊華在台灣新文學界首次嶄露頭角。隨後，將近五年，沒有訊息。直到 1932~35 年間，又有詩和兩篇小說在報紙與雜誌發表。接著，《台灣新文學》1 卷 4 期（1936 年 5 月）刊載一則啟事，大意如下：「島上優秀的白話詩人楊華，因過度的詩作及為生活苦鬥，約於兩個月前，病倒在床。楊氏曾依靠私塾教師為生，今收入已斷絕，生活陷入苦境，貧病交迫，與妻艱困度日，極待諸位文學同志捐款救援，以助其元氣。通訊處：屏東市一七六貧民窟。」未久，《台灣新文學》1 卷 6 期（1936 年 7 月），在「消息通」一欄刊出：「詩人楊華五月三十日去世。」真實情況是：楊華久罹肺病，無法執教，缺錢就醫，走頭無路，只好懸樑自盡。

三、楊華的文學之路

葉石濤在〈新文學作家的民族認同和階級意識〉乙文，開宗明義說：「日本殖民統治下的台灣社會，是一個封建的階級社會。台灣總人口約 80%為農民。其中 60%的農民是沒有自己土地的佃農。」根據台灣總督府歷次《戶口普查報告書》，有關台灣就業人口比例，1906 年（明治 38 年），農業佔 71.29%，工業佔 5.75%，其他為 22.97%；1920 年（大正 9 年），農業佔 69.46%，工業佔 8.92%，其他為 21.62%。

在這種封閉型的農村社會，佃農是貧賤的勞動者；在工廠的男女勞工，受資本家的剝削，工資低廉得難以溫飽，這是當時整個時代環境使然，也是殖民統治下的必然現象；此外，自由就業的機會不多，家無恆產的小知識份子不見得能過較安定舒適的生活。

　　楊華是一位鄉村私塾教師，加上身染肺病，一生窮苦潦倒，除了發表作品，得些微薄的稿酬外，並無其他謀生技能。當時，私塾教師主要以指導幼童漢文字、漢學等，因而，他應有起碼的中國國學基礎，加上《台灣民報》的鼓吹與介紹新文學作品，楊華對白話文學，尤其是中國新詩（白話新詩）的認知與學習，有相當的領會。因此，他選擇以小詩作為傳遞苦悶、抗議冤屈的心聲。這種簡短的詩型在 1920 年代中國新文學的詩壇，頗為流行，先是引介外國的作品，如：周作人譯日本小詩、俳句、古希臘碑銘，鄭振鐸譯印度泰戈爾的《飛鳥集》等，幾乎當時的白話詩人，都受到影響，重要的詩人有：冰心、梁宗岱、劉大白、俞平伯、汪靜之、朱自清等，他（她）們的小詩，最明顯的共同點是：1.用兩三行，或四五行，表達「零碎的思想」（冰心的話）、「零碎的詩句」（楊華〈晨光集〉之 6 的文句）或心緒，就成了一首無題小詩；2.集合不定數量的無題小詩，冠上一個篇名或書名。日治時期，1920、1930 年代台灣新文學剛出發，受到此種思潮影響較深者，當屬張我軍和楊華二位。張我軍身在北平，直接承受白話文學的洗禮，楊華僅在島內從報章書刊的汲取。張我軍的〈亂都之戀〉有 15 首（或言 15「節」）、〈無情的雨〉有 10 首，楊華的〈黑潮集〉原有 53 首、〈心絃〉有 52 首、〈晨光集〉有 59 首，甚至詩題直接冠上〈小詩十二首〉，連他踏入文壇得獎作品〈小詩〉也包含 5 首，除第 3 首 5 行外，餘 4 首均為 2 行，就這樣的學習與成就上看，楊華可以算是相當典型的一個例子。

　　詩形式的學習，僅僅只是借鏡而已，重要的是內容的傳達與表現。

　　楊華過世後，友人整理遺物，發現一輯未發表的詩稿《黑潮集》，為 53 首小詩的連作。原來是 1927 年 2 月 5 日，楊華因治安維持法違犯被疑事件，遭捕入獄，監禁於台南刑務所（監獄）的獄中稿。友人將詩稿《黑潮集》寄交《台灣新文學》主編楊逵，編輯人覺得「集中有幾節在小生看來，於表現上很覺銳利，怕把紙面戳破。」因而抽出第 26、27、29、34、36、38、41 等 7 首（節），其餘 46

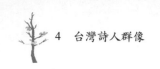

首刊登在的《台灣新文學》2 卷 2 期、2 卷 3 期（1937 年 1 月和 3 月）。依上述簡介，楊華約有五年的生活與文學的空白期，得獎之作〈小詩〉和〈燈光〉兩篇，寫於 1926 年 11 月，得獎未久，即受嫌入獄，獄中完成《黑潮集》：出獄後，至 1932 年 2 月，才重新現身文壇。《黑潮集》雖然在楊華過世後才發表的詩輯，就寫作時間言，屬於初期的力作。

（一）《黑潮集》探討

　　台灣東方外海有一股壯闊的洋流，寬約四百到五百公里，屬於北太平洋環流的一部分，長久以來，無聲的流過台灣東方外海；17 世紀中期，荷蘭人即知道這股溫暖洋流的存在；因為這塊海域，水深四千公尺，陽光幾乎全部被海水吸收，使得水色深黑，日本人取名「黑潮」而留存下來。「黑潮」是一股暖流，影響著台灣的水質、漁業和氣候。以「黑潮」做為詩集之名，除了親近台灣，該有溫暖、希望、鼓舞的含義，自然也有自憐哀嘆與反抗不義的成分。

　　現存 46 首《黑潮集》中，表現了幾個主題：1.禁錮鐵窗內的吶喊，2.生命的自我鼓舞與爆發力，3.抗議邪惡勢力的摧殘，與個體的無奈。

1、禁錮鐵窗內的吶喊：

　　《黑潮集》的起筆第 1、2 首，既點明了整輯詩作的雄心，和一顆受冤心靈的吶喊，也將讀者引入擁抱台灣的壯懷：

　　　　1.
　　　　黑潮！
　　　　掀起浪濤，顛簸氾濫，
　　　　搖撼著宇宙。

　　　　2.
　　　　洶湧的黑潮有時把長堤沖潰。

點滴的流泉有時把磐石滴穿。

11.
源泉曾被山嶽禁錮在幽暗的窟裡，
他能繼續著催起流水的跳躍，
所在浸流而使山嶽崩壞。

　　從浩瀚湧動的「黑潮」到涓細不歇的「流泉」，既是生命持續湧動的象徵，暗示台灣的潛藏能量，也是鼓舞生存的力量，楊華藉此自勉勉人。

2、生命的自我鼓舞與爆發力：

　　在困境在逆流，不被擊潰，不遭沖蝕，不至於自暴自棄，端賴時時刻刻自我惕厲，或者有聖人先哲的勵志名言與座右銘。《黑潮集》裡有幾個節篇屬於這類的自我策勉，同時能鼓舞他人。如：

24.
只要是新生的火、
她便能燃起已死的灰爐。

32.
我們是燎原之火底絲絲，
祇要我們將這些絲絲的火線集攏起來，
就可燒斷束縛自由的繩索！

48.
鐵索雖強，
當著我們熱熊熊般心火
也要熔解。

51.
我要從悲哀裡逃出我的靈魂，去哭醒
那人們的甜蜜的戀夢！

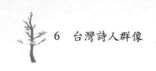

我要從憂傷裡擠出我的心兒，去填補
失了心的青年的胸膛！

3、抗議邪惡勢力的摧殘，與個體的無奈：

　　楊華的時代是日本殖民主壓抑臺灣的時代，楊華受嫌入獄，自
然心有不平，整個大環境，對他也相當的苛刻，因而，詩句中，流
露著抗議的心聲，與卑微無助的個體的無奈。如：

17.
和煦的春天，
花兒鮮豔地開著，
草兒蒼籠地長著，
何方突飛來一陣風雹，
將她們新生的生命，
摧殘得披靡零亂。

28.
園裡的花
不堪回顧——
一朵一朵被人摘去了！

43.
可憐無告的小羊，
悲慘斷續的叫著，
無歸路般的站在歧路上，
小羊！那能徘徊。
眼前就是惡狼！

53.
莽原太曠闊了，
夕陽又不待人的斜下了，
唉！走不盡的長途呵！

《黑潮集》的整體架構由起筆第 1 首的強悍，到結尾的自憐，詩文學的虛幻力量似乎也支撐不了窮病的折騰：「唉！走不盡的長途呵！」；第 49 首：「鏡有破時，／花有落時，／月有缺時，／銀幣卻保持著永遠的勝利。」這大概是楊華僅有不得不青睞金錢的詩作，詩人終於自尋短見，徒增世人的唏噓。

（二）秋愁的詩人

活躍於 1920、30 年代的台灣新詩人，如果以季節歸類，「春天型」的詩人有張我軍，他掌握春天歌詠愛情；「夏天型」的詩人為王白淵，用鮮艷的色澤，筆繪多彩人生；「冬天型」的詩人屬林永修，他要冬眠，「等待萌芽的新春」（詩〈寒夜〉）；楊華最似「秋天型」的詩人，他把秋天的愁緒傳達得最透徹。

楊華的詩，歡欣喜悅的成分不多。1932 年撰寫發表的詩作中，也曾出現開朗的心情，如〈溫柔的春陽〉一詩，如《心絃》第 1 首：「春返來了，／蝴蝶穿了華麗的新衫，／在花上跳舞，歡迎。」又如《心絃》第 4 首：「詩人呵，唱些快樂的歌曲呀！」，以及〈春來了〉：「春來了，／……我久傷的心花亦就怒放了。」這些表現，僅僅是鼓勵振作，而非散播歡樂。同樣在春天，「春愁湧上我的心頭……深深侵入我多愁的心田！」（詩〈春愁〉）；午夜夢醒時，「腦海中浮起了無限的遐思、哀情，……又親像倦飛的小鳥，……在空間發出悲苦的哀鳴。」（詩〈夢醒〉）；下雨的晚上，「夜間的窗外，／春雨絲絲，／綠蕉上彈出哀哀哭泣的愁絃，／沁入我岑寂的夜心。」（詩〈小詩〉第 10 首）。大部份時候，詩人心絃撥弄的都是「愁怨」（詩〈小詩〉第 12 首），和對著「殘花」、「殘葉」、「殘夢」的吟哦與哀嘆。詩人楊華獨愛既悲且豔的秋天，藉 1934 年的〈燕子去了後的秋光〉，表露無遺：「我是無論如何痛愛這悲豔的燕子去後的秋光」。

《晨光集》是 59 首小詩的連作，寫於 1933 年 6 月 24 日到 1934年 11 月 7 日，應該歸入楊華詩作的尾聲。初看開始的幾首，以為詩

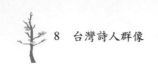

人隨著清新的晨曦激起生的熱情，其實，真正的主題是「銷亡」意念在作祟，試看：

> 9
> 偶過冷寂的禪關，
> 一片秋葉落在我的腳上，
> 唉！這是什麼表示？

> 14.
> 窗外的落日，
> 是一幅圖畫，
> 唉！沒有人能鑑賞這畫意。

> 52
> 衰黃色的原野，
> 蕭條
> 沉默
> 像夢一般的
> 躺在無垠的失望的蒼穹下，
> 呵！淒涼的安息。

從「秋葉」的飄墜腳上、鑑賞「落日」的下沉，到「淒涼的安息」，楊華似乎一步一步地貼近自然界的景象。猶憶不到十年前，獄中之作《黑潮集》第 22 首：

> 漸漸西下的夕陽，
> 送她的浮雲都披上絢爛的彩衣。
> 但她的留盼，
> 卻專注視在不變更常態而永不獻媚的樹梢上。

從強有力的堅持，到對生命無奈的妥協，《晨光集》成了作者自編的淒涼葬曲。

（三）女性和勞動者的悲聲

〈女工悲曲〉寫於 1932 年，1935 年才發表，在時間上，日籍學者秋吉久紀夫曾提出質疑，他認為這首詩的內容與小說〈一個勞者的死〉相類似。純就藝術和內涵言，這首詩是楊華詩作中最完整最成功的代表作。詩的主題，直接透露悲哀的氣氛。十八、十九世紀西方興起的帝國主義資本家的剝削手段，給東方日本在殖民統治時的示範，不僅工資廉，工時長，且附帶種種刻薄的約束，如遲到扣錢等。在求職機會不多的情況下，紡織廠女工深怕失去工作，上班前提心吊膽，唯恐睡過頭誤了上工，將「月光」當作「天光」（天亮），匆匆趕至工場，始知提早了，卻不敢折回，第二度擔心「來遲」（遲到），就在戶外逗留，忍受「風寒霜冷」的凍顫，這樣折磨身軀，一層深似一層的發展，頗具戲劇效果，看得出作者經營這首詩的用心。

小說〈薄命〉寫於 1935 年 1 月 10 日，發表於 1935 年 3 月 5 日出版的《台灣文藝》2 卷 3 期，緊接著，中國作家胡風翻譯《山靈——朝鮮台灣短篇集》，原有六篇（均由日文轉譯，包括朝鮮四篇、台灣兩篇，即：楊逵的〈送報伕〉和呂赫若的〈牛車〉），將〈薄命〉當作「附錄」收進，由上海文化生活出版社於 1936 年 4 月初版，1936 年 5 月再版。這是日治時期，台灣新文學最早被介紹給中國文壇的中文短篇小說。胡風在〈序〉如此說：「附錄一篇，連標點符號都是照舊。轉載了來並不是因為看中了作品本身，為的是使中國讀者看一看這不能發育完全的或者說被壓萎了形態的語言文字，得到一個觸目驚心的機會。」

〈薄命〉一作，敘述傳統農村社會中「童養媳」的悲劇，窮苦人家將小女孩愛娥送出，就注定她的命運無法自主，及長，被婆家虐待，以至發瘋而死。敘述者是僅僅大愛娥一歲的表哥，受過中學教育的他，在暮秋的夜裡，回憶這位不幸女子的短暫一生，從間接聽來的音訊，不時發出「一種無可奈何的悲哀」，和「傷感的情懷」。

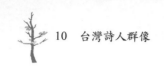

這樣舊禮教下的薄命悲劇，大概就是胡風引介時所說的「觸目驚心」。

　　楊華另一篇小說〈一個勞働者的死〉，寫於 1934 年 11 月 29 日，發表於 1935 年 2 月 1 日出版的《台灣文藝》2 卷 2 期，稍早於〈薄命〉。這篇小說，作者用相當冷靜的筆觸，描述一位勞工——工廠的勞動者——在惡劣的工作環境下，日夜做工，還得不夠溫飽，「他和我一樣地在貧民窟裡伏著，他的吃食，更是不好極了。」全篇流露鮮明對立的文詞：資本家（廠主）←→勞動者（工人），富人←→窮人；在資本家（廠主）的無情剝削下，原本「身體強壯的施君，臂膀子要比我二倍多粗……為什麼會生病呢？」因生病無法上工掙錢，因無錢就醫延誤生命，最終「永久地脫離了這苦惱的世界，到別一世界去了。」這樣對立的類型，遭「流於概念化」的詬病（許俊雅語），將之納入「失敗的作品」（秋吉久紀夫語）；如果回到小說創作的時空，〈一個勞働者的死〉就是 1930 年代日本殖民統治下台灣勞工的卑微心聲。

（四）楊華詩創作的學習背景與比較

　　楊華雖是一位窮困的鄉村私塾教師，他參與文學，似乎並未自外於文壇的資訊和活動，在寫作過程中，也有一些接觸，進而提昇並改變自己。

1、楊華與郭秋生

　　郭秋生（1904~1980），台北市人，1920、30 年代，台灣掀起「文字改革運動」，郭秋生是提倡「台灣話文」的健將，這種文字改革的主張，讓台灣方言進入文學寫作的理論，給予楊華學習的支撐，在運用上，產生很好的效果，楊華的代表作〈女工悲曲〉是成功的範例，奠立了 1960、70 年代台語詩發展的基礎。

2、楊華與冰心

冰心（1900~1999），是中國當代著名女作家，1920 年代，受印度詩人泰戈爾短小詩型的影響，寫作《繁星》（1923 年 1 月）和《春水》（1923 年 5 月）兩冊小詩集，風靡了當時，也傳遞給楊華。《繁星》第 49 首提到「零碎的詩句」，楊華的《晨光集》第 6 首也說到「零碎的詩句」；冰心《繁星》裡某些意象的詞句，出現在楊華《晨光集》第 11 首：「雨後的長空，／寂然幽靜，／像給淚泉洗過的良心！」。（《晨光集》發表後，即有少岳和毓文等人指出暗含或抄襲之嫌。——莫渝補記，2007.04）

3、楊華與梁宗岱

梁宗岱（1903~1983），是中國當代著名作家、評論家、翻譯家，詩集《晚禱》於 1933 年出版，其中有不少 2 至 5 行的小詩，另有未集印出版的，例如刊登《小說月報》15 卷 1 期（1924 年）的《絮語》，為 50 首小詩的連作，楊華《心絃》詩前引錄者為第 37 首；《絮語》第 4 首：「好和平的春呵！／鋪滿郊野的枯草／又長上鮮綠的嫩苗了！」相同意象出現在楊華《心絃》的第 2 首；另外，《絮語》第 27 首：「詩人呵！唱些快樂的曲罷！」（僅一行），也被楊華《心絃》第 4 首襲用。

4、楊華與泰戈爾

印度詩人泰戈爾（1861~1941）於 1913 年獲得諾貝爾文學獎，很自然地成為東方最傑出的文學家，大約 1915 年 10 月《青年雜誌》介紹其人其詩；鄭振鐸翻譯的哲理小詩《飛鳥集》於 1922 年 10 月初版推出（上海商務印書館，1924 年 4 月 3 版）。泰戈爾在 1924 年 4 月 12 日到中國訪問，歷時近五十日，由胡適、徐志摩等人陪同，在上海、北平等地巡迴演講，造成一陣旋風。《飛鳥集》內第 82 首：「使生如夏花之絢爛，／死如秋葉之靜美。」楊華《晨光集》（1933、34 年作品）第 30 首：「生——／是絢爛的夏花，／死——／是憔悴的落花。」二者似有意象重疊的脈絡。

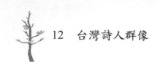

5、楊華與濟慈

　　楊華和濟慈同病相憐,都是肺病／肺結核的受害者。濟慈創作力旺盛,各類詩體,如:長詩(有四千餘行者)、頌詩、民歌體、十四行詩等都有傑出的表現,留給英國文學豐富的文學資產。楊華處在台灣新文學的萌芽期,自然受到學習的侷限。不過,兩位同樣有關於秋天的詩篇。生活在高北緯四季分明的濟慈,和低北緯亞熱帶的楊華,對季節的敏感程度與喜愛,兩人截然不同,創作的背景也相異。濟慈的〈秋頌〉主題是讚美秋天的景象,表現大自然的歡欣,將個人融入大自然與人間的欣喜。楊華的〈秋贈給我的〉一詩,藉「秋雨」、「瘦菊」、「衰草」、「秋蟲」的物象,感受到「片刻的溫存」和「半晌的纏綿」;〈燕子去了後的秋光〉一詩感傷尤濃:「是灰枯淒澀的秋光／是嗚咽哀鳴的秋光」。

四、楊華的文學成就

　　跟楊華同時候的台灣文學家大約有:張深切(1904～1965)、楊守愚(1905～1959)、楊逵(1905～1985)、楊雲萍(1906～2000)、吳新榮(1907～1967)、郭水潭(1908～1995)、王詩琅(1908～1984)、翁鬧(1908～1939或40?)、陳火泉(1908～　)、楊熾昌(1908～1994)、張文環(1909～1978)等人。沒有明顯資料顯示這位窮困的私塾教師曾與他們交往,但楊華並沒有自外於文壇,他立足現實主義,感受到台灣話文的需要,從報章書籍汲取中國新文學(白話新詩)的營養,以小詩作為傳遞苦悶、抗議冤屈的心聲,也透過僅有的兩篇短篇小說,發出勞工的不平,控訴舊習俗的殘虐。儘管學習上,有重蹈他人的痕跡,但每位寫作者都或多或少的接納、汲取前人的經驗,以傳達個己的思維;啟蒙期的台灣新文學作家群,楊華在新詩的創作力與創作量最值得注目;他以海洋潮流為詩集《黑潮集》之名,更令人敬仰他「親近台灣」、「環抱台灣」的熱忱。

嗜美的詩人

──王白淵論

一、生　平

　　王白淵，1902 年 11 月 3 日出生於彰化二水，就讀二八水（「二水」舊稱）公學校，台北國語學校師範學校（台北師範學校、台北師範專科學校、國立台北師範學院等前身），1921 年 3 月畢業後，返鄉任教，1923 年 4 月負笈日本，進入東京美術學校圖畫師範科（「東京藝術大學」前身），1926 年 4 月畢業，擔任岩手縣盛岡市女子師範學校教職。1931 年 6 月出版日文著作《荊棘之路》，隔年 3 月，籌組「台灣人文化社團」，因左傾思想的嫌疑，9 月間，被日警逮捕入獄，未久，釋放，然教職已遭解聘；隨即抵東京，與友人籌組「台灣藝術研究會」，1933 年 3 月成立，7 月出刊《福爾摩沙》日文雜誌。同時期（1933 年 7 月），離日轉往上海，任職於通訊社；1935 年獲聘任教上海美術專科學校，仍居留上海；1937 年，日本在上海發動「八一三事件」，遭日軍逮捕送回台灣，關入台北監獄，1943 年 6 月出獄。戰後，供職於台灣新生報、人民導報、台灣文化協進會、紅十字會等。1947 年春天「二二八事件」後，一再受到牽連，坐牢三次。1965 年 10 月 3 日（農曆 9 月 9 日），因尿毒症病逝台大醫院。除日文著作《荊棘之路》外，另有中文論著《台灣演劇之過去與現在》（1947 年）和《台灣美術運動史》（1955 年）等重要文獻史料的發表。

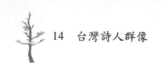

二、詩興的迸發及《荊棘之路》的寫作與出版

王白淵到日本主要因素，是閱讀日人工藤好美的論著《人間文化的出發》，其中〈密列禮讚〉乙篇使他的人生起了「重大底轉向」。密列，即米勒（Jean-François Millet,1815~1875），是法國近代寫實畫家，以〈播種者〉、〈拾穗〉、〈晚禱〉、〈荷鋤者〉、〈採收馬鈴薯〉等農村畫聞名。來自農村身處鄉村的王白淵，心儀密列畫風和「清高的一生」，加上「我母親遺傳給我的美術素質所使然」（見王白淵〈我的回憶錄〉），這一年是 1922 年。當時，他開始研究及畫油繪，立志「想做一個台灣的密列，站在象牙塔裡，過著我的一生」（同上）。一年後，研究美術的心志更強烈，結果，就以台灣總督府的留學生到東京。

1923 年 4 月王白淵抵達東京，進入東京美術學校；1931 年 6 月出版日文著作《棘の道》（《荊棘之路》）；1933 年 7 月離開日本，前往上海。在日本十年間，王白淵依居留地點與身分（角色），大約可以分三階段：

（一）東京美術學生時期：1923 年 4 月到 1926 年 12 月。

（二）盛岡教師時期：1926 年 12 月到 1932 年 11 月.。

（三）東京文化人時期：1932 年 11 月到 1933 年 7 月。

這三階段也跟他「從美術到文學，從文學到政治、社會科學」三歷程有關。

東京美術學生的王白淵，原本沉迷於「象牙塔裡的美夢」，「我天天踏著春雪似的花片進校，感到日本人是可親可愛，更感到日本的文化，有媚人的地方。我天天很規矩地上課，只研究美術。」但是，東京的學術風氣，世界局勢的傳播，殖民地長大台灣青年的內在民族意識，使他特別關心「中國革命與印度的獨立運動」，內心開始激盪著兩極——藝術與革命，理想與現實，「奔流一樣的感情，和澄清如水的理性」。

　　這時候，1913 年獲得諾貝爾文學獎的「詩哲」印度泰戈爾（1861~1941），第三度到日本訪問。泰戈爾先後到日本四次：1916年、1917年、1924年、1929年。1924年春，泰戈爾接受中國邀請，4月12日抵華，徐志摩作陪兼翻譯；5月29日，徐志摩陪同離開上海去日本，7月離開日本，徐志摩專程送行至香港。

　　在東京的王白淵，先前同情印度的獨立運動，再親身感染日本朝野對泰戈爾的款待，以及閱讀他的詩與哲學，因而「非常敬慕這個東方主義的詩人」。詩的質素開始緩緩滲入王白淵的美術園圃裡，或者說，王白淵的美術園圃裡，增添了詩的質素／養料。

　　美術學生仍然是王白淵這時候的本業，但他悠遊涉獵更多的書刊，除日本文藝思潮與作品外，可能包括俄國杜斯妥也夫斯基的小說、英國濟慈（1795~1821）的詩、中國老子與孔子及胡適的哲學、印度與古希臘相關書籍等。另一方面，他還和同年級生共同創辦蠟版油印刊物 GON。

　　王白淵的思想慢慢形塑了。1926年3月，東京美術學校圖畫師範科畢業；同年8月29日完稿的論述〈靈魂的故鄉〉，是這時期思考的結晶，文長約2000字。開頭，用感性的抒情文筆，陶醉於時節變化的田野：由蝴蝶翩翩的妍麗春景，引入對藝術的憧憬；由月下輕吟的秋蟲、蛙鳴的夏夜，發出對大自然妙曲的驚嘆。接著，從各民族歷史的演進，找出何種藝術是靈魂的故鄉。在此，王白淵提及：尼羅河的古埃及、恆河的印度、黃河的支那（中國）、文藝復興的義大利、供牧神潘恩奔馳的希臘原野……等，引錄前人的話有：泰戈爾強調的詩與友情是生命之甘泉，英國詩人濟慈的「美即是真，真即是美」，耶穌基督勸誡世人「瞧瞧野地裡的百合」的話。最後結論，綜合以上求得「真理之籽」，展現「澄明的情感與自由的理性」，才是「靈魂之鄉」的勇者。

　　這篇〈靈魂的故鄉〉雖然有拼湊再組合的情形，王白淵仍肯定：

　　宇宙的意義是因為醉心於白日夢。

　　剔除創造，人生剩餘什麼？無詩無創造的生活亦如荒漠。

在這樣的理論支柱，催發了稍後王白淵《棘の道》的寫作與出版。

一個偶然的機會，王白淵獲聘擔任岩手縣盛岡市「岩手女子師範學校」的教諭，這是一份正式教員的職務，該校為培訓小學女教員的學校。對從殖民地長大，原本不平衡於殖民宗主國的這位台灣青年而言，至少有心理調適的壓服作用。1926 年 12 月 15 日，王白淵到職，翌日，任職佈達（宣佈式），擔任美術教師，展開王白淵盛岡教師時期的階段，也是文學王白淵、詩人王白淵的創作活動時期。

另一方面，杜斯妥也夫斯基的小說《附魔者》（著魔的人們），描寫沙皇時代的俄國青年，奔赴革命的熱情，也撼動了王白淵。1927年 5 月 19 日，王白淵以中文完稿〈吾們青年的覺悟〉乙文，刊載於《台灣民報》第 163 號（1927 年 6 月 26 日），本文重點是從進化觀點，新陳代謝的自然之理，個人與社會關係，闡述思想運動和政治運動是社會運動的兩個車輪，演繹出青年的義務——吾們青年是社會身中的最新最活潑最有力的分子，百般改革皆由青年之手。

此外，1927 年 9 月 20 日完稿的〈詩聖泰戈爾〉乙文，是王白淵首次提到「亞細亞」。他從印度文藝復興敘及泰戈爾其人其思想，最後喊出「亞細亞的黎明」（第四節）。

擺盪在「藝術與革命」兩極的王白淵，藉著〈靈魂的故鄉〉和〈吾們青年的覺悟〉兩篇文章，找到了著力點。〈詩聖泰戈爾〉乙文則提供王白淵——這位想進入殖民宗主國社會圈——生存的保護色，喊出「站起來！亞細亞的青年！……讓老人回憶過去，我們上路吧！」多少帶有掩飾作用，這情況，在《棘の道》的〈序詩〉：「為我們神聖的亞細亞」都是同等效力。

王白淵的詩興，何時迸發，東京美術學生的油印刊物 GON，是否有王白淵的詩篇發表，已經很難明確得知。可以知道是：盛岡時期是詩人王白淵的活動時期。盛岡地區重要短歌作者詩人石川啄木（1886~1912）的作品，王白淵在赴任前後應該有所接觸、閱讀，甚至感染到啄木描寫的自然風光，以及流浪落魄文人的哀傷心緒。（較

王白淵稍晚的台籍詩人吳瀛濤、詹冰都有詩作，題贈啄木，可見啄木生前潦倒，死後詩名永存。）

　　他到職後一年，1927 年 12 月 5 日，該校《女子師範校友會誌》第五號出版，刊載王白淵論文〈詩聖泰戈爾〉和 8 首詩；第六號，刊載論文〈靈魂的故鄉〉和 5 首詩 1 篇短歌，往後幾期，陸續有詩文發表；最後，於 1931 年 5 月 25 日由盛岡市長內印刷所印製，1931 年 6 月 1 日由盛岡肴町久保庄書店出版(發行)日文著作《棘の道》。

　　日文著作《棘の道》內容包括：

　　〈序〉（謝春木）

　　〈序詩〉（王白淵）

　　詩 63 首

　　〈偶像之家〉（短篇小說）

　　〈詩聖泰戈爾〉（論文）

　　〈人道鬥士──甘地〉（論文）

　　〈到明天〉（日譯左明的中文獨幕劇本）

　　〈贈印度人〉（詩）

　　〈站在揚子江〉（詩）

　　全書大約寫於 1926 或 27 年至 1930 年之間，當中，1929 或 30 年間，王白淵似乎曾應謝春木之約（謝春木於 1929 年 4 月至中國旅行），前往上海，因而有〈贈印度人〉、〈站在揚子江〉兩首詩，和獨幕劇本〈到明天〉的日譯。

三、王白淵詩藝探討

　　王白淵孜孜在意的是「靈魂之鄉」的歸屬，是詩的創造，是唯美的探索；

　　他嚮往牧神潘恩自由奔馳於古希臘的原野，把英國詩人濟慈在〈希臘古甕頌〉的讚美，當作標鵠；如此，儘管有革命左傾的思想意念，實際行動卻遲疑；王白淵由美術的投入轉到文學的徘徊，但

內涵仍保留最初的「象牙塔裡的美夢」，抒發個己的感緒居多，甚少聽到與時代脈動一致的現實聲音。

《荊棘之路》總共有 66 首詩，就主題言，大體可以歸納成四類：1.吐納心懷，2.歌詠田野風光，3.人物禮讚，4.政治傾向。前 2 類居多；第 3 類禮讚的歷史人物，包括畫家的梵谷（詩〈向日葵〉）、高更（詩〈高更〉），宗教的耶穌基督（詩〈仰慕基督〉），思想家的盧梭（詩〈盧梭〉），老子與孔子僅僅略筆帶過（詩〈站在揚子江〉）。第 4 類政治傾向夾批判和呼口號性質的詩，僅〈序詩〉、〈贈印度人〉、〈站在揚子江〉等三首詩。

在〈我的詩興味不好〉，作者點明自己的詩是「心靈的標誌」、「心靈的記錄」、「心靈的殘滓」。〈藝術〉一詩同樣謙虛：我的藝術沒什麼，只是在人生的畫布，一再重繪塗抹成黑色畫面，別人卻挑各自喜歡者加以陶醉。如此態度，是作者的謙虛，也暗示作者（畫家）與讀者之間誤讀的鴻溝。或許也隱含詩畫交融的意味。

近乎延續論文〈靈魂的故鄉〉起筆，沉迷於大自然的美麗風景，王白淵「歌詠田野風光」的詩篇有〈水邊〉、〈田邊雜草〉、〈蓮花〉、〈雨後〉、〈夜〉、〈蝴蝶〉、〈贈春〉、〈春之野〉、〈春朝〉、〈薄暮〉、〈贈秋〉、〈無題〉、〈秋夜〉、〈春〉等。〈無題〉能表明詩人王白淵的敏感度：

無　題

從落下的樹葉
我聽到——
陌生人的聲音

從樹蔭小鳥鳴囀
我聽到——
美妙的自然音樂

從一隻鳥都不飛的蒼天

我看見——
無表現的神底藝術

從路邊開的無名花
我看見——
一個生命的尊貴

隨風吹
我踏上——
禮讚自然之旅

全詩 5 節各 3 行的文詞，彷彿填詞似的，「禮讚自然」是歌詠田園與四季的最佳方式。王白淵的時代，鄉村田野的景觀尚無被工業化觸及，可以讓王白淵任意地揮灑塗繪。

詩集中，〈零〉一詩有極富哲理的內涵：

零

以曲線顯出無間隙
表現圓滿的你
原子之小也不及於你
重疊萬字數也不成為你
雖然如此你產生無限的數
是神還是魔術師
是佛還是惡魔
無而非無
是量比量多
為數卻非數的你底實體
無大之大
是沒深的深淵麼
老子於流浪之旅追逐你
釋尊入山欲見你的英姿

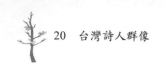

> 噢！不可知的驚異
> 永遠之謎──
> 你將永遠繼續笑人類的無知

作者由「零」（O，圓圈）這個數字，加以哲理的探討，可以算是象形字詩的一種開創。詩中「是神還是魔術師」、「是佛還是惡魔」、「無而非無」這類的矛盾辯證，也出現在〈我家遠而近〉、〈兩股潮流〉等詩。

《棘の道》詩文集內，依順序，第二首〈地鼠〉，王白淵頗為偏愛，戰後初期，曾親自翻譯（或改寫／重寫），發表於 1945 年 12 月的《政經報》；面對「地鼠」，王白淵幾乎是膜拜的讚美：「抱著地上的光明／在黑暗裡摸索著」，似乎還暗示藝文工作者背後的辛酸。附帶說明，王白淵曾註明〈地鼠〉係 1923 年 2 月 18 日脫稿，這日期能否改變台灣新詩史的推遠，暫時存疑。

〈詩人〉一詩最能表現盛岡初期，王白淵對藝術理念與經營，這時，他是象牙塔內的唯美藝術論者，是〈靈魂的故鄉〉的追尋者，因而，他說：詩人「吃著自己的美而死」，詩人寫詩「寫了又擦掉」，詩人「道出千萬人情思」。

在全部 66 首詩中，蝴蝶意象出現的比例相當高，以「蝴蝶」為詩題者有〈蝴蝶〉、〈蝴蝶向我細訴〉、〈蝴蝶喲〉3 首，另外，有 13 首詩裡出現「蝴蝶」，與之搭配的時節，大都在春季。是否意味盛岡時期的王白淵，在生活的安定與感情的寄託，都有「春風得意人」的暗喻？

比王白淵晚 6 歲的楊熾昌（水蔭萍，1908~1994），在三〇年代中期，以超現實主義推動台灣詩的新精神，其唯美詩風與蝴蝶意象的表現，暗暗符合王白淵這時期的風格，可惜，當時，王白淵的詩似乎沒起什麼波瀾。

至於書名《棘の道》的「荊棘」，僅出現在〈生之谷〉和〈不同存在的獨立〉2 詩裡，並無刻意強調，後一詩裡的語句是：「行走充滿荊棘的路」，淡淡的筆觸，顯不出作為書名的特殊意義。反

倒是謝春木的〈序〉能掌握《棘の道》詩集作者應該的方向，他說：
「在殖民地長大的我們，特別地站在兩重的荊棘之路，但是要掃開
它只有一條路而已，那條路是什麼呢？在這裡我不必明言，……」
謝春木沒有明言，但隱隱的行動在兩人間展開了。謝春木的〈序〉
是 1931 年 1 月 17 日寫於《台灣新民報》社編輯室，1931 年 6 月 1
日《棘　道》出版；1931 年 9 月 5 日謝春木發表《台灣人的要求》，
1931 年 12 月到上海，隔年創立「華聯通訊社」。1932 年 9 月 22 日，
王白淵在教室授課時遭日警拘捕，至 10 月 14 日釋放，共拘押 24 天。

　　王白淵從美術轉到文學時，有一番作為；當他從文學投入政治
後，不僅「行走充滿荊棘的路」，簡直就是不歸路。

四、結　語

　　王白淵的這冊日文著作《棘の道》（《荊棘之路》）於 1931 年
6 月 1 日在日本出版。在當時，應數台灣人出版的第三或第四本白
話詩集（新詩集），第一本是張我軍的中文詩集《亂都之戀》，1926
年 1 月出版於台北；第二本是陳奇雲的日文詩集《熱流》，1930 年
出版於台灣；接著是水蔭萍的日文詩集《熱帶魚》，1931 年出版於
日本；《荊棘之路》與《熱帶魚》同年出版，孰先孰後，目前似乎
不易辨清，主因在於《熱帶魚》已失傳。撇開此難題，由於 1940、
50 年代的台灣歸屬權改變，加上王白淵本人往後的坎坷命運，《荊
棘之路》遲至八〇年代中期才能浮現詩壇台面，但比起陳奇雲的《熱
流》，還算幸運些，研究者也逐漸增多。

　　生前，有次機會，王白淵碰到使他改變人生之書《人間文化的
出發》的作者工藤好美，王白淵提出「我應該感謝你，還是要怨恨
你？」的玩笑問題，對方搖頭笑笑，不發一語。回看王白淵的文學
詩生涯，似乎僅僅屬於 1926 年 12 月到 1932 年 11 月盛岡教師時期
的五年。撫摸他的詩書，遙想三十歲之前的意氣煥發，和之後進出
牢獄的坎坷，造化的確在捉弄人。

王白淵作品評論索引

編號	篇名	作者	撰述、發表刊物日期	備註
1	「荊棘之道」日文詩集作者——王白淵	黃武忠	1980 年	收進黃著《日據時期台灣新文學作家小傳》
2	以畫筆寫詩的詩人——王白淵	羊子喬	《自立晚報副刊》1980.12.25.	收進羊著《蓬萊文章台灣詩》
3	張文環與王白淵	龍瑛宗	《台灣文藝》76 期 1982.05.	
4	家國風霜五十年——日據時期台灣新詩遺產的重估	宋冬陽（即陳芳明）	《台灣文藝》83 期 1983.07.	收進宋冬陽著《放膽文章拼命酒》；收進陳著《左翼台灣》
5	王白淵——民主主義的文化鬥士	謝里法	《台灣文藝》85 期 1983.11.	收進謝著《台灣出土人物誌》
6	「王」姓儒生，「白」色遭遇，「淵」底生涯	王昶雄	《台灣文藝》85 期 1983.11.	
7	緬懷王白淵	巫永福	《民眾日報副刊》1985.03.20.	收進巫著《巫永福全集》
8	一尊未完成的畫像	陳才崑	《自立晚報副刊》1991.01.13.	收進陳譯《王白淵·荊棘的道路》
9	文化地鼠王白淵搬厝	陳才崑	《自立早報副刊》1992.04.03	收進陳譯《王白淵·荊棘的道路》
10	走出荊棘之路：王白淵新詩論	呂興昌	1994.11.03.	收進《種子落地》
11	台灣新詩的出發　試論張我軍與王白淵的詩及其風格	趙天儀	1995	收進趙著《台灣現代詩鑑賞》
12	《王白淵·荊棘的道路》導讀	陳才崑	1995.06.	收進陳譯《王白淵·荊棘的道路》
13	荊棘之道	劉捷	1995.	
14	王白淵——走過荊棘的詩人	彭瑞金	1998	收進彭著《台灣文學步道》
15	王白淵論及年表	羅秀芝	1999.05	收進羅著《台灣美術評論全集—

			─王白淵卷》（藝術家版）
16	王白淵兩首詩選讀（原標題〈日治時期台灣新詩選讀〉）	莫　渝	《北縣文化》62期 1999.09.30.	收進莫渝著《台灣新詩筆記》
17	「吃著自己的美死去」──讀王白淵的一首詩	李恆源		台北醫學院 台灣文學研究社
18	盛岡時代的王白淵（上）（下）	小川英子(毛燦英)、板谷榮城作，黃毓婷譯	原日文，《台灣文學的諸相》，1998.中譯，《文學台灣》34、35期，2000年4月、7月	
19	尋找魂的故鄉：王白淵日本時期的思想形成以《荊棘之道》為主	橋本恭子	2000.08.21.完稿 2000.10.10.上網	台灣文學研究工作室 呂興昌教授指導
20	嗜美的詩人──王白淵論	莫　渝	2001.04.21.完稿，《台灣新聞報・西子灣副刊》2001 05.0809。《台灣文學評論》，2001.10	

2001.03.12. 莫　渝初製

王白淵年表

1902年　11月3日，出生於日治時期台中廳東堡大坵園庄水坑仔（今彰化縣二水鄉）。

1910年　4月，入學二八水公學校（今：二水國民小學）。

1917年　4月，考入國語學校師範部（台北師範學校、省立台北師範專科學校、國立台北師範學院）。與同學謝春木（追風、謝南光）相交甚篤。

1921年　3月，台北國語學校師範部畢業，派任彰化溪湖公學校教師。

1922年　4月，轉任二八水公學校教師。

1923年　1月，與陳草結婚。

　　　　4月，台灣總督府推薦入學東京美術學校圖畫師範科（「東京藝術大學」之前身）。

　　　　抵東京。

1924 年　夏，返台。

1925 年　夏，返台，與陳草離婚。

1926 年　3 月，東京美術學校圖畫師範科畢業。

1926 年　12 月 15 日，受聘擔任岩手縣盛岡市女子師範學校教諭（正式教員）。

1931 年　5 月 25 日，日文詩文集《棘の道》由盛岡長內印刷所印製。
　　　　6 月 1 日，日文詩文集《棘の道》由久保庄書店出版。

1932 年　3 月 25 日，到東京，與台灣知識份子和留學生發起籌組「東京台灣人文化社團」。

1932 年　9 月 22 日，被懷疑是共產黨份子，遭日本便衣特務警察在教室當著學生面逮捕，收押 24 天（至 10 月 14 日）。
　　　　學校教諭工作被解聘。
　　　　11 月 27 日，抵東京，與原先「東京台灣人文化社團」成員張文環、吳坤煌、巫永福等籌組「台灣藝術研究會」。

1933 年　3 月 20 日「台灣藝術研究會」在東京成立，王白淵未克出席參加。
　　　　7 月 15 日，「台灣藝術研究會」發行的日文雜誌《福爾摩沙》創刊號出版（以後續出二期，即停刊。）
　　　　未久，赴上海，任職華聯通訊社。

1934 年　3 月 15 日，王白淵與久保田良的女兒芳枝在盛岡出生（1995 年 6 月 26 日去世）。

1935 年　9 月，獲聘擔任上海美術專科學校教職。

1937 年　8 月 13 日，上海「八一三事件」。
　　　　被日軍逮捕送回台灣，關入台北監獄。

1943 年　6 月，釋放。
　　　　出獄後，覓不著工作，經龍瑛宗介紹，擔任《台灣日日新報》編輯。
　　　　《台灣日日新報》改為《台灣新報》。

1945 年　8 月 15 日，日本無條件投降。
　　　　10 月 25 日，台灣脫離日本殖民統治。

　　　　《台灣新報》改為《台灣新生報》，王白淵任編輯部主任，認
　　　　識校對的倪雲娥小姐。
1946年　2月8日，與倪雲娥小姐結婚。
　　　　4月，參選省參議員，落選。
　　　　5月1日，長男以仁出生。
1947年　2月28日，「228事件」爆發。
　　　　3月1日，中文〈台灣演劇之過去與現在〉發表於《台灣文化》
　　　　第2卷第3期。
　　　　4月，受「228事件」牽連，被捕入獄100天。
　　　　《台灣新生報》改組，王白淵離職。
1948年　長女慧鑾出生。
1950年　10月，因台共蔡孝乾案，被牽連入獄二年餘。
1954年　謝東閔保釋，出獄。
1955年　3月，〈台灣美術運動史〉發表於《台北文物》第3卷第4期。
1963年　再度入獄11個月。
1965年　10月3日（陰曆9月9日），下午9時50分，因腎結石引發
　　　　尿毒症，病逝台大醫院。
　　　　10月8日，追悼告別儀式後火葬，葬於淡水鎮竹圍米粉埔公
　　　　墓。（墓園已於1992年3月遷移）

編　後（桂冠版《荊棘之路》，已編輯完成，未出版。）

　　王白淵的日文著作《棘の道》，原書編排順序如下：
　　〈序〉（謝春木）
　　〈序詩〉（王白淵）
　　詩63首　　　　　　　　　　　　　　　　　　1～65頁
　　〈偶像之家〉（短篇小說）　　　　　　　　　66～74頁
　　〈詩聖泰戈爾〉（論文）　　　　　　　　　　74~103頁
　　〈人道鬥士──甘地〉（論文）　　　　　　　103~152頁
　　〈到明天〉（日譯左明的中文獨幕劇本）　　　152~172頁

〈贈印度人〉（詩）　　　　　　　　　172～173 頁

〈站在揚子江〉（詩）　　　　　　　　174～175 頁

　　這樣的編排，陳才崑教授領會出王白淵的用意：由「藝術取向」擴展到「政治取向」，有當時時代背景的考量。

　　從整體看，以「日文詩集」稱呼《棘の道》似乎有誤差，因為 66 首詩佔全書不到一半的篇幅；不過，「詩」是主架構，謝春木的〈序〉仍以「詩集」稱呼之。隔七十餘年，基於敬重台灣詩文學的工作者，尤其是前輩作品的整理，本書的編輯仍以巫永福先生的翻譯為主體，加上陳千武等人的少量譯筆與評；至於陳才崑教授的《王白淵・荊棘的道路》以及「評論索引」中表列人士的研究，都列入參考。

　　由於長期閱讀翻譯作品，並親自參與譯介工作的經驗，最大心得是譯品從來不曾也不應有欽定版，原創作可以定稿，譯作與此絕緣，任何人可能找機會試一試。《荊棘之路》詩集內，依順序，第二首〈地鼠〉，王白淵頗為偏愛，戰後初期，曾親自翻譯（或改寫／重寫），發表於 1945 年 12 月的《政經報》，雖然如此，或許少為人知，仍然有多位人士的譯筆，類此狀況，集合多家譯品，並無比較之意，僅僅希望如此處理，能夠多角度地接近原作。

　　本書的集印，礙於篇幅限制，以《棘の道》的詩為主，其他相關文章與研究資料，都不難取得。在此，感謝多位熱心朋友的協助，共同延綿台灣文學的薪火。

（桂冠版）《荊棘之路》　　　　　　目錄

代　序：嗜美的詩人——王白淵論
第一輯　《荊棘之路》
　　　　序／謝春木
　　　　序　詩
　　　　我的詩興味不好

地　鼠
地　鼠
鼴　鼠
生之谷
水　　邊
水邊吟
零
零
个同存在的獨立
生之路
小孩啊
性之海
田野雜草
藝　術
站在空虛的絕頂
蓮　花
蓮　花
梟
少女喲
雨　後
愛戀的小舟
向日葵
我的歌
天空一顆星
太　陽
夜
蝴　蝶
風
風
失　題
盧　梭

島上的淑女
島上小姐
蝴蝶向我細訴
未完成的畫像
未完的畫像
打破沉默
高　更
死的樂園
薔　薇
贈　春
給春天
春之野
是何心呀
無終止的旅程
看
春　朝
詩　人
詩　人
薄　暮
山茶花
靈魂的故鄉
四　季
峰上的雷鳥
時光永遠沉默
歲月的流浪人
贈　秋
無　題
蝴蝶喲
真理之鄉
我家遠而近
秋夜

無表現的歸途

時光消逝

兩股潮流

春

仰慕基督

花與詩人

南國之春

落　葉

晚　春

生命的家鄉

贈印度人

站在揚子江

第二輯　集外詩與文

消失在你裡的我

暮春之晨

悼　詩

春　逝

靈魂的故鄉

我的回憶錄

第三輯　與王白淵同心

王白淵詩集《荊棘之路》／巫永福

緬懷王白淵／巫永福

荊棘之道／劉　捷

王白淵作品評論索引

王白淵年表

編　後

無色透明的焰光

——讀詹冰的詩

　　詹冰（1921-2004），本名詹益川，日治時期 1921 年 7 月 8 日出生於苗栗縣卓蘭鎮，祖父詹龍飛當過卓蘭區長（鎮長），父親詹德鄰當過保正（里長）。就讀台中州立台中一中（五年制，1935 年4 月至 1940 年 3 月）。1944 年 9 月東京明治藥專畢業，獲藥劑師及格，隨即返台。1947 年 10 月，在卓蘭開設存仁藥局。1954 年 3 月，轉任卓蘭中學理化科教師，認真學習中文，7 月辭職；1957 年 2 月，回任中學理化教師，至 1981 年退休。1987 年遷居台中市。2004 年3 月 25 日過世。戰後初期，仍用日文寫作及發表，1946 年參加文學團體「銀鈴會」，於該會先期刊物《緣草》與後期刊物《潮流》（均為中日文混合的季刊油印雜誌）發表詩作。1952 年 12 月，國民政府嚴禁日語和台語教學後，詹冰改習中文，經十年努力，至 1962 年有能力發表中文詩與小說。1964 年，為「笠」詩社《笠》詩雙月刊十二位創社成員之一。著有詩集《綠血球》（1965 年）、《實驗室》（1986 年）、《詹冰詩選集》（1993 年，附英日譯）、《銀髮與童心》（1998 年）、《銀髮詩集》（2003 年），兒童詩集《太陽‧蝴蝶‧花》（1981 年），詩散文小說合集《變》（1993 年），小說《科學少年》（1999 年），《詹冰詩全集》三冊（2001 年）等出版品。先後獲得獎項，如兒童詩〈遊戲〉獲洪建全兒童文學首獎（1979 年）、〈母親的遺產〉獲聯合報極短篇獎（1979 年），兒童歌劇《牛郎織女》在國內多場演出，還到法國巴黎公演（1986 年 6 月）等；榮獲「苗栗縣傑出藝文工作者獎」（1981 年）、「台中市資深優秀文藝作家獎」（1990 年）、「台灣新文學貢獻獎」（1994 年）、台中市

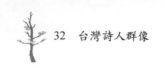

「大墩文學貢獻獎」（2000年）、「資深台灣作家獎」（2000年）、「榮後台灣詩人獎」（2001年）。

一、知性的思維

　　詹冰自幼接受日文教育，就讀公學校（國民小學）時，就喜歡看小說、詩歌，中學時期嘗試俳句和新詩的寫作，五年級時（1939年），因作文與美術優越（全校第一），代表學校參加台中市作文比賽，他以俳句：「走出圖書館　就踏著　路旁的落葉」，獲得第二名，參賽者均為日人，詹冰是唯一台灣籍學生。

　　1940年代初的詹冰，留學日本，「我一隻手拿著試管，一隻手翻開詩集。」（詩集《綠血球》的〈後記〉），就在藥劑學的實驗室裡，接受科學知識的理智洗禮，又能欣賞文學；同時擺盪藥學與文學之間，且結合兩者，展露強調知性的青年詩人風貌。知性，是針對感性的對立狀況而言，是擺脫抒情，向理智靠攏，這自然是課堂學習的素養。1943年，有三首日文新詩〈五月〉、〈在澀民村〉和〈思慕〉先後被推薦刊登在日文《若草》詩刊上。先看這首成名作〈五月〉：

五　月

五月，
透明的血管中，
綠血球在游泳著——
五月就是這樣的生物。

五月是以裸體走路。
在丘陵，以金毛呼吸。
在曠野，以銀光歌唱。
於是，五月不眠地走路。

〈五月〉一詩沒有抒情的文詞，用語均經過一番特殊的處理，也就是詹冰在〈詩觀〉所提到的「計算」，多方面的計算：「我計算心象的鮮度。計算語言的重量。計算詩感的濃度。計算造型的效率。以及計算秩序的完美。最後的目標是要創造前人未踏的詩的美的世界。」（莫渝編，2001：267。原刊登《笠》詩刊第1期「笠下影」詹冰第2則詩觀）。這首詩分二段，各4行。前段，把五月形象化，五月是一個生物，是一個有生命的物體，在其體內透明的血管裡，游泳著綠血球；詹冰自言「追求美的時候，我的血管彷彿在流著綠血球。」於此，傳達出五月是具美感的生物，或直言美麗的生物。後段4行，藉自然界的景象，襯托五月這樣生物的動作。在北國（日本／東京），五月正值春天，萬物充滿生機，一片欣欣向榮。裸體指生物的祖裎，不需捲飾，不眠地，指生命活力的延續與時序運轉的不停。這首詩，把抽象的名詞「五月」，透過形象到動作，呈現五月春的活力。作者在〈新詩與我〉回憶此詩的寫作背景是在東京讀書時：「五月的一天裡，下課後，我還留在二樓的教室，靠窗眺望著校園裡正在發綠芽的櫻樹，突然靈感頓生，不到兩分鐘，我的腦裡就孕釀了一首詩，在一氣呵成之下，我將腦海裡的詩抄在紙上，〈五月〉就這樣完成了。」隨後，對外投稿，受到日本詩人堀口大學（1892～1981）的推薦，發表在《若草》詩刊，堀口的推薦詞：「率直而感覺很直截了當。而且想說的已充分表現出來。」時間是1943年7月，首次投稿即獲好評，自然讓年輕的作者「高興了好幾天」，認為是最重要的第一首詩，但成功背後，卻曾經「苦心極力地寫了幾十首的習作」（詹冰，2001：16），以及中學時日本俳句的訓練與試作。

　　如此受肯定，開啟了詹冰詩文學寫作之旅。當時，詹冰留下的許多日文詩，至1960年代，將一部份自譯成中文詩，即詩集《綠血球》內的作品；其中，〈五月〉、〈春〉、〈七彩的時間〉、〈液體的早晨〉、〈金屬性的雨〉、〈酸性的廟〉、〈春的視覺〉等，及晚後詩集《實驗室》裡的〈實驗室〉、〈二十支的試管〉、〈黃

昏的記錄〉、〈透視法〉、〈流入心臟的杯子的液體〉等，都是知
性思維下的優秀詩品。李魁賢先生說「以他強調知性的計算法，詹
冰可以算是我國現代主義的先驅者」（李魁賢，1987：56；莫渝編，
2001：126），也是從這觀點著眼的。

二、堅貞的情愛與親情的教諭

　　青年詩人詹冰在東京有學業上必然的壓力，以及原本自有心嚮
之的喜愛，但獨處異國，難免油然發出思鄉之情，除了投入「新詩」
寫作獲得的喜悅外，他將文筆轉移，寫下〈春信〉、〈思慕〉、〈追
憶之歌〉三首與〈五月〉迴然不同風貌的詩，這三首採分段的「散
文詩」，形式互不相同。〈春信〉僅一段，〈思慕〉分三段，〈追
憶之歌〉則屬於敘事性較濃、篇幅較長的組詩。〈春信〉一篇描繪
初戀中的少男少女，並肩在小路散步，兩人含情羞澀，欲語還休。
山岡有著春的表情，暗示青春的容貌，綠野是他倆的鏡子；直覺中，
兩人不是走在曠野，而是鑲進大自然的畫框中，我們看得出那是一
幅柔美的風景畫，畫裡有對依偎的純情少年男女。唯恐打散和諧的
恬靜，兩人話語不多，但男的感受到幸福的氛圍，因而呼吸緊促，
且「增加著愛的加速度」，以動作代替語言，摘下一朵滲入愛的花
朵，喜悅地簪在女伴的黑髮上。這是一首洋溢柔情的浪漫詩篇。詩
題〈春信〉，當有春天的信約，青春的信守或訊息之意。

　　同〈春信〉一樣，〈思慕〉這篇是柔美的情詩，卻帶有相思的
酸澀味。思慕，原有思念與愛慕之意，詩中，前者含意較濃些。全
詩分三段，前二段，作者回憶兩人離別時，在廟中祈神保平安（或
在神前信誓），和在林間流連徘徊的情景；第三段，落回現實情境，
作者已遠離家鄉，置身異地東京（讀書？），思念之情，油然而生，
執筆描繪當初離別的二景；神廟和樹林，再添上對方的倩影，至此，
濃濃的相思，化作潸潸情淚。值得注意的是，作者在本詩中，使用
大量的色彩語言，如紫煙、粉紅色的旗袍、彩翅、黑岩般的水牛、

金黃色的晚霞、閃金色的淚珠、金黃的花粒、紅黃的筆……，這麼多
的顏色，使本詩在相思苦味中，沾上亮麗的期許和青春的特有氣息。

　　在學業、詩藝與情愛順利下，詹冰學成冒戰火之險返台，1945
年結婚後，與妻許香蘭鶼鰈情深，寫下不少兩人「詩愛」的印痕，
包括〈老妻的睡臉〉、〈怪病兩章〉、〈椪柑〉、〈峨崙廟〉、〈美
人太太〉、〈平衡〉、〈清晨的散步〉、〈燒香行〉……等。以〈椪
柑〉一詩為例，被中醫師禁食水果的太太，見到「好美的一個椪柑」，
引發食慾，從「偷偷吃一點嘛，醫生也不曉得──。」到「整個椪
柑都吃掉了。」最後自言其辭：「醫生只說，不要吃酸的水果──，
好甜的椪柑啊！」既見證情愛的甜蜜，也感應夫妻相處的疼惜與幽
默。這是由對話中引出詩的機智（wit）。

　　同屬 1943 年日文作品〈天門開的時候〉一詩，詹冰親自譯成中
文後，收進詩集《綠血球》（詹　冰，1965：50-51），不僅成人欣
賞，也收進 1981 年出版的兒童詩集《太陽·蝴蝶·花》內，是老少
咸宜的作品：

天門開的時候

　　「有一天，在天空上，
　　飄浮著五色的雲彩，
　　吹奏著美妙的樂音，
　　燦爛地天門會開了。」
　　在我的童年，
　　母親這樣地對我講──。

　　「那時候，我們要跪拜在地上，
　　祈求我們最大的願望。
　　那麼什麼願望都會實現的。
　　可是只有好人才能看見它，
　　所以我們要做個好人哪。」

母親這樣地對我講──。

「好孩子，你的年紀這麼小，
我教你最好的願望吧──，
『財，子，壽』就是了。
天門打開的時候，
你要馬上說出這個願望吧。」
母親這樣地對我講──。

啊，有一天，天門會開了。
現在我長大可了解『財，子，壽』
可是我有更迫切的願望，
有一天，天門開了，
我要馬上說出我的願望：
「還給我永別的母親吧！」

「財、子、壽」是人生三大追求目標，三項俱得算是福命人，但能
求全者，寥寥無幾，因此，臺灣有句諺語：「財子壽，難得求。」
幼童時期，母親對著自己的寶貝子女呵護疼惜，還不時喃喃細語說
些孩子似懂非懂的話，無非是母愛的關注，無非是親情的流露。母
親，就是這般無怨無悔、嘮叨不休。在這篇作品，作者回憶童年時，
母親叮囑的話，用三個段落，配合淺顯的文句，表達天下母親共同
的心願：希望孩子做好人，求得富貴長壽。至於怎麼算是好人，財
子壽如何實現，標準又是如何，就不是母親能規畫界定了。懵懂的
孩子，只是牢記住這些叮嚀，期盼天門開的時候，天帝君臨之際，
能乘機許願。孩子長大了，理解了財子壽的意義，也有這些方面的
追求與掌握，然而，至愛的母親已亡故不在了。如果說戰爭的悲劇，
是敵人的潰敗與滅亡，抵不回朋友親人喪失，那麼，財富的獲得，
同樣換不回長輩的生命，這真是至極的哀痛。難怪作者有「迫切的
願望」，要在適當的時機馬上說出願望：「還給我永別的母親吧！」
貫穿這首詩的是「愛」──母親叮囑孩子的愛，孩子追思母親的愛。

三、反戰心理與戰爭經驗

　　1945 年 8 月 6 日、8 日，盟軍（美國）空軍在日本廣島、長崎二地，先後投擲兩枚原子彈，造成人類歷史上的浩劫，數十萬人當場死亡，原爆引發的後遺症，使這次慘絕人寰的悲劇延續著，成為現代人的夢魘。詹冰於 1980 年代初旅行日本，參觀長崎「原爆資料館」，1983 年 11 月，寫下〈我不要看〉這首詩，表達反戰心理；每一張嘴巴都會叫喊，我不要看，我厭惡戰爭。展示這座資料館該有鑑往知來的功用。早先，他有〈戰史〉小詩：

戰　史

金屬被消費了。
肉體被消費了。
眼淚被消費了。
尤其是女人們的美麗的眼淚——。

（詹　冰，1965：66）

任何一場戰爭，不論輸贏何方，都是破壞，都在消耗。金屬消耗，是財物的損失；肉體的消耗，是生命的殆盡；眼淚的消耗，是生者的傷心欲絕。在前線，軍人戰士的抵禦、亡命；後方，敵人砲彈的轟炸，死者已矣，生者（孤兒或寡婦）都只能空望無告的天空，用淚洗臉，直到轉化另一股生存的力量。歷史，一再重演〈戰史〉。中國唐朝邊塞詩歌「古來征戰幾人回」（王翰〈涼州詞〉）所造成的閨怨詩，和此詩末句有關連。同樣，針對原子彈、核爆的強憾威力，戰後迄今，20 世紀世界文學有兩部這類長篇反戰詩，列出供讀者參考：1.日本人詩人峠三吉（1917-1953）長 1600 行 1951 年作品的《原爆詩集》（峠三吉，1989）；2.俄人葉夫圖申科（1933 年生）的近 2000 行 1982 年作品長篇敘事詩《媽媽與中子彈》（葉夫圖申科 1988，及葉夫圖申科，1997）。

　　詹冰擅長短小詩篇的寫作，以精準凝聚而驚奇的意象，擄獲讀者的閱讀，在描繪敘述的舖陳上，略嫌不足，因而他的 30 行以上較長的詩篇不多，16 節 86 行的〈船載著墓地航行〉（詹冰，2001：169-175），就顯得可貴多了。1944 年 9 月，詹冰自東京明治藥專畢業，獲藥劑師及格，10 月 29 日，搭乘貨船「慶運丸」由神戶出發，至 12 月 7 日才抵達基隆，因為這時「恰好是沖繩島戰爭之前……整整四十天的死亡航行」（詹冰，2001：13 或 17），四十天的海上歷險航行，留給詹冰死而未死的艱險經驗，20 年後，1968 年 4 月，他完成長詩〈船載著墓地航行〉。詩題之意即「海上的死亡之旅」或「死亡的海上之旅」。戰爭中，「作 Z 字形航行的日本船隊／正在逃避美國潛水艇的攻擊」，海上航行的船隻遭到魚雷攻擊，只得聽天由命，詩人說：「人們的神經猶如破碎的魚網／被抽出血液的　臉　手　腳／被絕望浸蝕的　心　肝　腦／現在　人已是無機物的塑像／現在　人已是等待釘的屍體／墓地的冷例普遍地籠罩甲板上／」（第 7 節），第 8 節單獨一行：「哦！我看見了活著的死！」

　　這首詩呈現北太平洋海戰中驚濤駭浪的體驗，跟同時期詩人陳千武在南太平洋叢林的戰爭經驗〈信鴿〉與〈野鹿〉（陳千武詩集《野鹿》）二詩完全不同，詹冰是戰火下平民的驚慌，陳千武是戰場上軍人的生存磨練；稍晚的趙天儀，則以童年見聞寫出〈最後的黃昏〉（趙天儀，1978：9-12；原刊《葡萄園》詩刊第 13 期：18-19，1965 年 7 月 15 日），呈顯日軍戰爭末期至投降的殘敗景象，地點為台灣本島。三人的詩各具特色，都是台灣詩人二戰經驗的詩作。

四、童真的情趣

　　前述提及詩的機智，跟〈椪柑〉同樣有趣與機智的詩，當屬〈遊戲〉一詩：

遊　戲

「小弟弟，我們來遊戲。
姊姊當老師，
你當學生。」

「姊姊，那麼，小妹妹呢？」
「小妹妹太小了，
她什麼也不會做。
我看——
讓她當校長算了。」

這是一首典型宜於兒童的詩，童言童語童真，榮獲 1979 年洪建全兒童文學首獎，是詹冰兒童詩代表作之一。詹冰真正加入兒童詩歌的行列，約在 1975 年左右，這時，他已經五十五歲，兒童詩集《太陽・蝴蝶・花》出版時，也近六十了。這種年紀要寫「兒童詩」——兒童也可以欣賞的詩，最佳的技法是透過用心觀察或參與，轉化與融合兒童生活的經驗。詹冰這類成功的詩例相當多，有〈遊戲〉、〈早晨的散步〉、〈榕樹〉、〈香蕉〉、〈蜈蚣〉、〈媽媽的香味〉、〈奶奶與我〉、〈雨〉、〈天門開的時候〉、〈插秧〉等；一會兒扮演跟媽媽撒嬌的小孩，一會兒扮演黏著奶奶的小孫子（女），一會兒扮演幽默辛苦的爸爸，角色遞嬗饒富趣味變化，同時，增加內容的繁複。

　　給兒童欣賞的詩，除了琅琅上口的生活語言，以吸引閱讀外，文詞之間還要散發愛的芬芳，闡揚詩教的理念。〈香蕉〉一詩，由媽媽買回「一串香蕉」，引發孩子間的聯想對話，結尾：「我在想／我們兄弟姊妹是同一串的香蕉」，作者很自然貼切的表現出天倫與親情的美德。讀過許地山的小品文〈落花生〉，都能感受文章內傳遞和樂的家庭溫情，及長輩對晚輩的勸勉。一詩一文，除寫作的背景與時空有異，主旨並無差別，若進一步比較，〈落花生〉稍帶

說教。回到詹冰的另一首詩〈紅蜻蜓〉，「我」抓到蜻蜓，繼而想起蜻蜓會吃蚊子，遂「放鬆」俘虜，離開手指間的俘虜，一下子變成了「紅色的小飛機」。作者暗示著：愛護（小）動物和快樂是自發的。

五、回到俳句邊緣的十字詩

早期，詹冰的詩，相當敏銳準確地捕捉濃縮而精鍊的意象，這技巧和他從「和歌」（三十一字構成的日本詩）與「俳句」（十七音構成的日本詩），應有密切的關係（見詹冰〈我的詩歷〉），這首〈戰史〉同《綠血球‧日本風物誌》十首，可以歸入同性質的作品。

跟〈戰史〉同樣簡短雋永俐落的小詩〈櫻花〉：「現在是笑的極點。／其證據是，／正在滴下美麗的淚珠⋯⋯。」（詹冰，1965：22）櫻花，屬薔薇科，係落葉喬木，是觀賞植物中的翹楚。冬殘臘盡，綠春初臨時，各地櫻花輪番地盛開、凋謝，直至暮春。櫻花是大和民族至愛的花朵，日本人對櫻花有一種外人難以理解的特殊感情。可以說，每株櫻花有顆殉美的靈魂，深深吸引日本人。基於此，櫻樹下訂情、賞櫻的「櫻花祭」（「櫻花見」），是日本人最愉悅之事了；因而，出現如此的享受：「躺在櫻花堆中，偎著心愛的人，千杯美酒不算醉，醉嚼櫻花才風流！」以及歌詞：「大和魂！那就是朝陽裡飄香的山櫻。」〈櫻花〉詩短小，僅三行，實際為兩個句子。首句是現在式的肯定敘述句，末句為前句的引申說明。櫻花盛開，株頭一片妊紫艷紅的花海，構成大地美的焦點，也是賞櫻人的至樂。就另一角度看，爬山者登抵最高峰，也是下山的時刻了。短短六至十天的花期，一旦落英繽紛，小徑轉成櫻花的身地。笑的背後，孕育淚的凝聚。詩人——同樣擁有一顆殉美的靈魂——為這種嬌柔而感傷。「美麗的淚珠」是多愁詩人的喟嘆。

就詩藝言，〈戰史〉、〈櫻花〉都是俳句影子下的產品。詹冰在〈我的詩歷〉自敘：「俳句，是一種高度濃縮過的詩，剛好投我

所好，也影響我的新詩的風格。」（詹　冰，2001：8）嚴格講，俳
句只是精巧美妙的一個詩句，自然是經過「高度濃縮過的」，〈櫻
花〉三行用兩個句點兩句詩組成，〈戰史〉四行用四個句點四句詩
組成；類似這樣跳越式俳句般斷句的寫作，由一個句子一個句子的
有機組合，不難在詹冰初期的詩見到，如詩集《綠血球》內的〈春〉、
〈扶桑花〉、〈初夏的田園〉、10 首〈日本風物誌〉等。以〈扶桑
花〉一詩八行為例，用八句詩八個句點組成，每一行就是一個獨立
意象，連結眾多意象集合成和諧的旨趣意境：斜陽、花間和晚照，
這首詩也是詹冰在異國留下的日本「少女」寫照。

　　提到詩藝，不能忽略詹冰另一種詩觀的闡釋。他在〈圖象詩與
我〉說：「詩人大概可分為三類。思想型、抒情型及感覺（美術）
型詩人。」（莫渝編，2001：26），詹冰有「思想型」的知性詩篇，
也寫作了「感覺（美術）型」的作品。感覺（美術）型，即藉由漢
字結構，發展象形文字特殊的聯想力，讓詩作發揮視覺效果，因而
也稱為「視覺型」的詩，或圖樣詩、圖象詩、具象詩……等名稱。
此類詩作包括〈插秧〉、〈雨〉、〈Affair〉、〈自畫像〉、〈水牛
圖〉、〈山路上的螞蟻〉……等。從 1960 年代至晚近，都有論者論
評詹冰在這領域的成就，如陳千武的〈視覺性的詩〉、羅青的〈詹
冰的水牛圖〉、李魁賢的〈論詹冰的詩〉、莫渝的〈簡樸與清純〉、
丁旭輝的〈詹冰圖象詩研究〉（以上均參閱莫渝編，2001）、王正
良的〈詹冰圖象詩的啟示〉（王正良，2003：50-62），以及劉志宏
的〈以銀光歌唱，以金毛呼吸〉（劉志宏，2004：130-142），劉文
更稱詹冰為「台灣圖像詩（Concrete Poetry）的鼻祖」（同上：135），
劉文將前通稱的「圖象詩」改稱「圖像詩」。在普遍而眾多譽褒的
情況下，另一種的聲音，似乎不該忽略。林央敏獨排眾議，反對無
意義的圖象詩，他在〈有缺陷的文學貴獨創論〉文裡，說：「圖象
詩的寫作原則，仍然必須具備詩的要素，接受文學試金石的撞擊而
能堅固不破者，才是獨創的文學。」以此立足點，他認為詹冰的「〈自

畫像〉只能算是以某些類似文字的符號所構成的一個圖形而已，至於這個圖形是否有意義，可任憑欣賞者自由猜測。但它絕不是文學作品。」不是文學作品，自然只是文字遊戲。因而認為「〈水牛圖〉是詩，〈自畫像〉卻是冒牌貨。」同樣也批判〈Affair〉「倒很新穎，卻看不出有什麼思想與情感隱含於行間。」（林央敏，1980：195-202）。在年輕學者喜歡討論「圖象」、「詩」的潮流，彷彿不談圖象詩就無論文可寫，用圖象顯示文字表達的貧乏，美其名：給予豐富內容的想像，與無限空間的拓展。林央敏的意見，自然顯得微弱。

　　讀詹冰的詩主要著迷在 1940 年代的日文詩譯成中文的詩集《綠血球》。晚年他提倡十字詩，並大量寫作，帶有娛樂的意涵；其實，詩人寫詩，大都由「自娛娛人」開始，只是「十字詩」很貼近「俳句」，二者都是短詩、小詩，甚至，只能算是意象濃縮的「詩句」，是詩的基點。即使俳句始作俑者的日本文壇，詩俳有分，詩集句集有別，詩人俳人有異。嚴格講，詹冰詩業的成就與詩人的任務，建立在《綠血球》上；《實驗室》一集是《綠血球》的延伸，《太陽‧蝴蝶‧花》則為《綠血球》中淺顯口語詩的增廣。甚而，我們可以這麼論定，1940 年代文藝青年詹冰用熟練日文寫的具有現代精神與知性思維的詩篇，已經完成了詩業，只因政權變化語言轉轍，延遲至 1960 年代，才浮顯其意義與評價。

　　詹冰文學的寫作層面廣，由詩（包括：新詩、現代詩、十字詩、兒童詩）、歌詞、散文、小說、少年小說、青少年兒童歌劇，到中文詩（華文詩）的日譯，都是他勤奮筆耕的田地，而且展現優異成績。最後，我們回頭檢視詩人詹冰如何看待「詩人」。他在〈詩人〉這首詩裡說詩人「靜靜地燃燒著的　無色透明的火焰」（詹冰，1993：51；或詹冰，2001：137），火焰裡添加「愛」、「真」、「淚」等助體，以便「保持了人類的體溫」和「發揚了人類的光輝」，此兩

項任務，何嘗不是詩人的特殊責任？自許為萬物命名的詩人，似乎隱含著一股神聖的使命。也有詩人自命不食人間煙火，在象牙塔裡吟風弄月。不管是為藝術而藝術，或拏詩充當匕首、號角，做為文學形式之一的「詩」，仍有其特殊功用：以愛為基礎，增添人間的真善美。這聲音，該是詹冰從事文學創作的出發點吧！

2005.01.16.-01.26.初稿，
2005.02.22.修訂。

參考書目：

書　目：

詹　冰（1965），《綠血球》，笠詩社。

詹　冰（1981），《太陽・蝴蝶・花》，台北：成文。

詹　冰（1986），《實驗室》，台北：笠詩社。

詹　冰（1993），《詹冰詩選集》（1993 年，附英日譯），台北：笠詩社。

詹　冰（1993a），《變》，台中：台中市立文化中心。

詹　冰（1998），《銀髮與童心》，台中：台中市立文化中心。

詹　冰（1999），《科學少年》（1999 年），台中：台中市立文化中心。

詹　冰（2001），《詹冰詩全集（一）新詩》，苗栗：苗栗縣文化局。

詹　冰（2001a），《詹冰詩全集（二）兒童新詩》，苗栗：苗栗縣文化局。

詹　冰（2003），《銀髮詩集》，高雄：春暉出版社。

榮後文化基金會，（2001），《詹冰的文學旅途》

莫渝編（2001），《詹冰詩全集（三）研究資料彙編》，苗栗：苗栗縣文化局。

林央敏（1980）：〈有缺陷的文學貴獨創論〉，收錄於林央敏（1984），《睡地圖的人》，台北：蘭亭。

趙天儀（1978），《牯嶺街》（詩集），高雄：三信出版社。

李魁賢（1987）《台灣詩人作品論》，台北：名流出版社〈論詹冰的詩〉，李魁賢著

莫渝、王幼華（2003），《第一屆苗栗縣文學野地繁花研討會論文集》，苗栗：苗栗縣文化局。

莫渝、王幼華（2004），《第二屆苗栗縣文學燿日明月研討會論文集》，

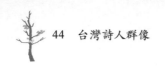

　　　苗栗：苗栗縣文化局。

葉夫圖申科（1988），《葉夫圖申科詩選》王守仁譯，長沙：湖南人民出
　　　版社「詩苑譯林」。

葉夫圖申科（1997），《媽媽與中子彈》，蘇杭譯，桂林：灕江出版社

文　獻：

詹冰詩觀，刊登於《笠》詩刊第 1 期，1965 年 6 月。

峠三吉（1989），《原爆詩集》，葉笛譯，刊登於《笠》詩刊 153-155 期（1989.10.-
　　　1990.02.），台北：笠詩刊社。

王正良（2003）〈詹冰圖象詩的啟示〉，收錄於莫渝、王幼華（2003），
　　　《第一屆苗栗縣文學野地繁花研討會論文集》，苗栗：苗栗縣文化局。

劉志宏（2004）：〈以銀光歌唱，以金毛呼吸〉，收錄於莫渝、王幼華（2004），
　　　《第二屆苗栗縣文學燿日明月研討會論文集》：130-142，苗栗：苗栗
　　　縣文化局。

真善美的求道者

——讀陳秀喜的詩

　　陳秀喜（1921-1991）女士，1921 年 12 月 15 日出生，新竹市人。
1991 年 2 月 25 日逝世。雖然身為養女，卻受養父母的無悔付出與
照顧，童年非常快樂，順利完成新竹女子公學校的日治時期初級教
育。1942 年結婚，隨任職銀行界的大婿曾旅居上海、杭州等地。1945
年戰後，徙居彰化、基隆、台北等地，並學習中文；1978 年離婚後，
長住嘉義關仔嶺「笠園」。文學活動方面，就讀公學校，即展露藝
文才華，十五歲以日文寫詩、短歌和俳句，這項書寫能力一直持續，
即使二戰結束，台灣整個大環境改變了語言文字的使用之後，仍保
留日語的書寫方式；1967 年參加台北短歌會、俳句社（均以日文書
寫），同時開始轉用中文創作詩文，1968 年加入「笠」詩社，1971
年起擔任「笠」詩社社長，直到過世；1987 年加入台灣筆會。1970
年代活躍於台灣詩壇，被晚輩暱稱「姑媽」，有「台灣傳統社會中
的奇女子」（陳玉玲，2000：8），「台灣奇女子」（《陳秀喜全集
9》，頁 150），「傳奇女詩人」（《陳秀喜全集 9》，頁 222）、
「台灣第一位女詩人」（施叔青、蔡秀女編，1999：199）以及「台
灣女性主義詩人的先驅」（同上，頁 233，轉引江文瑜語）之譽。
生前，結集出版日文短歌集《斗室》（1970 年），中文詩集《覆葉》
（1971 年）、《樹的哀樂》（1974 年）、《灶》（1981 年）、《嶺
頂靜觀》（1986 年），詩文合集《玉蘭花》（1989 年）。過世後，
家屬設立「陳秀喜詩獎」（1992 年起，至 2001 年止，共 10 屆）。
1997 年 5 月，由李魁賢主編，新竹市立文化中心出版《陳秀喜全集》
10 冊。

　　陳秀喜最初的中文詩，幾乎同時間發表在兩份詩誌。〈嫩葉〉刊登在《葡萄園》詩刊 21、22 合期（1967 年 7、10 月 15 日），副標題「一個母親講給兒女的故事」；〈思春期〉和〈愛的鞭〉刊登在《笠》詩刊 20 期（1967 年 8 月 15 日）。1967 年這一年，陳女士 46 歲，已是人妻人母了，回看這起步的中文三首詩，尤其是第一首〈嫩葉〉詩：「風雨襲來的時候／覆葉會抵擋……當雨季過後／柚子花香味乘微風而來／嫩葉像初生兒一樣／恐惶慄慄底伸了腰……嫩葉知道了歡樂　知道了自己長大了數倍／更知道了不必摺皺紋緊身睡著／然而嫩葉不知道風吹雨打的哀傷／也不知道蕭蕭落葉的悲嘆……只有覆葉才知道　夢痕是何等的可愛／只有覆葉才知道　風雨要來的憂愁」，這樣豐富的思維與詩句，已不是初習者的青澀，而是一位走出文藝少女正流露出人妻人母的立場與關愛。隨後，陳秀喜的詩作大都以《笠》詩刊為發表的主要園地。再隔十餘年，1970年代末，她出版了一冊日文短歌集和兩冊中文詩集，提出自己的詩觀——創作詩的心得：「一首詩完成的過程，是感觸、感動的餘韻帶進思考讓它醱酵。思考是集中精神在語言鍵盤上彈出聲音。詩人不願盲目活著。眼睛亮著重視過去，腳卻向前邁進。意識歷史、時代、甚至國際、人類。以關心執著於自覺的極點，負著時代的使命感，以喜怒哀樂的沉澱物來比較和判斷事物。詩人是真善美的求道者。在現實生活中，站在自己的位置，詩人的責任非常重大。」（笠詩社主編，1979：224）。這篇詩觀，陳女士提出「詩人是真善美的求道者」，稱詩人為「求道者」，自有其嚴謹的面向。詩人追求詩藝過程，提煉出自己的觀點（「站在自己的位置」），活在「現實生活中」，懂得「重視過去，向前邁進」的歷史銜續觀。如此，陳秀喜建立現實主義的理念，不寫無病呻吟之詩，不作超現實的玄想。同時間，1978 年 10 月發表的〈也許是一首詩的重量〉（《陳秀喜全集 2》，頁 38-39），是她的詩觀，也是她的人生觀：「詩擁有強烈的能源，真摯的愛心／也許一首詩能傾倒地球／也許一首詩能挽救全世界的人／也許一首詩的放射能／讓我們聽到自由、和平、共

存共榮／天使的歌聲般的回響」（原詩後半）。無疑地，這是一篇〈詩的宣言〉，也是〈愛的宣言〉，面對工商科技的撞擊，詩的聲音愈來愈微弱，詩的社會效用愈來愈乏力，陳秀喜這樣的堅持，自是可貴。

　　底下，試著分成四個子題，討論她詩的內涵：母愛與親情的慈藹光輝、青春戀情追求的表白、掙脫父權的先進女權主義護衛者、鄉土情與國族愛。

一、母愛與親情的慈藹光輝

　　讀女性詩人的作品，總會承受柔情中帶著哀傷，表露出感情不完美、失落的嘆息。陳秀喜女士的詩作中，絕少這種情形，反而散溢著溫溫婉婉的柔美，特別是無怨的母愛情懷。因為沒有憤，無從恨，才能無怨。想必跟她中年之後才動筆寫詩有關。年輕時，趾高氣揚，意興煥發，彷彿有不可一世的雄心，中年之後，雖未歷盡滄桑，但也品嘗過各種人生滋味時，冷暖自知，下筆自然揀選。母親辛苦揉捏塑造，把孩子由嬰兒，慢慢調理撫養長大；孩子不見得百依百順，畢竟他（她）是有血有肉，有情緒變化，有意志要表達的個體，他不願常理規範的束縛。這種意志力的獨立，難免時而頂撞長輩，或失語刺傷家人，或舉止折騰親人。因為是自己的骨肉，由親情牽繫，當母親的，永遠流露無怨的真情。〈歸來〉一詩，表現最為露骨。

　　孩子叛逆，離家出走，母親既惱又恨，既罵又責，「自妳離開我／家裡的每一件東西都出現妳／展綿花的翅膀／等待妳歸來」（〈歸來〉詩首段），負氣的女兒離家後，母親牽繫著，時時靜候她的歸來。「如今不是幻影／失意的妳露出笑容　奔向我／欣悅的我卻咬著下唇　走近妳／淚珠映著妳貧血的嘴唇／淚珠映著好散亂的黑髮／驚喜和心痛的剎那／衝口說：『我做一道妳最喜歡的菜好嗎』／（而強忍住欲哭的嚎聲）」（〈歸來〉詩二段），描敘女兒

回來，乍見之下以為是幻影，一個是失意，一個是欣悅，兩人均有
淚水盈眶；沒有責備與彼此的嘔氣，母親很平常地顯出一向的疼愛，
想孩子在外受了苦受了風寒，一定渴望嚐嚐媽媽親手調理的菜餚。
「妳歸來／整世紀的春天一齊飛進來／淒冷的寒風已從後門溜走」
（〈歸來〉詩末段），孩子的歸來，一掃寒冬的陰霾，春天的喜悅
充滿全屋。整首詩，傳達了母愛容得下孩子的錯失、缺憾，一種無
悔的付出。不知為人子女能體會多少這份親情？

　　類似這樣以柔軟手腕，散發母愛的慈藹光輝，尚有〈白色康乃
馨〉、〈復活〉、〈趕路〉、〈父母心〉、〈等候〉、〈覆葉〉……
等詩。相對於第一首中文詩〈嫩葉〉，做為首部詩集之名的〈覆葉〉
一詩，更能展示母愛襟懷的偉大：「倘若　生命是一株樹／不是為
著伸向天庭／只為了脆弱的嫩葉快快茁長」，母雞譬庇護小雞，覆
葉是為了嫩葉的茁長。

　　從自身散發母愛的慈藹到追懷長輩的親情，陳秀喜依舊流露溫
婉的細膩心思。陳秀喜自幼被領養，承受養父母的「格外疼愛」，
自認為是「最幸福的養女」（《陳秀喜全集9》，頁158）；及長，
對長輩親情的感恩，有這些的詩作：〈曬壽衣的母親〉、〈爹！請
你讓我重述你的故事〉、〈今年掃墓時〉等。第一首，看見母親超
然、泰然、坦然地曬壽衣，無懼死神的掠奪；自己卻深怕與母親訣
別，很想前去搶回那件壽衣，不讓母親真的走了；〈曬壽衣的母親〉
一詩表現對母親的依戀、眷愛。相同地，對父親的情懷是：「想抱
住父親痛哭一場／卻觸及到／硬及冷漠的碑石」（〈今年掃墓時〉
一詩首段），因而只能在心中反覆著：碑石不是我父親。一襲壽衣，
一尊碑石，都是對父母情的真切追思。在她與林煥彰合編散文選集
《我的母親》的序言中，陳秀喜起筆：「母親是愛的源泉。她的愛
是溫和嫵媚，有盈無缺的慰藉的光。」（《陳秀喜全集4》，頁48），
這句「歌頌母愛」的溫馨話語，令人縈迴不已。

二、青春戀情追求的表白

　　1967 年，陳秀喜出現台灣詩壇時，就生理年齡言，已脫離青春期了，若純以詩齡看，仍屬初入青春詩園的少女。曾經已逝的過往青春心緒，藉由回憶慢慢浮現；曾經未掌握的青春書寫，也藉由回憶定格為自己曾經的「青春戀曲」。〈思春期〉、〈希望〉、〈重逢〉、〈愛情〉、〈盼望〉、〈薔薇不知〉、〈荒廢的花園〉、〈玫瑰色的雲〉……等詩，都有或含蓄或露骨的表白。前者〈愛情〉一詩，詩人藉「鳥」棲「樹枝」的景象，細膩描繪期待愛情的美好幻想曲：「如果　那隻鳥飛來樹枝上／樹枝會情願地承擔／最美好的裝飾／而且希望這隻鳥從此沒有翅膀／樹枝心願變成監牢的鎖／因為奇異的鳥在樹枝上／比勳章更輝煌／比夕陽懸在樹梢　更確實存在」（〈愛情〉一詩第二段後半），女詩人所期待的愛情，跟「樹枝等待一隻奇異的鳥」同樣都是一種心甘情願等候。再如〈玫瑰色的雲〉：「夕陽逐漸沉下／一朵白雲多情／還在天邊逗留／染上餘暉依依之情／愛意一致之時／天空 一朵玫瑰色的雲／造成和諧的黃昏／／回顧時／彩雲已無影蹤／心中深深銘刻著／遐想　愛相映的形象／回憶一朵玫瑰紅的雲／到老邁愈是溫馨」，兩段的詩，呈現一幅「人間晚情」的美景。比較上，更能彰顯陳女士開朗豁然直抒胸臆者，當推〈薔薇不知〉乙詩：

薔薇不知

隔著竹籬
一陣甜香撲鼻
似有一線緣份透入心懷

迷戀薔薇
與我曾有高歌之時
也有淚涔涔自嘲之日

　　當初堅定的意志
　　煽起了我跨越竹籬的勇氣
　　不顧及參差的銳刺

　　如今肉裂淌血的手臂
　　觸摸到飢渴不堪的心

　　我付出唯一的愛
　　獻給薔薇
　　唉！薔薇不知
　　唉！薔薇不知

（《陳秀喜全集 1》，頁 98-99）

　　這首 1973 年 4 月作品，曾收進詩集《樹的哀樂》。薔薇是落葉灌木，多刺，花色有紅白黃。觀賞植物中，豔麗綻放的紅薔薇為最受喜愛的花卉之一。通常，人們也將薔薇當作愛情的象徵，這樣方式的表達與轉嫁，等同於玫瑰。詩題〈薔薇不知〉，已將植物生命的「薔薇」昇華為有情世界的一員，「它」或「牠」轉為「她」或「他」（依詩中意涵揣度）。「花濺淚」與「花開心」都是當事人的心境投射，人喜境悅，人憂境愁。薔薇究竟不知甚麼？讀畢全詩，赫然驚覺「薔薇不知」當事人的一片真情。當事人的一片真情換來類似俗話「呆頭鵝」的嘲諷，以及「本待將心託明月，誰知明月照溝渠」（明·凌濛初·《拍案驚奇》卷卅六）的徒嘆。全詩分 4 段，前 3 段各 3 行，末段 6 行。4 段詩分別將情愛追求的喜甜、迷戀、懊惱、無悔的一廂情願，表現得淋漓盡致。首段，是一幅香甜的花園邂逅圖：由薔薇的甜香氣氛帶引「情緣」的萌發；2 段，承續情緣，加深之，轉為「迷戀」；為此，進入 3 段，不顧「參差的銳刺」，欲求贏得「美人心」，強行採摘；4 段，終至招惹「肉裂淌血」，徒嘆「我付出唯一的愛／獻給薔薇／唉！薔薇不知／唉！薔薇不知」結尾兩行，發出連續兩次相同的歎息，意味著世間男女之間的情愛，強求不得，或是可遇不可求的無奈。

〈薔薇不知〉赤裸裸地表露追求情愛的心聲。套句俗話：「我愛者，人不愛；人愛我，我不愛。」人間的感情世界就如此無邏輯可尋。根據陳秀喜的另一首詩〈荒廢的花園〉（《陳秀喜全集 1》，頁 155-157）與回憶散文〈綺年‧綺思〉（《陳秀喜全集 4》，頁 91-96，原收進詩文合集《玉蘭花》），莫渝曾撰寫〈廢園心事〉（莫渝，1997：131-138）乙文，試著循陳女士的詩文回憶，編織她的青春戀曲，那是　段未譜成的戀曲；由於不完美，才深埋心底，彷彿　座休火山，隨時會引爆出熊熊的熱情。本詩〈薔薇不知〉應屬同一情境的抒發。

三、掙脫父權的先進　女權主義護衛者

結婚原本是一件喜悅歡樂之事，但在傳統男女不對等的父系社會下，衍生了女性承受相當沉重的精神壓力。陳秀喜於 1942 年和長張以謨結婚，既有丈夫的疼愛，亦受到婆婆的虐待，扮演傳統人妻人媳的悲傷角色，36 年後，1978 年離婚，得以獲得解放。離婚前 3 年 55 歲的她，寫出〈棘鎖〉一詩（1975 年 2 月發表），透露婚姻的委屈和折騰：「卅二年前／新郎捧著荊棘（也許他不知）／當做一束鮮花贈我／新娘感恩得變成一棵樹」，第一段，作者回顧三十二年前的婚禮，婚禮時自己（女性）試著調適新的角色，由於是回顧性質，她看清當時「新郎捧著荊棘」，可是女方當時竟認為是鮮花而「感恩得」希望自己以後的角色是「一棵樹」。第二段：「鮮花是愛的鎖／荊棘是怨的鐵鏈／我膜拜將來的鬼籍／冷落爹娘的乳香／血淚汗水為本份／拼命地努力忠於家／捏造著孝媳的花朵／捏造著母者的花朵／插於荊尖／湛著「福祿壽」的微笑／掩飾刺傷的痛楚／不讓他人識破」，沾滿喜氣的鮮花讓女主角投桃報李，一入夫家，「生為夫家人，死為夫家鬼」；愛情，婚姻，雖有愛，也有怨；愛的是感恩是心甘情願的相隨；怨的是切斷與爹娘的血緣養育，長期必得照顧夫家，「併命努力盡忠於家」，失掉本我。家，原是

兩人相愛，溫暖甜蜜的巢窩，傳統女性為了捏造「孝媳、妻子、母者的花朵」，讓花朵鮮艷，卻「掩飾刺傷的痛楚」。第三段：「當心被刺得空洞無數／不能喊的樹曲枝椏／天啊　讓強風吹來／請把我的棘鎖打開／讓我再捏造著／一朵美好的寂寞／治療傷口／請把棘鎖打開吧！」長達 32 年的掩飾壓抑「不讓他人識破」的痛楚與悲創，作者有所覺醒，這場婚姻不是一棵充滿愛的濃密覆蔭的樹，而是荊棘圍困的鎖房，內心被一具「荊鎖」緊緊圈住，無法自由呼吸，她要掙脫，連喊兩次「請把棘鎖打開」。這樣的異於捧花的「棘鎖」，字裡行間傳達傳統女性在婚姻過程中，承受的委屈與哀嘆，自然，也是女性同胞的人格投影與呼籲。

　　陳玉玲對陳女士的這段婚姻，也抱持同情，她說：「這段痛苦的記憶，化成她詩中苦澀的滋味，也促成她對傳統女性角色的反省。她以〈棘鎖〉象徵婚姻的束縛與傷害，詩中巧妙地把新娘手中的捧花比擬為荊棘。」（陳玉玲，2000：19）。陳秀喜的這首〈棘鎖〉發表後，獲得持許續的共鳴與感動，如趙天儀撰〈愛的探索者〉（《陳秀喜全集 2》，頁 185-7）；王瑞香撰〈謝血淚翩然化作詩〉（1988年發表）乙文，特立一節「棘鎖一詩，見證女性苦難」（《陳秀喜全集 8》，頁 195-197）；陳豔秋撰〈關仔嶺寂寞的黃昏〉（1991年發表）指出「……不論姑娘對婚姻、家庭有多少的埋怨，雲人生有多坎坷，但是在稱充滿哀傷的心靈，她依舊用愛強烈呼喚……她……就像一座愛的發光體」（《陳秀喜全集 9》，頁 90-93），莫渝撰〈詩的療傷　療傷的詩〉（1997 年發表，莫渝，2000：216-218），從心理學探解陳秀喜的心中鬱結──用詩解愁，以詩療癒心身之傷。

　　1990 年代，台灣女權聲音高漲，作家張典婉寫〈媽媽監獄〉一文，開頭說：「媽媽監獄讓女人掉入一生一世的陷阱，終生囚禁在溫柔親情的枷鎖中，讓身體心力任勞任怨、辛勤一生，以換取男人的喜悅與讚賞，在這座監獄中，女人用青春，心力構築母親偉大的光環，犧牲了所有的人生，只換得了父權思想中男人的喜悅與讚賞。」（張典婉，1996：147）。張典婉的文章可以搭配與印證陳秀喜的詩。

或者可以這麼說，1970 年代陳秀喜的詩〈棘鎖〉，為台灣的女權主義文學提早發出了聲音。

四、鄉土情與國族愛

詩人自言是「真善美的求道者」，發揮至極，由「小我」朝「大我」與「大愛」的表現，亦即詩人展現的鄉土情與國族愛。前者如：〈關帝廟晨陽〉、〈鄉里之樹〉、〈台灣〉、〈魚〉、〈你的手〉、〈泥土〉、〈灶〉、〈探討烏腳病人記〉、〈榕樹啊，我只想念你〉等；後者有〈台灣〉、〈耳環〉、〈我的筆〉等。這些詩篇有的是環保公害，有的是探視病人，有的是呼喚遠適異國鄉人回來，有對台灣的讚美，有出國時懷念家鄉。

榕樹屬桑科，為常綠喬木，枝葉扶疏茂密，樹冠華蓋寬闊，可為蔭遮涼，是眾所熟知的觀賞性鄉土樹木。〈榕樹啊，我只想念你〉一詩是詩人於 1977 年 11 月「東南亞之旅」，眼見之處皆是椰子樹時的思鄉之作，全詩兩段，計 28（17＋11）行，後段，如是表現強烈的鄉愁：「榕樹啊／你的葉子是／我最初的樂器／你是我童年避雨的大傘／你是晒穀場的涼亭／你是老人茶，講故事的好地方／你是小土地公廟的保鏢／你是我家的門神／我在異鄉／椰子樹的懷抱裡／還是只想念你」，道盡了懷念家鄉樹種的無盡親切之情。

榕樹是台灣最普遍最常見的樹種之一，有些事物卻在時代變遷中沒落或隱失了。作為陳秀喜第三部詩集書名的〈灶〉一詩，不僅意義深遠，也最具鄉土氣息，值得再三回味：

　　　　百年以後
　　　　大家都使用瓦斯
　　　　人們只知道工業用的煙囪
　　　　不知道曾有泥土造的灶

灶的肚中
被塞進堅硬的薪木
灶忍受燃燒的苦悶
耐住裂傷的痛苦

灶的悲哀
沒人知曉
人們只是知道
詩句中的炊煙
裊娜美麗——

（《陳秀喜全集1》，頁185-186）

這首詩發表於《龍族》詩刊16期，1976年5月5日。距離現在才三十來年，「灶」的存在已被現代化的廚衛設備取代了，詩人似有先見之明。當今居家的廚房設備用具，光鮮亮麗極為講究，絲毫想像不出半世紀之前昏暗污黑的爐灶景象；那時，傳統或鄉村的「灶腳」，燃燒木柴或煤炭，透過煙囪的管路，將黑煙升向廣袤天空，美其名「炊煙裊裊」。其實是「污染天空」。傳統社會女性，出嫁前，與母親學習廚房料理工作，嫁入夫家後，仍需與「灶腳」親密交往。「灶腳」，是傳統社會裡婦女的主要活動場域之一，還有隱身的「灶神」。日治時代作家吳新榮的詩句「這黑色煙囪上／喘出勞動者的嘆息」，道出工廠煙囪的本質。同樣地，陳秀喜站在與農村婦女息息相關的灶腳的立場，寫出這首詩，既點明「灶」的存在，也表達婦女一生的勞動心聲——忍受燃燒的苦悶，耐住裂傷的痛苦。如此心酸與悲哀，只換得裊娜美麗的炊煙。灶的生命就是農村婦女的生命！這首濃烈草根且消失物的詩，堪稱陳秀喜鄉土愛的代表作。

〈台灣〉一詩寫於1973年12月19日，輯入詩集《樹的哀樂》後，1977年由梁景峰改編歌詞，李雙澤作曲，標題更換為〈美麗島〉，風行校園；但因戒嚴時期旋遭禁唱（達八年）。接著，1979年12

月 10 日發生「高雄美麗島事件」，連待波及《美麗島詩集》（笠詩社主編，1979 年 6 月）的幾位主事者。回看陳秀喜這首〈台灣〉詩：「形如搖籃的華麗島／是　母親的另一個／永恒的懷抱傲骨的祖先們／正視著我們的腳步……飄逸著吸不盡的奶香／／海峽的波浪衝來多高／颱風旋來多強烈／切勿忘記誠懇的叮嚀／至只要我們腳步整齊／搖籃是堅固的／搖籃是永恆的／誰不愛變母親留給我們的搖籃」。詩句貼切、語調溫和，就相關主旨，有承先啟後的效果。前承 1950 年代楊喚的〈美麗島〉（楊喚，1954；64-65）、1960 年代吳瀛濤的〈華麗島〉（1963 年作品，吳瀛濤，1970：134-135），後啟吳晟的〈番藷地圖〉（1978 年作品，吳晟，1985：53-55）、李敏勇的〈我們的島〉（1978 年作品，李敏勇，1990：91-92）……等。

　　除了上述四類詩作外，陳秀喜詩寫過不少揀選植物，尤其以花為題的作品，既抒情，亦抒懷，意有所指。陳玉玲的論文〈台灣女性的內在花園──陳秀喜新詩研究〉中，特別提出一節「花語與心情──自我的影像」加以討論，她說：「展讀陳秀喜的詩集彷彿陷入一片香氣襲人的花海之中，由此可以觀察作者詩中的空間觀，是以花園作為起點。在中文詩集兩冊，詩作 135 首（莫渝按：數字有誤，見下段）詩中，以花草樹木作為意象的詩，約有 51 首，佔有重要的比例……」（陳玉玲，2000：9），全文剖析精彩。相異的主題，另有一番詼諧同理心的意味，倒是〈蚊子與我〉一詩，值得贅筆。詩句開始：「一隻鼓腹的蚊子／吸了我的血……打不到蚊子／我懊惱著」，接受蚊子連續嘲弄人類（其實是詩人的自省）後，作者悟出蚊子「為著生存」才吸血，而你提供的「一滴血」只不過想像「自大海提一桶水」，不必介意掛齒，更不足以將牠定「死罪」，詩結尾「我急促打開窗／放逐嘲笑的蚊子」。讀畢此詩，頗能萌發放生、悲憫之情。

　　陳秀喜的中文詩全部收進李魁賢主編《陳秀喜全集》前兩冊：《詩集一》和《詩集二》，總共發表了 134（84＋50）首；寫作時間，從 1967 年至 1990 年的十四年間，主要集中於前十年。

結　語

　　成長於熟練日語的環境，陳秀喜在 1940 年代中期的戰後轉轍語言文字，順利成為雙語書寫的得利者。到了 1960、70 年代，既參與日語色彩的文學團體「台北短歌會」、「俳句社」，出版日文短歌集《斗室》，也被推擁擔任台灣本土文學標誌的「笠」詩社社長。當時，統獨意識並未壁壘分明的年代，在女性詩人與台灣詩人之間，陳秀喜作了恰當的調適；她以女性潤滑劑的活躍者，身兼統領身份，及溫柔仁愛的詩風，贏得詩壇共同的愛戴。「風格如人」，讀她的飽含關愛與充滿希望，以及提出取女權的詩篇，感受尤深。她留下得詩文學資產，一直深受大家的喜歡。在〈笠詩人小評〉乙文中，莫渝如此小評陳秀喜：「飽含母慈的覆蔭下，微微展露掙脫傳統女性受束縛的心聲。」（莫渝，1999：93）應是中肯的評定。

參考書目：

陳秀喜（1997）：《陳秀喜全集》第 1 集到第 10 集，李魁賢主編，新竹：新竹市立文化中心，1997 年 5 月。

陳玉玲（2000）：《台灣文學的國度：女性・本土・反殖民論述》，台北縣：博揚文化，2000 年 7 月初版。頁 007-037，收有論文〈台灣女性的內在花園：陳秀喜新詩研究〉。

笠詩社主編（1979）：《美麗島詩集》，台北市：笠詩社，1979 年 6 月初版。

張典婉（1996）：《台灣人女人》，台北市：碩人出版社，1996 年 9 月初版。

施叔青、蔡秀女編（1999）：《台灣第一・世紀女性》，台北市：麥田，1999 年 12 月初版一刷。

楊　喚（1954）：《風景》，台北市：現代詩社，1954 年 9 月初版。

吳瀛濤（1970）：《吳瀛濤詩集》，台北市：笠詩刊社，1970 年 1 月。

李敏勇（1990）：《野生思考》，台北市：笠詩刊社，1990 年 3 月。

吳　晟（1985）：《向孩子說》，台北市：洪範，1985 年 6 月初版。

莫　渝（1997），《愛與和平的禮讚》，台北市：草根，1997 年 4 月初版。

莫　渝（2000），《台灣新詩筆記》，台北市：桂冠，2000 年 11 月初版。

（2005.06.12.初稿）

台灣詩的明燈

——讀陳千武的詩

　　陳千武先生，本名陳武雄，另一筆名恒夫。1922 年 5 月出生於南投縣名間鄉。1938 年，舉家移居台中豐原。日治時期台中一中畢業。曾任職林區管理處、台中市政府、台中市立文化中心與文英館。「笠」詩社發起人之一（1964 年），擔任過「台灣筆會」會長，「台灣省兒童文學協會」理事長、靜宜大學駐校作家等職。著有自家藏版日文詩集《彷徨の草苗》（1940 年）、《花の詩集》（1941 年），油印版日文詩集《若櫻》（1943 年），戰後有中文詩集《密林詩抄》（1963 年）、《不眠的眼》（1965 年）、《野鹿》（1969 年）、《剖伊詩稿》（1974 年）、《媽祖的纏足》（1974 年）、《安全島》（1986 年）、《愛的書籤》（1988 年）等；評論集《現代詩淺說》（1979 年）、《童詩的樂趣》（1993 年）、《台灣新詩淪集》（1997 年）等；小說集《獵女犯》（1982 年）；合編《亞洲現代詩集》共六冊（1981-1993 年）；翻譯日本詩文學與兒童文學多種。曾獲吳濁流文學獎（1977 年）、笠詩獎翻譯獎（1969 年）、國家文藝獎翻譯成就獎（1992 年）、國家文藝獎文學類（2002 年）、台灣文學家牛津獎（2002 年）等。2003 年 8 月出版《陳千武詩全集》12 冊（陳明台主編，台中市文化局）。

　　日治時期，文藝青年陳千武先生接受日文教育，1939 年即有日文詩的寫作，隔年已經發表有特色的詩作。終戰後，改習中文，1958 年起開始用中文發表詩歌，五年後結集出版第一本中文詩集《密林詩抄》（1963 年），此後，持續不斷筆耕，寫作範圍擴展至評論、小說、少年小說、兒童文學、原住民傳說及翻譯與詩教活動，活躍

文學界。不論日文創作或中文寫作，直到晚年（80歲），陳千武回憶說：「想起我自己，詩陪伴我走了一大半人生。在專制殖民統治體制下，或軍國自大狂的怒潮裡，或在白色恐怖控制下，詩一直給我快樂，使我心平氣和，能認清事象的本質和真理，划過了深淺不同的命運湖海。」閱讀陳千武的詩，可以感受到台灣新詩史的參與者與建構者的一股熱誠與苦心。

底下，筆者試著提出無邪抒情、鄉土情懷、現實批判、戰爭與死亡、情慾描寫、關愛的情操等六層面，欣賞與討論其詩業的特點。

一、無邪抒情

陳千武在多次文字中，提到「詩無邪」或「無邪」，如：「自詩想的蘊釀以至寫詩的過程中，我無邪。」（詩集《野鹿》後記）；「從兒童詩的天真，發展到成人詩的真摯性，應該是一貫『詩無邪』的基本精神。」（《現代詩淺說》：〈詩無邪〉）；「神在／神在心的深處呼喚我／說，無邪——」（〈信仰〉一詩）。

「詩無邪」，是中國孔子刪定《詩經》，為後世立下的閱讀與寫作的原則，其本意當是「歸於正」，即政治與道德行為上扶傾為正的規導。孔子不是純文學欣賞者，他是泛道德理論家，因而他說：「詩三百，一言以蔽之，曰詩無邪。」（《論語・為政》），他要求的是「目不斜視」、「非禮勿視」的端整。陳千武不著眼於此，縱觀他在字裡行間的意思，應該是要求「詩的真摯性」。他把「無邪」解說為「真摯性」，將之作為寫詩的基本態度。這種寫作態度，與法國文豪紀德（André Gide ,1869~1951）所言寫作者首重真摯（真誠，sincérité），不謀而合。另外，在 1963 年的〈寄生蟹〉（詩集《密林詩抄》）一詩裡，作者寫著：「風翻不轉你的意志／砂埋不掉你的耐煩／浪花誘惑不了你的靈魂／你像無名的小詩人／遊歷海濱／尋找生活的真諦……」，雖然詩寫小動物，其實託物寄志，詩寫自己在「尋找生活的真諦」。從小小寄生蟹到無名小詩人到台灣

文學巨人，一段悠長歲月的寫作歷程，都奠基於「無邪」、「真摯」、
「真諦」。

1942 年的抒情詩〈月出的風景〉，作者描繪一幅月亮初升時恬
靜的風景畫，詩中，有作者的情、風景的真，值得讚美的溫柔夜晚。
感覺有畫有歌的生活寫真：「把戰時的友情鑲入綺麗的畫框」、「把
希望的歌／把黃金的曲子／飄浮起來　讓圓圓的月亮出現」。

1963 年的〈木瓜花〉，描繪姊弟兩人在木瓜下嬉戲情景。詩人
以兩節文字著筆於木瓜花「以虔誠攤開的葉綠素的手掌／仲向光與
熱的恩惠／掬承四季風的遺愛」和「木瓜花　悠然／沉默　像健美
多產的孕婦／以攤開的葉綠素全靈的光合作用／希冀生命的完
美」，展現生命成長歷程，同時搭配「姊姊的佳期」，形成人景和
諧的無邪氣氛，彷彿一幅台灣畫家李梅樹的鄉景畫。

〈我凝視隨風起伏的草〉發表於 1976 年 8 月《小草》詩刊第 2
期。隨風操弄而「起伏的草」，作者的心在動與不動之間跟著起伏。
掙扎之餘，悟出「我必須努力打開封閉著的窗／促進呼吸／讓希望
延續下」，這是探求生活的無邪抒情。

二、鄉土情懷

「所謂鄉土情懷，不單是在作品中嚷著擁抱泥土，紮生活的根，
握一撮芬芳鄉土，或者表現鄉村風光，而是能夠接續歷史傳統的民
族血脈，且奠基於現實生活環境的一種愛心懷抱。」（莫渝：〈桓
夫的謂鄉土情懷〉）。與鄉土情懷最貼切的活動是庶民生活的廟會，
而寺廟文化宗教信仰是人類精神寄託的象徵，台灣的寺廟甚多，影
響居民生活甚大。西方宗教深入宮廷與民間，影響整體民生甚鉅；
反觀國內，庶民與知識份子看待台灣寺廟與廟會活動，有著截然不
同的接近與排斥。這之間的差異，或許跟廟會成員養成教育體制的
因素有關，但，毋庸置疑，不少自認知識分子心底極端地排斥（輕
視、不屑）廟會活動。近年來，有本土意識者積極介入民俗研究與
文學寫作（尤以小說），略有改善。

　　在 1960 年代，詩人陳千武先生已著筆這類跟鄉土密切關連的題材了。在〈六○年代台灣的鄉土詩〉文中，莫渝列舉了 10 位詩人及其詩作，桓夫（陳千武）是其中之一。陳千武處理這些題材，幾乎都以第三者旁觀的立場，冷靜且深刻的敘述及批評。散文詩〈廟〉（1967 年）一詩的起筆：「廟／他們喜歡在神話裡做活／他們預感終將變成神／陰間和陽間越來越接近」，作者「我」與「他們」有間隔，他們是有信仰的「善男信女」，敘述之後，詩人提出意見：「廟　含毒的顏色　發散焚香的薰味　以及揚起金紙的火舌　使正殿幽香　在逃避陽光的地方　釀造無可言喻的妖怪氣氛中　神　一尊木頭　靜坐著祂的永恆」，他不迷信，他有否定的意見：「神　一尊木頭　靜坐著祂的永恆」，他不相信「神棍劍舞的奇蹟巫術」，推翻「神」的永恆價值。不正面歌頌，反而直指某些弊端，「神一尊木頭靜坐著祂的永恆」，利用這位永恆的神，「他們」讓廟的正殿幽昏，「在逃避陽光的地方」以含毒的顏色釀造妖怪氣氛。廟堂是神聖之殿，也是營利的「神話博物館」，作者既有明指，也有暗喻。

　　在描述虔誠婦女入廟祈禱跪拜象杯的〈春喜〉（1968 年）詩中，陳千武直接將寺廟的「籤詩」拼貼詩中，並將跪拜帶嘲諷地說：「拾取欺騙自己的錯覺的時候／她那彪大的臀部就遮掩了／媽祖的金身──」。類似的妙筆，尚有〈媽祖生〉、〈媽祖祭典〉、〈信仰〉、〈詛咒〉、〈巫〉等。2001 年，陳千武整理《陳千武精選詩集》，全書四輯中，有「媽祖‧信仰輯」27 首，都是他長年留意台灣寺廟與廟會活動的觀察報告。

　　除了以廟宇或媽祖為素材，初入詩界的文藝青年陳千武，在 1939 年寫的〈大肚溪〉，為我們留下早期船渡的景象。

　　有人隨時口稱擁抱鄉土，陳千武則站在批判的立場，用溫柔善意的諷刺，作理性的處理，使我們在認識與護衛鄉土的態度，產生新的思考方式。

三、現實批判：

　　延續對鄉土的態度，陳千武型塑了他對現實環境的批判態度。因而出現「陳千武的詩富有強烈的歷史意識和現實批判精神。」（《混聲合唱》——「笠」詩選，頁 80）。他的批判精神強烈地顯示在「批判威權」與「批判中國」兩個焦點。

1、批判威權：

　　威權，是掌權者施展力量的象徵，不動如山，固是威嚴；多方羅織，更顯卑劣。

　　詩集《媽祖的纏足》的〈後記〉裡，陳千武說：「人一老，就會變成古董，祇回味過去不想未來；祇拚命地保守傳統不想革新。老年人雖不認老，但那種古老得像媽祖婆纏足的狀態，十分頑固地絆纏著這個社會，使這個社會失去了新活力的氣息，卻成事實。很多老年人霸佔著他們有權勢的位置不讓；好像那些位置是他們永生的寶座，患成社會發展的致命傷。這種偶像性的權勢——媽祖婆纏足的彆扭情況，也就成為我寫詩的動機。」基於這種體認，桓夫不歌頌保護的神祇，而是予以棒喝。1968 年的〈媽祖生〉就是批判威權的一記猛喝。農曆 3 月 23 日是媽祖生日，這天，信徒與居民都準備香枝金紙豐盛牲禮到廟裡祭拜，天氣熱，又擠，且摻雜婦女的脂粉味，彷彿喜慶般的熱鬧，詩人卻把主角擺在一隻蒼蠅，詩開頭「蒼蠅一匹／停泊在媽祖的鼻子上／非常詫異地搓揉著手／睥睨神桌」，重量級的一匹蒼蠅，比媽祖顯貴，詩末：「天這麼熱／蒼蠅一匹／逃避在媽祖的鼻子上」原來，蒼蠅是躲熱找處陰涼。媽祖原本是鄉土的保護神，民眾的精神支柱，然而，在詩中，媽祖卻成了詩人反抗的目標，批判的對象。這首〈媽祖生〉，具強烈諷刺與尖銳批判現實。1970 年的〈恕我冒昧〉一詩，直言〈媽祖喲／坐了那麼久　的腳／在歷史的檀木座上／早已麻木了吧〉，進而建議應該把位置「讓給年輕的姑娘吧」，如果進一步探討，就可能涉及社會

與政治的意義了。1969 年長 108 行的〈媽祖祭典〉，含蓋面更廣，上自縣太爺，下至市井百姓，全都冀望「被薰香燻黑了臉的媽祖」保佑他們各種平安，「財富平安欲望平安妻妾一堂平安」，詩人認定這項祭典儀式是「傳遞神話／讓孩子們察覺恐怖的遊魂世界」，祭神是極端的迷信與守舊，日積月累，「毒蕈的廟宇仍然那麼艷麗」，仍然是大眾的神，已經登上神座，就永遠是神了。

2、批判中國：

　　1945 年 8 月，日本戰敗，讓出台灣殖民地的統轄權，1946 年 7 月，陳千武由南洋戰地返回台灣。半年後，發生 1947 年春天的二二八事件。島內整個環境面臨劇變。當時成長的台籍知識份子心中，糾葛著日本文化與中國文化的纏雜，及二者優劣的比較。1964 年 7 月，陳千武發表〈咀嚼〉一詩，是他從島嶼和扶桑文化被迫轉輸入中國文化，接觸（觀察）17 年後的一柄利刃。作者以生理的咀嚼動作：「下顎骨接觸上顎骨，就離開。把這種動作悠然不停地反復。反復。牙齒和牙齒之間挾著糜爛的食物。（這叫做咀嚼）」，談到生理的消化，再轉向心理的消化和文化的吸收，最後歸結出文化的惰性：「坐吃了五千年歷史和遺產的精華。／坐吃了世界所有的動物，猶覺饞然的他。／在近代史上／竟吃起自己的散慢來了。」沒有創造的文化，是一個死亡的文化；空洞無表現的目前，在文化的傳承上，會讓後代子孫引為恥辱，個人如是，社會國家亦如是。

四、戰爭與死亡

　　1941 年 12 月，日本發動太平洋戰爭；1943 年 4 月，台灣殖民地統治者日本，以「台灣特別志願兵」名義，徵調台籍青年，年輕的陳千武先生也加入在南洋的戰爭。終戰後，1946 年 7 月，才返抵豐原老家。這一段南洋的戰地洗禮，帶有浩劫餘生的烽火體驗，在其 1982 年的小說集《獵女犯》（新版名：活著回來）呈顯出來，

而詩的表現更早，〈信鴿〉和〈野鹿〉兩首是當中最具切身經驗的告白。

戰爭中，能平安地從戰場返鄉，應屬幸運。事隔多年，詩人追憶那場死裡獲生的過程，彷彿自己確實死過一次。1964 的〈信鴿〉，一開頭「埋設在南洋／我底死，我忘記帶回來」，昨日的我，穿日軍軍服為異族效命，早該埋骨熱帶南洋的密林中；現在的我，是新生的我，脫離日軍爪牙控制的自由身。詩人藉當時的通訊工具──信鴿，聯繫昨日我和今日我，一方面表達內心難忘的悲愁，另方面慶幸未永居異地，能活下來記錄一段史實，如同帶有傳遞訊息使命的信鴿一樣，也像希臘羅馬神話中，出入冥府的奧菲斯或伊尼亞斯。

詩人在南洋戰地時，經常看到叢林中野鹿不遭宰殺充作食糧，這齣記憶加上父親病危前的掙扎，凝成雙重交叉經驗，由此完成〈野鹿〉（1966 年）這首名詩。詩裡剔除屠殺野鹿的慘狀，著重在對死的況味有一分平靜安靜的期望，死，不要有任何恐怖、掙扎或威脅。詩人也將野鹿活動的背景由南洋叢林拉回台灣玉山，增添地緣的親切及景觀的描繪；同時，野鹿受傷的的血痕和「豔紅的牡丹花」結合的意象，驅散「死」的恐怖陰影。這首詩的書寫，是採五段散文詩形式，有特殊的效果。19 世紀法國詩人維尼（Alfred de Vigny,1797～1863）的一首名詩〈狼之死〉，有興趣的讀者可以將此兩首詩，進行哲理的探討與比較。

五、情慾描寫

1965 年，陳千武用散文詩的形式，寫〈女人胸脯的兩隻小鳥〉，沒有分段，近乎一氣呵成起筆與結尾，互有對應的書寫，前為「拉下窗簾吧　讓女人胸脯的兩隻小鳥飛出去」，後為「拉上窗簾吧　讓女人胸脯的兩隻小鳥飛回來」，拉下拉上之間，飛出去飛回來之間，詩人意欲傳達女人情慾的渴望與制約。

1970 年代，桓夫因「一位少女的感情」撰寫一系列的小品散文詩《剖伊詩稿》十首，作者補言「多少含有我從過去到現在，對於

女人的體驗，在某一段時期裡，最大的抒情吧。」十首《剖伊詩稿》
（1974年），標題分別為〈鳥〉、〈夜〉、〈花〉、〈夢〉、〈影〉、
〈水〉、〈神〉、〈血〉、〈風〉、〈石〉；十首作品表現十種不
同性格的女人，或者表現「活在無邪的青春裡」的（〈鳥〉），表
現「在夜生活中尋找快樂」的雙重人格者（〈夜〉），或者對女體
頌讚的〈花〉，有性幻想的〈夢〉，表現優柔性格女子的〈水〉，
均能適切的傳達作者細膩的體驗。這些作品，尤以〈女人胸脯的兩
隻小鳥〉和〈花〉最具唯美特色。和1990年代台灣詩文壇充斥或流
行的「下半身書寫」風潮相比，這些作品顯然純是抒情的情慾描寫，
是唯美的女體贊美的表現。

六、關愛的情操

在〈焦土上〉一詩，陳千武先生言：「沒有愛，種籽不會發芽
的」，沒有愛，生命，何嘗能延續呢？詩，何嘗會產生呢？講解童
詩時，他最常引錄的詩句是：「媽媽的愛是一盆滿滿的洗澡水／我
躺在裡面睡著了」。由愛延伸關心，進而萌生對社會的責任，是陳
千武先生寫作的出發點，也是詩業中流露關愛情操的主題之一，1988
年出版的詩集《愛的書籤》，是最佳明證。再以兩首不同時期用「太
陽」為題的詩篇做例子。

1941年寫的〈夕陽〉，描寫一群放學回家孩童的無邪嬉戲。黃
昏時刻，他們遙見車站鐵道的手推台車空著，麻雀似的高興地奔向
台車，登上平台，讓車子「緩慢地從慢坡滑下」，「一次又一次」
重演歡樂的遊樂。遊戲就是孩童教育的全部。孩子們「舒暢地流著
汗」輝映著「鐵軌上／油汗亮著」；原本「零散的餘暉」，添加孩
子的歡笑，變成「巨大的餘暉」。詩題雖為夕陽，主角卻是孩童，
這印證了前人的話：「有孩童的地方，就有歡笑。」詩中雖無「愛」
字的披露，內容洋溢歡樂的景象，亦即瀰漫愛的氛圍。

餘　暉

太陽是愛　愛的發源體
看它每天要西下
離開白晝的時候
依依不捨地　放射愛的餘暉
愛的餘暉　染紅了防風林
染紅了你我的鼻子
染紅了山那邊的家
讓大地充滿了愛
進入夜母親的懷抱裡

這首是 1987 年的作品。太陽的光輝（愛），普照世間，「讓大地充滿了愛」，入夜後，轉為「進入夜母親的懷抱裡」，隱含乾坤陰陽男女的並存並行。全詩文詞淺白，沒有華麗辭藻，應是作者長年為評選童詩、指導童詩寫作、編輯兒童讀物的因緣下寫作。以成人風格書寫的〈夕陽〉，文字顯得含蓄，而童語般的〈餘暉〉就很直接。

陳千武先生開始寫作時，大都以分行詩為主，偶爾出現分段詩（散文詩）。散文詩形式的書寫，是他特殊成績之一，幾篇代表作都以這類詩型呈現，如 1942 年的〈春色〉，1960 年代的〈咀嚼〉、〈野鹿〉，1970 年代《剖伊詩稿》10 首。

他本人還譯介不少日本詩人的這類作品，如三好達治、菱山修三、津村信夫、田村隆一、鈴木豐志夫等。翻譯與創作之間，或許有互補與相輔相成的激盪效用。但他並無刻意強調散文詩的寫作。在一次回信中，他提到「我寫詩，先考慮以詩的思想出發而寫，若沒有詩的思想，我就寫散文。散文不是詩。……採取散文形式或詩分行形式，均根據當時思考的詩語言本身的效果而定。並無特意要寫散文詩的念頭。」（1993 年 9 月 3 日回覆莫渝信箋）。無心插柳柳成蔭，沒有刻意，倒為台灣散文詩開啟另一不同景觀的視野。

　　2003 年 8 月出版《陳千武詩全集》12 冊，前 9 冊是陳千武先生從 1939 年至 2002 年 64 年間詩創作的全貌，稱得上浩迭鉅著。作為精華版，也先後出現四個不同語文的版本：《陳千武詩集》（東京，日譯版，1993 年）、《月出的風景》（北京，中文簡體版，1993 年）、《木瓜花詩集》（漢城，韓譯版，1996 年）、《陳千武精選詩集》（台北，中文繁體版，2001 年）。

　　台灣新詩發展史從 1920 年代開始，陳千武先生在 1939 年起以日文詩寫作，積極介入，歷經戰後「轉轍語言」的另一方向，一路走來，累積的詩文學成果，足以見證台灣文學的變化，和經驗的典範。從中國意識的文學，到台灣文學的塑型，他的作品表現明顯的批判內涵。誠如莫渝在〈笠詩人小評〉裡的頌讚：「從私我的批判到國族的批判，陳千武在內省與外展的詩業上，建砌了台灣新詩史的明亮燈塔。」

（2004.10.24.）
──刊登《文學臺灣》第 54 期，2005.04.15.。

綠色荒原的徘徊者

——杜潘芳格研究

提 要：

　　杜潘女士的詩，剔除抒情，沉澱熱情，乾硬的文句，浮顯出冷凝清楚的知性思維；她關心鄉里、傳播聖書、超越生死、大膽施放情愛，用心經營詩業。作品必然的翻譯轉折過程，曾使她消音一段時間，卻因為口文優先思考的創作模式，散發出特殊詩藝的異質燐光。

一、生平簡介

　　杜潘芳格，本名潘芳格，曾用筆名杜芳格，女，1927 年（日本昭和 2 年）3 月 9 日出生於新竹州新埔庄（今：新竹縣新埔鎮）潘家望族。日治時期新埔「小」學校（1934~1940）、新竹高等女校（1940~1944）畢業、台北女子高校（二年制，1944~1945）肄業。1948 年結婚後，移居桃園縣中壢市，一邊協助丈夫杜慶壽醫業，一邊自由寫作，以及擔任插花教室指導老師。1967 年 9 月的一場車禍，事後，她積極參與在客家地區傳播基督教福音的工作。

　　杜潘芳格自謂：「……1982 年 5 月，總算獲得了美國公民權……簡單地說，我這一生，二十幾歲年代是日本人，三十、四十歲年代的二十年間是慘勝的中國人。……五十歲年代，完成了一件大工程：移民美洲大陸。」[註1]以年代言，可以這麼說：第一階段，1927 年出生至 1945 年 8 月日本戰敗，潘芳格是日本籍，或是日本殖民統治下的台灣人；第二階段，1945 年 10 月至 1982 年 5 月，她是中華民國籍；第三階段，1982 年 5 月以後，她是持有美國籍身分的中華民

國台灣人。這樣國族歸屬與認同，發生在與杜潘女士同輩者，雖無正確統計，應屬不少，杜潘女士決非特例。

二、文學歷程與理念

杜潘女士雖然出生於客語家庭，其成長時期，接受了比較完整的日本學校體制的教育，日常生活、處事原則與寫作表達，都能駕輕就熟地以日文做為思考模式。戰後，直到 1960 年代，才開始寫作中文詩，最初發表的是〈春天〉和〈相思樹〉，前者刊登在《台灣文藝》10 期，1966 年 7 月，重刊於《笠》詩刊 79 期，1977 年 6 月；後者刊登在《笠》詩刊 14 期，1966 年 8 月。第一本著作是 1977 年 3 月出版中文詩、日文詩合集《慶壽》，正式踏入台灣新詩界。1979 年 6 月出版，標榜「戰後最具代表性的台灣現代詩選」的《美麗島詩集》，即選入杜潘女士 10 首代表詩作，當時署名本名「潘芳格」。1980 年代中期起，嘗試使用其母語（客語）寫作。

繼詩集《慶壽》之後，杜潘女士陸續出版中文詩集《淮山完海》（1986 年 2 月）、中文詩客語詩合集《朝晴》（1990 年 3 月）、中日英文合刊詩選集《遠千湖》（1990 年 3 月）、詩文合集《青鳳蘭波》（1993 年 11 月）、詩文合集《芙蓉花的季節》（1997 年 3 月）、日文詩集《拯層》。前 5 冊詩書的取名，作者沒有在書內說明，欲瞭解者，可間接由李敏勇的文章得之[註2]。1986 年 2 月出版的《笠》雙月刊 131 期，封面人物杜潘女士，頁 4~17 為「杜潘芳格特輯」。，就寫作語系與數量言，截至目前，杜潘女士大約寫作日文詩 50 首、華文詩（中文詩）100 首、客語詩 70 首，另有零星的散文隨筆和短篇小說。

在詩文學的活動上，杜潘女士為「笠」詩社同仁（1965 年加入），擔任「台灣文藝」雜誌社社長，「女鯨詩社」社長（1995 年起）。

關於「詩觀」，杜潘女士提出這樣的看法：

> 我的詩觀就是死觀。死也無悔,不把今天善惡的行為帶
> 過明天。活一天猶如渡一日,是我的理想。在死的明理
> 上,明理生;對於現實此時此刻,人與人的關係,自然
> 的風景,樹葉,以及路旁的小孩的笑臉,都成為我詩觀
> 裡珍貴的懷念。語言是映照心靈的鏡子,不能只耽於空
> 虛的夢。在日常生活上,浸於太多的悲哀,是心靈無法
> 顯出適當的語言之故,因此持著『死觀』,超脫『死線』
> 的意象,就是我的『詩觀』。^{註3}

至於「為何寫作?」,底下兩點是她意見的摘錄:

1、為「內在自由之追求」而寫作,即被迫而寫作。

2、對於我來說,寫作應該是,心志最深處的可能性的醒覺,不對
　　——是被醒覺的——被那產生出席的語言所迫兒寫作,這樣說
　　較為正確。^{註4}

三、主題與內涵

　　將近四十年與詩文學交往,杜潘女士的寫作量也許不算多,在
1960 年代踏進詩壇,就隱隱建立了自己的風格,底下依其詩作的主
題與內涵,分 6 個子題:故里鄉土的盤根、幸福追求的失落(隱藏
背後的意義)、信仰與批判特質、超越生死的宗教情懷、愛的施放、
客語詩,加以申述。

(一)故里鄉土的盤根

　　杜潘女士最初發表的中文詩是 1966 年的〈春天〉和〈相思樹〉,
這時,她已接近 40 歲了,

相思樹^{註5}

> 相思樹,會開花的樹
> 雅靜卻不華美,開小小的黃花蕾。

相思樹，可愛的花蕾
雖屢次想誘你入我的思維
但你似乎不知覺
而把影子沉落在池邊，震顫著枝椏
任風吹散你那細小不閃耀的黃花。

克拉基四，速必度三十。
剛離別那浪潮不停的白色燈塔
就接近青色山脈
和繁茂在島上的相思樹林呵。

或許我的子孫也將會被你迷住吧，
像今天，我再三再四地看著你。

我也是
誕生在島上的
一棵女人樹。

　　相思樹，屬含羞草常綠中喬木，花朵金黃色，台灣低海拔平地及丘陵地栽培甚多；由於木質堅硬可做拼花地板、器具材料、鐵道枕木或燒製成上等木炭供燃料用，這是純就取材的實際饑經濟效力，就成樹成林言，可為庭園風景樹，特別在海邊做為防風林。詩人林亨泰寫於 1959 年的小詩〈風景 NO.2〉註6，顯示「防風林」（詩中出現 3 次）與「海」（詩中出現 2 次）之間的關係，防風林即「相思樹林」，亦即杜潘女士此詩所指「繁茂在島上的相思樹林」。在〈相思樹〉詩的起筆，作者直言這種會開黃花樹「雅靜卻不華美」；第二節，再次強調「不閃耀的黃花」，可見詩人注意的是「樹」的樸實形象，而非「花」的芬芳鮮艷；第三節，延續前節對相思樹的時時「思維」，透過開車（或騎機車）的速度，拉遠或接近相思樹，亦步亦趨地證明自己的鍾情於相思樹，以及這種樹「繁茂在島上」的實景。詩中「克拉基四」指汽機車的排檔，即 4 檔；「速必度三

十」指速率 30／時。接著，因為自身如此喜愛，今天，「再三再四地看著你」，臆測來日，我的後代也同樣「被你迷住」；後人的著迷，除了作者自作多情的盼望聯想外，結尾的一節，也是因素之一。作者在末表明「我也是／誕生在島上的／一棵女人樹。」以「相思樹」自居，不媚俗但求實用，「繁茂在島上」，杜潘女士發表的第一首中文詩，在淡淡的抒情裡，展現著冷凝的思維。這種熱情沉澱後「冷凝的思維」，跟個性與環境的形塑有關，而且「再三再四地」出現往後的詩篇裡。

由於認同「繁茂在島上」的相思樹，順理，鄉土故里的印象盤根記憶深處，隨時浮顯，包括〈故鄉的庭院〉、〈夕陽與島上我家〉、〈故里〉、〈秋天的故里〉、〈紗帽山〉、〈一隻叫台灣的鳥〉、〈無台的灣〉等 [註7]，屬於同系列的作品。這些詩作，有遠離家鄉後的思鄉：「走到哪裡，／就想到故鄉的庭院。……那故鄉的天色／披著綠色的／可愛的家呀呀」（詩〈故鄉的庭院〉）；有童年印象的留存：「故里那棵樹仍舊站著；／是一百年前組先們殺死河南營兵吊死的。／父親種植的油加利樹長長長長地／延續在街道」（詩〈故里〉）；有因為對台灣環境污染嚴重引發的怨言：「無台的島嶼／只殘存污染重度的／漂流的灣」（詩〈無台的灣〉）。

（二）幸福追求的失落（隱藏背後的意義）

杜潘女士最初發表的中文詩，據說是由日文的寫作，再經詩壇人士的翻譯潤飾，發表時有署名者不多，約僅〈背面的星星〉和〈異界〉，前詩由陳千武具名翻譯，後詩由陳明台具名（刊登《笠》雙月刊 131 期）。此處要討論的是〈背面的星星〉。

背面的星星[註8]

那個影子　在湖面
亮著

卻

消逝

在深沉的幸福的

背面

常常哭泣著

一顆星星

不論處於怎麼柔弱的時候

也都很堅強的星星

今晚

仍然沉澱在湖底

依稀那樣的姿態

依稀那樣的姿態

背負著不幸

而燦然亮著

是一顆背面的星星

驅疾避苦，追求幸福快樂的生活，是人生的目的之一。自然，在人生不同的階段與時空，也出現不同的幸福層次。依照傳統，婚姻後的女人能否幸福，是由夫家決定，女子本身並無主導權。杜潘女士對家鄉的懷念詩篇，不是以「台灣」通稱，就是著筆於娘家，「娘家」，其實就是父親之家，因而，她筆下的「故里」，往往侷限父親之家，侷限在童年·成長階段的回憶，那段日子是美好的懷念，「吾故里的綠意很濃很濃」；相對的，杜潘女士甚少著墨於婚姻後的歡樂與幸福。這首〈背面的星星〉隱隱透露「幸福」的消逝。第一節是陳述句，湖面出現一個閃亮的影子，未幾，殞落了，「幸福」亦隨之消失了；詩人將「那個影子」當作自己幸福的象徵，是命盤的星座，是自己幸福歸屬的星星。第二、三節均屬加強補語，重述這顆星星的特性與本質，特性：「不論處於怎麼柔弱的時候／也都很堅強的星星」，本質是：「一顆背面的星星」，是相同姿勢「背負

著不幸／而燦然亮者」。讀畢全詩，詩題的「背面」，實有叛逆、不妥協之意，甚或顛覆傳統，掙脫樊籬；不幸敗北了：「一顆星星／不論處於怎麼柔弱的時候／也都很堅強的星星／今晚／仍然沉澱在湖底」。幸福的追求落空了，「哭泣」，變成剩下的替代方式，這方式同樣發生在〈鏡子裡〉一詩：

鏡子裡[9]

鏡子裡的女人
不揹小孩，卻揹著
長長的黑髮在跳舞。

「不配做情人」
那麼說的那個男人
卻未曾說過
「可以做朋友」。

「如果，做丈夫，也好。」
「我的妻子必會是幸福的女人。」
也那麼說過。

在鏡子裡
揹著的黑髮　哭泣著，
搖晃又搖晃　哭泣著。

鏡子裡的女人是現實體（現實情境）的反射，鏡子裡的女人揹著黑髮，反映著現實體女子的行為：她無孩子可揹，也不想不願揹玩偶般的洋娃娃或布娃娃，只好揹著自己身後的黑髮。於此，引發幾個疑問：1.「黑髮」的含意。2.女人為何哭泣？哭泣的原因可以從中間兩節表白探得：這段男女感情中，男子要求女人扮演「情人兼妻子」，因而嘲諷這位女人「不配做情人」，導致情人與妻子間角色的糾葛。顯然，這是父權操控下的社會型態。女子的行動無法讓男人如願，

引爆女子「幸福」期盼的落空，「哭泣」成了唯一宣泄的管道。

至於「黑髮」，當屬青春年少者所有，「長長的黑髮」自然意味著青春女子。青春女子在婚姻上不得幸福圓滿，無法升格發揮母愛的撫育作用，內心苦悶鬱積成自戀情結；另方面，則內斂進入幻想情境裡，時時都在等愛。準此，詩句中的「黑髮」可以如下列出：

黑髮＝青春
　　＝女子
　　＝母性撫育的嬰兒
　　＝自戀的女子
　　＝幻想情境裡等愛的女子

整首詩可以解釋為婚姻不如意（挫敗）的女子，難掩自己內在母性的行為傾向，自戀般地在鏡前跳舞自娛，把身後擺動的長髮幻想成可以心疼的嬰兒（長髮和嬰兒源自同一人身）；等到走出幻想，回到現實情境，不知不覺地哭泣起來。

這兩首詩：〈背面的星星〉和〈鏡子裡〉，具有相同對「幸福的追求」的心理，也同樣藉著表現的隱晦方式，形成一層神祕的帷幕，令讀者極欲思索其背後的真實意義。

（三）信仰與批判特質

信仰，通常直指對宗教信任的程度，無法截然區分是虔誠或迷信。逢年過節，祭典儀式，大部分群眾幾乎沿襲傳統，跟隨已定民俗、人際交往，單純地既迷信又虔誠，未加理性思考。杜潘女士踏入台灣新詩壇初期，同時發表的〈中元節〉和〈平安戲〉兩首詩[註10]，極具啟發作用與批判特質。

中元節

你
喜歡在紛雜人群裡

追求「忘我」。
而我
越來越清醒。

貢獻於中元祭典的豬，張開著嘴緊緊咬著一個「甘
願」。

無論何時
使牠咬著「甘願」的
是你，不然就是我。

中元節，又稱「中元祭」，俗稱「普度」，每年農曆 7 月 15 日，依
民間習俗，各地寺廟及家家戶戶分別或統一為孤魂野鬼（俗稱「好
兄弟」）祭拜超度，隱含祈請這些無主亡魂勿近身糾纏的驅鬼儀式。
這項民俗在客家莊發展出「賽神豬」的無限鋪張，供奉祭典犧牲的
大神豬常重達數百公斤，且家戶間互相較勁。杜潘女士出身客家莊，
自小耳濡目染，見識歷次活動的浪費與迷信，再環視祭壇，信徒群
眾中，少有「越來越清醒」的；唯獨詩人懂得避開「在紛雜人群裡
／追求忘我」，保持冷靜客觀的清醒姿態，反省痛切之餘，藉大豬
公咬柑橘（母語：甘願）的動作，加濃批判的意涵；指陳事實之後，
清醒的詩人依然無法撼動民俗既有的形式／儀式，還得無奈地納入
社會制約的行列，同「神豬咬柑橘」一樣順從：人加諸於豬使之順
從，也包括他人加諸於「我」的順從。

平安戲

年年都是太平年
年年都演平安戲

只曉得順從的平安人
只曉得忍耐的平安人

　　圍繞著戲台
　　捧場著看戲

　　那是你容許他演出的

　　很多很多的平安人
　　寧願在戲台下
　　啃甘蔗、含李子鹹。

　　保持僅有的一條生命
　　看
　　平安戲。

傳統農業社會，人治的封建思想濃厚，統治階層希望「國泰民安」，一般民眾期盼「風調雨順」，知足平安。秋收後的農閒，酬神謝天的主要廟會活動，是戲劇的演出，即俗稱「野台戲」。本詩延續〈中元節〉的思維，著眼於群眾心理「很多很多的平安人／寧願在戲台下／啃甘蔗、含李子鹹」。英國文豪莎士比亞說：「人生是舞台」，每個人輪番登上舞台，每個人應有扮演的角色。在本詩中，觀眾與演員是對立的；戲台下，只曉得順從與忍耐的觀眾，都是僅求「保持的一條生命」平安人。扮演重要角色口含「甘願」的神豬，和「圍繞著戲台／捧場著看戲」的平安人，都是詩人筆下感慨的對象。

　　作者透過中元節、平安戲這類可以擴大至任何祭典建醮、廟會法會等民俗活動，進而影射社會全體現象，提出知性的「反對乖順」的批判精神。

（四）超越生死的宗教情懷

　　1967 年 9 月 17 日的一場車禍，杜潘女士回憶當時：「我不斷地禱告，祈求上帝讓我先生好起來我一定會全心全意做神的義工，向一向最迷信的客家人傳教。」[註11]，同時，深刻地體會生命的脆弱。事後，她對基督教的信仰更虔誠堅定，更積極參與在客家地區的基

督教傳教播福音的工作；在〈為何寫作？〉短文也自白：「我是為
宗教信仰問題而煩惱」[註12]；經歷自我浸淫〈聖經〉福音和求人接
納異教觀念，1980 年代之後，杜潘女士將福音放入詩句裡，例如：
〈禮拜〉、〈那靈魂〉、〈原點〉、〈贊美〉、〈祈禱〉、〈神〉
等[註13]，這些詩作增加了「宗教與詩文學」的課題在「悲情之繭──
杜潘芳格作品研討會」[註14]中，李魁賢先生認為「杜潘的詩應較偏向
神祕主義或奧祕主義」[註15]，他進一步說明：「這是基於她的宗教心
和以此出發的內心思維所建立的人生觀所歸納」[註16]。神祕主義
（mysticism）指「聲稱直接或不經任何中介即可經驗到神。」或奧
祕（mystery）指「從宗教觀點看，意指受到隱藏或保密的真理，只
能藉由啟示而得知，無法憑理智瞭解。此詞源於希臘文業為『保持
靜默』」，就宗教或哲學的神祕主義言：神祕經驗本身是不能訴諸
任何的語言陳述的。從這觀點看，杜潘女士的宗教詩篇，較偏重於
超越生死的宗教情懷，不宜納入「神祕主義或奧祕主義」。

在桑樹的彼方[註17]

蝴蝶會把兩張羽翅整齊地合併而豎立著停息呢，
然而蛾卻是把兩羽翅張開不合，像飛機一樣停息著。

搬運亡逝的人的靈魂的，傳說是飛蛾呢。

在桑樹的小枝上生滿了許多鋸齒狀邊緣的葉子，從葉叢細
細的隙縫向遙遠的山嶺抬舉了眼。
看到天使們開朗地成群結隊在微笑裡，
爸爸，我也可見到您的笑容，
死，是一點都不可怕的事吧，
是要去好地方嘛。

從桑樹那細細的鋸齒狀的隙縫，我正向著遠遠的　遠遠的
那邊那高高山巒抬舉十七歲少女的眼眸。

這首〈在桑樹的彼方〉寫於 1985 年，應屬杜潘女士駕御中文能力成熟期的代表作，「作者透過桑樹葉子鋸齒狀的葉緣，提出『死亡可以微笑安詳』的理念，並以其父親為例。飛機展翼高翔，飛蛾張翅搬運亡靈，同樣有羽翼的天使，亦微笑地擔負亡靈的護送任務，死，『是要去好的地方的』，如此，不該悲傷、害怕才對。」[18]，能超越死亡的哀傷，雖然可以在古中國哲學家莊子的豁達見到，出現於杜潘女士的因素，仍以基督教的信仰為主。她在〈為何寫作？〉文內提到：「我是為宗教信仰問題而煩惱」[19]，也可呼應杜潘女士抄錄《聖經‧哥林多後書》第 5 章第 1~5 節的文句，以及「宗教對我的影響太大了如果沒有受到神和聖靈的感動，我的詩也寫不出來，並不是想要寫就能寫。」[20]。

〈在桑樹的彼方〉詩裡出現的葉子意象，僅僅藉細微觀察的鋸齒狀的葉緣，做為透視死亡的陪襯；1991 年作品的〈葉子們〉一詩，則從整體樹葉的生命，暗喻人類生存的現象：清貧、搖晃不安定、虛偽、歸入塵土，總結入土為安的信仰：

葉子們[21]

葉子們
知道　　自己的清貧
也明白　自己的位置搖晃不安定
有時候確實也虛偽地裝扮自己

葉子，葉子們
終究　　要把自己還給塵土
堅忍地等到最後的一刻
那燃著夕陽紅燄逝去的一剎那

葉子們
相信　聖經上的每一句話

　　　　　都是創造的葉子
　　　　　不是人造的葉子

結尾一節有明顯和〈聖經〉接軌的痕跡，這種刻意著力的現象，固然是作者長期參加宗教行列的內心投射，在有意無意間，卻減弱了詩的質素與韻味。

（五）愛的施放

　　「愛」，是人類生存活動的推動力，是詩文學經常表現的必然主題之一，杜潘女士的詩，除了闡釋基督宗教的博愛外，由於年紀關係，杜潘女士下筆時，發揮較多的是伴侶間恩愛的直接陳述語，而非濃情蜜意纏的纏綿。

因為在旅途[註22]

　　　　因為在旅途
　　　　終會達到
　　　　終點的

　　　　你看過什麼？
　　　　你做過什麼？

　　　　你，愛吧。
　　　　該深深地
　　　　該以堅強的耐心
　　　　繼續愛到底呀。

「人生如逆旅」，數十年光陰瞬息即逝，看過什麼？做過什麼？有愛相持，或許會留存較多。法國 19 世紀詩人魏崙（1844~1896）在監獄內懊悟，接受宗教信仰，寫過一首「獄中曲」的懺悔詩，詩篇後 2 節如下：

老天啊！老天，生命在那兒
單純寧穆。
那些和平的嘈雜聲
來自城市。

你做些什麼？哦你在那兒
不停哭泣，
說，你做些什麼？在那兒，
當你年少。註23

面對鐵窗外的青天，詩人忍不住發出年少時曾經「做了什麼？」的唱嘆。杜潘女士在質疑的同時，提出肯定的作法：「愛吧。／該深深地／該以堅強的耐心／繼續愛到底呀。」大膽喊出「愛」，在描述夫妻情愛的〈吾倆〉註24一詩，也有很坦露直呈的表白：「盼望你活著，再接再厲地，追越過年老而活下去吧。／願你，請你活著，活著，活下去吧。」

（六）客語詩的寫作

　　1920 年代是台灣新詩萌發期，1930 年代，即有詩人使用母語寫作 註25；40、50 年代，幾乎沉寂無聲；60、70 年代，出現微弱的聲音；80 年代，聲浪逐漸增強，語系不限閩南語（河洛語、鶴佬語、台語），80 年代中期，客語詩如雨後春筍般爭露詩壇，1991 年 5 月「蕃薯詩社」的《蕃薯詩刊》，形成有力的集結。

　　身為台灣詩壇祖母輩兼客家籍的杜潘女士，從 1988 年起，積極參加客語詩寫作的隊伍，詩作分別集進晚近的著作裡，這應是杜潘女士近十年最值得驕傲的文學成績。

四、詩藝探討

　　杜潘女士介入台灣詩壇的中文書寫之際，早已有了日文詩寫作的成品與成績，與跟她同輩的陳千武、陳秀喜不同，後二位在跨越語言，於 1960 年代進入詩壇，即採用新學會的新語言文字重新出發，陳千武更在稍晚回頭翻譯自己的日文詩。杜潘女士的情況，應該和詹冰相似；《笠》詩刊第一期（1964 年 6 月 15 日）「笠下影」評點詩人是詹冰，4 首詩作均為 1940 年代日文詩的翻譯；詹冰第一本中文詩集《綠血球》，一半以上的作品原為日文書寫 註26。

　　由於和 1960 年中期之前的台灣詩絕緣，杜潘女士閱讀寫作的營養，自然跟圈內的中文思維模式有異。比較明顯的是其詩句排列長短不一的隨意，環顧當時與之前，甚少累同者，比較上，很類似美國詩人惠特曼（1819~1892）在《草葉集》自由散漫的詩句，或許可以稱之為「惠特曼式的散文長句書寫」，這類例子，包括《慶壽》詩集的：〈春天〉、〈相思樹〉、〈墓中眼〉、〈荒原〉、〈夕暮れ〉、〈無題〉、〈帚星〉、〈合掌印〉等，最好中日文對照合看，後 4 首僅日文詩；《淮山完海》詩集的：〈唇〉、〈信仰〉、〈桃紅色的死〉、〈山〉、〈中元節〉、〈夕陽與島上我家〉等；《朝晴》詩集的：〈在桑樹的彼方〉、〈笠娘〉、〈秋天的故里〉等。

　　其次，杜潘女士的日文思維是她寫作醞釀的優先歷程，她說：「日治時代對日語的訓練非常徹底，用日語可以表達很深刻的東西。現在我用客家語、北京話講不出來的事情都可以用日語表達，我的『倉庫』裡面有很多日語的語彙，隨時可以取出來應用表達各種感情和思想。」註27 從日文思維轉換日文寫作，再經他人或親自翻譯為中文，這樣翻譯轉折的過程，必然要喪失掉某些東西，呈現出異質或不熟練的表現。如：〈荒原〉一詩的首行「映在肉眼」，中文習慣語是「出現眼前」、「映入眼睛」等；她為台灣九二一地震而寫的〈難語〉註28，「難語」一詞係日語，未經翻譯的轉折，直接搬移挪用，初看，很難體會原意。這種情形，頗似 1920 年代，在法

國的李金髮（1900~1976）閱讀法國象徵派詩人作品之餘，寫出《微雨》、《為幸福而歌》等詩集，怪異聲牙不合中文語法的詩，卻掀起中國新文學象徵派的風潮。杜潘女士的詩雖無李金髮的怪異，倒也沾染異國情調的異質思維，形塑成杜潘女士特殊詩風之一。

　　整體看，杜潘女士的詩，剃除抒情，沉澱熱情，乾硬的文句，浮顯出冷凝清楚的知性思維。如果和陳秀喜比較，兩人有同質，也有異質，兩人同是「跨越語言的一代」，年齡相彷（陳大杜潘6歲），均用日文寫作，陳秀喜習中文後，能熟練地書寫，很快地獲得1970年代興起的青年詩社詩人群的尊崇，相對的，杜潘則遲至1992年獲陳秀喜詩獎之後，屬於她個人的風采才逐漸閃爍；陳秀喜感情濃烈，詩風像夏日亮麗透明；杜潘芳格感情沉積，詩風像秋高氣爽。試比較兩人取材植物以明「志」的詩：陳秀喜的〈薔薇不知〉註 [29] 和杜潘芳格的〈相思樹〉。隔著竹籬，迷戀籬內甜香撲鼻的薔薇，接近時，卻遭銳刺的劃傷，作者徒喚「我付出唯一的愛／獻給薔薇／唉！薔薇不知／唉！薔薇不知」陳秀喜的〈薔薇不知〉藉薔薇刺手刺心，表露真情難覓；杜潘芳格輕描淡寫相思樹花的雅淨，結尾表明自己也是同類。前者唯恐人不知的疾聲呼喊，後者僅僅平鋪直敘，毫無抑揚頓挫。

五、餘　波

　　閱讀杜潘女士的詩作，跟閱讀翻譯文學，有相似的趣味與引發的困窘，因為她的中文詩是日文詩轉折的新生兒，和翻譯文學與翻譯的藝術自然會扯上關係。

　　長期閱讀翻譯文學（包括外國譯詩）的呂正惠教授，累積了豐富的心得。他曾說法國詩人「波特萊爾的詩意象極其特殊，讀過就很難忘。他的詩好到連最壞的翻譯，你都可以看到他詩的好處，因為他的意象太特殊了。」註 [30]。極力推崇杜潘女士詩作的李元貞教授如此說：「雖然她善用日文寫作，中文作品常因不同翻譯者呈現不同

文字取捨甚至意義詮釋……然而在比對她的不同的中文詩譯本時，也許在詩的語言上無法完全信賴中文譯本，我卻能從最不能翻譯的詩的譯本中，已然感受到杜潘芳格詩思的深刻與迷人，……」註31。在一次研討會，李元貞教授再提出相似的贊許：「……她只是受時代、政治傷害的一代，而且杜潘由那些也許還不配上她思想的人翻譯出來的作品，都能給我這麼豐富的東西，我覺得她原來的語言能力真是太好了。」註32；李元貞也親自跟杜潘女士說：「翻錯都這樣好否則一定更棒。」註33。針對李教授的話，林鷺就持另一種看法：「杜潘女士懂日文，但我不懂，因此當你們說杜潘女士的日文詩有多美時，我無法體會。」註34。這裡，存在著詩文學欣賞與鑑賞的兩極主觀立場。喜歡者，可以無條件的贊美，一如「情人眼裡出西施」；反之，排斥或拒絕。

　　還有一層困擾，其詩作甚少標示寫作時間，如日文詩何時完稿，中文詩何人何時翻譯，以及明確的定稿版本，詩題與內容常更改的不確定問題。

　　以〈背面的星星〉一詩為例，出現過 4 次版本，依時間先後，分別為：1、《笠》詩刊 54 期（1973 年 4 月 15 日），頁 25，陳千武譯；2、《美麗島詩集》（1979 年 6 月），頁 105~6；3、《淮山完海》詩集（1986 年 2 月），頁 30~31；4、《遠千湖》自選集（1990 年 3 月），頁 92。4 次中，文詞呈現 2 種微微的差異，1 和 4 相同，2 和 3 相同。

　　再以〈雙重的死〉一詩為例，出現過 7 次版本，依時間先後，分別為：1、《笠》詩刊 23 期（1968 年 2 月 15 日），頁 28，詩題為〈雙重的死〉；2、《慶壽》詩集（1977 年 3 月 6 日），頁 129~131，詩題為〈桃紅色的死〉；3、《美麗島詩集》（1979 年 6 月），頁 185，詩題為〈雙重的死〉；4、《遠千湖》自選集（1990 年 3 月），頁 5，詩題為〈重生〉；5、《混聲合唱——「笠」詩選》（1992 年 9 月），頁 136~7，詩題為〈桃紅色的死〉。6、《紅得發紫——台灣現代女性詩選》（李元貞主編，女書文化版，2000 年 12 月），

頁 55，詩題為〈重生〉。7、《二十世紀台灣詩選》（向陽等編，麥田版，2001 年 8 月），頁 161，詩題為〈重生〉。1967 年的（日文？）初稿，1968 年發表，1990 年才定稿。實際上，日文原稿並未修改，更動的只是中文的最後一行兩個字，如此內容或詩題的未定稿，徒然造成閱讀者、研究者的困擾，甚或難以抉擇，產生排斥心理，對嘔心瀝血的詩人言，也是不公平的現象。

六、結　語

　　杜潘女士最受喜愛最好的詩作，幾乎都集中在《慶壽》詩集，也就是 1967~1977 的十年間的作品。台灣詩壇肯定她的努力，初期，由「笠」詩社成員從內部發出[35]。李敏勇一直贊賞有加，他說：「雖然詩作很少，但杜潘芳格詩作中的深邃思想使得她在台灣現代詩壇佔有重要的位置；在女流詩人的行列裡顯示了獨特的位置。」[36]。進入 1990 年代，李元貞給予更高評價的掌聲。

　　李元貞多次贊美：

　　1、此詩（指潘芳格的〈兒子〉一師）也因此開拓了母性感受的女性肉體感，是一首不可多得而精采的詩[37]。

　　2、詩思深刻迷人的女詩人——杜潘芳格[38]。

　　因此，1992 年 5 月，杜潘芳格榮獲第一屆「陳秀喜詩獎」[39]，往後，有更多「笠」外與女性主義的評論家、讀者注意杜潘女士的詩文學成果[40]。

　　每一位文學藝術工作者，都有值得肯定的詩藝與思維的特質，杜潘女士以冷凝的知性思維，關心鄉里、傳播聖書、超越生死、施放情愛，用心經營詩業，然而她長期在跨越語言的兩岸徘徊，彷彿在自己詩篇〈荒原〉[41]的實虛之間猶疑一樣：

> 映在肉眼
> 青色的菜園，和成長的稻田，卻像一無事物的荒原。
> 大橋或工廠建築物，卻也像一無事物的荒原。

映在疾馳的車窗的肉眼
重疊的農作物和延綿的民家卻像一無事物的荒原。

我，怎麼啦，死了麼！
我死了。

青青的草原，遠遠的山，河水的細流，綠綠的田園，
無為蠕動的人群，
映出死的眼睛裡，
蒼白而悲哀的綠色荒原呵。

杜潘女士曾回憶此詩的寫作背景：「我有一次坐在車裡面，往外看，
忽然眼前的景物都變成一片荒原，我眨眨眼再看，那些景物又回到眼
前，……」註42，這類「幻覺」的寫作過程，文學史上的例子頗多註43。
杜潘女士的經驗，依心理學潛意識，似乎可以如此解說：萬物的本
質回歸於「塵土」，「無」或「虛無」就是終點；前述引錄的詩〈因
為在旅途〉，杜潘女士也說：「因為在旅途／終會達到／終點的」；
那麼，充滿青綠的草原與田園，有流動的河川與人群，杜潘女士卻
在「真」與「假」、「實」與「幻」之間，晃動交錯的感覺；詩文
學的表現是作者心象的呈顯，這位徘徊者的猶疑，是否肇因在身分
認定與國族認同之際，發生三次不自主或自主的抉擇，內心缺乏安
全感導致呢？

　　然而，荒野或荒原決非光禿荒漠死寂；放眼望去，荒蕪的表層，
攤展一片綠意，荒蕪的底層，蘊藏無限生機。

——2001 年 9 月 22 日初稿。
刊登《竹塹文獻雜誌》22 期，2002 年 1 月。
重登《笠》詩刊 230 期，2002 年 8 月。
張貼新聞台菊花院的水鏡，2002.01.10。

註釋：

註 1　杜潘芳格：〈（我的）Identity〉；收進《朝晴》詩集，頁 91，笠詩刊社，1990 年 3 月出版。

註 2　見李敏勇文：〈誕生在島上的一棵女人樹〉第二節，收進《青鳳蘭波》詩集，頁 12~3，前衛出版社，1993 年 11 月初版。

註 3　潘芳格：〈詩觀〉；收進《美麗島詩集》，頁 218，笠詩社，1979 年 6 月初版。

註 4　杜潘芳格：〈為何寫作？〉；收進《青鳳蘭波》詩集，頁 167~9，前衛出版社，1993 年 11 月初版。

註 5　杜潘芳格：〈相思樹〉；收進《慶壽》詩集，頁 61~65（頁 66~69 為日文），笠詩刊社，1977 年 3 月 6 日出版。原刊登《笠》詩刊，頁 34，笠詩刊社，1966 年 8 月 15 日；內文略友更異。

註 6　林亨泰：〈風景〉詩共 2 首，第 2 首（NO.2）如下：

　　　防風林　的
　　　外邊　還有
　　　防風林　的
　　　外邊　還有
　　　防風林　的
　　　外邊　還有

　　　然而海　以及波的羅列
　　　然而海　以及波的羅列

註 7　〈故鄉的庭院〉和〈夕陽與島上我家〉，收進《淮山完海》詩集，頁 59 和頁 78~80，笠詩刊社，1986 年 2 月出版；〈故里〉、〈秋天的故里〉和〈紗帽山〉，收進《朝晴》詩集，頁 24~26、頁 55~59 和頁 85~87，笠詩刊社，1990 年 3 月出版；〈一隻叫台灣的鳥〉、〈無台的灣〉，收進《青鳳蘭波》詩集，頁 35–6 和頁 37~8，前衛出版社，1993 年 11 月初版。

註 8　〈背面的星星〉刊登《笠》詩刊 54 期（1973 年 4 月 15 日），頁 25。稍晚，《慶壽》詩集（1977 年），頁 261~63，有日文原稿，未收陳千武的譯筆，在往後的詩選集，也沒有加以註明。陳千武翻譯杜潘女士的詩，有 3 首：〈背面的星星〉、〈愛〉、〈更年期〉，後 2 首刊登《笠》詩刊 52 期（1972 年 12 月 15 日），頁 36~7，3 首詩作者均列名：杜芳格；3 首詩也收進陳千武自編影印本《台灣新詩日文漢譯 36 人集》。

註 9　〈鏡子裡〉一詩刊登《笠》詩刊 70 期（1975 年 12 月 15 日），頁 16。稍晚，收進《慶壽》詩集（1977 年），頁 191~4，頁 195~7 為日文原稿。搖晃又搖晃的「晃」字，為筆者更改。

註 10　〈中元節〉和〈平安戲〉二詩刊登《笠》詩刊 34 期（1969 年 12 月 15 日），頁 18。稍晚，收進《慶壽》詩集（1977 年），〈平安戲〉頁 47~49，頁

50~53 為日文原稿；〈中元節〉頁 55~57，頁 58~59 為日文原稿。杜潘女士將之歸入 1968 年作品，多次集錄，略有更易，本文依《慶壽》詩集內文引錄。

註 11　莊紫蓉：〈現代成名作家訪談錄──訪杜潘芳格〉，刊登《台灣新文學》第 11 期（1998 年 12 月）。

註 12　同註 4.

註 13　〈禮拜〉、〈那靈魂〉、〈原點〉、〈贊美〉、〈祈禱〉、〈神〉，均見《淮山完海》詩集。

註 14　見「悲情之蘭──杜潘芳格作品研討會」，1993 年 1 月 10 日舉行，文字整理稿刊登《文學台灣》第 7 期（1993 年 7 月），收進《青鳳蘭波》詩集，頁 234~251。

註 15　李魁賢引文摘自上書頁 242。

註 16　李魁賢：〈一隻叫台灣的鳥〉，收進《青鳳蘭波》詩集，頁 3~8，李魁賢引文摘自上書頁 4。

註 17　〈在桑樹的彼方〉一詩，收進《朝晴》詩集，頁 10~11。

註 18　引錄自莫渝著《笠下的一群──笠詩人作品選讀》，頁 136，河童版，1999 年 6 月。

註 19　同註 4。

註 20　同註 11。

註 21　〈葉子們〉一詩，刊登《笠》詩刊第 163 期（1991 年 76），收進《青鳳蘭波》詩集，頁 53~54

註 22　〈因為在旅途〉一詩刊登《笠》詩刊 43 期（1971 年 6 月 15 日），頁 22。稍晚，收進《慶壽》詩集（1977 年），頁 145~7。

註 23　引錄自莫渝譯《魏崙抒情詩一百首》，頁 154~5，桂冠版，1995 年 2 月初版一刷。

註 24　〈吾倆〉一詩，收進《朝晴》詩集，頁 12。

註 25　如楊華的〈女工悲曲〉（1932 年作品）一詩，以閩南語（台語）書寫。

註 26　見詹冰〈綠血球・後記〉：「收在這集子裡的五十篇，除數篇的近作外，大部分是差不多二十年前的作品。這些詩作都是由日文翻譯過來的。」詩集《綠血球》頁 92，笠詩社，1965 年 10 月。

註 27　同 註 11。

註 28　〈難語〉一詩，刊登《笠》詩刊第 214 期（1999 年 12 月），頁 27。

註 29　〈薔薇不知〉一詩，原刊登《笠》詩刊第 54 期（1973 年 4 月 15 日）；收進收進詩集《樹的哀樂》（1974 年），及《陳秀喜全集 1・詩集一》（1997 年 5 月）。

註 30　見呂正惠文：〈現代文學講座：象徵派詩人〉，刊登《國文教學通訊》第 3 期，龍騰文化，1999 年 12 月 1 日。

註 31　見李元貞著《女人詩眼》，頁 279~289，台北縣立文化中心，1995 年 6 月；原文：〈詩思深刻迷人的女詩人──杜潘芳格〉，刊登《文學台灣》

第 3 期，1992 年 6 月；亦收進《青鳳蘭波》詩集，頁 193~202。

註 32 見「悲情之繭——杜潘芳格作品研討會」，1993 年 1 月 10 日舉行，文字整理稿刊登《文學台灣》第 7 期（1993 年 7 月），收進《青鳳蘭波》詩集，頁 240。譯過杜潘詩者有鍾肇政、陳千武、陳明台、李敏勇等。

註 33 見曾淑美：〈消失中的阿媽——杜潘芳格訪問記〉，1994 年 4 月至 1995 年 6 月三次訪問整理，收進《芙蓉花的季節》詩文集，頁 184。

註 34 同註 32.頁 249~250。

註 35 1990 年之前，幾本標榜台灣女詩人作品或論述的書刊，杜潘芳格都遭除名，如張默編《剪成碧玉葉層層》，爾雅版，1981 年 6 月；鍾玲著《現代中國繆司——台灣女詩人作品析論》，聯經版，1989 年 6 月。
初期，評介杜潘詩作的文章均發表於《笠》詩刊，如：第 24 期，陳明台評〈兒子〉一詩；第 35 期，陳明台評〈中元節〉和〈平安戲〉二詩；第 123 期，趙天儀評〈兒子〉一詩；第 131 期，趙天儀執筆「笠下影」專欄；第 140 期，蔡榮勇評〈我的信仰〉一詩。

註 36 見李敏勇文：〈死與生的抒情〉，刊登《台灣詩季刊》創刊號，頁 37，林白出版社，1983 年 6 月 15 日。此外，他編選的「撫慰心靈的詩」三冊：《旅情》、《情念》、《憧憬》，圓神版，1987 年 3 月，均選有杜潘的詩作。

註 37 見李元貞著《女人詩眼》，頁 257，台北縣立文化中心，1995 年 6 月；原文：〈台灣現代女詩人的自我觀〉，刊登《中外文學》第 17 卷第 10 期（1989 年 3 月）；此文為李元貞論著《女性詩學——台灣現代女詩人集體研究》第一章。

註 38 李元貞論文標題；同 註 31. 。

註 39 杜潘女士接受莊紫蓉訪問時，坦誠說：「第一屆陳秀喜詩獎評審時，白萩就指出詩是最精緻的文學，語言很重要，他認為我的詩，文字上不夠精粹。但是李元貞和李敏勇他們卻認為，即使如此，但是我的詩，在樸拙的文字當中，會閃現一絲光芒，就像魚游水中，遇到光線照射，魚鱗閃出亮光一樣。在他們的堅持之下，我才得到第一屆陳秀喜詩獎。」訪問稿全文同註 11。

註 40 如：吳明興、王瑞香、鍾肇政、曾秋美、黃秋芳、宋澤萊、阮美慧、劉捷、劉維瑛、李葵雲、曾詩頻、吳達芸、江文渝，及日本籍井關えつこ等人。

註 41 〈荒原〉一詩，收進《慶壽》詩集（1977 年），頁 113~5，頁 116~9 為日文詩，標題〈荒野〉。相似詩題與內容〈荒野〉一詩，刊登《笠》詩刊第 37 期（1970 年 6 月 15 日），頁 20；收進《遠千湖》詩集（1990 年），中日文對照。細心讀者可取兩種中文版本與日文詩稿，稍做比較。

註 42 同註 11.

註 43 英國浪漫主義詩人柯勒律治（1772~1830）的〈忽必烈汗〉是最佳例子。

鐵樹的怒放

——談羅浪的詩

羅浪，本名羅沼泙，1927 年 9 月 23 日出生於苗栗縣苗栗巾福星里。日治時期，初中即輟學就業負擔家計，曾任職地政事務所，1948 年進入台灣中小企業銀行服務至 1992 年 10 月退休。

羅浪接受過日文教育，年輕時以日文寫詩，戰後初期，仍以日文在《新生報‧日文版》發表作品，也與黃靈芝先生合編日文詩誌。1953 年開始用中文寫作，陸續在《南北笛》、《現代詩》、《笠》發表詩作，1960 年代譯介日本現代詩與詩論，刊登《笠》詩刊。1970 年代，雖然已加入「笠」詩社，但因故，停止創作與翻譯。留有手抄日文詩集《牧場之歌》，近乎全集的《羅浪詩文集》於 2002 年 12 月出版，主要包括中文詩 53 首、日文詩 36 首。他一些的詩篇，曾重複選進幾冊選集，如《本省籍作家作品選集 10‧新詩集》6 首，《美麗島詩集》4 首，《撫慰心的詩》4 首、《混聲合唱》5 首等。1993 年，莫渝編《認識詹冰‧羅浪》乙書，有對其詩作資料與欣賞的粗略結集，這些資料及新增資料同時收進《羅浪詩文集》。

羅浪撰過詩觀短論，其中有兩個重點：1.詩，我懂得太少了。我是無能做清醒的醫生或傳道工作者，我只逃避在小小的世界無為地沈思而陶醉。2.詩人與釣者，詩與魚的關係。前者純是個性使然，後者則為創作心得的體會。底下試著挑篇他的作品，欣賞並印證其詩觀。

蘇　鐵

一群無言吶喊的手臂
伸向
陰霾四合的天空

長久地忍受
被壓制的憤怒
被壓制的埋冤

這篇〈蘇鐵〉是 1950 年代的作品，1950 年代的台灣是被扭曲的威權統治的白色恐怖時代，作者取觀賞用的蘇鐵這種有刺硬葉展向四方的植物，比喻「無言吶喊的手臂」，同時表露個人內心的憤懣，外界環境是「陰霾四合」，微小的個人生命長期遭受壓抑與蒙冤，詩人內心不是死火山，他是囤積能量的休火山，有朝一日，他的憤怒，他的埋冤，就像蘇鐵的劍葉，怒向四方。蘇鐵又名鐵樹，分布在熱帶亞熱帶的大型被子植物，是地球上最原始的種子植物，史前時代就普遍生長。樹型美麗，顏色鮮綠，常栽培供觀賞用；種子成熟時成紅色，可供藥用。作者挑蘇鐵這種植物，自有表達個人心思的作用。

山　城

給山圍住的童話的城市，
玩具般的一切都向你打著親切的招呼。

如輕妙的爵士樂那樣可愛的鄉土語言，
露著肩膀的處女美，粗野的笑。

飲了過多的綠的醉者，
躺在草裡吸著煙斗睡了。

〈山城〉這首詩於 1956 年 3 月刊登《南北笛》。

　　羅浪出生於苗栗市（原苗栗鎮，1981 年改制為縣轄市），是苗栗縣首善之區，與縣政府所在地，因境內低崗綿延，有「山城」之譽。羅浪此詩是對家鄉的描寫與讚美。首先，作者以童話仙境般的國度（山城），描述家鄉的輪廓。外地人初臨小市鎮的直覺觀感——親切的歡迎你腳踩斯土。童話予人一種無邪的純真，童話內容雖有壞人或巫婆之輩的為非作歹，但都會過去，留下美好的結局。打從清朝乾隆年間，粵東客家人開始在苗栗拓墾，迄今兩百餘年，苗栗成為客家重鎮。母語、家鄉語都是人間至親的語言，羅浪以詩人筆調形容客語「如輕妙的爵士樂那樣可愛的鄉土語言」，堪稱一絕；其次，他在第二節也略筆讚揚客家人的爽朗、自然、不虛偽的人情：「露著肩膀的處女美，粗野的笑。」置身世外桃源，享受太多大自然賜予的風光，的確，令人陶醉，樂意沈迷於山城美好的一切。全詩至此，進入最高潮。戛然收筆。雖然僅六行短詩，由觀看山城初貌，然後接觸人情語言，最後投入喜愛這個小城，羅浪舖展一塊童話氈毯，誘引我們到這處人間夢土。擴大言之，山城這處人間夢土並不局限於苗栗，也可以說是現代忙碌人群對田園風光的嚮往吧！

章　魚

我是章魚，
讓我吹起口哨來吧！

寂寞時請給我一個吻，
把生之熱情和智慧，
都流露出去。

因為我這好大的腦袋裡，
充滿著
尋求美好的生活之慾望。

〈章魚〉一詩於 1956 年 5 月刊登《南北笛》。

　　大人或孩童的詩歌作品中，動物詩出現的情形很多，以章魚為主題或內涵者，似乎較少見。章魚是軟體動物頭足二鰓類，一名蛸，是膽小的動物，通常棲息在深約五～十公尺的淺海岩底，白天以幽暗的岩隙洞穴或礁棚下為窩，使皮膚顏色雕紋和周圍環境符合，在巢內窺向獵物接近，趁機突襲；夜間則利用黑暗，爬出巢外，襲擊螃蟹、貝或魚。當敵方來攻時，牠會從水管噴出墨液，矇混對方眼睛而溜走。羅浪由章魚的兩個習性與特徵：膽小和墨液，寫出這首自述的短詩。羅浪在〈自傳〉裡，提到年輕時以日文寫過詩，1945年10月，台灣光復後，因語文工具的改變，「忍受了許多抑鬱和沮喪，……只以一種憤世的自言自語……如此，把自己關閉在那孤寂的夾縫，放逐希望……」這一段自述，同章魚的膽小幽居的習性相似；儘管如此羞澀，他的內心仍抱著美好的憧憬。這首詩可以說是羅浪自況詩，藉章魚表明自己的個性與理想──尋求美好的生活。

垂　釣

癡於坐禪，
漁人，困於寂寞。
釣竿，投向閃動的倒影，
探索生命的訊息。

寡默的心靈，
以一種超然的嗜好，
點綴而餐食風景。

思索的喜悅，終而
衝破閃閃蕩漾的波光，
跳躍的魚，
反抗的旗。

〈垂釣〉一詩於1965年8月刊登《笠》第8期。

　　漁人釣客在海岸河邊池畔釣魚，固然一竿在手，其樂無窮，但也需有極大的忍耐功夫。獵物的上釣或游走，彷彿跟漁人釣客鬥心智；這種狀況，類似於哲學家、禪師、作家的悟道理尋靈感，都要在寂寞的耐心下，守候某個契機，才能有所收穫。在長期的寂寞等候過程中，自有一份期盼與喜悅。作者把釣魚和禪師坐禪，做了很精確的比擬，整首詩的結構也很完整，由坐定、入定到出關，沒有脫節。作者投入情境，繼而超脫地冷靜觀照，寫出這首頗具悟性的詩。漁人釣魚詩人釣詩，當漁人揚起釣竿，釣線上魚的跳躍掙扎，就禪理言，已經破壞原來的平靜，「本來無一物，何事惹塵埃。」詩人也在內心張起一面「反抗的旗」，表明「無奈的沈默」。

　　這首〈垂釣〉，既有作者的靜觀，也有他內心世界的投影。

　　每個人都具有詩文學創作的能力，有些人停滯，有些人裹足不前；只有持之以恆者，被視為大家、天才。能持之以恆，端賴不輟的創作衝動。文學家沈從文說過：「別的東西再難得，都可以失而復得，唯獨創作的衝動，就像生命本身一樣，一旦失去，就永遠不能恢復。」引錄這段話，也因為年輕時代以日文創作的羅浪，在留下不到十首的中文詩後，雖未封筆，卻有時不我予的感懷，誠如他在〈自傳〉結尾所言：「也許在不久的日子，把多年來的殘稿整理出來。詩，將會再放出光度，在黑暗的夜空閃爍生命的火花。」這是我們所冀盼的。

——1999 年初稿

——收進《羅浪詩文集》（2002 年 12 月）

以詩雕人，為前輩塑像

——葉笛初論

一、前　言

　　1970、80 年代在日本讀書教書的葉笛（葉寄民）先生，1993 年放棄日本教席職場生活，返回台南老家，定居，仍然在文學的園地裡耕耘，展示亮麗的成績。1995 年，出版評論集《台灣文學巡禮》和翻譯《水蔭萍作品集》，隔年，榮獲第二屆府城文學特殊貢獻獎。2001 年，擔任國立成功大學駐校作家。在上世紀末，接受其老友張默邀約，為《創世紀》詩雜誌撰寫「台灣早期詩人略論」專欄，重點為日治時期的詩人，除論述外，「要為每一位詩人寫一首詩，……自《創世紀》第一二六期開始寫到一三六期，一共寫了十一位詩人。」（葉笛，2003：前 2）。這樣的寫作，葉笛再補上一篇，合計論述十二位詩人，成詩十二首，於 2003 年出版《台灣早期現代詩人論》乙書。此著作，獲《創世紀》詩社五十週年「榮譽詩獎」（2004 年）及「巫永福文學評論獎」（2005 年）。當然，葉笛的文學寫作並未停歇。其新稿「日本早期詩人略論」與「日本詩派探微」繼續在《創世紀》詩雜誌先後登場，他的台灣詩文研究同樣持續出擊，這種文學志業的精神，令人感佩。

　　《台灣早期現代詩人論》乙書論評與贈詩的十二位詩人，依順序為賴和、王白淵、張我軍、陳奇雲、楊雲萍、楊華、吳新榮、水蔭萍、郭水潭、江文也、巫永福、林修二。十二人中，巫永福在戰爭末期加入文學活動，戰後仍持續，晚年更整理全集 24 冊，稱得上台灣百年文學的見證者；江文也以音樂享譽，成名後卻流落北京；

陳奇雲、楊華則貧病交迫在 1930 年代即亡故；其餘幾位的詩活動在戰後幾乎處於半停歇狀態。整體言之，這十二位詩人，都是 1920、30 年代活躍的台籍詩人，置身日治時期，分別以中文或日文書寫。中文書寫有賴和、張我軍、楊華三位；餘者均為日文作者，他們的詩集大都先前就有葉笛的中譯版，如《水蔭萍作品集》、《北京銘──江文也詩集》等，或直接閱讀原版日文詩集。因而在其論述中也都先引錄日文原詩再漢譯對照，才評鑑。可以說，橫跨兩種語文的葉笛先生，自是提出不走樣嚴謹論述的最佳人選。

　　寫論又題詩相贈，葉笛的這兩項合併的作業，似乎前人所無。前人的作法，約略分成幾類：同時期（同輩）詩人彼此相知相惜的酬贈、亡故後的悼念、對古人與外國詩人的心儀感念……等。用文字描寫跟畫家的「畫像」、「自畫像」一樣的作業，必然奠基於心儀的感念，同理心的對應，才能刻劃神髓。

　　在國外，古希臘有墓誌銘，近代有懷人詩、詩碑、步道詩等。作為文學精華的「詩」，它們都有存在的意義與價值：簡明扼要地刻劃當事人的輪廓，或繪影當事人的側像。當中，美國詩人馬斯特斯（Edgar Lee Masters,1869-1950）的詩集《匙河集》（Spoon River Anthology,1914），頗受注意，被公認「美國文學的里程碑」（林以亮編選，1961：120）。《匙河集》詩集，其實就是匙河鎮的人物誌。匙河是美國中西部伊利諾州的一個小鎮名與河名；馬斯特斯以寫實方式刻劃當地人物，全書 247 首詩，大都冠上人名或添加職業興趣等頭銜。茲引中譯一詩作為參例：

西柏萊夫人

星群的祕密──引力。
地球的祕密──岩石堆層。
土壤的祕密──接納種子。
種子的祕密──胚芽。
男人的祕密──播種者。

> 女人的祕密——土壤。
> 我的祕密：深埋在你發現不到的墓塚裡。
>
> （Edgar Lee Masters，1977：137）

此外，馬斯特斯筆下的人物誌，據考證，大都確有其人（林以亮編選，1961：122-3）。

回看葉笛的十二位詩人十二首詩，放在這架構上，有特殊意義。

一、特　點

這十二位出現 1920 至 30 年代的台灣詩人，活動場域包括台灣、日本、中國，接受的文學思潮有寫實主義、現實主義、超現實主義、唯美主義……等；詩風有別，表現內容有異。葉笛為他們塑像，在詩句中，隱隱湧現些許共同點。

（一）遭受殖民主迫害的屈辱：

1920 至 30 年代的台灣，已經受日本殖民統治二十餘年了，雖然仍保有漢人與原住民的生活習俗，但也逐漸趨向日本化。站在日本殖民主的立場，台灣與台灣人民自是其宰制與壓迫的階層。

葉笛筆下第一首詩致詩人賴和的〈俘囚之歌〉，起筆就直接吶喊：

> 唉，這真夠不幸，
> 一誕生就命定要當牛做馬，
> 至死成為異族的俘囚！
>
> （葉笛，2003：22）

詩題「俘囚」二字，既是俘虜又是囚犯，被異國統治，就是這樣可憐！除了「俘囚」的屈辱外，心靈還遭受撕裂，像擔任美術教師的王白淵在日本、中國上海、台灣三地輾轉，「走過兩個不同的時代，

卻都免不了遭受黑牢的災厄，以致賫志而死」（葉笛，2003：42）。
「靈魂被撕裂的詩人」（葉笛，2003：42），葉笛在論文結束這樣
說王白淵，在題詩開始稱：

> 你靈魂被撕裂的詩人喲
> 緊鎖眉頭
> 你不再歌唱了嗎？
> ——〈致王白淵〉（葉笛，2003：43）

對於台灣漢族人民言，從唐山渡海（黑水溝）到台灣移民墾荒當新
住民。唐山，一直是心靈的一塊故土，衍生為夢土，曾再三夢迴、
再三呼喚。巫永福有名詩〈祖國〉，葉笛筆下的呼應是：

> 您呼喚祖靈
> 呼喚了四分之三世紀
> 您可曾看到夢中的祖靈？
> ——〈呼喚——致前輩詩人巫永福〉
> （葉笛，2003：302）

（二）時代的心聲與血的見證：

這些詩人大都身處兩個時代，或僅是日本殖民統治時期，或進
入戰後台灣國民黨白色恐怖戒嚴期，與中共專政期（如：江文也的
命運）。他們身歷其境的感受時代轉變的氣氛與壓力。詩人與史學
教授的楊雲萍為此，曾在「詩」與「台灣史」的嚛聲裡生活，葉笛
如是雕塑之：

> 在不同的政治環境下
> 徘徊於台語、北京話和日語之間
> 您跨過充滿荊棘的兩個世紀
> ——〈logos 和聖經——致詩人楊雲萍先生〉
> （葉笛，2003：139）

1947 年的「二二八事件」，吳新榮寫了〈誰能料到二月會做洪水！〉，擔心國土、擔心民族、擔心社會。因而葉笛筆下：

> 你底詩為時代做了見證
>
> ——〈綻開在鹽分地帶的詩之花
>
> ——致詩人吳新榮〉
>
> （葉笛，2003：190）

三月怎麼會做洪水？原來是流血的春天。難怪詩人見證到的是讓他發出驚訝的歎息（吳新榮的詩題用了驚歎號！）。

另外，多篇作品均出現「血」的痕跡。「血」，是傷心，是詩人錐心之痛而泣的血，如寫陳奇雲：

> 你把筆尖戳進敵對的心臟
>
> 創傷出血的人性、正義和自由
>
> ....
>
> 你卻死在自己咯出的鮮血裡——
>
> ——〈熱流——致詩人陳奇雲〉
>
> （葉笛，2003：103）

> 莫渝按：「咯出」原文「喀出」，有誤。

寫楊雲萍：

> 被釘在十字架上的詩人基督淌著血
>
> ——〈logos 和聖經——致詩人楊雲萍先生〉
>
> （葉笛，2003：140）

寫巫永福：

> 您泣血的呼喚找不到回音！
>
> ——〈呼喚——致前輩詩人巫永福〉
>
> （葉笛，2003：303）

（三）詩人對夢與烏托邦的追求：

　　每個常人都是追夢築夢的高手，夢是理想的另一轉換詞，常人的夢大都「福、祿、壽」，希望在工作、事業、錢財、名譽、愛情、家庭、健康狀況等順利。詩人也會有這些夢想，但他主要的該是詩文學寫作的成果。

> 於是　面向太陽，
> 您永遠歌唱
> 一個毀滅不了夢，
> 這夢啊，
> 今天仍然活著，
> 在您活過五十年
> 深深愛過的南國島嶼上！
> ──〈俘囚之歌──致詩人賴和〉
> （葉笛，2003：23）

賴和的夢是對「南國島嶼」的關心，即擺脫俘囚命運有自由有春天的島嶼。

> 你吃著夢活著
> 在活著的夢裡死去……
> ──〈荒野裡的小花──致詩人楊華〉
> （葉笛，2003：158）

楊華的現實是「煮字療饑」，卻活在貧窮的世界裡築夢。

> 你在散文的世界裡
> 堅持尋找詩的夢影
> ──〈失落的星星──致詩人林修二〉
> （葉笛，2003：323）

林修二堅守著詩的興趣，於 1944 年 31 歲的過世，36 年後，其日籍夫人整理遺稿出版日文詩集《蒼い星》（蒼白的星星，蒼星集）。葉笛半欣賞半寫實的刻劃這位英年早逝的詩人。對貧病身亡的薄命詩人楊華也說：

> 卻還在
> 尋覓自己的烏托邦
> ——〈荒野裡的小花——致詩人楊華〉
> （葉笛，2003：158）

葉笛給吳新榮的詩，沒提到「烏托邦」一詞，但在論述〈鹽分地帶的詩魂——吳新榮〉乙文，另立一節「二、破碎了的烏托邦」（葉笛，2003：182-186）討論時代改變後（戰後的台灣政治社會變局），吳新榮的「夢碎」。吳新榮的烏托邦是理想的政治社會環境的安定，前述幾位詩人的烏托邦較偏重詩文學的夢想。

三、結　語

　　有一種說法，唯詩人能譯詩：翻譯外國詩，或衍譯本國古典詩；是否亦可以這麼說：唯詩人能以詩雕塑詩人。因為跟詩相關的所有事業，都是詩界的家務事，詩人比其他人更關心詩的所有家務事。

　　美國當代女詩人巴巴拉・赫斯（Barbara Howes）說：「詩的偉大奇妙之一便是：它小小的篇幅，它所占的短短的時間——僅僅四、五行的一段——卻能擁有如此漫長的生活經驗，卻能擁有實際上需要若干歲月才能結束的故事。」（沈奇選編，1991：7）

　　詩人兼評論家葉笛用一、兩萬字左右的長篇品評前輩詩人，另用短小篇幅雕塑之。統計這些文字大約如是：賴和（22 行，154 字）、王白淵（9 行，66 字）、張我軍（13 行，115 字）、陳奇雲（12 行，120 字）、楊雲萍（13 行，122 字）、楊華（14 行，97 字）、吳新榮（14 行，145 字）、水蔭萍（18 行，148 字）、郭水潭（14 行，

193 字）、江文也（9 行，74 字）、巫永福（14 行，159 字）、林修二（11 行，80 字）。這樣的詩寫詩人，從閱讀前輩的詩篇找出「詩眼」，讓詩眼傳達神韻，達到「畫龍點睛」的效果。這些詩裡有當事人的影子，或許也容納了執筆者的投影。

　　除了郭水潭的寫實詩風，讓葉笛下筆，亦採寫實贊美外，其餘十一位詩人大都承擔著時代的悲劇。葉笛贊美郭水潭，卻獨鍾楊華，特別在《台灣早期現代詩人論》論著的封底重登〈荒野裡的小花——致詩人楊華〉乙詩，不無自己的影子。再印證葉笛本人現實生活的某些狀況，似乎藉給楊華的詩，傳達個人心聲的寫照。或許，寫楊華，其實就是「返景照自身」：「在自己生長的土地上／你踽踽獨行／煮字療饑／尋覓自己的烏托邦」。

　　文學是文學人的烏托邦。葉笛尋覓了自己的烏托邦。

（2006.01.18.）

——刊登《創世紀》詩刊 146 期，2006.03.

參考書目：

葉　笛（2003），《台灣早期現代詩人論》，台南市：國家台灣文學館，2003 年 10 月 17 日初版。

林以亮編選（1961），《美國詩選》，香港：今日世界社，1961 年 9 月再版。

Edgar Lee Masters（1977），Spoon River Anthology，Collier 出版社，1962 年初版，1977 年 24 刷。

沈　奇選編（1991），《西方詩論精華》，廣州：花城出版社，1991 年 11 月初版。

在時間的洪流裡泅游

——葉笛論

一、前　言

　　昆蟲中，蜘蛛吐絲的動作，經常被引用為文學寫作的範例。譬如英國詩人濟慈（John Keats,1795～1821）的說法：「依我看，每個人可以跟蜘蛛一樣，由體內吐絲結成自己的空中樓閣——它開始時，只利用樹枝和枝椏的尖端，然後在空中佈滿美麗的迂迴路線。人類也可以吐出他心靈的精細蛛絲，織出一張空中掛毯。」（莫渝，1997：71-2）。中國徐志摩（1896 刊登《文學台灣》60 期冬季號 1931）說：「文學的領域，等於一個蛛網，你只要有文學的素養，你一天拉到了一根絲，耐心的結，你就會一根一根地把整個蛛網結好。」（出處待查，轉引自莫渝，1981：389）。美國詩人惠特曼（Walt Whitman,1819～1892）的短詩〈無言的綴網勞蛛〉，可能是更貼切例子。在詩集《草葉集》（Leaves of Grass）裡，他說：「一隻無言堅忍的蜘蛛，／我看見牠孤懸在小小的崎岬上，／看見牠如何為了探測廣袤的周匝，／牠自體內吐射出細絲一縷一縷又一縷，／永遠地吐織，永遠不疲倦地加緊吐織。」（吳潛誠譯，2001：203）。

　　有了立足點，小小蜘蛛構築牠的閣樓、城堡、王國。

　　任何時空裡，每個人都是辛勞綴網的蜘蛛，都努力擇定自己的立足點，出發。文學寫作者合當以此看待。

　　如是，葉笛的詩人立足點在哪裡呢？

　　1998 年 10 月 25 日葉笛寫了一首詩〈謎〉：「你是誰？／來自何處？／將往何處去？／／黝黑的夜天上／一瞬消失的那流星／為何向我微笑？／難道我生自那流星？／那流星是我的座標／我生命

的軌跡？／／沉默的夜天／無數的星子們／閃熠著謎之光」（葉笛，
2006）。這首三段 12 行的詩，首段 3 行，衍自法國畫家高更（Paul
Gauguin, 1848～1903）1897 年在大溪地一幅畫的標題：「我們從何
處來？我們是誰？我們往何處去？」（巨匠，高更，1992：20-1），
言生命之謎，點出詩的主旨。接著第二段，從夜空瞬息隕逝的流星，
戲問自己的命理：「那流星是我的座標，我生命的軌跡？」這樣合
理的推演，自然也暗示作者他個人想要的「立足點」。寫這首詩時，
葉笛已 67 歲，這種年紀，還跟（或言還保持）青年時期以「流星」
幻想成自己的「宿命」，十足是純粹的浪漫主義者。稱葉笛為「純
粹的浪漫主義者」，應不算是侮蔑，或許，他的一生作為，都能以
此貫之。其詩業開始的創作集《紫色的歌》，就是充滿浪漫主義的
風貌。

　　本文由此試著追溯葉笛一甲子的詩蹤。

二、內　涵

（一）抒情浪漫的情懷

　　《紫色的歌》收錄或長或短的詩，共 42 首。首篇〈神女淚〉與
末篇〈詩人之戀〉兩篇都是篇幅較長之作，表現多愁文藝少年的抒
情心曲。〈神女淚〉敘述下海為妓謀生的神女阿蓮，未婚懷子，投
河自盡的悲劇，詩人從「愛」的人性，給予感傷的表揚。〈詩人之
戀〉以「詩人」同「詩之神」的對談，表達詩人對愛情的渴盼：從
希臘史詩、海涅詩篇，願追隨「愛與美之神」維納斯的歌聲；這篇
〈詩人之戀〉的寫作模式，頗類似法國浪漫主義詩人繆塞（Alfred de
Musset,1810～1857）的「四夜組曲」：詩人向詩神繆思（Muse）傾
訴失戀之苦，心中之痛，詩神繆思則多方慰藉，詩人仍堅持：「受
苦之後，應該再受苦／愛過之後，應該不停的愛」（莫渝譯，1978：
170　下）。短詩〈花園裡的少年〉一作，也採自問自答的方式，表
露年少葉笛追求愛情的心跡。這樣的寫作與思維，當然是浪漫主義

者的手法。集內的篇章，如教學之餘，與學生建立深厚情誼的〈孩子，我不會忘記你們〉一詩，題獻 Lih Lih 的〈紫色的歌〉、給莉莉的〈我想念你〉，都毫無隱瞞坦誠表露表白。至於歌詠海洋、太平洋、大地……等詩篇，無不顯露赤子心態的直抒情懷。〈牧歌〉一作 75 行，近乎一氣呵成地敘述田園風味的模擬與嚮往。

在接受莊紫蓉訪談時，葉笛回憶取《紫色的歌》為書名的原因：「我覺得紫色有一種夢幻的感覺，我們遠遠地看霧，有一種淡淡的紫色，裡面好像有一種不可知的世界，很夢幻。所以，就用『紫色的歌』做書名。」可以這麼說，年輕夢想家的葉笛發現浪漫主義的夢幻詩園，他為求愛而抒情寫詩，因抒情寫詩而安頓自己的愛。

（二）墓誌銘墓標與文學夢的終端

生命的熱誠與感傷，也是浪漫主義者之所好，對墳塋的接近，也是檢驗的切入點。年輕葉笛寫過〈墓誌銘〉一詩，兩段 22 行。首段 16 行，盼過路人留意亡者的心願：「在亙古『遺忘』的虛寂裡／『名譽』和『權利』，『悲哀抒懷』和『快樂』／都超越時空，變成了沒有顏色的顏色！」，甩脫後，詩的後段：

> 這裡埋藏著一個人，
> 像密林裡偷開了的野花，
> 又偷偷地凋殘了的人！
> 在這些「時間之輪」駛走一切的日子裡，
> 為這長眠之人編織著輓歌的，
> 祇有草叢裡低泣的草蟲……

（葉笛，1954：105）

環視古今，無不如此。法國中世紀詩人維邕（Villon，1431～1463？）的名詩〈昔日佳人歌〉，引錄歷代后妃美女，再一轉：「她們都在何處？／然而去歲的雪如今何在？」（莫渝譯，1977：84），連雪跡都不見了，何嘗再見佳人呢！年輕詩人葉笛徒留感傷地說：「祇

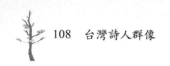

有草叢裡低泣的草蟲」為「長眠之人編織著輓歌」。

　　這篇〈墓誌銘〉為 1950 年代前期作品，隔半世紀，葉笛於 2000
年 7 月 29 日寫〈墓標〉一詩，2001 年 3 月 12 日自改一次後，收進
《失落的時間》影印改訂稿， 2002 年 9 月 2 日再改成目前的樣貌：

墓　標

我誕生於土地
現在將復歸於土地
人從哪裡來
就得回歸哪裡去
我活過　思想過　愛過

生只是一個開始
死只是一個終結
生和死
只是時間征服了時間
生和死
出現而又消失於時間的空無裡

我靜靜地傾聽著
山風低吟輓歌
我鼓動著心
迎接波濤歡呼的新生

大海是我的墳塋
山上的巨木是我的墓標

我將回去
回去那擁有一切
而又一無所有的故鄉

首段，詩人自信滿滿地立卜誌銘：「我誕生於土地／現在將復歸於土地／人從哪裡來／就得回歸哪裡去／我活過 思想過 愛過」，來自塵復歸於塵，末句雖有套用法國小說家斯湯達爾（Stendhal,1783～1842）墓誌銘「活過 寫過 愛過」，無損全詩詩意。二段，對生與死進行一番回味：不論開始或終結，總歸在「時間的空無裡」，沒有哪一位能「征服了時間」，只有「時間」是唯一的勝利者。三段，此刻的我，傾聽山風的送行；即將亡故的我則接納波濤的歡呼。四段，詩眼出現：「大海是我的墳塋／山上的巨木是我的墓標」，我安頓我自己，了無牽掛。末段，再次表明對安頓的處所。比起前一首的年少時的自憐，經歷半世紀歲月與人生的淬煉，這篇〈墓標〉擺脫傷情，呈現的恢宏氣態：「大海是我的墳塋／山上的巨木是我的墓標」，有回歸大自然與之合一的灑脫自如。

介於此兩首詩的中間期，葉笛另有〈夢的死屍〉一詩，

夢的死屍

別叫醒我，
我還要繼續我的夢，
怎能離開夢的碼頭呢？
只有在孤獨的夢裡
我才清醒。
扭掉收音機「早晨的公園」，
燒掉門縫投進來的日報，
天氣預報、明星、車禍、謀殺、強姦，
冰凍的熱戰、開花的炸彈、逮捕……
夢在顫慄！
誰叫你打開門窗？
陽光一踱進來，
向日葵枯萎，
靜謐的山野變成戰場，

七彩噴泉乾涸，
白鴿斷頸折翼，
頌歌嘎然而止，

滿床滿床夢的死屍。

每天每天
從清醒的夢中醒來，
總是看見哭紅眼的太陽。

（葉笛，1990 :40-1）

這首詩安置於詩集《火與海》第二輯「獨語」8 首之 4，沒有標明寫作時間；之 8 為〈夢〉詩，1983 年定稿於東京。從第二段詩句：扭掉收音機「早晨的公園」，加以推算，大約是 1960 年代末之作，葉笛尚未出國赴日留學，仍有聽中國廣播公司晨間節目的習慣，當時葉笛已婚有幼子，正為前途思量打拼，詩中應有他為掙脫現實環境的烙痕以及夢醒時的挫傷。首段，詩人直言自己不願「離開夢的碼頭」，希望繼續作夢，作什麼夢，我們無從揣測。「夢」有碼頭停泊與出發，是頗富創意的意象。二段，天亮夢逸，所有夢中麗情逐一碎裂：「向日葵枯萎，／靜謐的山野變成戰場，／七彩噴泉乾涸，／白鴿斷頸折翼，／頌歌嘎然而止」，床榻都是「夢的死屍」。末段，呼應詩題的寫照，因天亮陽光的出現，讓「夢」破碎，而且「每天每天」都是，可見受盡現實折騰的這樣日子有多長！

我們聽得到詩人的吶喊：「我還要繼續我的夢」，究竟此時，葉笛的夢是什麼，他「夢的碼頭」在何處？從稍晚，攜眷遠赴日本讀書教書，「文學之夢」應該答案。

夢或夢想，一旦與現實相撞，往往當事人頭破血流，困頓的現實逼詩人走投無路。葉笛以「夢」為題，詩集《紫色的歌》有頁 10-11 的〈夢〉；詩集《火與海》有頁 40-1 的〈夢的死屍〉（前引）、48-9 的〈夢〉；至於在詩中出現有關「夢」的詩句，頗多。例如：

那銀河的星星，
那絢爛的群花，
向你訴說過夢
也曾為你開放
　　　　　——〈輪　迴〉，1950 年代前期，
　　　　　《紫色的歌》頁 8

這短促的人生市夢底夢
　　　　　——〈人　生〉，1950 年代前期，
　　　　　《紫色的歌》頁 25

你年輕的生命和夢，
降生在渺渺的人海，
失落在渺渺的蒼海！
　　　　　——〈輓　歌〉，1950 年代前期，
　　　　　《紫色的歌》頁 30

南風來了
…………………
在那酣睡著的孩子身旁盤旋
挑逗無憂的夢魂。
　　　　　——〈南　風〉，1950 年代前期，
　　　　　《紫色的歌》頁 79

發光的夢似碧海的珊瑚
　　　　　——〈紫色的歌一〉，1950 年代前期，
　　　　　《紫色的歌》頁 93

我們的綠色的夢棲息在那裡，
在那山巒的相思林如夢的綠裡。
　　　　　——〈紫色的歌四〉，1950 年代前期，
　　　　　《紫色的歌》頁 97

我走進了夢的王國：

．．．．．．．．．．．．．．

在這人類的詩的國土裡，

在這人類的古老而又永遠年輕的詩的王國裡，

我的靈魂有輕適的死……。

　　　　　——〈旋律裡的王國〉，1950 年代前期，

　　　　　　　《紫色的歌》頁 100-1

你底影子夜夜縈繞著

我底夢魂……

　　　　　——〈我想念你〉，1950 年代前期，

　　　　　　　《紫色的歌》頁 103

第九交響樂的 melody

流瀉在空濛的大地上

猶如哀悼

不再有夢的荒地……

　　　　　——〈冬之歌〉，1991

我變成海鷗

變成熱帶魚

游走於閃現在波濤上的月亮邊

吹著海的口哨

飛向噴潮的海鯨身上

　　　——〈仲夏夜之夢〉，1998

這些「夢言夢語」，無非都像美國詩人艾德嘉・坡（Edgar Ellen Poe,1809～1849）說：「夢著夢，任何凡人都不敢夢見的夢。」（林以亮編選，1961：20）。

（三）畫家與聖雄的啟示

　　前引葉笛〈謎〉詩首段 3 行的詩句，衍自畫家高更的畫題，1991 年，葉笛寫〈火焰〉一詩，1995 年修改，再度將之安放詩句前的引詞，配合詩的內容加強生命哲理的思考。這首詩〈火焰〉主旨即衍釋古希臘和古印度的觀念，世界是由地、水、火、風和天空的組合，希望「我們」擁有這些原始資源。除了與畫家高更有關之詩句，葉笛有首〈向日葵〉，副題：梵·高的精神風景畫。畫家梵谷（底下以習慣用語「梵谷」稱之，有時則沿用葉笛的用語）的繪畫生涯，是藝術家的典範，是藝術生命的完美展示。葉笛以「向日葵」為題，自有明亮陽光與梵谷窮困暗鬱現實生活的強烈對照，並突顯梵谷的塑造的精神層面。全詩四段 29（10＋8＋5＋6）行，首段以「耶穌」稱許梵·高作畫前在貧窮礦區傳教的「愛」；二、三段，贊揚梵谷的幾幅名畫特徵；末段予以禮讚「你以彩色的奏鳴曲／謳歌翱翔六合的生命」；的確，梵谷傾生命之流，化作數百幅顏彩鮮艷的畫，留給世人。回看這首詩，首段「貧窮、潦倒、殘疾、孤獨／就是你的戶籍」，末段「世界不曾給你過一丁點歡樂／然而／你創造了歡樂賜予這個構造得不好的世界！」既確認梵谷的社會身份，亦對梵谷的藝術生命百般推崇。梵谷一生除早期畫商職員算是正常社會人外，之後，將日常生活品質降至最低地從事傳教和繪畫工作，所以詩中言「陽光和青春都未曾向你微笑過」，但他撒播的「藝術歡樂」已無從估算。葉笛詩中提及的幾幅畫〈向日葵〉、〈兩棵絲柏〉、〈有烏鴉的麥田〉、〈星夜〉都屬膾炙人口之畫。以〈向日葵〉言，1987 年日本商人以創紀錄的價格 2200 萬英鎊（合台幣 12 億 7 千萬餘元）購得，引起轟動。據倫敦大學瑪麗皇后學院研究人員的實驗報導，這幅〈向日葵〉曾吸引蜜蜂 146 次青睞的停靠（見《自由時報》2005.08.16.A7.生活焦點版）。

　　葉笛於 2005 年 7 月寫〈向日葵〉詩（8 月修定），在此之前，葉笛撰論〈王白淵的荊棘之路〉時，曾將王白淵詩〈向日葵〉的漢

日文並列（原作日文書寫，葉笛漢譯），且言：「太陽，梵高，向日葵，象徵著什麼？不言而喻。詩人，藝術家的王白淵就是梵高，就是向日葵，永遠朝著太陽！」（葉笛，2003：39）。當葉笛捕捉「梵·高的精神風景畫」，必然也重疊著畫家梵·高的使命：創造歡樂賜予世界。早年的葉笛，留有同樣的詩句：「我永遠朝著陽光／緊緊地擁抱著理想」（葉笛，1954：74）。

與畫家為鄰，跟藝術相關者，2005 年 1 月，葉笛為畢森德的雕刻「苦行僧的神龕」撰〈神龕前的冥思〉一詩。畢森德，美國紐約雪城大學陶藝、雕塑系畢業，美國紐約普拉特藝術學院美術碩士；曾多次到台灣擔任城市駐站藝術家。比較上，葉笛是人間的詩人，詩筆現實濃厚，在這篇「冥思」之作，存疑居多，除第一段羅列香、缽、念珠的敘述外，餘三段均自我省問，如第三段的詩句：「我存在我冥思／我怎樣才能摒棄六塵？／三世皆茫茫」

或許因撰述《台灣早期現代詩人論》，同時「以詩雕人，為前輩塑像」（莫渝之文章標題），寫下 12 首詩，因而傳神地刻劃梵谷。稍早，2003 年 12 月，隨台灣筆會「印度詩旅」時，葉笛寫下〈Mahatoma 甘地〉一詩，禮讚這位「印度聖雄」，同時回思台灣當前處境「一個福爾莎的子民／佇立在您的銅像前／沉思著福爾摩莎的／暗夜和明天……」

（四）烽火的體驗與家國之思

1958 年 8 月的「八二三」金門砲戰，詩人葉笛在掩蔽坑、塹壕溝寫下「火與海」組詩，留下烽火的感觸，與反戰的記錄，組詩起筆引錄一詞：「有兩種不能凝視的東西——太陽和死亡！」這是引錄日本小說家三島由紀夫（Mishima Yukio, 1925～1970）在《太陽與鐵》的句子。

相對於厭戰，詩人由筆端流露出家國的關注。1991 年 1 月寫於東京的組詩〈百年的呼喚〉5 首，詩行間婉轉迂迴的期待「在百年的荒寒歲月裡／要迎接新生的春雷」。另一首短詩〈島的聯想〉，則簡捷明確：

島的聯想

北回歸線上的海島喲，
不論我在哪兒，
不論醒著、還是睡著
都聽見你的呼喚，
都感到你愛撫的手。
你是曄曄的陽光，
永遠在我心裡做笑！
永遠在我夢裡發光！

（葉笛，1990：85）

寫這首詩時，葉笛仍旅居日本。置身異地，「望鄉」、「鄉愁」油
然而生。詩句 8 行，未分段。就文意發展，可略分前 5 行後 3 行兩
段；前段，家鄉的影子無所不在，隨時耳聞呼喚，感受故鄉隱形「愛
撫的手」；後段，直接贊頌故鄉是「曄曄的陽光」，明亮其內心與
夢境！「曄曄的」形容「陽光」，有詩人特別專心的用語。

（五）與親人歡樂、感念伴侶

　　葉笛是浪漫主義詩人，自然有兒女之情的詩作，如給女兒〈有
贈兩首〉（1988 年作品）與給孫女〈六行詩〉10 首（1989 年作品）
及孫子們的故事〈十行詩〉10 首（1995 年作品）之類的親情。試舉
〈十行詩之八〉為例：「來　孩子們／你們指著時鐘／問我現在幾
點鐘？／不用管幾點鐘／你們四個人四點鐘／／加上阿公阿嬤兩個
／總共六點鐘／擁有了半個地球／只要你們在面前／我們就擁有了
世界上的一切」。詩分兩段，前段，以人數取代時間，甩開了時間
計數的煩惱；後段，四個小孩加上兩個老人，「總共六點鐘」，佔
了半個鐘面，如同佔了半個球面（地球），這樣機智的構想，大概
只有心態純真的詩人與小孩，才具有的思維。比較特殊的是寫給妻
子的詩：

有贈──給桂春

而立之年
我牽起妳的手
我們走進生活炙熱的世界
在夢想常被現實輾碎的日子裡
妳的微笑溫暖了我凍僵的心

在荊棘的坎坷的路上
我跌跌撞撞欲倒時
妳柔弱的手是有力的手杖
讓我撐著走到現在
回首來時路
不覺四十年已杳

如今我們走在黃昏的松林裡
暮靄茫茫　松濤在耳
然而，我們聽得見
前方有「青鳥」在歌唱
明天還會遇見
在向我們招手的
冬天可愛的太陽！

（葉笛，2006）

這首詩寫於 2002 年 1 月 11 日，葉笛七十一歲，詩的對象是葉笛的
妻子。整首詩沒有華麗的詞藻，沒有「言謝」與「感恩」之詞，，
卻是一個老年男人對妻子的深情心語。「在夢想常被現實輾碎的日
子裡／妳的微笑溫暖了我凍僵的心」、「在荊棘的坎坷的路上／我
跌跌撞撞欲倒時／妳柔弱的手是有力的手杖／讓我撐著走到現
在」，既有現實描述，也是真情表白，更是男人臨老的感激。淡淡
的詩句散溢濃濃的溫情，尤其末段，氣氛情境十足「人間重晚情」！

中國宋朝文豪蘇東坡（1037～1101）的詞〈定風波〉：「回首向來
蕭瑟處，歸去，也無風雨也無晴」。有過「蕭瑟」的東坡看淡人生，
是灑脫；走過「荊棘的坎坷的路上」的葉笛仍珍惜「牽手情」。雖
然已是生命的「暮年」（暮靄茫茫），仍然期盼兩人共同再見「可
愛的太陽」的「冬暖」，不理會生命的「冬盡」。

三、在時間裡泅游、築夢

　　1995 年 11 月 3 日，葉笛寫了一首詩〈時間〉：

　　　　　　沉默蔚藍的蒼穹下
　　　　　　榕樹盤根錯節的一堵城牆
　　　　　　屹立著
　　　　　　凝望汪洋大海
　　　　　　凝望板蕩的時代
　　　　　　已然四個世紀

　　　　　　時間默默腐蝕著人間
　　　　　　默默腐蝕著城牆

　　　　　　面壁九年的達摩禪透了時間？
　　　　　　討海的老人
　　　　　　以一臉如榕樹皮的臉
　　　　　　面對海濤的空茫
　　　　　　時間也在他臉上瞑思？

詩人從城牆的老榕樹，映照歲月「腐蝕人間」、「腐蝕城牆」；聯
想智者達摩禪師和凡人漁夫是否悟透？感受到「時間」的流逝與「海
濤的空茫」。在 2001 年 10 月 7 日葉笛寫了〈詩人〉一詩，僅 8 行，
全詩如下：

猛然
攫住時間
把它一口吞下去

俄頃
一片湛湛的蔚藍
一片顫顫的光波
溢滿他心胸

詩人浮沉於「時間」的空茫裡
浮沉於「美」與「醜」之間

（葉笛，2006）

「詩人浮沉於『時間』的空茫裡」，「時間」的意象和「空茫」的
概念出現於葉笛詩句裡，這不是首次登場，回看他的詩蹤，可以列
出：

在時間之流沙中
硝煙和鋼片消失

——〈火與海‧583〉，1990

墜落——
我在「時間」的空漠漠的
雲海間

——〈雲海〉，1990

心是污染的化石
不知何時人已不是人
浮沉在沉默的時間的黑浪裡

——〈火焰〉，1995

生和死
只是時間征服了時間

生和死
出現而又消失於時間的空無裡

——〈墓標〉，2002

詩人浮沉於「時間」的空茫裡
浮沉於「美」與「醜」之間

——〈詩人〉，2001

從上引的詩句中，葉笛添加於「時間」一些較屬負面的語詞，如：
流沙、空漠漠的、黑浪、空無、空茫……等。「時間」的意識似乎
一直在其思維中作祟、纏縈。是畏懼、駭怕，抑唯恐自己蹉跎歲月？
敏銳的文學創作者經常意識時間的流逝、失落，無不極力設法捕捉、
追回。法國作家普魯斯特（Marcel Proust, 1871～1922）甚而窮盡一
生撰寫《尋回逝去的歲月》巨著。詩人葉笛同樣向命運之神索取歲
月，用文字刻寫虛擬的時間，探尋歲月的長河裡時間的空茫中個人
的定位。

四、結　語

一百多年前，法籍青年韓波（Rimbaud,1854～1891）未曾見過
海洋，以敏銳的閱讀和豐富的想像，完成百行詩〈醉舟〉（沉醉的
船），投入巴黎詩壇；百年來，多少讀者感歎這位高中生的才情！
在文學的長河裡，韓波曾是善泅者。「朝露人生，千秋文學」（莫
渝語），是否詩人葉笛亦深感歲月的倥傯，時間的鞭人？

葉笛早期詩集《紫色的歌》1954 年出版，有 42 首；中期詩集
《火與海》1990 年出版，有 46 首；之後迄今，集錄影印自存成《失
落的時間》（影印改訂手跡稿）一輯 30 首，此外，應該包括撰述《台
灣早期現代詩人論》乙書論評十二位詩人同時贈詩的 12 首詩，題贈
依順序為賴和、王白淵、張我軍、陳奇雲、楊雲萍、楊華、吳新榮、
水蔭萍、郭水潭、江文也、巫永福、林修二等。

　　前引葉笛在 2001 年 10 月 7 日寫了一首詩〈詩人〉，寫此詩之際，葉笛進行水蔭萍研究，分別在 10 月 8 日和 10 日完成輓詩〈詩人和貓的憂鬱〉及論文〈水蔭萍的 esprit nouveau 和軍靴〉。同年初，2 月間，完成有關楊華的論文〈談賫志以終的詩人楊華〉及詩〈荒野裡的小花〉；稍晚 5 月間，完成有關王白淵的論文〈王白淵的荊棘之路〉及詩〈致王白淵〉。王白淵有一首在詩壇與網路流傳的詩〈詩人〉，先後有月中泉、巫永福、陳才崑等多人的翻譯；葉笛譯筆如下：

> 玫瑰沉默地開著
> 一如無言那樣地飄零
> 詩人不為人知地活得
> 吃著自己的美死去
>
> 蟬在半空中歌唱
> 不顧結果就飛去
> 詩人在心中寫詩
> 寫好又擦去
>
> 月亮獨自走著
> 照著夜晚的黑暗
> 詩人獨自歌唱著
> 傾訴眾人的心語

　　　　　　　　　　　　　　　　（葉笛，2003：39-40）

王白淵用三種自然界物象：玫瑰（另譯作：薔薇）、蟬和月亮，表達各自的作為與意義，引伸詩人的心聲；葉笛的〈詩人〉則興起浮沉時間長河的壯懷。兩位都以〈詩人〉為題，王白淵是否啟示了葉笛？或者日治時期幾位前輩詩人的詩業怎麼樣激盪了葉笛的心靈？葉笛本人沒有明確表露，外人無從得知。不過，研讀之後，漣漪難免會有所波動，這也就是我在〈以詩雕人，為前輩塑像〉乙文結尾

說的「不無自己的影子」，借光見別人之影，同時，也映現自己的
影子。

　　日治時期，王白淵用日文書寫出版詩文集《棘の道》，葉笛曾
撰論〈王白淵的荊棘之路〉（葉笛，2003：25-42）。葉笛認同王白
淵，也感同身受，在前引給妻子的詩〈有贈──給桂春〉中出現這
樣的詩句：「在荊棘的坎坷的路上」。

　　從王白淵到葉笛，有文人困窘現實的相似，也有追求文學志業
的相似。

（2006.01.20.-05.05.）

──刊登《笠》詩刊 253 期，2006.06.15.

參考書目：

葉　笛（1954），《紫色的歌》，台南市：青年圖書館公司，1954 年 9 月
　　初版。
葉　笛（1990），《火與海》，台北市：笠詩刊社，1990 年 3 月出版。
葉　笛（2003），《台灣早期現代詩人論》，台南市：國家台灣文學館，
　　2003 年 10 月 17 日初版。
葉　笛（2006），《失落的時間》，葉笛影印改訂稿，2006 年 1 月 18 日簽
　　贈莫渝。
林以亮編選（1961），《美國詩選》，香港：今日世界社，1961 年 9 月再
　　版。
吳潛誠譯（2001），《草葉集》（惠特曼，Walt Whitman），台北市：桂冠
　　圖書公司，2001 年 10 月增訂一版。
莫　渝譯（1977），《法國古詩選》，高雄市：三信出版社，1977 年 1 月
　　初版。
莫　渝譯（1978），《法國十九世紀詩選》，台北市：志文出版社，1978
　　年 11 月初版。
莫　渝（1981），《走在文學邊緣·下冊》，台北市：臺灣商務印書館，
　　1981 年 8 月初版。
莫　渝（1997），《愛與和平的禮讚》，台北市：草根出版公司，1997 年
　　4 月初版。
巨匠（1992），美術週刊第 8 期《高更》，台北市：錦繡出版公司，1992
　　年 7 月 25 日初版。

與寂寞對話

──接近黃騰輝的文學心靈

　　黃騰輝，1931 年 10 月出生於新竹縣竹北。大學法律系畢業後，活躍於工商界，擔任中華民國升降設備安全協會理事長，中國菱電（三菱電梯）公司常務董事等職。1950 年代，就讀東吳大學的青春時期，在《新詩週刊》、《藍星週刊》等報章雜誌，發表不少作品，包括當時流行的「四行詩」，稱得上年少得志縱橫詩壇的台籍詩人。停筆多年後，1970 年代重新出發。斷斷續續地與詩壇時密時疏，且自《笠》詩刊創刊一年後擔任發行人迄今。他的「隱形」詩人性格，究竟表現出什麼樣的訊息，的確耐人尋味。

　　回看他自己寫的詩觀：「賣電梯、賣電腦、賣科技……，賣現代，也賣靈魂。偶而，靜下來看一首詩，也忽然使自己想起了，我仍然是一個人。這樣的速度，這樣的密度，明年又是另一個新的世紀被科技寵壞了時代。人文與道德萎縮得那麼可悲，微波烤箱烤得塑膠香腸的生活裡，唯一能撿回一點人性的恐怕就是詩了。」（《美麗島詩集》，頁 221，笠詩社，1979 年 6 月初版）。黃騰輝這段話，表露於 1970 年代末，他所提到的科技，在 21 世紀初的今日，更普及為日常生活的重心了。這席話，也讓莫渝在〈笠詩人小評〉裡，畫下黃騰輝的素描：「由五○年代的樸實詩語，跳空至七○年代的批判生態，詩的呼喚仍是商人／詩人的精神靈藥。」

　　他的文學寫作記錄，也如是幾階段的跳空：1950、1970、1990 年代。

　　常常這麼想：詩，存在現代人的心靈有多少份量？是否古人有較多的心思放在「詩」上頭？也許，詩，從來沒被重視過，被好好

閱讀。詩人，不具特殊身份，同任何社會人一樣的平凡，若有差別，僅僅因為他懂得用，還常用文字訴說心事。黃騰輝也有相同的說詞：「我的靈魂是孤獨的，我的筆下，是一連串寂寞的話語。」（引自《混聲合唱──「笠」詩選》，頁 222）。原來詩人借文字紓發內心的寂寞，擺脫被寂寞凌遲與轟炸；詩，是寂寞下的產物。寂寞究竟是什麼？與寂寞對話，其實就是心事表白。黃騰輝與寂寞如何對話，究竟談了哪些話？從這角度，本文依三階段分別介紹黃騰輝的詩，試著接近黃騰輝的文學心靈。

翻讀黃騰輝在 1950 年代的文學活動，粗略可分為新詩、四行詩、譯詩、散文（含短論）四部份。最先，吸引我注意的是他的譯詩，包括：日本的正岡子規、國木田獨步、土井晚翠、石川啄木、白鳥省吾、佐藤春夫、堀口大學等 17 人 26 首，德國的歌德和海涅，合計 19 人（日本 17 人＋德國 2 人）共 30 詩（日本 26 首＋德國 4 首），量不算龐大，在那個年代，夠得上一冊譯詩小選集了，也可以彌補我在〈半世紀台灣譯詩界〉（《彩筆傳華彩──台灣譯詩 20 家》頁 13-36，河童版，1997 年 6 月初版）乙文的疏漏。詩作方面，最感興趣的是題贈女詩人李政乃的詩：

等待！在雨中

──給摯友李政乃

假作一個希望，讓
我急急的靈魂靜謐些。
看錶的每一秒跳動，
我與希望的距離又遠了。

故意慢慢地吸著香菸……
好像希望漸漸地清晰了。
因為，從模糊裡去尋找的
卻是我的思念。

　　跑雨的街道去散步，

　　沁涼的晚風裡愈覺寂寞。

　　驀然，我領悟了我還有一段

　　趕也趕不走的時間。

　　站住，凝視那滴在街角的雨珠。

　　當我忘記自己的時候

　　我仍然記得，在雨中

　　幾乎虐待似的寂寞！

　　　　　　　　　　　　　（五月十六日於上坪）

這首詩刊登《自立晚報‧新詩週刊》第 78 期，1953 年 5 月 25 日。李政乃，1934 年 2 月出生於竹東鎮，被覃子豪（1912~1963）譽為「台灣光復後第一位省籍女詩人」。覃子豪是當時詩壇主導人士之一，也為《新詩週刊》主事者之一，他的論譽頗具一言九鼎的架勢，因而這樣的稱號以後一再被提及與重視；李政乃於 1984 年出版詩集《千羽是詩》，在 2002 年印製中英對照的選集《李政乃短詩選》。就當時的詩壇活動，比李政乃稍長的黃騰輝，也是活躍的台籍詩人之一，一男一女，兩人正當年少，或有相慕相惜之意，在此情況下，黃騰輝乃產生「給摯友李政乃」副題的這首「情」詩，描敘雨中約會碰面前既期待又緊張的情緒：「看錶的每一秒跳動，／我與希望的距離又遠了。」還「故意慢慢地吸著香菸……」來安撫自己。詩裡出現兩處的寂寞：「沁涼的晚風裡愈覺寂寞」和「在雨中／幾乎虐待似的寂寞！」用年少「為賦新詩強說愁」的寂寞解讀，或許是一種說辭，若從另一角度思考，反倒覺得「詩與寂寞」的種子已經萌芽了。這首詩顯示寫實筆下的真實。約十年後，台灣詩壇出現新古典風潮，余光中詩集《蓮的聯想》（1964 年）是典型回到中國古典的代表，他也寫作了同題的詩〈等你，在雨中〉（1962 年作品），他用逗點，黃騰輝選用驚嘆號；黃騰輝以「現實」為詩篇架構的基點，余光中則凌越「現實」，回到「古代」：「步雨後的紅塵，翩翩，你走來／像一首小令／從一則愛情的典故裡，你走來／／從姜

白石的詞裡，有韻地，你走來」。文詞達到優美雅緻之極，但改造的審美技巧卻跌入虛寫虛幻的陷阱。

〈等你！在雨中〉雖然帶抒情，仍流露內心的「寂寞」，另一首詩〈悲哀〉，則直抒個體生存的本質：

悲　哀

雙手插在褲底，
吹著口哨，
這樣，沒有人知道我曾經流淚。

踢著路石，
一蹦一跳……
但，無論如何我還是笑不出來。

（刊登《笠》詩刊 17 期，1963 年 2 月 15 日）

這首短詩裡，作者將雙手插在褲底，吹口哨，踢路石；這意象，也出現在法國韓波〈我的流浪〉一詩「雙手插入漏底的褲袋」。年輕人故作瀟灑，試圖掩飾內心的悽楚，應屬共通的心理。至於心中有何難解的「悲哀」？作者無言，這「悲哀」，該指人生難遣的「愁」，李白〈將進酒〉詩尾「與爾同銷萬古愁」的「愁」。任何人的心事都是「愁」，都化以「悲哀」或「寂寞」名之。詩人錦連的〈蚊子淚〉，同樣直底生命的悲哀。隔約 40 年，黃騰輝發表〈心事〉：「沉澱在心靈底層的／與其說是一種思念，／不如說是一種憂愁。／／想忘，卻忘不了，／想說，又說不出口，／／不時，又被翻出來／折磨自己。」（刊登《文學台灣》35 期，2000 年 7 月），「心事」也好，「悲哀」或「寂寞」也好，都是個體的切膚之痛，陳年的「老疴」，人生無言的元素。這兩首詩，都很簡短，6 行和 7 行，詩題與直敘式的語句，暴露芸芸眾生的心聲。

跳空至 1970 年代中期，台灣的經濟快速發展，不再是靜態的農業生活，社會的脈動亦跟著世界潮流，有詩人敏感嗅覺加上商業活

動的筋脈，留持著現實觀點的詩藝，沒有放棄閱讀詩的黃騰輝，重新揮毫，發表了〈公寓〉、〈石油〉、〈景氣〉、〈電腦〉、〈股市〉等詩，都是寫實筆下的真實。

公　寓

建築師玩著火柴盒子的積木遊戲
十層二十層把一個都市推向蒼穹。
那都市人的悲哀——密度的壓力
是要交給空間去擔負的。

地震、颱風……那些天災都是偶發的，
反正歷史不會把這筆帳記在你的頭上。
於是在「經濟價值」的鼓勵下
你又大量地生產了火柴盒。

我們子孫三代就是這樣被擠在火柴盒子裏，
坐著花轎嫁過來的母親；
討論著每立方公尺空氣售價的孩子們……
我們有同一種語言卻無法溝通。

每一個火柴盒都隱藏著許多神秘
每一張面孔都是嚴肅無比，
這裡的人情薄如紙，
也許因為人口的壓力在膨漲
生活的壓力也在膨漲。

（刊登《笠》詩刊 43 期，1971 年 6 月 15 日）

1960 年代，台灣工業的發展帶動經濟繁榮，建築業跟著蓬勃起飛，老舊房舍改建，新起大樓林立，公寓或大廈的生活方式，打散了左鄰右舍聚落的傳統。這首〈公寓〉詩談判幾種「都市人的悲哀」，包括子孫三代擠進「火柴盒」式的住屋、「薄如紙」的人際交往、

膨漲的「生活壓力」，以及「我們有同一種語言卻無法溝通」，後者還涉及學校語言及代溝問題。當時（1970 年代初），已經預感了「人口膨漲」的壓力了。

石 油

地球心臟，
千萬年精釀的血液。
人類只是饑餓的寄生虫；
貪婪的吸飲。
上游的……
下游的……
連接著複雜的蜂巢分子式，
提煉著生活的夢

石化工業渡過巔峰的黃金時代
之後，卻是一片污染，
有一天，地球只是宇宙間最骯髒的垃圾場

地球心臟，開始疲憊，
貧血、衰老，……
為了飼養那一批冷血的「經濟動物」

（刊登《笠》詩刊 73 期，1976 年 6 月 15 日。）

本詩先後選入《美麗島詩集》和《混聲合唱》兩部詩選，也被一些評論者討論。石油，俗稱黑金，是可燃的油性液體礦物，是 20 世紀戰後以來最重要的動力資源，是「地球心臟／千萬年精釀的血液」，卻讓人類在短短半個世紀大量地「貪婪的吸飲」。表面上看，石油促進了人類偉大的工業文明，相對的，也製造了無法彌補的污染與破壞。詩的第一段，描敘石油的珍貴與人類利用石油推動文明的美夢——要求富裕的生活享受。第二段，反面的質詢高度石化工業的

後果，污染了整個生存空間，形成「宇宙間最骯髒的垃圾場」，人類是生活在垃圾場裡的動物。末段，則把地球的淪滅、衰亡，歸咎於人類的毒手，是惡報的下場。整首詩，作者用嚴厲的批判的語句，指陳人類的醜惡——由人類是貪婪吸飲的饑餓的寄生蟲（吸血蟲）到冷血的經濟動物，都是人類近五十年的「成果」，這樣的「文明」，值得我們反思。

電　腦

以一個數字邏輯支撐的迷信，
曾經使我們醉心於生活的密度。

但，為那科技設下的數量剖析，
卻巧妙地計數複什的靈性與情愫。

讀著以數字羅列的詩，
吃著只計算卡路里值的營養餐，

哎！一個過份迷信於計數邏輯的
變態人生。

台灣的電腦工業起動於 1960 年代，直到 1990 年代，電腦使用率才普及化，目前更成為生活必需品的家庭電器之一。黃騰輝對電腦的認知，同他的商業頭腦有關，自然領先一般人士，因此，這首〈電腦〉早在 1970 年代中期出現，刊登《笠》詩刊 77 期，1977 年 2 月 15 日。讀此詩，尚能感受作者對科技的排斥卻無法拒絕的矛盾心理。

　　感受到現代生活的壓力與矛盾，作者想覓尋安身之處。回憶童年和懷念家鄉是遁逃方式，然而，家鄉已經如何呢？黃騰輝高中畢業，離開新竹到台北讀書，大學畢業後，在台北工作、成家，已經移居台北都會近一甲子了，試看詩人筆下的故鄉：

故　鄉

被現代文明吞噬的翠綠，
我竟在自己成長的地方迷路。

一再肥胖過來的廠房。
把寬暢老路擠成陰暗小徑。

流浪回來，
好不容易在祖墳的旁邊，
找到被遺忘的 DNA。

（刊登《自立晚報・23 版・本土副刊》
1999 年 8 月 10 日（二））

家鄉的景物也變了，不見鄉村原有的翠綠，「我竟在自己成長的地方迷路」。中國古語：「衣錦還鄉」，或晚唐詞人韋莊（約 836~910）的〈菩薩蠻〉：「未老莫還鄉，還鄉須斷腸」，都在告知歸鄉人的忐忑心情。家鄉景觀尚未改變的，僅僅「祖墳」，而且還帶遲疑，必須透過檢驗 DNA（自然無實際操作，作者臆想吧！），才覓得彼此的¥淵源。這首詩有「落葉歸根」與還鄉的感傷。DNA（脫氧核糖核酸）是核酸的一類，因分子中含有脫氧核糖而得名，是美英兩位醫學研究者在 1953 年的重大發現。現在很流行 DNA 人類基因組這項生命科學的研究，但一般人的認知，仍僅就「血緣」鑑定。這首詩裡，作者將 DNA 名詞入詩，有特別意義。

拐　杖

散落的老朽殘骨，
重新組立起來，
宣佈獨立。

傾斜的生命，
因支點的平衡，

得以挺腰扶正。

顛簸冷暖的歲月，
說它是惟一支撐的伴侶，
不如說是血脈相通的手腳。

踩穩自尊，
踏出一片
失落已久的天地。

（刊登《笠》詩刊 229 期，2002 年 6 月 15 日）

肢體健全的人毋需拐杖。需要依賴拐杖者，大都是瘸腿腳傷與年紀大行動不便的人，本詩則專指後者。老年人，手腳比較不靈巧，仰賴拐杖的輔助，可以自己行動。詩人以興奮心情（詩中雖無此類文詞，但溢於言表），先肯定拐杖帶來的好處：「宣佈獨立」，次寫前後對照，前：生命傾斜，後：挺腰扶正；前：歲月顛簸冷暖，後：找到伴侶和血脈相通的手腳。結尾再次信心滿滿：「踩穩自尊，／踏出一片／失落已久的天地。」整首詩言簡意賅，有生命重生的喜悅與自信。

　　以上，對黃騰輝以白描赤裸方式，表達現實生活與環境的感受作品，稍稍檢視一番。開始時，我們閱讀了他在 21 歲年少的情詩〈等待！在雨中〉，「情」仍是詩的原動力，情或情慾的描寫，仍像「支撐的伴侶」（〈拐杖〉詩句），出現於詩人的晚年，試看底下他的兩首「晚情詩」：

邂　逅

差一點擦身而過，
茫然的失憶。

被一種感應叫停時，
我還是無法讀懂
風霜漂染的滿頭白髮。

把記憶傾倒出來，
才發現，忘記加上的是
青春以後的歲月。

（刊登《文學台灣》35 期，2000 年 7 月）

暗　戀

深怕被反彈回來的，
一個「愛」字。

打從心底衝到喉嚨，
即將變成聲音的剎那，
又急速地被吞回去。

只許珍藏，
不許碰觸，
一個比玻璃更脆的
「愛」字。

（刊登《文學台灣》37 期，2001 年 1 月）

1990 年代以來，詩壇開始流行「陰性書寫」、「身體書寫」、乃至
性器官半裸或全開的展示，顯露了書寫的無禁忌。黃騰輝寫實筆下
的真實詩篇中，接納了科技與商場用語，卻保留以往不漏點的平實，
單純地描敘私己隱密，〈邂逅〉的「擦身而過，／茫然的失憶」，
〈暗戀〉的「只許珍藏，／不許碰觸」，彷彿回到 1950 年代年少時
羞澀的愛戀手法。

　　從 1950 年代初期的抒情出發，經歷科技文明的洗禮，感受時代
脈動的震盪，黃騰輝以一顆清醒的詩心，跟文學維持了一甲子時近
時遠的關係。他的詩作，沒有龐雜巨迭的篇幅，沒有七彩豔麗的色
澤，但簡練勁捷的短小句法，訴說私己的心事與寂寞，跟李白一樣，
都為著希望我們陪他「同銷萬古愁」。

（2003.12.24.~2004.11.14.）
——刊登《臺灣現代詩》第二期（2005.06.）

莊柏林速寫

　　文學寫作不是某些人或某幾個人的專長。透過學校體制語文教育的磨練，每位成長的青少年學了，多多少少會沾染藝文氣息。明確地講，每位成長的青少年學子，多多少少可以歸入文藝少年、文藝青年。只因離開學校，踏入社會謀生，生活方式、思維模式改變了，逐漸遠離藝文，但，當初的人文素養仍似伏流，潛藏內裡湲湲潺潺。

　　青少年的莊柏林同樣是文藝愛好者。初中時，閱讀《浮士德》、《戰爭與和平》、《約翰克利斯多夫》、《三國演義》等；高中時，印度《泰戈爾詩集》曾是喜愛的讀物。這時期中學生的莊柏林，即投稿報章副刊。大學，進入台大法律系（1952 年），與文學關係漸淡，接著，留學日本，返國從事檢察官、法官等職。這期間，法律是專業是職業，文學寫作偶爾為之。直到 1977 年，離開司法界，轉任律師與院校法律教職，才重回文藝圈。1988 年加入「笠」詩社；1990 年感應母語寫作的重要，開始用台語寫作詩與散文。1991 年擔任社長，同年，設立「榮後文化基金會」，頒贈「榮後台灣詩人獎」。文學活動與創作，使得莊柏林在乾硬僵冷的法律圈裡，散發濃鬱的人文氣息。

　　從 1977 年起，將近三十年，莊柏林創作了華語詩五百首，台語詩近三百首，另有散文與散文詩的作品，如此可觀的量與質，並不輸給長年寫作的詩人們。這些文字分別集入詩文集《西北雨》、《苦楝若開花》、《火鳳凰》、《莊柏林台語詩集》、《莊柏林台語詩曲集》、《莊柏林詩選》、《莊柏林散文選》、《莊柏林短詩選》、《采莊詩選》等十五冊。此外，他的文化評論、政治議題，仍持續披露報章，被閱讀著。

　　莊柏林雖然是法律人，曾擔任陳水扁總統任內總統府國策顧問，卻常以「詩人」稱之。他認為詩的寫作可以「接觸不同款的感情世界」。因而，他在《穿越世紀的聲音：笠詩選》（2005年）記錄自己的〈詩語〉：「意象的飛馳，簡潔的文体，未曾的創造，感動的啟發，為情感、人生、世界、時代、心靈，而自然韻律發展的一些文字，詩也。」

　　在〈笠詩人小評〉短文中，莫渝曾如此素描莊柏林：「堅守律師的冷靜分析，卻吐納濃得化不開的抒情，創作力勤奮，逐年遞增。」既有正面的寫真，也是對他在台灣文學創作與活動所做努力的肯定。

（2006.06.02.）

——刊登《台灣現代詩》第七期，2006.09.25.

童年的記憶：陀螺與鄉音

——閱讀趙天儀的詩

一、前　言

　　第一次品讀趙天儀的詩作是〈最後的黃昏〉乙篇，刊登《葡萄園》詩刊第 13 期（1965 年 7 月 15 日）。同期有我的詩兩首詩〈待〉、〈熱帶魚〉，署名林彥。我是首次登場的新人，他，已是詩壇活躍份子。〈最後的黃昏〉一詩敘述作者童年時聽到收音機廣播日本天皇宣佈投降的敗戰消息，帶有敘述詩的傾向。讀過之後，詩題與一些詩句不時浮現腦海，如中間一節：「在我童稚的心靈上／戰雲／將從青空抹去／頭顱／將從防空洞探出來」、以及末節：「在這最後的／黃昏／依然　我還是那麼／天真而無知／當夜色／跨過西方的山崗／日本天皇　在播音機上／正以懺悔／而激動的泣音／廣播著投降的消息」。發表此詩，作者趙天儀時年三十，距離聽到廣播消息，已間隔二十年。

二、童年的活動場域

　　1935 年，趙天儀出生於日治時期的台中州榮町，即今日台中市中區繼光街一帶，距離台中火車站甚近的熱鬧商業中心，附近中正路有著名的中央書局。中央書局是當時文化人的流連處與圖書重鎮。「台中人很難忘記『中央書局』，它與台中的閱讀記憶無法分離。中央書局是中台灣第一座大型書店，也是台中最重要的知識來源。它創立於 1926 年，由林獻堂、蔡培火等幾位中部地區著名的文

化人集資創立，雖說是書局，但實際上是當時台灣最重要的啟蒙組
織『文化協會』運動的據點。當時，常有許多文學家、文化人在此
流連。台中能有「文化城」的美譽，多少是因為中央書局以及這群
文化運動的前鋒所博得的。」（申惠豐，2004）。從童年到高中階
段，趙天儀頗能感受到住家周圍環境的強烈文學文化氣息，也購買
過甚多中日文學書刊。

　　除了台中市區的活動外，1941 年 12 月太平洋戰爭爆發，一年
後，美國整備軍力，逐島反攻西太平洋，進逼日本本國領土；1944
年初，美國空軍開始轟炸台灣。這時，趙家從台中市區「疏開到台
中縣大里鄉五張犁，並轉學台中縣大里國民學校。因空襲，幾乎是
休學。」（趙天儀，1978：261），當時的情況，他追記：「在五張
犁，過著田園的生活，拾穗、養家畜。釣青蛙、放蝦籠、泡在大溪
中，」（同上），這段躲避空襲的鄉間生活，增添了都市之外的不
同經驗，給孩提趙天儀留存了美好的童年記憶。

　　未久，1945 年 8 月日本戰敗投降，讓出殖民地台灣的統轄權，
台灣島內整個文化文學生態面臨劇變，未及一年半，發生 1947 年春
天的二二八事件；隨後，世局動盪，台灣轉轍了另一局面，少年趙
天儀完成國校（台中師範學校附屬小學）學業，進入台中一中初中
與高中部就讀，畢業於台灣大學哲學系，接著服一年的預備軍官，
再進入台灣大學哲學研究所，學業完成後，留校（系）任教。期間，
參與詩文學活動與寫作。1965 年，青年詩人趙天儀發表了前述的回
憶詩〈最後的黃昏〉，這時，他擔任台灣大學哲學系講師；這一年，
當時稱呼「光復」，目前稱「終戰」。

三、「鄉」的定義與「鄉愁」的型塑凝固

　　鄉，基本定義是出生的地方，也有祖籍的另一定義。

　　一本書的書名標題《漂泊：中國人的新名字》（邵玉銘，1996），
漂泊，是中國人的命運嗎？誰讓「此人」漂泊？誰逼「此人」漂泊？

誰要漂泊？誰在漂泊？漂泊是逃命？誰在逃命？誰在離鄉背井？漂泊的相對語是定根，誰在定根？誰在漂泊與定根之間猶豫？紀德〈浪子回家〉一文，也有新的詮釋：漂泊者（浪子）返家後，鼓勵「定根」的弟弟出走。

　　古時，因鑿井汲水，提供水源，聚落成村，形成人文匯聚的生存活動空間；因而習慣「鄉」「井」合稱。離鄉背井，自然意味離開，甚而遠離「家鄉」，奔往「他鄉」，不再返鄉。

　　「鄉」，是源出的「根」，是落葉想歸的點。「鄉」，也可以是「此心安處」的點。中國宋朝蘇軾〈定風波〉詞：「常羨人間琢玉郎，天教分付點酥娘。自作清歌傳皓齒，風起，雪飛炎海變清涼。萬里歸來年愈少，微笑、笑時猶帶嶺梅香。試問嶺南應不好？卻道，此心安處是吾鄉。」蘇東坡藉一名嫁人隨夫的女子點酥娘之口，表達自己胸懷的曠達，只要「此心安處」或自覺可以「安身立命」之處，便是「吾鄉」了。

　　身在「他鄉」，心繫「家鄉」，思思念念，愁懷不止的「思鄉」，型塑了「鄉愁」可望不可及的難解苦結，藉詩歌寫作的抒懷，聊以慰治。

四、詩篇保存記憶及其意涵

　　繼 1962 年詩集《果園的造訪》和 1964 年《大安溪畔》後，隔十餘年，1978 年，趙天儀續出第三部詩集《牯嶺街》，收錄 1965 年至 1972 年之間作品，分 13 輯共 120 首詩。詩集內，作者追憶童年與家鄉的詩篇，主要集中於第一輯「陀螺的記憶」（8 首）和第二輯「鄉音組曲」（11 首）。〈最後的黃昏〉一詩即放在第一輯。

　　這兩輯 19 首詩，粗略可以分成兩組：懵懂童年活動場域的追記與市景叫賣景象的回憶。前者詩篇有第一輯全部 8 首：〈曬穀場〉、〈五張犁的一些記憶〉、〈午夜〉、〈最後的黃昏〉、〈蓖麻與蝸牛〉、〈陀螺的記憶〉、〈梅枝町〉、〈粽子吟〉，及第二輯的〈光

復後的榮町〉和〈那時候〉，共 10 首；後者有〈油炸糕〉、〈杏仁茶〉、〈燒肉粽〉、〈饅饅頭兒〉、〈臭豆腐〉、〈淇仔冰〉、〈豆花〉、〈鳥梨仔籤〉、〈蚵仔麵線〉9 首。

第一組「活動場域的追記」，出現的場景，有〈曬穀場〉的「聯想起兒時拾穗的時光」，拾穗，是少年趙天儀避難鄉野（五張犁）的田間活動（趙天儀，1978：261）；〈五張犁的一些記憶〉記憶著盟軍「空襲轟炸的慌亂」；〈午夜〉詩中因犬吠的驚魂，想起「竹林裡神祕」的事件，包括「丈夫出征南洋而瘋癲的日本婦人」、喪失哭啼的農婦、虎姑婆故事等；〈最後的黃昏〉告別日軍的戰敗；〈蓖麻與蝸牛〉敘述戰爭末期，日軍物質缺乏，以蓖麻提煉食用油，捉蝸牛製成軍用罐頭食品；〈陀螺的記憶〉描繪敗戰後，日本孩童主動獻出曾經珍惜的牛角陀螺，為示好而露出卑屈模樣；〈梅枝町〉回憶童年老家藥房出入的人物，病患中有妓女，有日本傷兵；〈粽子吟〉表現端午節在日治與戰後過節的異同。

第二組「市景叫賣景象的回憶」，都是流動小販的叫賣聲，包括：油炸糕（油條）、杏仁茶、肉粽、饅頭、臭豆腐、淇仔冰、豆花、鳥梨仔籤、蚵仔麵線。於此，試以〈鳥梨仔籤〉一詩，加以解說。

鳥仔梨籤

綁著一束稻草
荷著一支竹竿
一個襤褸的孩童沿街叫賣著

「鳥梨仔籤」
「鳥梨仔籤」
那是用麥芽糖、色素包裹著的
有甜味
也有酸味

> 在消逝了的童年
> 在我故鄉老家的小巷子裡
> 依稀我還記得
> 一個襤褸的孩童在沿街叫賣著

　　鳥梨仔，跟李子同大小的小梨，可以生吃，通常處理方式有兩種：一種泡浸糖水，一種沾煮熱的麥芽糖液色素成糖葫蘆。1950年代，台灣工商業不發達，很少有童工或家庭加工的機會，窮困人家孩子想賺錢貼補家庭開銷，大都沿街叫賣簡易食品，夏天最普遍是賣冰棒（淇仔冰），鳥梨仔籤（糖葫蘆）則由大人做好，插在竹竿上紮緊的稻草束。這首詩標題，採用方言（作者的母語閩南語），予人親切與具鄉土味，平舖直敘的表達童年印象，足以喚醒讀者回想舊社會的生活，引發共鳴。

　　詩中，作者寫1960年代「一個襤褸的孩童」叫賣「鳥梨仔籤」，引發詩人追憶1940年代相同情景的另「一個襤褸的孩童」；年代不同，似乎並沒有改變多大的生活步調。此外，在〈陀螺的記憶〉詩中出現的是「日本學童含淚的眼睛」；感覺中，詩人趙天儀經常保持著「童稚的心」（趙天儀，1978：30）。常保「童稚的心」，藉「追記」與「回憶」，表現出庶民性格和市廛現象兩種意涵，這也是趙天儀的寫作視野。

五、結　語

　　1945年，是一個轉轍劇烈的年代，變化中，童年的趙天儀留貯深刻印象，轉成文字化為詩，見證時代列車行駛中，小人物的無奈，如：敗戰的日本子民、街坊市民的點心飲食、流行的童玩⋯⋯。這些都是人們的生活態度與方式。羅蘭・巴特說：「畢竟，只有童年才有家鄉。」（羅蘭・巴特，2004：12），於此，趙天儀將童年與家鄉，安排了緊密的結合。

（2005.08.）
——刊登《台灣日報・21版・台灣副刊》，2006.02.22.

參考書目：

趙天儀（1978），《牯嶺街》，高雄市：三信，1978 年 4 月 27 日初版。
申惠豐（2004），〈讀物文化——閱讀台中的過去與現在〉，《中國時報・
　　刊開卷》2004.06.21.或網址：
http://www.pu.edu.tw/~pu1300/news/2004/newstext06.php?id=46
邵玉銘（1996），《漂泊：中國人的新名字》，希代書版公司，1996。
羅蘭・巴特（2004），《偶發事件・西南方之光》，莫渝譯，台北縣：桂
　　冠，2004 年 5 月初版一刷。

冷視與微雕的詩人

——讀非馬的詩

　　非馬，本名馬為義，1936 年 9 月 3 日出生於台中市。家人曾帶回廣東省潮陽縣原籍地度過童年，1948 年再到台灣，就讀台中市光復國小、台中一中。臺北工專畢業後，前往美國留學，獲馬開大學機械工程碩士，威斯康辛大學核工博士，曾任職美國阿岡國家研究所，從事核能發電研究，1996 年 2 月退休，專心從事文學與藝術（繪畫及雕塑）創作，並在中文報上撰寫專欄。定居芝加哥。曾獲吳濁流文學獎，「笠」詩社翻譯獎·詩創作獎。為「笠」社同仁及芝加哥詩人俱樂部會員，曾任美國伊利諾州詩人協會會長。非馬著譯編詩文集很多，詩集有《在風城》（1975 年）、《非馬詩選》（1983 年）、《白馬集》（1984 年）、《非馬集》（1984 年）、《篤篤有聲的馬蹄》（1986 年）、《路》（1986 年）、《非馬短詩精選》（1990 年）、《飛吧，精靈》（1992 年）、《微雕世界》（1998 年）、《沒有非結不可的果》（2000 年）等冊，英文詩選《秋窗》（Autumn Window,1995 年）；與人合作的詩集有《四人集》（1985 年）、《四國六人集》（1992 年）、《宇宙中的綠洲——十二人自選集》（1996 年）。散文集《緊急需要你的笑》（1991 年）。翻譯《裴外的詩》（1978 年）、《頭巾——南非文學選》（合譯，1987 年）、《織禪》（1991 年）、《緊急需要你的愛》（1991 年）、《讓盛宴開始》（1996 年）等；中譯英《Chansons》（白萩詩集《香頌》，1972 年）、《The Bamboo Hat》（《笠詩選》，1973 年）。編輯《顧城詩集》（1988 年）、《台灣現代詩四十家》（1989 年）、《台灣詩選》（1990 年）、《台灣現代詩選》（1991 年）、《朦朧詩選》（1998 年）。

　　非馬第一部詩集《在風城》於 1975 年 9 月出版，同年 12 月 15 日《笠》詩刊 70 期即刊登五篇評介，受到詩壇注意。桓夫在〈詩的焦點〉中以〈電視〉一詩為例，稱許「我認為非馬的詩並不難懂，但也不完全是易懂的詩；因為非馬的詩的焦點很不平凡。」（《笠》詩刊 70 期，1975：59）。李勇吉在〈短詩與短句〉中說：「非馬的詩多半是由短句構成的短詩，所以讀來像在欣賞電影的快鏡頭一樣，給人一種緊張、興奮的感覺。」（《笠》詩刊 70 期，1975：60）。趙迺定在〈《在風城》的感受〉中說：「非馬的詩，部份以極端的對立，作一種『思維的遊戲』，通常由平淡起首，運用一種讓人墮入慣常性思維反應的陷阱，終以強烈的對比──一種反慣常性思維的思維，來敲擊人腦，讓人腦作一種反慣常性思維的修正，而達到詩的延展性。……因為非馬讓我的意識觸鬚伸向另一領域，因為非馬的詩的延展性使我越咀嚼越有味。」（《笠》詩刊 70 期，1975：62、63）。林煥彰在〈讀非馬的詩集〉中說：「讀非馬的詩，我有極高的興趣；因為他的詩短，取材平常，詩想特別自然，節奏明快，意象突出，表現含蓄，又有深遠的意境」（《笠》詩刊 70 期，1975：64），跟同時期出版的洛夫詩集《魔歌》相較，林煥彰說「不知要高出多少倍」（《笠》詩刊 70 期，1975：67）。李魁賢在〈風城巡禮〉中說指出非馬的詩有幾項特點：充滿了介入的精神、反諷詩想的成功運用、幽默，結論是「非馬的詩，實在是一種機智的詩」（《笠》詩刊 70 期，1975：68-70）。

　　這冊詩集共有五十八詩及英譯，詩作題材面廣，包含個人心事、社會事件、地區瑣事、國際新聞、名人動態、讀古畫心得……等，幾乎沒有不能出現其筆下的素材。作者彷彿一位隨時備著相機，隨時取材，即時納入攝影鏡頭，展現特殊風格，以及往後的動向：既家園又國際，既寫實又現代。這冊《在風城》詩集裡，比較受矚目者該是〈鳥籠〉乙詩：

打開
鳥籠的
門
讓鳥飛

走

把自由
還給
鳥
籠

（非馬，1975：11-12）

現實情境裡，鳥、籠與自由三者間，存在著可相依又對立的關係。
籠子因關鳥才具實質存在的意義與價值。詩人擺脫常人固定模式，
取逆向思維，撇開功利，闡釋古中國哲學家老子的道家審美觀點，
保持籠子的「無」，讓鳥離籠，恢復籠的「空無」，在他看來，「空
無」就是自由。這樣精巧的處理，達到作者一向要求的「驚奇效果」。
還刻意讓「走」一字，單獨一行。這樣乾淨而簡潔斷句分行的文詞，
成為非馬詩作的標籤。事隔二十餘年，非馬重新審讀這首詩：「當
時頗覺新穎。今日看起來，仍不免有它的侷限。因為把鳥關進鳥籠，
涉及的絕不僅僅鳥與鳥籠本身而已。」（非馬，1988：209），因而
以詩題〈再看鳥籠〉，將末兩行的單字改為「天空」。事情並未如
此了結，五年後，非馬再次提出〈鳥‧鳥籠‧天空〉（非馬，1988：
224）：

打開鳥籠的
門
讓鳥自由飛
出
又飛

入

鳥籠
從此成了
天空

第一回，單純提出鳥、籠與自由三者之間的關係；第二回，由天空
取代顯示無關緊要的鳥籠；第三回，變成鳥、籠、自由與天空四者
間的關係。這樣思維的改變與替換，作者自有一套說詞，似乎也印
證「文學是一個連續不斷的故事。」（Literature is a continuous story。
李賦寧，1995：7）；後代的藝文工作者堆累前人的思維成果，同時，
也對自身不久前的成品，朝完美進行永無止盡的逼近。

　　1970 年代，非馬投出第一部詩集，引發台灣詩壇的驚豔。歷經
1980 年代，進入 1990 年代，他以美籍華裔詩人身份，縱橫香港、
中國的詩壇與出版界，參與並選編及代言（兩岸）作業，獲得另一
批華語詩人和詩評家的激賞。在居留地芝加哥，他也積極介入美國
的美語詩壇，擔任要職。此外，退休後，他還從事繪畫雕刻等藝術
工作，稱得上藝文多面手。詩創作方面，初略估計，已出版詩集詩
選十部以上，一共寫了八百多首或長或短的作品。

　　幾部由「笠」詩社同仁編輯的詩選：《美麗島詩集》（1978 年）、
《混聲合唱》（1992 年）、《穿越世紀的聲音》（2005 年），非馬
都提出詩觀，或編者給予的評介。如他自言：「對人類有廣泛的同
情心與愛心，是我理想中好詩的要件。同時他不應只是寫給一兩個
人看的應酬詩，那種詩寫得再工整，在我看來也只是一種文字遊戲
與浪費。……一個人應該先學會做人，再來學做詩。從這個觀點看，
我覺得一個人如果內心不美而寫出些唯美的東西來裝飾，那是可厭
的作假。……」（笠詩社，1979：226-7）。也自提〈詩語〉：「關
心政治，進而批評政治，是詩人無可旁貸的責任。但詩人的出發點
是愛而不是恨；放眼未來而不侷侷於過去。偉大的詩使我們的心更
寬容同情，社會也因之更祥和進步。」（鄭烱明，2005：74）。

　　編者評語為：「非馬是一位具有強烈現代知性的詩人。他的詩結合了現實的精神和現代文學的表現手法，以凝煉濃縮的語言營造驚奇的意象，表達了豐富的內涵和象徵的內容。非馬雖然長年居住國外，但這並不影響他對台灣的關心。」（趙天儀等，1992：308）。

　　1986 年，非馬在芝加哥認識中國青年畫家周氏兄弟，畫家為非馬詩集《飛吧，精靈》撰〈詩畫的共鳴〉乙文，稱譽「他的詩，在冷峻嚴謹的表象下迸發出巨大的能量，從而使人們讀出了這位在世界詩壇上風格迥異的詩人如火如荼的生命內涵。」（非馬，1992：10）。

　　從以上引文，可以體認非馬的創作理念與實踐。因為客觀的凝視，與冷靜的專注，才能對原本事物發現新看法，從而結構新世界，帶給讀者驚奇新鮮的感受。這就是詩人精心經營的詩境：靜觀·冷視、機智、人間味、現代感。底下，試著依這幾項特點，取其詩佐證之。

一、靜　觀

　　「萬物靜觀皆自得，四時佳興與人同。」每個人都處身相同世界，儘管時空與位置隨時遷移，抱持敏銳觀察力用心的詩人藝術家，始能見出他人忽略之點，快迅捕捉瞬息萬變的景致與印象。

微雕世界

橫放
直放
或斜放
這米粒上的宇宙
才能有更多的空間
繼續膨脹

（非馬，1988：199）

本詩寫於 1987 年 7 月 28 日，收進詩集《微雕世界》。工藝美術界言「微雕」，另一名詞「芒刻」或「毫刻」，這是東方特有的一種古老藝術；精於此道的人，可以在一粒米或核果上鏤刻複雜圖畫、長篇文章與佛學經書。詩人非馬由此取材這項技藝與動作，轉為文字書寫，短短六行詩，有視覺效用與活絡思維。「舉一反三」是熟悉不過的用語，容易流為僵化，即俗稱「固定反應」。長期的固定反射作用，一旦略為變動，即排斥抗拒。非馬的詩句：「橫放／直放／或斜放」，就是轉移視覺角度，讓對象呈顯多角變化，提供異類貌樣。如此，導入「更多的空間」，以及「繼續膨脹」的世界。微雕世界並非止於「微」，有其無限空間的繼續拓展。2003 年，台灣地圖「橫著看」的引發軒然大波，即僵化弊病的連鎖。腦袋甚少改變或一見到「台灣」二字就不安的某些人士，馬上質疑，立即圍堵。如果早些閱讀此詩，或許不必如此抓狂：為反對而反對。

　　跟〈微雕世界〉同樣「靜觀」的詩作，尚有〈路〉、〈烟囪〉（以上詩集《在風城》）；〈鴨〉、〈花開花落〉、〈一女人〉、〈小草〉、〈磚〉（以上詩集《白馬集》）；〈山〉、〈霧〉、〈遊牧民族〉（以上詩集《路》）；〈楓葉〉、〈夕陽〉、〈黑白分明的驚喜〉（以上詩集《飛吧，精靈》）……等，其中〈霧〉：「摘掉眼鏡／赤裸／看／／世界」（非馬，1986-1：5）。如何觀看世界是個大學問，看得太清楚，失望就愈大；倒不如「霧煞煞」般有朦朧美的感受。兩段九個字，堪稱最短的詩，也發揮了非馬慣有的優點。足以比美桑德堡（1878~1967）同題名詩：「霧來了／以小貓的腳步。／／它無聲的／拱腰，坐著／俯瞰港市／又移動了。」（莫渝，2003：4-5）。

二、冷　視

電　視

一個手指頭
輕輕便能關掉的
世界

卻關不掉

逐漸暗淡的螢光幕上
一粒仇恨的火種
驟然引爆熊熊的戰火
燒過中東
燒過越南
燒過每一張焦灼的臉

（非馬，1975：2-3）

「世界」的大或小，隨時空不同有所改變。從前，訊息閉鎖，老死
不相往來，遙不可及；當前，資訊發達，藉由報紙新聞電視台的傳
播，不僅地球，包括外太空，時時都有新事件發生，同一事件還重
複播放。「電視機」成為現代人的娛樂與吸收知識的最方便來源。
資訊的便利，也是困擾源之一。國際間最易滋生爭端，嚴重者雙方
（或多邊）衝突，導致戰火難息。本詩前半為個人的小動作：關掉
電視機，亦關掉螢幕的畫面，但曾出現的戰火畫面仍令作者「不安」。
因為悲憫的詩人與世界的脈動密合。詩中，作者沒有激動表露昂揚
的情緒，僅僅冷靜地浮現留存的印象，卻讓讀者感受近距離的世界
動態。

　　跟〈電視〉一詩同樣「冷視」者，尚有〈戰火裡的村落〉、〈從
窗裡看雪〉（以上詩集《在風城》）；〈陰天〉、〈讀書〉、〈山〉、
（以上詩集《白馬集》）；〈血墨淚〉、〈祭壇〉（以上詩集《路》）；

〈他們用怪手挖樹〉、〈空位的陰影〉、〈在病房〉、〈冬令進補〉
（以上詩集《微雕世界》）；〈神像下凡〉、〈椅子〉（以上詩集
《沒有非結不可的果》）……等。

三、機　智

　　機智常出現在緊要關頭，可以化僵局於莞爾中，非馬的散文集
《緊急需要你的笑》、翻譯禪師小故事《織禪》和《緊急需要你的
愛》，藉由中日兩國禪師的開釋啟悟，體會「機智」的要領，且實
踐之。

下雪的日子

伸個懶腰
抖一抖

小咪
你要死啦
把地毯
搞得
到處是毛

（非馬，1983：86）

本詩寫於 1987 年 12 月 7 日。詩中的「小咪」應是作者寵物貓的暱
稱。兩段的小詩，產生又氣又憐的氣氛。第一段，輕微的平常動作，
引發第二段的斥罵，斥罵聲在室內，室外卻下雪，飄著雪花，似美
又有積雪暴災的擔心。表面責怪寵物，實際仍怪老天下雪。

　　詩人非馬擅於產生機智的詩，他一向認為詩要「在適當時候，
給讀者以一種驚奇的衝擊」（莫渝，1981：384）。給讀者以「一種
驚奇的衝擊」，就是機智的演出。類似者有〈照相〉、〈長城謠〉、
〈老婦〉（以上詩集《在風城》）；〈除夕〉、〈磚〉、〈杯〉、

〈滿漢全席〉、〈愛情的聲音〉（以上詩集《白馬集》）；〈領帶〉、〈梯田〉、〈未來畫家〉（以上詩集《路》）；〈流動的花朵〉、〈野地上的鏡子〉、〈十行詩〉（以上詩集《飛吧，精靈》）；〈夜上海〉、〈蛙〉、〈流星1〉（以上詩集《沒有非結不可的果》）……等，都能在機智中博君一粲。

四、人間味

　　人間味，即世俗塵囂的現實感應，凡人的生活瑣碎、重複、單調、笨拙，但動物基本生存的本能都相同，金錢的需求相同。詩文學的寫作，必然源自現實人間的土地，不會是盡善盡美，仍有醜態臭氣的氛圍。非馬自言：「以現代主義的手法來表達現實的生活與社會」（非馬，1986：9）。「現實的生活與社會」即「人間味」。這類詩以〈猴2〉為例：

猴2

賣藝的猴子
學人的動作
伸手向人
要銅板

賣藝的人
學猴子的動作
伸手向猴子
要銅板

（非馬，1984：27）

本詩為1982年1月17日。由人、猴、錢三者建立微妙的主從關係，人與猴貌似，互相觀摩學習，顯示凡間人類生活的基本訴求，夾帶嘲諷意味。類似現實人間氣息者，尚有〈通貨膨脹〉、〈哈佛廣場〉、

〈返鄉〉（以上詩集《在風城》）；〈生命的指紋〉、〈醉漢〉、〈在餐桌上〉（以上詩集《非馬詩選》）；〈慢條斯理的樂手〉、〈吻〉、〈晚餐桌上〉、〈語言戰爭〉、〈流淚的聖母像〉（以上詩集《微雕世界》）；〈推車裡的女嬰〉、〈我看到傷痕纍纍的文明〉（以上詩集《飛吧，精靈》）；〈晨妝〉、〈煙囪的變奏〉、〈白宮緋聞〉（以上詩集《沒有非結不可的果》）……等。

五、現代感

　　時代的進展，人類出現新觀念，也發明新物件，都在充實生活內容。作家由此提出有現代感兼時代意識的作品。

大哥大

渾身纏滿無形的電線
一顆不定時的
行動炸彈
從街頭走到巷尾
又從巷尾走到
街頭

突然
一聲停止心跳的鈴聲──

哈囉！這是我
你從未見過面的
舊情人
我在用綿綿的情話
謀殺你哪！

（非馬，1988：153）

從有線電話到無線電話，進展到行動電話，都屬通訊的突破，尤其近一、二十年手機的普及與便利，已發展到人手一機甚而數機的狀況。手機型的行動電話，俗稱「大哥大」，詩人非馬以此為題材，描述這項現代隨身物的無所不在，並以聳動的末段結束。

現代感，往往摻雜時代意識，時代意識必然搭配時代的脈動，最普遍者是寰宇發生的事件，曾被取名「新聞詩」，都有時代意識解讀與記錄意涵，這類作品，非馬頗為得心應手，如〈裸奔〉、〈致索忍尼辛〉、〈今天上午畢卡索死了〉（以上詩集《在風城》）；〈唐山地震〉、〈卡特的臉〉（以上詩集《非馬詩選》）；〈天使降臨貝魯特〉、〈非洲小孩〉、〈越戰紀念碑〉（以上詩集《路》）；〈百武彗星〉、〈世界末日〉（以上詩集《微雕世界》）；〈中東風雲1〉、〈中東風雲2〉、〈車諾比爾事件〉（以上詩集《飛吧，精靈》））……等。

大家普遍認知的非馬，是擅長精練短詩的一位魔法師，隨手甩舞，指掌中即出現一首美妙密緻的小詩，博得人群驚豔；其實，他也創作篇幅較長結構緊湊的詩，例如〈天使降臨貝魯特──我的心同和平遊行的孩子們在一起〉（非馬，1986-1：122-4），全詩 34 行，分三段（6＋20＋8 行），描述戰火下孩子們渴望和平的迷惘。詩中也對雙方宗教信仰（基督教與回教、上帝與真主）提出質疑，這是值得注意的較多文字與內容的詩。

六、前人的影子與學習

非馬最早詩作之一，1958 年作品〈港〉，首段兩行：「霧來時／港正睡著」（非　馬，1983：2），有美國詩人桑德堡〈霧〉詩（莫渝，2003：4-5，見「靜觀」節引錄）的朦朧影子。1960 年代末 70 初，非馬創作之餘，藉閱讀外國詩之便，在《笠》詩刊譯介美國及法國裴外的詩，他坦承：「我想每個人都會受到他人的影響，特別在我譯了各家詩之後，難免會受到他們或多或少的影響。譬如國內

的白萩、土耳其的喜克曼、法國裴外的詩，以及受裴外影響的美國詩人費倫格蒂、可守等人。我喜歡費倫格蒂一些口語化的詩，我最近寫了些比較口語化的詩，可能就是受到他的影響。」（莫渝，1981：383）。非馬這些初期的譯詩，除法國裴外先後刊登《笠》詩刊 42 和 77 期，集印成單行本流通市面，餘者只能散見詩刊，殊為可惜。他在 1975 年 2 月作品〈今天的陽光很好〉（非馬，1984：126-7），描述晴朗天氣正是畫畫的好時機，因而「我支起畫架／興致勃勃開始寫生」，結尾還有出乎意料的落款方式，這真是美好的繪畫天。裴外也有一首美術見解的詩〈畫一隻鳥的像〉（《笠》詩刊 42 期，1971：41-2；或《台灣畫》第 8 期，1993：31-32；或莫渝，1999：367-9；或莫渝，2000：133-5）。

　　除了有比較明顯裴外的影子外，非馬長期「短句與短詩」的寫作，很容易讓人聯想到日本的俳句。實際上，他本人也有相關的認知與實踐。日本人習慣將俳句的集子稱為「句集」，不言「詩集」。非馬詩集《白馬集》內有一組六首詩，取名「非句集」（非馬，1984：104-6），分別有三至六行的短詩，最末首〈雨〉，還註明「改寫日本俳句」。詩集《沒有非結不可的果》內，也有呼應報紙新聞採用俳句做為主標題的〈新聞俳句〉五則（非馬，2000：182-4）。

　　此外，非馬新譯介《讓盛宴開始》，副標題「我喜愛的英文詩」，也是挑選篇幅短小的詩作。應該也是他長期創作的延伸。

七、同題詩的困擾與才情

　　由於短詩僅能表現某一特殊的點，無法將人生百態融入簡短的一首作品裡，因而非馬常有多次呈現同一主題的詩。上述有關「鳥與籠」的詩，在不同時空調整相異的見解，是明顯例子，〈路〉詩亦然，1971 年，非馬這麼寫：「兩小鎮間的／那段腸子／在一陣排泄之後／無限／舒暢起來」（非馬，1983：12-3）；1979 年，如此寫：「風塵僕僕／的路／央求著／歇一歇吧／／但年青的一群／氣

都不讓它喘一口／便嘻嘻哈哈／拖著它／直奔下山去」（非馬，
1983：94-5）；稍後的新作：「再曲折／總是引人／向前／／從來
不自以為是／唯一的正途／在每個交叉口／都有牌子標示／往何地
去／幾里」（非馬，1986-1：22-4）。第一篇以道路交通擁擠與暢通
為觀察點，第二篇就使用者的價值與效能立場下筆，第三篇著眼於
方向與里程，各有千秋。以「霧」為題的作品至少出現四次，類似
同題詩頗多，詩集《白馬集》第一輯的動物詩、旅遊詩等，稱得上
个勝枚舉，足以見證詩人的詩興隨時爆發與才情縱逸。

　　沒有誰能完全拒絕前人的影子，每個人都在踐覆某些前轍，接
受與影響都是成長的營養，自主才是必然的條件。非馬是核能博士，
近半世紀的創作，一直秉持理想的好詩有三要件：一、對人類有廣
泛的同情心與愛心，二、化腐朽為神奇，賦日常街頭的語言以新的
意義，三、在適當時候，給讀者以一種驚奇的衝擊。（莫渝，1981：
384）非馬把第一項當作好詩的首要條件，有這項自我約束的條件，
他的大部份詩取自現實，語言創新，文句精鍊。

　　非馬長期旅居海外，心繫兩岸家園，不是隔岸觀火，而是冷靜
介入。常接觸非馬的詩，都能開闊胸襟增廣視野。

（2006.01.29.～03.27.）

參考書目：

非　馬（1975）著，《在風城》（中英對照），台北市：笠詩刊社，1975
　　年9月初版。

非　馬譯，《裴外的詩》，高雄市：大舞台書苑出版社，1978年。

非　馬（1983）著，《非馬詩選》，台北市：台灣商務印書館，1983年6
　　月初版。

非　馬（1984）著，《白馬集》，台北市：時報出版公司，1984年5月10
　　日初版。

非　馬（1986）著，《路》，台北市：爾雅出版社，1986年12月初版。

非　馬（1988）著，《微雕世界》，台中市：台中市立文化中心，1998年

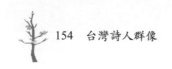

5 月初版。

非　馬（1992）著，《飛吧，精靈》，台中市：晨星出版社，1992 年 10 月
　　初版。

非　馬（2000）著，《沒有非結不可的果》，台北市：書林出版社，2000
　　年 8 月初版。

《笠》詩刊 42 期（1971），台北市：笠詩刊社，1971 年 4 月 15 日。

《笠》詩刊 70 期（1975），台北市：笠詩刊社，1975 年 12 月 15 日。

《台灣畫》第 8 期（1993），台北市：南畫廊，1993 年 12 月，李敏勇文〈一
　　位法國詩人作品裡的美術見解〉。

趙天儀等（1992）編選，《混聲合唱‧笠詩選》，高雄市：春暉出版社，
　　1992 年 9 月初版。

李賦寧（1995）著，《蜜與蠟：西方文學閱讀心得》，北京市：北京大學
　　出版社，1995 年 4 月第 1 版。

笠詩社（1979）主編，《美麗島詩集》，台北市：笠詩社，1979 年 6 月初
　　版。

莫　渝（1981）著，《走在文學邊緣‧下冊》，台北市：台灣商務印書館，
　　1981 年 8 月初版。

莫　渝（1999）編譯，《法國 20 世紀詩選》，台北縣：河童出版社，1999
　　年 12 月初版。

莫　渝（2000）著，《法國文學筆記》，台北市：桂冠圖書公司，2000 年
　　11 月初版。

莫　渝（2003）主編，《愛情小詩選讀》，台北市：鷹漢文化公司，2003
　　年 11 月初版一刷。

鄭炯明（2005）主編，《穿越世紀的聲音‧笠詩選》，高雄市：春暉出版
　　社，2005 年 8 月初版。

人間的詩人

——岩上小論

　　岩上，本名嚴振興，1938 年 9 月 2 日出生，本籍台灣嘉義縣，1958 年起移居南投縣草屯鎮至今。先後畢業於台中師範學校，逢甲大學。1966 年左右加入「笠」詩社；1976 年與南投一帶詩友創辦「詩脈」詩社，發行《詩脈》詩刊；1990 年代初期，至 2001 年 6 月，主編《笠》詩刊，將近八年，目前為「笠」詩社同仁。曾獲吳濁流文學新詩獎、第二屆中興文藝獎章新詩獎、中國文藝協會新詩創作獎章、中國詩歌藝術研究會編輯獎、第三屆南投縣文學獎文學貢獻獎（2001 年）、榮後台灣詩人獎（2002 年）等。著有詩集《激流》（1972 年）、《冬盡》（1980 年）、《台灣瓦》（1990 年）、《愛染篇》（1991 年）、《岩上詩選》（1993 年）、《岩上八行詩》（1997 年）、《更換的年代》（2000 年），評論集《詩的存在》（1996 年）。

　　美麗的東西不真實，真實的東西不美麗；因為遙遠不真實，星星才凸顯引發美麗的聯想，成為擺脫現實困頓的寄託與慰藉，夜晚的天空順理成了人們仰望和紓解心緒的場域。岩上早期的詩〈星的位置〉（1970 年作品，刊登《笠》詩刊 39 期，1970 年 10 月 15 日），發揮同樣的作用：

> 我總想知道
> 自己的宿命星在甚麼位置
> 有否閃爍燦然的光輝
>
> 因此每晚仰望天空
> 希望找尋熟悉的臉龐
> 但是回答的

都是陌生的眼光

直到有一天
我從流浪的路途回來
把一切的願望都丟棄
只剩下一顆乾癟的頭顱
沒入深邃的古井
突然發現在那靜謐且清冷的水底
一顆孤獨的明星
輕輕地呼喚我的名字

詩人夜夜「仰望天空」，尋找跟自己搭配的「宿命星」，觀看其光點亮不亮，是否擁有閃爍燦然的光輝，足以比美甚而傲視群星——藉以引起注目，獲得安慰；很不幸，這個期待落空了，掉入「深邃的古井」，與「孤獨」長伴。於此，詩人由天墜地，「沒入」比地面更低下的「古井」，可以說是絕望至極。類似的自怨自嘆，也在1977年的〈歌〉找得呼應：

而我是一首歌？
一首飛不出去的
歌，迴踱在深沉的夜裡
俯視著一盞翻閱史冊的
孤燈

猛回首
驚見自己的影子爬行在灰白的牆壁上
流淌的汗珠
滴滴
響徹長廊的寂寞

10 行兩節的詩，沒有完整的文章結構——起承轉合的邏輯思維過程，起筆以問話的方式，間接懷疑「我」寫不出「好詩」，「我不

是名詩人」。「歌」等於「詩」，其實就是詩人內在的心聲，詩人仍盼望激起響徹史冊的回聲；但是，同〈星的位置〉乙詩一樣，再度落空，寂寞、孤獨依舊存在。

　　從天上的星空到人間的史書，詩人努力地覓尋自己的位置，替自己定位。整個結果完全不如意，詩人沮喪、懊惱、不平的心緒，躍然紙上，「實」不符「名」，連接歷史縱深的「千古愁」。

　　但是，詩人沮喪懊惱的同時，另一股寫作的伏流正緩緩驅動，那是他身邊周遭的熟悉物，那是他可以真真實實擁抱的鄉村，這樣的寫作切入點，贏得詩評家李瑞騰的激賞，他說：「在《冬盡》集中，岩上頗有擁抱整個鄉土的企圖，……每首詩是鄉土的一個切片，整本詩集則是鄉土各種面貌的總呈現，更可貴的市，對於鄉土諸現象的呈顯，他既能在形象上去刻畫描寫，又能準確掌握其精神內涵。」（李瑞騰：〈爬行在灰白牆壁上的影子——為岩上詩集《冬盡》的出版而寫〉）。岩上將之一一納入寫作的蛛網裡。英國詩人濟慈（1795~1821）的話：「依我看，每個人可以跟蜘蛛一樣，由體內吐絲結成自己的空中樓閣——吐出他心靈的精細蛛絲，織成一張空中掛毯。」就這樣，詩人岩上在鄉村，靜靜的寫「陋屋詩抄」，寫鄉村一草一木一物一事一人，融入他的真情摯愛，再加上哲學的深層意涵，其詩藝更加純熟。

　　莫渝在〈笠詩人小評〉乙文，簡單地勾勒岩上的詩風：鄉居生活保持了敏銳的觀察，易經哲理提示了生命的省思。近乎對聯似的小評，直指岩上的詩絕非玄學的、超現實的，是立足鄉村現實所發出生存意義的聲音，與省思的批判。

　　從自怨自哀到人間歡樂的收成，岩上建立的詩業，彷彿「激流」沖積下一處詩的平原，放眼望去，鄉村景象、現實人物，一一活現，岩上在這領域裡，揮灑出輕鬆喜悅的彩繪，原來這一切都是自己生命的一部分，在早期的追尋中，一度「視而未見」的迷失，如今，都回來了，都親切了。20 世紀中國新文學初期的詩人朱自清（1898~1948）的長詩〈毀滅〉，也有同樣的感情：「從此我不再仰

眼看青天，／不再低頭看白水，／只謹慎我雙雙的腳步；／我要一步步踏在泥土上，／打上深深的腳印！」

　　必經一番寒徹骨，才得梅花撲鼻香，人生的歷練如此，詩人的寫作也可如此看待。

——2001.12.19.

滄然中孤獨的光

——讀朵思的詩

一、前　言

　　朵思，本名周翠卿，另一筆名韻茹。臺灣嘉義市人，1939 年 8 月出生於醫生世家，嘉義女中畢業。曾為《創世紀》詩雜誌社同仁。十四歲（1953 年）在《公論報》副刊發表第一篇小說；十六歲於《野風》月刊發表第一首詩〈路燈〉；接觸詩刊，是在 1960 年 11 月《現代詩》第 27-32 期合刊，發表〈虹〉和〈雨季〉；1963 年 4 月出版詩集《側影》，8 月，獲中華日報小說獎； 1965 年〈山之巔〉一詩獲《新文藝》詩獎，短篇小說集《紫紗巾和花》出版，之後，詩筆中輟多年，轉向小說和散文的經營，直到 1979 年重回詩壇。迄今已出版著作，除上述兩種外，詩集有《窗的感覺》（1990 年）、《心痕索驥》（1994 年）、《飛翔咖啡屋》（1997 年）、《從池塘出發》（1999 年）、《曦日》（2004 年）等，童詩集《夢中音樂會》，長篇小說《不是荒徑》（1969 年），短篇小說集《一盤暮色》（1983 年），散文集《斜月遲遲》（1982 年）、《驚悟》（1987 年）等。

　　幾位詩評家對朵思詩作的有這樣的看法，如中國沈奇認為「其詩一直堅持對超現實手法的運用，並給予有機的化解與整合。」洛夫說：「其抒情結構非常細密，句法精確，文字技巧很好，能讓讀者耳目一新。」商禽則點出：「其意象不僅可以各種不同感官姿態出現，且充分具備演出的功能。」

　　朵思的詩作選入重要選集，並翻譯成英、德、日、韓等國文字。目前仍致力於現代詩創作，以中性、潛意識書寫為主，作品涉入精神醫學、宗教和人性關懷[註1]。

二、臨鏡，咀嚼自己

　　1983 年 6 月 15 日出刊的《台灣詩季刊》創刊號（林佛兒主編），有一個很別緻的欄目「現代女詩人十家特集」，十人中，除陳秀喜僅佔一頁，餘者均兩頁，朵思提供了兩首新作〈臨鏡〉和〈雨中杜鵑〉。之後，〈雨中杜鵑〉未收進任何集子，成為朵思的散佚在外的棄嬰。〈臨鏡〉則收進詩集《窗的感覺》和《飛翔咖啡屋》兩次。詩題「臨鏡」，顧名思義是當事人對鏡坦承生命的況味。人，既在鏡前，獨白自述的成分居多，詩中雖然出現一個「你」，可以是詩人的閨中密友，也不必然某一特定友人；詩人只不過找個「你」，表示「有人」在聆聽「自言自語」的心聲。這首詩分四段，首段：「當夕陽照不紅湖底山巒的雙頰／當鬢邊髮絲逐漸雙白／此時，最宜把琴彈奏／卻不宜高歌／因為所有激情／已隨年華消逝」，連用兩個「當」，明確地指出此時「我」的外貌：「人」已過了激情年歲，兩鬢泛白，同夕陽一樣，光輝的熱度不再灼燙，絢爛；面對外物，內心提不起任何勁力，呈露無欲無愛無憎無怨；只能彈彈琴，「不宜高歌」；輕狂高歌的年代已過，顯示中年心態的寒涼。第二段，倒敘曾經的約定：「去看你」。青春年少感情純真時決定的信約；唯，歲月一幌流逝，人事嬗動，思想邊變。看湖，是藉口；看你，是真情。然而，看你、看湖的話，隨著心情走樣了。原本「我去看你」，換作「你來看我」，二者不盡相同。從「我去看你」到「你來看我」，心態的改變，連約定的方式也可以更換，甚至取銷，只因為「你可自我冷肅的／眼眸／讀出我對人世的淡漠」。起筆的「湖」，可以是兩人約定實景的某湖，可以是詩人有所期待的虛擬場域，也可以是日夜自鑑的心湖；順此，才有第二段的「臨湖必當如臨鏡」。這首詩在結構上較具傳統句法，且較多散文式的鋪排，不像朵思晚近的風貌：用心經營意象，筆力銳利，但流露詩人的心境：冷眼觀世，心平如鏡，無波無浪。

　　台灣詩人的系譜中，朵思可以歸入軍旅詩人家眷行列。她於 1960
年與畢加結婚，畢加退伍轉戰職場，1982 年 5 月中風，隔年，朵思
並寫下〈輪椅上的漢子〉（朵思，1990：98-9），〈臨鏡〉也是同
年之作。朵思的〈臨鏡〉，自然感觸到「對人世的淡漠」。臨鏡，
必然鑑照出自己的容顏（心事）；面對住屋，一座空盪盪的空間，
雖有一屋子傢俱，朝夕相處揉擦，彼此廝守熟悉，卻無法交談；可
以貼身，卻難以貼心。敏感的詩人更有一番難嚥的滋味，感嘆著每
一個體無法彼此交心交談，只能獨白，叫納著寂寞、孤寂、無聊。
這首〈面對一屋子沉默的傢俱〉（朵思，1994：101-2 或朵思，1997：
124-5）是夜晚症候現象，類似此，朵思在〈咀嚼〉一詩，安排在子
夜的獨白：「子夜，聽鐘錶咀嚼時間／聽傢俱咀嚼寂寞／聽樹影咀
嚼氣流／聽叫春貓大聲咀嚼青春／聽月亮咀嚼我的心／然後，我聽到
自己的心／一個音節一個音節／咀嚼自己」（朵思，1994：74）。詩，
終究是自己的心聲；未眠或難眠的子夜，詩人找了許多陪伴物，最後
仍然獨自「咀嚼自己」的悲喜，見證詩人「吃著自己的美而死」[註2]。

三、幻聽者之歌

　　讀朵思的詩，總會見識到逆向思維的創意句法，如對著噴泉，
她說「我喜歡用眼睛／耽飲它的甘醇」（詩〈噴泉〉，朵思，1990：
131），「眼睛」與「耽飲」是兩者不同系列用法的名詞與動詞，一
視覺一味覺。「耽飲」一詞類似上引「咀嚼自己」的「咀嚼」。再
如，「我站在這裡，從一株花站成一株樹／我收藏自己薄薄的呼聲，
以及遠方蟬鳴……」（詩〈石箋‧3〉，朵思，1994：37）。「從一
株花站成一株樹」暗示時間快速消逝，自己依然如故，不改初衷，
僅僅多了遠方傳來的蟬鳴（另一種異聲）。
　　朵思詩集《心痕索驥‧第一輯‧石箋》十六首詩，是她寫作中
最獨特於詩壇之作，或許可以說是將〈咀嚼〉一詩的書寫技法延續
與擴展。在〈咀嚼〉一詩，朵思發揮她的超絕聽覺效力，將周遭聲

響納入短詩內。如是技法，中國詩評家沈奇指出這是「其詩一直堅持對超現實手法的運用，並給予有機的化解與整合。」（朵思，1997：169）；另一方面，朵思自言「我嘗試著把精神醫學溶入於詩，使兩者相互結合」（朵思，1994：132）。不論精神醫學的入詩，或現實與超現實「溶合」，都帶有「以詩療傷」的效用，印證了「終而意外得到痊癒自己，並產生迎擊各種困頓的力量」（朵思，1994：132）。十六首的前引之詩〈幻聽者之歌〉，連同另二首〈影子〉和〈詩句發芽〉在一場《創世紀》詩刊主導的「談詩小聚」進行作品討論，出席者發表的意見曾刊登《創世紀》詩刊，並收進朵思詩集《飛翔咖啡屋》註3。在此，試為解說〈幻聽者之歌〉乙詩的個人意見。

　　〈幻聽者之歌〉一詩僅八行，前七行，作者將個人聽到的十一種奇聲怪響，或單獨或並列，依詩人意識鋪排出來，演出一曲「混音合唱」；詩人化身指揮家，召集了一組樂器，頗具創意的發聲體。這些聲響，細微到僅僅當事人有所感覺，包括：古董傾斜、花香推開枝梗、泥土遠離根葉、鳥翼停泊懸崖、游魚歇於行雲、船隻被波浪抓住拖曳回航、鞋子被門階彈打、靜止的話筒發出歡呼、欄杆興奮……等，都不是正常人耳朵聽得到的，可以當作詩人無意識的著筆，也可以歸入思維的逆向操作。詩人將諸多意象如陳列所展示品般「獻寶」一番，最後點明原因：「醫生說我預備出走的聽覺，正在蛻化」，即行將的失聰。

　　這樣一支「歌」，作者只提出音響的來處，並無陳述其高低、強弱、狀況，引發周遭的影響，以及給予聽者（作者本身）的心理感受。如此鋪排意象，文字非常飽滿，作者表達的意圖順利完成，符合了詩題。類似這樣聽覺的詩，葉維廉有過聽到「花開的聲音」註4。

　　朵思出生於醫生世家，雖無執業，以醫學入詩，迥異於幾位醫生詩人，如曾貴海、江自得、鄭炯明諸人的醫事詩。「石籤」一輯中〈精神症醫病關係〉一詩，將病人與醫師之間的兩組對話，其間用語涉及專門術語，如：請翻譯我的退行、進入最初口腔期、以非動力學方式、固著點的依附、內部對話、潛意識罪惡感、自己塑造

的法相，之外，幾可達到艾略特說的「我們應該懂得以詩交談」的地步註5。這一輯十六首詩中有七首再次集錄進三年後的詩集《飛翔咖啡屋》，它們是〈一張信紙將記憶引燃〉、〈在昏眩的時空〉、〈鍥入大海的溫柔〉、〈你在遙遠的關懷裡沸騰〉、〈精神官能幻者〉、〈憂鬱症〉、〈石箋〉。可見，朵思對此自有所偏愛。

四、旅人的腳踪

　　1979 年，朵思重回詩壇，加入《創世紀》詩社，從 1980 年代起，與詩界友人參加多次國內外的大型詩人會議；1990 年代中期，亦出國旅遊，包括澳洲、馬來西亞、英、法、泰、美、德、奧、義等地，足跡所履之處，都留下了文學的印痕。以 1997 年初寓居美國德州「達拉斯」為例，朵思共寫了二首：〈達拉斯風雪中所見〉、〈達拉斯冬日黃昏〉、〈達拉斯遇雪〉註6。第一首詩末，詩人加上兩段文字，一段敘述達拉斯的氣候：「達拉斯為沙漠氣候，前兩日豔陽高照，接著便下起雪來。」後一段為與詩有關的甘迺迪總統被刺殺事件。在此，以〈達拉斯冬日黃昏〉為例，僅兩節 8 行。前一節 2 行，描述當地雪景的惡劣：風是「能滲透隔世思維的風」，雪為「丟棄現實和宇宙鄉愁」；後一節 6 行黃昏所見，處於「零下三度　刀樣的黃昏」，感受到只有人居住的「屋脊」和生命力堅強的「樹木」，在一片蒼然中，「散發／孤獨的光」。這首詩篇幅短少，文詞用語卻極盡特殊與聳動，且精準，尤其結尾，風雪並非絕境，仍留存一線的生機。

　　朵思的旅遊詩，除採一般分行詩表達，也以散文詩記錄，〈不停的旅人〉乙篇捕捉了大部份遊客的印象：「一批人在一部巴士上車、下車；接著，又是另一批人在另一部巴士下車、上車」，走馬看花，匆匆忙忙，詩人說這是「不停轉換的生命輪軸，是旋轉木馬上模糊的臉。」這篇作品也許是觀察某些觀光客後的寫照。朵思經常驛馬星動，多少也添加了自己的影子：「背對自己、面對遊客、擁抱生活」，自己，不也是不停的旅人！

五、散文詩的經營

　　台灣散文詩範疇的書寫，其界定與發展，有模糊的說法。依我個人的認知，日治時期，1930 年代風車詩社成員水蔭萍、林修二等人即有用日文書寫的散文詩作，小說家龍瑛宗及 1940 年代的文藝青年詹冰、陳千武、邱永漢等人，都曾參與此行列[註7]。戰後，這批日文作者暫息寫作。1950 年代，由中國來台的一批詩人，如紀弦、瘂弦、秀陶、商禽（羅馬）等人，特別是商禽的寫作，形成迥異的新一股散文詩風潮並影響後繼者，承襲商禽散文詩集《夢或著黎明》貌樣的年輕作者，以蘇紹連和渡也二位最有成績。1980 年代初之前，台灣散文詩的寫作群仍屬零星興趣的著筆，中期之後，成名詩人陸續介入。朵思的散文詩寫作也出現於此際，稍後，其作品分別集錄進詩集《飛翔咖啡屋》的「輯二　臉色」與詩集《從池塘出發》的「輯二　從池塘出發」兩處，加上零散他處者，整體創作量超過四十首，夠得上乙冊散文詩集專書。

　　收進詩集《飛翔咖啡屋》的「輯二　臉色」的十九首作品，近乎自傳式地以「女人」起筆，藉一些動作，獲得某種愉悅或無意識的感覺，如眼神的移動（〈在渡輪上〉）、登爬陡峭台階（〈訪黑風洞〉）、燠熱午後躍入海中享受被水擁抱的欲望（〈擁抱〉）等。〈她穿牆而入，而出……〉一作，想是記載國外旅遊夜宿時靈異鬼魅事件，像一則聊齋故事。就整體言，這輯作品隱藏著女人的渴欲：被愛、被觸撫、被接納，以及自我（本我）的描繪，如〈訪黑風洞〉：「女人在洞窟裡找到自己的心，在台階上撿到遺失的夢」（朵思，1997：56）；又如〈臉色〉：「在不斷的懸轉中，她覺得自己有時完全迷失，，甚至感覺那種迷失的意境，遠比掌握自己更快樂」（朵思，1997：57）。跟「臉色」輯相反，收進詩集《從池塘出發》的「輯二　從池塘出發」的十五首作品，有三篇以第一人稱自述，餘者以「他」起筆居多，「他」，是朵思另一化身，抑朵思自言的「中性書寫」[註8]？尚待印證。

　　朵思在散文詩的經營，跟處理分行詩（等同對「詩」的通常說法）一樣，甚少抒情的氛圍，或者說，已經脫乾抒情水分，摻夾某類流質之後，形成另一種柔軟物。至於歸屬何類的「流質」，或是潛意識或是精神醫學，因時因地而有所改變。以〈沼澤〉（朵思，1999：29）為例。詩分三段，首段敘述沼澤的生態：「渾黃的誘魅，蓄養著無數的細菌，那是鱷魚、蟒蛇、蜥蜴、荷花、布袋蓮……以及所有愛好此類生物鏈流連忘返的樂園。」中段：「死囚的噩夢，是一隻奮力伸向天空向神乞求沉沒前堅持心願的手，上上下下，抓著虛，抓著空、抓著無……」中段似乎平空出現，無法銜續首段的脈絡，彼此不相干。末段（第三段）又回到沼澤的現實：「陽光依舊燦爛或暗沉，沼澤依舊蓄養無限生機或吞噬許多生機。」再以〈我的夢偎著母親的容顏〉乙作為例，詩同樣分三段，前兩段半的文字，屬半實的敘述，敘述「我」抱著病重的母親，進出電梯，親自將之安置床上，「卻驀然發現母親已經沒有軀體」。結尾已跳脫現實，墜入「超現實」的虛空了。

　　這樣的「轉折」或「轉換」的技法，閱讀商禽與蘇紹連的散文詩，大都可以尋得類似例子[註9]。

六、詩藝探討

　　詩，是朵思最初的親近。從青春少女對文藝與愛情的心動，投入寫作與家庭以來，朵思扮演女作家與家庭主婦雙重角色，有矛盾也有生活深沉的體驗。詩，是最初的媒介，《側影》詩集印證詩人文學心智的早熟，出版後，朵思轉向小說與散文的發展，取「韻茹」筆名發表及出版小說和散文。重回詩壇後，以創世紀詩社為中心，《創世紀》詩刊和《聯合報・聯合副刊》是主要發表園地。

　　台灣詩壇從1960年代以來的風潮與流行，舉凡一行詩、小詩、散文詩、隱題詩的流行與推廣，朵思都有置身其中的感應與回應。不只跟隨與學習，更多的是建立自己的風貌。1980年代，《聯合副

刊》推動「生活造句」，強調創意的文句，朵思也有這類的寫作，如「一行詩」五首中〈竹〉：「一行細瘦的字體，凸寫出飄逸清高的性情」（朵思，1990：117）。〈皺紋〉：「歲月的齒輪輾出的戰壕，有時至死也遇不到戰爭」（朵思，1990：118）等。

是組詩系列的嘗試。詩集《窗的感覺》內的組詩寫作，各子題仍有標題，如〈病室風景〉有八首，〈葬情篇〉有四首，〈孤獨篇〉有四首，這些子題，可獨立；另，有些兩三篇將標題重疊合成一個主題，如〈貓・眼鏡〉、〈微風・微語〉等。

比較有明顯的作為，詩集《心痕索驥》內幾個組詩的表現。組詩〈石箋〉33節每節4行（朵思，1994：536-49）、組詩〈心痕索驥〉6節每節4行（朵思，1994：50-2）、組詩〈心與島嶼的交會〉12節（朵思，1994：123-9）。這樣的寫作，由短詩經營組合，終於延伸為《曦日》長詩。《曦日》，另有一個不起眼的副標題：「眺望深層記憶峽灣」，作者自述「屬於我個人的生存情境，卻也可能是成長在這塊土地上的許多人的往事，它是屬於台灣歷史形塑的一部分」（朵思，2004：2）。在朵思對丈夫畢加中風後的詩篇〈輪椅上的漢子〉，有這樣的寫照：「啊！漢子，你的臉／終仰成天邊最最主調的朝暾」（朵思，1990：99）。由丈夫之臉的「朝暾」轉為長詩的詩題《曦日》，二者是否有關連，尚待求證。但《曦日》出版後，受到多方注意[註10]，已成為朵思創作的另一高峰的標誌。

七、結　語

早期，朵思有一首〈夜，不屬於我〉，實際上，夜屬於我，她也屬於夜，「我寫詩的習慣，是在半夜，睡夢中有詩句浮現，即起床寫下，是屬於自動書寫方式。」[註11]。

朵思已出版的詩集有七部，剔除童詩集《夢中音樂會》，另，《飛翔咖啡屋》是先前三本詩集部分作品與新作的合集。整體言之，迄今，《心痕索驥》和《曦日》二集分別是其代表朵思詩作

階段成果，前書形塑了朵思的詩風，後書奠立長詩的書寫企圖與功力。

註釋：

註 1　本簡介，依朵思提供給莫渝的〈簡介〉為主，並參酌部份外緣資料整理而成。

註 2　王白淵的詩〈詩人〉：「薔薇默默開著／在無言中凋謝／詩人活得沒沒無聞／吃著自己的美而死／／蟬子在空中歌唱／不問收穫而飛去／詩人在心中寫詩／寫了又擦掉／／月亮獨個兒走著／照亮夜之黑暗／詩人孤獨地歌唱／道出千萬人情思」（月中泉譯）。

註 3　參見詩集《飛翔咖啡屋》頁 192-224。另，洪淑苓〈朵思及其詩歌美學析論〉中，有一番解讀，見詩集《曦日》頁 164-6。朵思在〈詩與精神科學〉文裡自述「這是一個精神病患者幻聽的心理過程」，見靜宜大學台灣文學系《女性文學學術研討會論文集》，2006 年。

註 4　葉維廉 1963 年詩〈花開的聲音〉：「就是那些從未聽見的聲音嗎？／降落的聲音／日曬的聲音／花開的聲音」。

註 5　轉引自《六十年代詩選》頁 218，瘂弦、張默主編，高雄市：大業書店，1961 年 1 月初版。艾略特的文字，待查。

註 6　前兩首收進詩集《飛翔咖啡屋》頁 92-4 和頁 97；頁 95-6 的〈雪之晨〉似為同時間之作。後一首收進詩集《從池塘出發》頁 23-4。

註 7　參閱莫渝著《閱讀台灣散文詩》，苗栗市：苗栗縣立文化中心，1997 年 12 月初版。

註 8　參閱本文第一節前言，

註 9　參閱商禽散文詩集《夢或著黎明》；蘇紹連散文詩集《驚心散文詩》。

註 10　簡政珍先發表〈長詩的意象敘述──評朵思的《曦日》〉，刊登《文訊》231 期，205 年 1 月。靜宜大學台灣文學系「女性文學學術研討會」，朵思部分的兩篇論文都以《曦日》為討論詩集：鄭慧如論文〈論朵思《曦日》的時間意象〉、蔣美華論文〈靜展翅翼，黎明回航──朵思《曦日》長詩的「女性書寫」〉，2006 年。

註 11　朵思〈詩與精神科學〉，見靜宜大學台灣文學系《女性文學學術研討會論文集》，2006 年。

參考書目：

朵　思（1963），《側影》，台北市：創世紀詩社，1963 年 4 月初版。

朵　思（1990），《窗的感覺》，板橋市：自印，1990 年 3 月出版。

朵　思（1994），《心痕索驥》，台北市：創世紀詩社，1994 年 3 月初版。

朵　思（1997），《飛翔咖啡屋》，台北市：爾雅出版社，1997 年 5 月 10 日初版。朵　思（1999），《從池塘出發》，嘉義市：嘉義市立文化中心，1999 年 11 月初版。

朵　思（2004），《曦日》，台北市：爾雅出版社，2004 年 10 月 5 日初版。

莫　渝（1997），《閱讀台灣散文詩》，苗栗市：苗栗縣立文化中心，1997 年 12 月初版。

商　禽（1969），《夢或著黎明》，台北市：十月出版社，1969 年 10 月初版。

蘇紹連（1990），詩集《驚心散文詩》，台北市：爾雅出版社，1990 年 7 月 20 日初版。

靜宜大學（2006），台灣文學系《女性文學學術研討會論文集》，2006 年。

水紋蕩漾，依岸傾聽

──讀敻虹的詩

一、前　言

　　敻虹，本名胡梅子，法名弘慈。1940 年 12 月出生，台東人。1958 年，台東女中畢業，秋天，進入台灣師範大學藝術系，1962 年畢業後，擔任中學教師，並從事插圖工作。1974 年，應邀赴美國愛荷華大學「國際寫作計畫」（International Writing Program）訪問半年。中年以後，繼續進修，1985 年進入文化大學印度文化研究所碩士班，修習佛教哲學、梵文、印度文化，1987 年獲碩士學位。1988 年進入東海大學哲學研究所博士班，修習佛教哲學、西洋哲學、中國哲學，1993 年獲博士學位。1997 年至 2003 年任教於美國加州西來大學，講授佛教哲學及易經。回國後大部分時間住在台中縣。

　　敻虹在 1953 年（十三歲）寫作第一首詩，「真正大量寫作是民國四十四年（莫渝按：1955 年）、我十五歲、念高一。」（敻虹，1997：4）。1956 年，先在東台灣的《海鷗詩刊》發表詩作後，被告知有《公論報·藍星詩刊》的園地；高二下學期（1957 年），詩作開始出現在《公論報·藍星周刊》；因主編余光中的推介，受到詩壇注意。稍後，《文星》、《筆匯》等雜誌的詩欄也刊登其作品。大學三年級生，有八首詩選入《六十年代詩選》（瘂弦、張默主編，1961 年 1 月），編者譽稱「一個拔尖的、美麗的女高音出現了」（瘂弦、張默主編，1961：184），奠立她在台灣新詩壇的受寵。1968 年出版詩集《金蛹》後，仍用心創作，活躍詩壇，繼續印製《敻虹詩集》（收納《金蛹》及新作 15 首，1976 年）、《紅珊瑚》（1983

年）、《愛結》（1991 年），以及佛教現代詩集《觀音菩薩摩訶薩》
（1997 年）、《向寧靜的心河流出航》（1999 年）等，另有童詩集
《稻草人》。1987 年，詩集《紅珊瑚》榮獲中山文藝創作獎。夐虹
詩作除入選國內幾冊重要詩選集，也有作品被翻譯入選英、美、法
等外文詩選集。

縱觀夐虹半世紀的文字書寫，幾乎全心投入詩創作，累積了精
彩可觀的成果，以年代及詩風區分，大概是三階段：一九七〇年之
前纖秀靈美的浪漫「金蛹時期」、一九七〇至一九八〇年家園親情
的現實「紅珊瑚時期」、一九八〇年之後虔敬信仰的哲思「禮佛時
期」。夐虹另有「童詩」的寫作，本文暫時不討論。

二、纖秀靈美的浪漫「金蛹時期」

蛹蛾蝶的蛻變，是生命的驚奇演出。夐虹的《金蛹》詩集，也
是台灣詩壇的驚奇演出。詩集收錄詩人 1957 年至 1967 年的詩作共
62 首，分四輯：珊瑚光束（21 首）、白鳥是初（19 首）、水紋（10
首）、若夢（12 首，在《夐虹詩集》改為：草葉）；封面封底均有
梁藹如繪製的詩人像，封底還搭配〈幻覺〉詩的中間八行。詩集內，
無序文與後記，作者僅在扉頁題上紀念的短語：「取十七歲所見，
垂掛在嫩綠的楊桃樹上，那燦爛的蝶蛹為書名，是紀念美好的童時
生活；是象徵我對詩的信仰：永遠燦著金輝，閉殼是沉靜的渾圓，
出殼是彩翼翩飛。」這段文詞很華美，距離作者寫那些蛹蛾蝶的詩
句，已隔一段時間；當初，可是有另一番景觀：「當有人在樹下靜
坐／是甚麼使你仰臉，甚麼使你望見／那慘金的亮殼？──」（頁
16）。「慘金的亮殼」與「燦著金輝」有別，應該是歲月推遠，留
下「美」的記憶所致。夐虹這階段詩作，是「少女情懷總是詩」花
樣年華的蝶舞演示，是對愛情懷抱浪漫與憧憬，甚而虔誠至「神」
的階段。林亨泰在〈一顆高貴的心胸（斷片）〉起筆，先自問自答：
「詩人為什麼要寫詩呢？為的是要追求他自己的『神』。」接著，

他說：「夐虹（胡筠）這樣的追求，很內密的記下它，把它稱做『神』，或者叫做『藍』，這就是夐虹的詩。稍帶有熱情的憂鬱，虔誠的靜默，伸展且滲透著，使人一觸到，眼角就有點濕，有一點熱，發自內心。」隨後引錄夐虹四首詩〈二樹之間〉、〈未及〉、〈彼之額〉、〈不題〉，加以印象式的短評 [註1]。呼應此，也可在其他詩句，覓得「神」的感染，如：「啊，佛釋迦，請為我擎／燦爛的希望」（頁54）、「而為我神者，一度將我提昇／玉石的額上」（頁67）、「凝定在紙上，神的默思／看我把它畫成斑斑的桃花」（頁80）。

　　詩、夢、愛．神，可以說是夐虹「金蛹」時期（約十年）浪漫文學的貌樣。

　　提到的蛹蛾蝶，依《金蛹》詩集先後列出詩句與詩題，有：「蝶舞息時」（頁6）、詩題〈蝶蛹〉（頁18）、「當我們太老了／便化作一對翩翩蝴蝶」（頁85）、「蝶已死，美麗的屍體停在草間……／在濱海的小鎮，成蛹、化蝶／皆在午後的園中」（頁107）、「用蝴蝶的彩翼……跨過七夕」（頁114）、「潮濕地埋葬一隻／虫蛹」（頁116）、「我是繭中的化民／你用千絲綑我」（頁120）、「焚身於一片水光／用蛾的垂首、化灰」（頁132）等。至於以「夢」為題，有〈迷夢〉和〈彩色的圓夢〉二詩；出現「夢」的詩句，有：「設使儲夢的城座起火了」（頁5）、「不知愛做夢的陌生人在那裡」（頁13）、「假如有一夢，偶而在我百葉窗外」（頁16）、「難道夢中之夢早被窺知」（頁19）、「我揚棄了／無數短夢，沒有些微吝惜地」（頁36）、「眼前是一道長長的白光路／一境不醒的夢」（頁37）、「你的眼猶有前一個夢境的疑惑」（頁52）、「超乎，芬馥的愛情，人能夢及之夢」（頁55）、「且向和暖的小宇宙／覓一個長睡去」（頁99）、「因為解夢的大書也丟失在夢中」（頁102）、「飛入你綠湖湖的夢境」（頁109）、「我的夢美麗而悠長」（頁112）等。這些容量蛹蛾蝶與夢的詩篇，構成夐虹「金蛹時期」婉約唯美的浪漫：「許多一瞬，是久遠的美麗」（頁65）。在情愛的浪漫波濤中，情得，喜；情傷，怨。時而發出「你的笑容長留我眼中」

（頁 53），感受「幸福浮沉著」（頁 56），笑嗔「曾經我是個癡傻的女孩」（頁 21）；較多的是不順遂時，吟唱「滴血的清音」（頁 80，詩〈慊〉）；自嘆「你不過是可憐的偶然」（頁 94，詩〈瞬間的跌落〉），惹人憐惜。

　　《金蛹》詩集出版未久，柳文哲（趙天儀）在《笠》詩刊的「詩壇散步」專欄評介，他稱許：「……現代的女詩人群像中，我認為林泠、朵思和夐虹三位是才華最顯著，落筆最自然，而且構思最靈敏的」註2。的確，「金蛹時期」的夐虹，留有不少膾炙人口的詩篇，如〈如果用火想〉、〈想起翠島〉、〈蝶蛹〉、〈尋〉、〈藍光束〉、〈白鳥是初〉、〈二樹之間〉、〈不題〉、〈我已經走向你了〉、〈慊〉、〈海誓〉、〈瞬間的跌落〉、〈水紋〉……等。同時，獲得重要美譽的佳評論聲，除上引林亨泰、柳文哲外，周伯乃、趙夢娜、辛鬱、羅青、張健、余光中、瘂弦、李翠瑛等，都有所推薦註3。稍後，夐虹續出的詩集，分別有余光中、瘂弦寫序，兼論及其詩風。余光中為詩集《紅珊瑚》撰〈穿過一叢珊瑚礁〉，他說：「《金蛹》裡的抒情小品，有的纖柔，……有的華美，……有的穆肅，……有的含蓄，……有的緊湊，……有的清淡，……。而不論怎樣變化，其為句短筆輕、分段不太規則的抒情小品則一。」（夐虹，1983：6）。瘂弦為詩集《愛結》撰〈河的兩岸〉，他說：「她的作品一直在文學獨立自足的範疇內，絕對與一般有骨無肉、有理無情的『宗教詩』、『道德詩』不同，相反地，由於她長期以來對佛理的參悟，使作品更具哲學意趣與思想深度。那禪宗中特有的活潑與機趣，使她的語風彈性更大，姿彩更多。這麼說來，宗教修持，對夐虹不是阻力，反而是助力了。」（夐虹（1991：3）。

　　大體言，此期的夐虹是「情詩」高手，以纖秀靈美取勝。她從輕柔婉約出發，將少女的夢幻與情思，傳遞出來的細膩詩聲，贏得男詩人的青睞、驚豔與枯等註4。

　　在此，以〈詩末〉一詩略加解說。

詩　末

愛是血寫的詩
喜悅的血和自虐的血都一樣誠意
刀痕和吻痕一樣
悲慟或快樂
寬容或恨
因為在愛中，你都得原諒

而且我已俯首
命運以頑冷的磚石
圍成枯井，錮我
且逼我哭成一脈清泉

且永不釋放
即使我的淚，因想你而
氾涌成河

因為必然
因為命運是絕對的跋扈
因為在愛中
刀痕和吻痕一樣
你都得原諒

詩題〈詩末〉，正好置放詩集《金蛹》之末，有最後詩作或「跋」
的意涵，唯閱覽全詩，仍延續「寫情」，卻隱隱醒悟之後的宣示效
用。「詩」，是藉文字傳達「愛」的心聲；「愛」，則是血寫的「詩」；
這是詩人的辯證。既是「血」寫的，想必為情而傷；先前，詩人說
「我是繭中的化民／你用千絲綑我」（頁 120），有甘之如飴；如
今，許是詩人情傷至極，遭命運「錮我／且逼我哭成一脈清泉」，
將之歸因「必然」，歸因「命運是絕對的跋扈」，即使有所委屈，
「因為在愛中／刀痕和吻痕一樣／你都得原諒」。詩人前有「汎愛
觀」，今日嘆為宿命論者。

　　除「情愛宿命」的告知外，此詩，在文字的敘述上，有擺脫初期黏膩浪漫用語，預示了詩人跨入現實的轉轍趨向。

三、家園親情的現實「紅珊瑚時期」

　　每個人都有鄉愁，那是牽動個人孤獨心緒的懷鄉之情。雖然鄉愁的「定點」，會因時空而更動，原則上，還是跟出生地的童年與父母聯結。1979 年 9 月 11 日，敻虹發表在《聯合副刊》的〈鄉愁〉一詩，說出她從記憶、知覺與愛三方面湧現的「鄉愁觀」：山水畫的東部、中國我讀到的一大片土地、地球 [註5]。她這三方面三個「定點」鄉愁的萌生，也可以說是其成長階段的擴展。第一階段的東部（台灣東部，台東）是她出生地與童年活動區；第二階段的中國是學生時期的知識搭配母親出生地；第三階段的地球。在敻虹從事詩業的成熟期，回到了此三「定點」的第一個「鄉愁」：東部；為此她寫了幾首詩：〈東部〉、〈台東大橋〉、〈又歌東部〉、〈卑南溪〉、〈山河戀〉、〈鄉村〉[註6]。長期以來，台灣文學界的活動，匯聚西部（前山），又集中台北；俗稱「後山」的花東較被忽略。敻虹的這幾首詩寫於 1970 至 80 年代，有指標的意義：歌吟自己曾經疏忽的家鄉，是詩人義不容辭的行逕，也是成名詩人回饋家鄉展現鄉情的義務。這幾首詩異於詩人早期短小精緻的情詩書寫，夾納暴風雨（颱風）的意象，有敘事詩的傾向，且氣勢待發，唯不夠磅礴。〈又歌東部〉帶輕快曲調：「東部啊東部／朝思夜夢的東部／你是如此簡單的／把游子的心魂摧搖」，詩中出現卑南溪的動態，似乎引為〈卑南溪〉一詩的前作。卑南溪，又稱為卑南大溪，是台東第一大溪，也是灌溉台東平原的主要河川，可以美稱為：台東的動脈；「生命是條幽靜長河」[註7]，卑南溪與台東息息相關。敻虹的〈卑南溪〉一詩，分兩節描述：「卑南溪是一條黑黑的長歌」和「卑南溪是一條苦苦的悲歌」，在長歌與悲歌中，流露了詩人對這條東

台灣生命之河的心靈嗚咽。來自台東的敻虹，僅僅筆下這樣的卑南溪與東部，讀者會萌生「意猶未盡」之憾。

有關親情，敻虹有兩首喪子詩：〈哀南忘〉和〈念亡詩〉[註8]。前者：「你不住這／陽光、杜鵑花、建築物／的世界／住在母親不捨的心裡／我是你的惟一／我愛你」，後者：「關於你的生與死／病了我的身軀，兩載／憂老我的青髮，半白」。文詞動人心扉。母子連心，自然是這兩首詩引爆力。文學史上，美國愛默森（Ralph Waldo Emerson，1803～1882）的〈悲歌〉，亦相當感人：「你現在是否有一種新的愉快，而忘記了我？」（張愛玲譯，1963：125）；愛默森此詩近三百行，是 1842 年失去五歲兒子而寫的追懷詩。日治時期「鹽分地帶文學」的旗手郭水潭（1908～1995），於 1939 年因兩歲次子建南病故而寫的 48 行〈向棺木慟哭　一給建南的墓〉（羊子喬編輯，1994：102-4），因情摯流露，動人肺腑，被同時期的作家龍瑛宗（1911～1999）認為是 1939 年最感人的傑作（羊子喬編輯，1994：583）。

學生時期「金蛹」的敻虹，在〈懷鄉人〉詩裡懷念南方的家鄉一切，包括「南方，我的母親愛沉思，父親愛聽我／棕笛吹出一節節歡愉」（敻虹，1968：34）。這時期，已為人妻人母的敻虹寫過雙親的〈白色的歌〉，和幾篇母親的詩，母親在世時，有〈媽媽〉，往生後，有〈有詩給媽媽〉、〈寫給母親〉、〈思母一二〉以及〈思母之歌〉[註9]。〈寫給母親〉一詩發表於 1978 年 10 月 16 日《中國時報·人間副刊》，屬專題連載「時報文學季·詩畫箋之十三」，搭配李男插圖。母親往生後，詩人頓時感覺留有「一個渾圓、湛藍、漾爍著水光的世界」，她試著凝聚與母親相會的兩個意象：「曲折宛轉的路」，和「不斷的海潮的聲音」。前者是自己成長的歲月，也就是有母女親情相伴的「三十九年」，後者是家鄉海邊的永恆聲浪。此詩二十行，兩組意象均重複出現兩次，潮音不斷，路卻絕斷，顯見中年詩人尋母思母心情之切之急。

　　除鄉情親情之作，敻虹對幾位故友之情，也表露無遺。早期《金蛹》，即有不少情詩中的思念對象，及未點名的〈懷人〉兩首；中年之後，朋輩變化較多，思緒轉為回憶，有些純為詩人個案心緒的陳述，另如〈懷鄭林〉一詩，對象係同為「藍星」的詩友，因而較能產生同輩詩人間的共鳴。

四、虔敬信仰的哲思「禮佛時期」

　　「我自小信佛，這些年曾用功於經論的研讀，誠敬的拜佛，念佛。」（敻虹，1991：145），敻虹在詩集《愛結》書末如是自述。接受訪談時，敻虹再次坦言「我自小在正信佛教家庭中長大，父親一輩子修持《心經》，於佛法具有正知正見，薰染所及，我對佛陀向有一種情感化的尊崇。」（敻虹，1997：214）。早期，敻虹抒情詩中出現「神」或「佛」，跟家庭教養有關聯，〈虔心人〉一詩，為佛徒信養寫照，頗顯特殊；比較明顯的跡象，是中期 1970 年代初出現一些與佛聯結的語彙，如 1973 年 6 月〈東部〉詩的：「淚水是苦苦的遲緩的一顆舍利」（敻虹，1976：148）；1974 年 5 月〈台東大橋〉的詩尾：「今已杳杳／杳杳如我／迢遞的童年／──焚香，一祭」（敻虹，1976：156）。

　　在上述同一次訪談，敻虹自言：「我第一首佛教現代詩〈爐香讚〉十三首，已是十幾年前的作品」（敻虹，1997：213），這些大約 1980 年代的收在詩集《紅珊瑚》詩末的「讚詩」輯，共十四首，第一首〈爐香〉，末首〈祝禱〉為三炷香祈禱的組詩。敻虹有一首未收進詩集的佚詩〈那經聲〉，似乎隱伏著徘徊「詩人」與「詩尼」之際。

那經聲

有一天我要回來記述

那焚香　漫緲

> 安全　依信
> 層雲上和平
> 之浮泳的
> 經聲裡的感覺
>
> 經聲裡默坐一人！
> 桃花　河岸
> 流泉　細石
> 經聲裡
> 唇嘗那悠遠的寂靜
> 回來的記述：
> 一種
> 清淚的慰藉
> 情人，擁入那邂逅你
> 花光燦漫的
> 深春……

詩人鋪陳了一處淨土，留待若干年後，自己重回重溫：置身焚香，一方面沉溺在浮泳的和平經聲裡，另一方面，仍眷戀著花光燦漫的深春中，曾經自我慰藉的「清淚」。想必詩人化身經聲裡默坐的人，仍眷戀塵寰。這樣的心境，她說：「把信仰和詩觀、乃至日常生活，簡化、融合在一起，自得其樂」（夐虹，1997：8）。

　　紅珊瑚，被稱為「水中燃灼的彤雲」（夐虹，1983：131），是詩人心之所繫的塵寰物，夐虹為之寫詩，並以此為詩集書名。這首〈紅珊瑚〉詩末一節，詩人禮讚：「海的心神　含凝為／樹狀的舍利」，同樣將「物」指向「佛」！塵寰俗人，求得；禮佛修士，學捨。得捨之間，詩人詩尼的夐虹自有拿捏。她說：「原來人心自有清泉，源源流出，可澆灌自己有限的生命，也可灌溉無限生命的創作之田園，學『捨』，只是將濁水換清水而已。」（夐虹，1997：7-8）

從一九八○年代〈爐香讚〉起，敻虹詩集《紅珊瑚》和《愛結》二書末，均各有一輯「讚詩」（前者 14 首，後者 10 首），加上晚近的積極投入，她說：「現代詩與佛教現代詩二者，於我而言，不是前後分明的兩個段落，而是重疊、並行的創作領域。」（敻虹，1997：213）。證之上述，情與佛都是敻虹創作領域的養料，都能很自然地抒寫描繪，若有差異，該只是比例問題。

較敻虹晚，1961 出生的醫生詩人陳克華，揮灑不同詩風後，介入了佛教現代詩的寫作，於 1997 年出版的《新詩心經》，呈現另一番風貌。期待有興趣的研究者給予妥切的論評。

五、詩藝探討

敻虹的整體詩作，大約可以簡單歸類為抒情詩與宗教詩兩種，之中，篇幅稍長者，在抒情詩部分，有〈東部〉（35 行）、〈台東大橋〉（45 行）、〈又歌東部〉（46 行）、〈卑南溪〉（40 行）、〈絕然〉（51 行）等五首；在宗教詩部分，以「組詩」形式的呈顯，有〈祝禱〉、〈楊枝淨水讚〉、〈觀音菩薩摩訶薩〉、〈妙音頌〉（88 行）等。可以這麼說，敻虹以抒情短詩取勝，但也留有一些小疵，特別是斷句分行問題。早期的《金蛹》詩集，少見；之後，頗多，如「淚水是／苦苦的／遲緩的／一顆／舍利」（敻虹，1976：148），一句話，卻斷成五行。再如：「如果我們坐在階前／為／那初來的新詩／一時／不能／終卷」（敻虹，1976：162-3），單獨一字「為」成一行，結尾六個字卻分站。又如：「我約你／同赴一個地方／好不好」（敻虹，1983：100）……，此類例子不少。這樣的斷句分行，或許有頌讀時頓挫的必要，字少，刻意分行斷句，凸顯出內容稍嫌貧乏的困境。

然而，敻虹的詩，自有其迷人處，除想像、情境、細膩外，措詞用語仍具筆致之美。以〈鹽〉為例：

鹽

設若用水晶去聯想
不如就汗水的味道
說是眼淚的曲折
更彷彿愛情的經歷

湖海的潮汐
清月的盈消　松影的濃淡
以及你的來　你的去　歲月的延長

海是永世的歸屬
一枚貝殼，在遠遠的沙灘
記憶著
你
怎樣
液態時的柔情
固態時的等待
等待回來　入水融化

（夐虹，1983：126-7）

起筆一段的模式：「設若……不如……說是……更彷彿……」，連
珠炮似的一氣呵成，產生微微壓迫感，加上婉轉語詞的說服力，足
足扣緊閱讀的脈絡，逼你非接受不可。首段點明「鹽」的身份：有
「汗水的味道」與「愛情的經歷」，之後，轉入第二段，陳列著廣
大自然界的潮汐、盈消、濃淡、來去（出現、隱失），這是法則，
是律令。第三段，回到「鹽」的出身，讓靜止的貝殼追憶「鹽」的
變化。末尾看你「怎樣／液態時的柔情／固態時的等待／等待回來
入水融化」，把「水」與「鹽」的原貌特徵，巧妙傳達；精簡凝練
的文字，說是鬼斧神工，也該出神入化。

　　這是一首託物敘情之作。一粒粒「鹽」，晶瑩剔透似多稜水晶；一顆顆「鹽」，散佚如傷心淚珠。詩人跳脫水晶與淚的陳述，直接探得「真相」。這首詩，還是跟「愛情」有關：歷盡滄桑，仍具柔情。詩中的「你」，是情愛兩人中的鍾情對象，隱身為鹽。鹽，當然是生命之鹽。詩人揀取平凡且平淡之物，進行一場鹽與貝殼的物語劇場，發揮了「化腐朽為神奇」的文字驚喜。

六、結　語

　　詩創作半世紀，「金蛹時期」的敻虹，像蛹像蝶，將花漾般青春女對情愛充滿夢幻的忐忑得失，淋漓盡致地傳達出纖秀靈美的詩境，贏得眾人喝采。1961 年，《六十年代詩選》的編者讚許敻虹「由於她燦爛的詩才，我們深信她必能成為繆司最鍾愛的女兒」（瘂弦、張默主編，1961：184）；1968 年，余光中說敻虹是「繆思最鍾愛的女兒」（敻虹，1983：15）。「紅珊瑚時期」的敻虹，關心家人，留意鄉園，濃鬱親情與鄉情的詩篇，豐厚了東台灣鄉土山河之美。「禮佛時期」的敻虹，增深佛學的加持灌頂及虔敬信仰，顯示哲人的智慧光輝；瘂弦給予如此的掌聲：「我們慶幸我們這個年代最優秀的女詩人還在河的這一邊，……過著『平凡』但靜美的生活。」（敻虹，1991：13）。

　　王國維在《人間詞話》裡，摘引古詞導入人生三階段論：「古今之成大事業、大學問者，必經過三種之境界。『昨夜西風凋碧樹，獨上高樓，望盡天涯路』，此第一境也。『衣帶漸寬終不悔，為伊消得人憔悴』，此第二境也。『眾裏尋他千百度，回頭驀見，那人正在燈火闌珊處』，此第三境也。」三階段，乃憂人生、迷（癡）人生、悟人生。敻虹詩風的三階段：浪漫、現實、哲理，也有同等的印證。

　　年輕時，敻虹唱嘆：「何以老恨一詩人底手／執筆且持匕首」（敻虹，1968：20），感傷於「刀痕和吻痕」的糾葛。晚近，由詩

人轉為詩尼，在夐虹與弘慈之間，在月桂與菩提之間，是否流露王維式的空靈淨澄抑較多宗教的痕跡？或者如「萬里長空，一輪明月」的皎潔晶澈？這問題，留給讀者新的想像空間。

（2006.09.22.～10.17）

註釋：

註 1　林亨泰此文寫於 1962 年 3 月 15 日，刊登《詩‧散文‧木刻》第五期（朱嘯秋主編，1963 年 1 月 15 日），頁 52。

註 2　柳文哲即趙天儀，此評文刊登《笠》詩刊 27 期（1968 年 10 月 15 日）（頁 51）。

註 3　參見本選集（指《夐虹卷》詩集）「夐虹詩作評論索引」。

註 4　瘂弦：「當年我們在師大女生宿舍門外枯等，她卻躲在樓上竊笑的胡梅子仍在。」

註 5　〈鄉愁〉原詩：「有時候我的鄉愁在／山水畫的東部／風雨打著黑傘／童年和媽媽，都埋在／水氣水勢的東部／／有時候我的鄉愁是／中國我讀到的一大片土地／媽媽只談到江南其中的一小城／七斗樓牆垣殘斷／子孫四散的龍岩／／也不是不可能，鄉愁有時候是／寒冷蕭索的，寂然的／對眸，當人再一萬光年外／回首看那太陽系，其中最美麗：／那寶石藍、翡翠綠、銀白／的地球，發光而冉冉／遙不可及／／從記憶，從知覺／到愛：／綿綿的孤獨／我的鄉愁，謂之。」

註 6　〈東部〉、〈台東大橋〉，收進《夐虹詩集》頁 146-9 和 152-6；、〈又歌東部〉、〈卑南溪〉、〈山河戀〉、〈鄉村〉，收進《紅珊瑚》頁 63-72 和頁 87-8。

註 7　《生命是條幽靜長河》（La Vie est un long fleuve tranquille，Life Is a Long Quiet River），1998 年法國出品的電影。

註 8　〈哀南忘〉和〈念亡詩〉，收進《紅珊瑚》頁 55-9。前者刊登《聯合副刊》1976 年 3 月 17 日（2 月 21 日）完稿。

註 9　〈白色的歌〉，收進《夐虹詩集》頁 157-160；〈媽媽〉，收進《夐虹詩集》頁 173-5；〈有詩給媽媽〉、〈寫給母親〉、〈思母一二〉，收進《紅珊瑚》頁 31-9；〈思母之歌〉，收進《觀音菩薩摩訶薩》頁 91-3。

參考書目：

夐　虹（1968），《金蛹》，台北市：純文學月刊社，1968 年 7 月初版。

夐　虹（1976），《夐虹詩集》，台北市：新理想出版社，1976 年 1 月出版。

夐　虹（1983），《紅珊瑚》，台北市：大地出版社，1983 年 8 月初版。

夐　虹（1991），《愛結》，台北市：大地出版社，1991 年 1 月初版。2000 年 12 月二版一刷（版型改 24 開本）。

夐　虹（1997），《觀音菩薩摩訶薩》，台北市：大地出版社，1997 年 10 月初版。

瘂弦、張默主編（1961），《六十年代詩選》，高雄市：大業書店，1961 年 1 月初版。

朱嘯秋主編（1963），《詩‧散文‧木刻》第五期，台北市：詩‧散文‧木刻社，1963 年 1 月 15 日出版。刊登林亨泰：〈一顆高貴的心胸（斷片）〉，1962 年 3 月 15 日作。

張愛玲譯（1963），《愛默森文選》，香港：今日世界社，1963 年 8 月二版。月出版。

從海上歸來的浪子

——讀拾虹的詩

　　拾虹，本名曾清吉，目前改名曾定宇。1945 年 4 月 19 日出生，南投縣竹山人，現居基隆市。台北工專（目前「台北科技大學」）化工科畢業，1970 年左右進入台灣造船廠（後改組為中國造船公司基隆總廠）擔任工程師，再轉任同一造船廠工場主任。退休後，任職一家民營企業公司，與船舶有關，仍然漂泊各港口之間。高中時期，拾虹接觸新詩，在台中市《民聲日報・學生園地》與副刊發表習作，結識鄭炯明，閱讀《笠》詩刊，軍旅服役台灣外島時開始寫詩。1967 年 12 月的《笠》詩刊 22 期首次刊登其詩作〈砲手〉。34 期（1969 年 12 月）起斷續的「十三月詩抄」組詩，是他建立自己聲音的起步。接著，1972 年獲優秀青年詩人獎，隨即出版詩集《拾虹》（1972 年 7 月），這幾年，大概是他詩聲的高亢期。1980 年代再出現詩作；《詩人坊》第 3 期（1983 年 2 月 10 日），主編郭成義策劃「拾虹專輯」，計刊載李魁賢、李敏勇、陳明台三位撰述的評論；隨後，拾虹的聲音微弱。2000 年重新整理詩作，出版《船》集，共 44 首詩，連同相關評論。

　　相對於以「詩」為志業的詩人，這樣的作業顯得相當薄弱，但背後，仍有堅厚的詩質。再者，台灣詩人們，除了寫詩外，多少還會涉獵其他文類，如散文、詩評、小說，甚或翻譯，但拾虹予人感覺很「純」。他堅守「詩」的本份，較少跨越雷池。「對我來說，寫詩實在不是一件值得欣慰或向人誇耀的事，一個平凡的人，忠實地記錄內心的喜怒哀樂，藉以表達蜃樓般的理想，向未可知的世界，尋求小小心靈投宿位置而已。」這段話，在詩集《拾虹・後記》裡

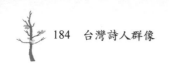

提到，也在詩集《船》序〈詩的時間感傷〉重述；另方面，他也建立自己的詩觀：「詩，……它的價值就在它投影在人間現實的深度吧！如果不能感動，不能與當世代的脈搏一同悸動，詩是不可能流傳下來的。」（笠詩社，1979：227-8）

「平凡人寫的平凡詩」，拾虹如是看待「詩」，我們以平常心情，欣賞他能產生「悸動」的有特質的詩。

第二次世界大戰終戰後出生的一代，比較幸運的是沒有親身承受戰爭的悲慘，與戰場的實際經驗，然而，他們大都在二十來歲時，接受義務兵役階段，約二至三年不等的軍隊生活。從軍中操課、陣地演練與長輩（老士官們）的耳濡目染，也感受到若真實若虛擬的戰場狀況，一旦他們將這段尚清晰的記憶，見諸文字，彷彿亦置身實際狀況。拾虹在《笠》詩刊露臉的第一首詩〈砲手〉，就是他當兵的體驗。

砲　手

繞過古銅色的歷史
遂想起那年老祖父黝黑的手臂
恐龍的眼睛，瞳中
燃燒著熊熊的戰火

圓圓的砲口昂首前方
墳牆已塌，住進墓屋
老祖父慣於烤戰火冬眠
記否黝黑的手臂，捲曲的五指
就這麼裝進砲口的
就這麼飛出砲口的！

就這麼飛出砲口的
那顆摘落的星星

竟被那矮矮仔的八字鬚
輕輕地鉤上了
於是砲聲不絕地響起
彷彿老祖父暴怒後的訕笑

詩題「砲手」，究竟是新兵新手，抑老兵老手？作者沒有明講，從詩中提及的「老祖父」看，應屬對比的「新砲手」，當然是軍人。砲手與砲管（砲身）的關係，一如軍人與配槍，親似兄弟。首段首行「纏渦古銅色的歷史」，意指如此場景的出現：砲手撫摸擦拭已呈古銅色的砲管時，看看想想，除了感慨砲管老舊外，很順然地聯想到「老祖父黝黑的手臂」。二者同「老」，同「黝黑」，也都是新砲手的可依靠可親近的「伴侶」。「繞過」一詞有跳開、別提、「一看到……就……」之意。一看到古銅色的砲管，就起那年老祖父黝黑的手臂；砲管經歷戰爭，老祖父同樣經歷戰火洗禮：「瞳中／燃燒著熊熊的戰火」。作者用「那年」的老祖父，把時間推得更遠，新砲手與老祖父的歲數相差更大更久；「老祖父」也僅僅「歲月久遠」的代稱。第二段，砲身雖老舊，依然硬挺：「圓圓的砲口昂首前方」，老祖父津津樂道當年的裝填砲彈、發射的動作。詩人將之說為「慣於烤戰火冬眠」，是貼切又成功的譬喻。末段，轉折出現另一層畫面：「摘落的星星」停在「矮矮仔的八字鬚」。「矮矮仔的八字鬚」是「某人」外表的特寫，是藉砲戰肩領添加「星輝」的將軍之代稱。作者既暗諷個子矮小的領隊，也側寫「一將功成萬骨枯」的嘲弄。最後，進一步，將「砲聲不絕地響起」完美搭配「老祖父暴怒後的訕笑」，原來，戰場的砲聲抵不過「訕笑」。中國明朝楊慎的詞〈臨江仙〉：「古今多少事，都付笑談中」，可以算是此詩的結尾註腳。

　　〈砲手〉是作者虛擬的戰場詩，之後，拾虹在《笠》詩刊 34 期發表「十三月詩抄」組詩，列為首篇的〈寄給戰場〉（1969 年作品）一詩，留下另一種難得的戰場經驗：「把一滴思念的眼淚痛苦地逼

出／成為一顆堅實的子彈／此際遠方的你　舉槍瞄準／是臥姿或跪姿呢／／是否你持槍的姿態正像／擁抱我一樣／何以你一瞄準／我的胸口就隱隱作痛／／扣下扳機吧／呵　親愛的／即使我灰白地躺下／遙遠的你也要持槍回來」。拾虹這首詩，沒有戰爭的血腥，卻有愛情的纏綿。首段，女子將「思念的眼淚」很悲劇的「逼出」，化作「堅實的子彈」，一滴淚一顆子彈，讓戰場的情人貼身攜帶，時時感念。柔情的淚可以轉為冷血的子彈，是文學的表現技巧。就現實言，淚與子彈都足以致命。有了「淚」到「子彈」的連線，進一步可以臆想到你舉槍的姿態和瞄準的專注，也一定和我有關：擁抱我瞄準我，千里相思一線牽，你的子彈有我的思念（淚的結晶）加上你的思念，如此雙倍思念的子彈正射向我，只要一想到這樣的舉動──相思而不相聚，我就「隱隱作痛」。解痛的最好方法，就像心病靠心醫，最盼「思念」回來，「人」（槍）回來。這是一首相思迴旋曲。純情女子不只單純的將思念包裹成子彈，「寄給戰場」的你，還要你將這顆思念的子彈寄回（射回）給她，讓相思在時空中轉彎、迴盪。選擇子彈在這首詩裡扮演「紅娘」的角色，既有軍旅氣氛的考量，也有現實的功能。雙方思念的聯繫，端賴直線射程的子彈，而子彈因融入「思念」，不再冷血，無形中，減弱了戰爭殘酷的景象，蛻變為戰地春夢。

法國詩人波德萊爾（Charles Baudelaire,1821～1867）在散文詩〈港口〉，展示　一幅令人引頸期待的遠景：「對於厭倦人生戰鬥的生靈來說，港口是迷人的居所，天空的廣闊，雲朵的流動建築，海面的變化色彩，燈塔的閃爍，都是令人目眩而不厭的神奇三稜鏡。外表高大的船隻，有著複雜裝備，波濤為它印上和諧動盪，足以滋養一顆心靈美與韻律的趣味。還有，特別是對於不再有好奇與野心的人，它具有奇妙與貴族化的喜悅，躺在瞭望台裏，或支肘於堤岸上，靜觀那些出海或歸航的人們──他們仍然擁有希冀的活力，旅遊與致富的願望。」（莫渝，2001：47）。

離開軍旅，轉入職場，拾虹的生活開啟船舶的海上經驗，以及

登陸後的都會生活。像上引〈港口〉的現象,由海陸交融的浪漫氣息,呈顯出海上漂泊、都會流連的浪子心態,形塑了拾虹的另一種詩貌。先從〈桅杆〉詩談起。

桅 杆

站在小小的土地上
伸長著脖子眺望
遙遠的故鄉
我們是依賴著做夢而活下去的人

走遍世界每一個角落
仍然尋不著返鄉的路途
遙遙望去
那邊是海上
那邊是陸地
那邊是⋯⋯
該在吃晚飯的時候了吧

天天做著龐大輝煌的夢
一顆星光一顆星光地數回去
感覺我是漸漸地消瘦下去了

這首詩是 1971 年作品。就海上活動者言,船是移動(流動)虛擬的住屋,甲板是虛擬的陸地、土地,卻盼望家之所在的更廣大厚實的陸地。第一段,起筆「站在小小的土地上」,主詞是置放第四行的「我們」,我們站在甲板上(小小的土地上)眺望故鄉。主詞也可由桅杆取代。桅杆是我們企盼脖子的拉高,以便望得更遠,更能接近故鄉;故鄉是每位出外人心之所繫,縈迴不已的點。首段營造「海上客」沉重的心理負擔:望鄉思鄉,依賴編織家鄉美夢,支撐繼續「出外」的勇氣。第二段,船繼續航行,我們「走遍世界每一個角

落」，我們繼續眺望，繼續在「尋不著返鄉的路途」繞航。家，終究是心之所繫，晚餐時刻，最是家人圍觀聚之際；因而出現末行的感傷臆測：「該在吃晚飯的時候了吧」。第三段，仍以望鄉的心緒，貫穿思維，那是「龐大輝煌的夢」；就像童話的姆指神童，以丟石頭做為順利返家的暗號，詩人以天上的星星，呼應地面的石頭，「一顆星光一顆星光地數回去」，卻在極度的癱瘓下「漸漸地消瘦」。家，成了可思莫可回的想望。

〈桅杆〉這首詩的主詞「我們」只出現一次，末尾再出現時，已由「我們」縮成「我」，由「群」變為「己」，既有大（海洋）吞小（個體），也暗示個人渺小與個體夢想的式微。有鄉可返，有家可歸，都是有夢可尋，都是支撐「活下去」的力量。就像豎立高高的桅杆，既是船的象徵，也是夢的旗幟。即使夢碎（船毀），迎風的旗（桅杆、夢想），仍做最後招展的傳訊。類似的意象還出現在〈石頭〉詩末段：「久已忘記歸去的路了／只有依賴著故鄉的夢／才有勇氣追蹤遙遠的星光」。「故鄉」已幻化成一個亮點，一顆星光，更是浪子（遊子）心中的夢。

〈寄給戰場〉一詩，彷彿是在虛擬的戰場與女友唱一曲古典相思戀；〈桅杆〉則是縱遊海上浪子的思鄉曲，想家卻歸不得。拾虹的海上經驗，大約寫下〈星期日〉、〈船〉、〈桅杆〉、〈甲板〉等詩。當浪子歸來時，1977年寫〈回家〉一詩，依舊直抒「不回家」的心態：「已經很久不回家了／像個沒有家的人／／長久不回家的人／是不敢回家的人／是回不了家的人／／每天還是趕著路／總是回到別人的家」。像臥倒路邊的醉漢，直嚷「回家」、「不回家」的話語。

在海上，受制於空間（小小的土地），到了都會，有著陸的實感，他的「不回家」，是流連於「花叢」。

花

　　纏綿了一整夜
　　疲倦中不知妳何時離去

　　早晨醒來　才發現
　　原來妳是牆頭上的
　　一朵小花

　　以為妳再也不願離去
　　而妳卻悄悄地
　　彷彿抱著無限的委曲
　　僅遺留下一點鮮艷的殘紅
　　匆匆走向露水中

　　證明妳一身的清白
　　尚未熟悉妳黝暗的臉龐
　　妳已不再繾綣
　　何以又禁不住抔下哀傷的眼淚
　　那樣失神地回頭

此詩刊登《笠》詩刊 45 期（1971 年 10 月 15 日）。若有若無、若隱若現、若即若離似的感覺，把詩中的「妳」安排為「倩女幽魂」般楚楚可憐。是先纏綿還是先有花？夢裡纏綿的女子，竟是「牆頭上的一朵小花」，這是作者刻意營造的「虛構氣氛」，「小花」，是女子年齡的小，也帶見識的淺；一夜情後，這位真實的小女子早已離去。第二段，詩人回憶兩情繾綣的昨夜，互訴永不分離的衷曲：再也不願離去；一旦軀體分開，情愫似也隔離，如花女子離去：「彷彿抱著無限的委曲／僅遺留下一點鮮艷的殘紅／匆匆走向露水中」，這是作者一方說詞。委身又委曲的女子臨去之際的回眸，回眸時的噙淚，似乎深深擒獲詩人的心。

　　詩中的女子，看似無情，卻深情款款，似非縱浪都會的風塵女。或許是詩人過度的美化，將中國清朝龔自珍的〈己亥雜詩〉移此。〈己亥雜詩〉詩句：「浩蕩離愁白日斜，吟鞭東指即天涯；落紅不是無情物，化作春泥更護花。」落紅、護花，二者是花花相惜，益見真情。拾虹的詩，描繪傳統女子婉約的深情，延續〈寄給戰場〉

詩中的相思女。

　　拾虹的情詩大都圍繞在男女情愛的深刻描繪，卻無晚近寫作者極力在情色與下半身的著筆。讀他的詩，彷彿見到一位從虛擬的戰場歸來徘徊海上的都會浪子。

　　拾虹出現詩壇，也把他的自剖詩〈拾虹〉驚豔一些人。與拾虹同時起步年輕詩人鄭炯明、傅敏（李敏勇）、陳鴻森、岩上、陳明台等人在《笠》詩刊 47 期（1972.02.15.）以「詩曜場」為總題，大體給予拾虹有力的掌聲。詩人以自己的筆名入詩：「我不是純潔的人／這個世界只有妳知道／所以　妳也不是純潔的人」，每個人的良知是一座天平，可以衡量自己行為與作為的準則；敢表露自己「不是純潔的人」，是勇氣懂得內省，進而肯定「不純潔的感情才是／深不可測的愛／才能透過我們裸露的心胸／到達上帝那邊」。這樣「自剖」式的表白作品，尚包括〈寫給自己〉、〈石蕊試液〉、〈黃昏〉、〈石頭〉、〈禿樹〉、〈我的車廂〉等。〈寫給自己〉的結尾：「我不得不燒去我的詩來祭拜／此去成灰的拾虹」，這動作表露出拾虹「以今日之我絕對地否定昨日之我」（《船》詩集之「作者簡介」）。

　　坦誠的自白，對現實世界有著真實的透視。

探照燈

探照燈非常的明亮
它照在
這個世界最黑暗的地方
暴露出被鞭笞過的傷痕

燈光迅速地移動著
從小小的窗口
可以看見
遠處
教堂上的十字架

> 閃爍的亮光
> 我們不會失踪
> 因為在禁錮的牢房四周
> 探照燈不斷地
> 尋找自由

探照燈的設計，在海岸，就是燈塔，幫海上航行船隻與人員指引方位及告知海面安危；在軍事基地，維護安全。本詩，圈定在監獄牢房的制高點，同樣維護安全，明確地講，防止囚犯越獄脫逃。首段，直述探照燈「非常的明亮」的作用是：「照在／這個世界最黑暗的地方」，同時，也「暴露出被鞭笞過的傷痕」；這是一物兩面的觀察。「最黑暗的地方」隱藏著囚犯曾經「被鞭笞過的傷痕」。探照燈以有規律的速度移動、掃瞄，看起來，無所遁逃；但另一方面，也因為移動掃瞄，暴露出黑暗籠罩的某些事物，這是詩人想追求的部分，即看見「閃爍的亮光」。表面上，「亮光」來自「遠處教堂上的十字架」，何嘗不是詩人（或囚犯）心靈深處的「亮光」。悟解此點，末段所示知的肯定與信念，自然容易瞭然。詩人擺脫探照燈設計的原始目的，提供讀者新視窗的景象，亦即賦予事物存在的新意義。

以上探究拾虹詩作內涵的五項質素：戰場經驗、海上經驗、都會流連、內心剖白、現實透視。其詩藝的書寫，大體採三段模式：起、承（或轉）、合。也許結構單純，但詩思慎密，意象新穎，終能給予讀者新的感動。

在台灣新詩壇，拾虹是隱性詩人，不彰顯自己的詩作。早年的《笠》詩刊為其主要舞台，幾篇評論皆出自笠詩人之筆。除了笠詩人的認同與肯定外，拾虹甚少被選入「名牌」選集。1960 年代末 70 年代初是他活躍時期，這麼短暫的活動與詩集出版方式及名聲，有

點類似黃荷生。黃荷生在 1956 年出版薄薄小冊《觸覺生活》，37
年後，重印增訂版的《觸覺生活》（1993 年），受到「現代詩社」
的晚輩推崇。拾虹的《拾虹》詩集和《船》詩集，亦間隔 28 年，是
否驚豔新一代的讀者，尚待檢驗。若有不同，黃荷生屬「現代主義」，
拾虹接近「現實主義」。

參考書目：

拾　虹（2000），《船——拾虹詩集》，基隆市：基隆市立文化中心，2000
　　年 7 月初版。
笠詩社（1979）主編，《美麗島詩集》，台北市：笠詩社，1979 年 6 月初
　　版。
莫　渝（2001）編譯，《白睡蓮——法國散文詩精選》，台北市：桂冠圖
　　書公司，2001 年 6 月初版。

（2006.03.28.～06.18.）

江自得的〈賽德克悲歌〉

一、前　言

　　江自得的敘事詩〈賽德克悲歌〉先發表於《台灣日報‧21 版‧台灣副刊》（2005 年 9 月 9 日），接著，刊登《文學台灣》56 期（冬季號，2005 年 10 月 15 日）。第一次發表後，隔月，《台灣副刊‧每月詩評》的作者李若鶯給予相當高的讚賞，稱譽「九月台灣日日詩的詩境桂冠」，引錄顧城與紀弦兩位詩人的文與詩加以佐證，並謙虛地說：「對於這樣壯麗的詩，三言兩語的析賞是一種褻瀆，我留待對它做全面的賞讀，在此，謹表達對其特別的敬意」（詳見李若鶯文〈風逝去了，樹依然存在〉《台灣日報‧21 版‧台灣副刊》，2005.10.27.）。李若鶯的賞讀，應該是相當令人期待的文章。

　　在期待中，我亦筆記自己的心得。

二、〈賽德克悲歌〉的結構與探討

　　這篇〈賽德克悲歌〉分 5 節，共 140 行（36＋45＋6＋12＋41 行），每節又分行數不等的數段。先談各節的主旨情節。敘述者「我」，身為賽德克族後裔，自然承襲「獵人」的身份。第 1 節分 4 段，首行直接呼叫「啊！波索康夫尼」，敘述者將這位賽德克祖先樹精的身份置放崇高地位。4 段（4＋16＋8＋8 行）依序描述：追懷祖先的立足點——→祖先的偉業——→族人和宇宙生產存續——→回歸祖靈的誓願。詩中感謝波索康夫尼「使我成為快樂且清醒的獵人」，讚美波索康夫尼有著「那比親情遼闊的樹蔭」，以及偉業：「你唱出無比純粹的力量／讓世界轉向，正視賽德克的存在」，還呼叫「偉大的

波索康夫尼」，表明對祖先的尊崇。第 2 節，日軍（達納都奴）進
駐賽德克族轄境後，遭受史無前例的迫害，7 段（3＋5＋15＋10＋4
＋1＋7 行）依序描述：日本來了，天空變色──生存空間變樣──
土地破裂，親人受害受辱──延續及加深的破害──對遠方寄予自
由的希望（單獨 1 行）──向日本索討失去的一切。第 3 節僅 6 行，
「霧社事件」前當天早晨，凝滯的氣氛。第 4 節，5 段 12 行（2＋2
＋5＋2＋1 行），點狀敘說勇士（我）與妻訣別。第 5 節事件發生
後，日軍轟炸屠殺的慘劇，6 段（5＋3＋5＋12＋8＋7 行）依序敘述：
日軍全面進逼霧社──山谷成為死亡之床──子彈射穿戰友──戰
鬥停止時，「我」置身漫長黑夜的明默思考與祈禱──族人陸續亡
故感染到「死在流動」──喝完訣別酒，「我」要回到祖先處。

　　整篇作品，「祖靈」是支撐的主軸，貫穿各節，昇平時期的首
節，處處籠罩著祖靈；悲劇發生後，依然對祖靈有所期待，如「從
燃燒著的櫻花，我看到幽暗的祖靈」（第二節）、「在絕對的黑暗
中／祈求祖靈的指引」（第五節）……等。

　　略為分析結構與行文描敘，儘管作者將之分作 5 節，原詩後 3
節（尤其第 3、4 兩節篇幅短少）都可以含蓋在「霧社事件」。如果
這樣處理，以 3 部份（3 節）呈現全貌：讚美樹精波索康夫尼、受
日本迫害、霧社事件；由此看整體，3 節：36、45、59 行，彼此有
近乎相等的篇幅，或逐級加重的份量。

三、意象營造及詞彙用語

　　意象的經營是詩篇成功與否的重要支撐。首節「偉大的波索康
夫尼」，末節，則是「神聖的波索康夫尼」。前後有所呼應，反襯
出詩的主題，回歸賽德克的精神。「霧社事件」卻是部族史近乎「滅
族」的重大插曲事件。

　　第一節對波索康夫尼的禮讚，是本詩最美麗的開場。波索康夫
尼具有令人折服的偉大與謙虛的美德。前者包括外表的壯碩：「聳

立天際」、「撐起中央山脈的重量」和「遼闊的樹蔭」；歌聲的雄渾：「唱出無比純粹的力量／讓世界轉向，正視賽德克的存在」；力量的偉大：「連結星座，月亮與海洋／連結刀，槍與戰慄的血液」。後者如慈祥謙虛的美德：「廣幅的面容頻頻向我招手」、自身「謙遜的樹皮與散葉」、「永恆的溫柔與美麗」。由於偉大與謙虛的調合，「使我成為快樂且清醒的獵人／使我在薄暮時分獲得安息與幸福」，也讓「我」更接近這位「神」的近旁，且感應「祂」的無所不在：「讓緋櫻成為你的變形／年年綻放」；在古代，波索康夫尼是樹；在現代，波索康夫尼則是緋櫻。

　　第二節，作者發揮了精準且強烈的文字功力，展示悲憫與同理的襟懷，將日本統治者君臨後的種種暴行與慘狀，淋漓盡致地傳達出來。整體看：「風把飢餓的靈魂撕得粉碎」，再細分深具反諷的幾組辯證：「在水中，我喝不到水／在空氣中，我吸不到氣／在陽光下，我看不到亮光／在花的唇瓣，我聞不到蜜的甜味／在靜默的青苔體內，我聽不到生命滋長的聲音」，透過如此對照的處理，加強「喪失」的悲劇，導致斷崖會掙扎、夢被抽打、月光龜裂，人人出現「哀愁」、「恐懼」、「悲憤」的不安。儘管部落惶惶然，仍秉持希望：「從燃燒著的櫻花，我看到幽暗的祖靈／從脫殼的穀粒，我聞到遙遠的自由的芳香」。第二句另立單獨一行，再次強調，喪失自由後，依然不減萌生自由的期待。

　　第三節之後的「霧社事件」，再度出現反諷的意象：「為了活著／我們都將要死去」，以作戰而亡，求的族人生命的延續。

　　江自得處理相同重點，不言「霧社事件」，而提〈賽德克悲歌〉，採用「賽德克」（舊稱泰雅族）、「波索康夫尼」、「達納都奴」等原住民的舊稱呼，都是恢復原住民文學的必要正名過程。

四、敘事詩的特點

　　江自得的這篇作品能否歸入敘事詩呢？

　　西方文學類別中的 epic，稱為史詩或敘事詩，通常指描述英雄事蹟的長詩，如荷馬的《伊里亞德》、《奧德賽》，維吉爾的《伊尼易特》、米爾頓的《失樂園》歌德的《浮士德》等都是。另外，西方各國文學史也大都由 epic 濫觴，如英國的《貝奧武夫》、法國的《羅蘭之歌》、德國的《尼伯龍根之歌》、西班牙的《熙德》、俄國的《伊戈爾遠征記》、冰島的《埃達》、芬蘭的《卡萊瓦拉》……。早期這類史詩作者，都是佚名者或不同年代作者群累積增刪而成，晚近則由單一作者窮畢生之心力完成之。此外，歐美文學中長篇小說如美國梅爾維爾（Herman Melville，1819～1891）的小說《白鯨記》，號稱「海洋史詩」，俄國托爾斯泰（Leo Tolstoy,1828～1910）的小說《戰爭與和平》有「戰爭史詩」，這種美譽之名，則因為龐然巨型的篇幅導致。回顧台灣文學史，有專精且用心於 epic 的寫作，近乎闕如。

　　江自得撰寫〈賽德克悲歌〉應該有敘事詩的企圖，這篇作品有敘述者，有敘述主角與事件，但比起西方文學的 epic，整個篇幅缺乏雄厚龐雜，行文方式似乎散漫隨意；敘述者與一些人物無名無姓（除了祖先樹精波索康夫尼），顯得不明確。相較之下，情節發展不夠緊湊，延續五十天的「霧社事件」應該能衍生出幾個突出的重點事件呢！

　　那麼，江自得的真正企圖是什麼？我猜，或許是：恢復原住民的生活與榮耀。

　　1992 年諾貝爾文學獎得主德瑞克・沃克特（Derek A. Walcott）的詩，雖有《奧麥羅斯》（Omeros ,1989）敘事詩的巨著，但，長期的整體創作觀之，亦形成特殊風貌，被譽為：「後殖民抒情」史詩（見宋國誠著《後殖民文學》第 17 篇〈家的傷情，海的憂歌〉副標題，頁 413）。準此，以「抒情敘事詩」稱江自得的這篇作品，連帶他計劃中有關台灣歷史的詩篇，或許都能如此看待。

五、「霧社事件」的詩檔案

　　讀這篇作品，應該跟台灣 1930 年的「霧社事件」銜接，也就是說，它可以歸納入台灣歷史與詩文學中「霧社事件」的一環節。

　　「霧社事件」爆發至敉平，當時統治者日本政府將之以「暴動事件」看待；1950 年以後，統治者國民政府則認為是「在台灣的抗日運動的代表」。整體事件約略如此：1930 年 10 月 27 日，這一天是日人紀念入台北白川宮能久親王的「台灣神社祭」日，台中州能高郡（今屬南投縣）霧社山區的原住民（山胞，當時日本稱為：番人）泰雅族，利用當地日本人齊聚霧社公學校（國民小學）舉行聯合運動會的時機，由泰雅族莫那魯道等人領導，發動武裝抗暴起義，圍攻殺死了現場日本人 136 名，殺傷 215 名，佔領整個霧社地區，再轉入深山繼續準備長期抵抗。日本台灣總督府進行「討伐」，調集駐台警察與軍伕各 1000 餘名，陸軍 800 人鎮壓，並以新式武器砲擊、飛機轟炸，最後施放毒氣彈（毒瓦斯），原住民非戰死即自殺。整個事件延續五十餘天，轟動全世界。這是「霧社事件」。

　　事件發生後，約半年的光景，賴和（1894~1943）撰寫 76 行的白話詩〈南國哀歌〉，分兩次刊登在 1931 年 4 月 25 日和 5 月 2 日的《台灣新民報》；發表後，引起日本當局注意。這是以「霧社事件」為主題的第一首白話敘事詩，有很強烈的臨場震撼效果，並且非常肯定起義勇士們行動的價值。另外，鹽分地帶詩人吳新榮（1907~1967）則以古典七言絕句形式，撰寫連三篇的〈霧社出草歌〉，受古典詩形式用語的侷限，氣勢減弱不少。

　　戰後三十年間，有關台灣史與史實的研究，幾乎湮沒或不彰。直到 1970 年代後期，「霧社事件」逐漸露出較清晰的面貌，隨著文學獎敘事詩的提倡，向陽的〈霧社〉發表於 1979 年，榮獲當年時報文學獎新詩敘事詩首獎的作品，這篇作品分 6 章共 340 行，描述「霧社事件」史實，在行文中，仍以他一貫的十行詩為主段落，間擴充成 20 行、30 行，夾敘夾抒情，顯現磅礴的氣勢。

　　向陽之後，霧社相關詩作的撰寫，一度沉寂。邁入新世紀，由
於台灣意識的強化，各縣市地區文學獎徵文不斷，引發年輕作者對
在地取材的研讀與創作。2001 年新竹縣吳濁流文藝獎徵文中，有兩
篇涉及「霧社事件」。〈血染的櫻花〉（作者姓名待查）：全詩分
4 個章節，結構完整，以「霧社事件」為主架構，重新喚醒族人的
戰鬥意志。歷史的記憶藉留存的砲管與牌坊，讓泰雅族歌聲不輟，
生命永存。另一篇得獎作品：解昆樺的詩劇〈群義‧焚夜——霧社
事件首幕詩〉，晚後，整首 4 幕詩劇刊登《山路——苗栗文學讀本
（五）》（2002 年），加上莫渝〈解說〉乙文，強調這是一齣有關
「霧社事件」的詩劇的寫作，作者解昆樺對史實、角色對白、鷹的
隱喻、泰雅族石樹靈神話，閱讀用功，著筆用心。此外，同年，第
三屆南投縣文學獎，也有紀明宗的〈我的霧社〉長詩。
　　江自得的〈賽德克悲歌〉出現此際，這是他有關台灣系列詩的
據點之一。

結　語

　　新世代出現的霧社詩篇，都圍繞在「霧社事件」。各有撰寫者
主觀執筆的立場與心意。江自得的敘事詩〈賽德克悲歌〉雖然安置
在文學中的「霧社事件」，但整首詩卻超越了「霧社事件」，而伸
入整個「賽德克族」的命運，霧社事件只是一個重要轉捩點，或者
說是賽德克族悲劇的重創之因。這篇作品，由贊美祖先樹精波索康
夫尼開始，在回到波索康夫尼收尾，以整個部族為背景，格局與氣
度都超越上述幾篇作品。
　　恢復原住民的榮耀與生活，從這個角度看，或許能找出江自得
在〈賽德克悲歌〉的創作意圖，及其價值。

（2006.01.02.）

——刊登《笠》詩刊 251 期，2006.02.15.

追索本質的現實主義詩人

──讀林豐明的詩

一、前　言

　　林豐明，1948 年 10 月 31 日出生，雲林縣斗南鎮人，現居花蓮縣吉安鄉。1970 年，畢業於高雄工專機械工程科，服完兵役後，1972 年進台灣水泥公司服務，歷任股長、課長、副廠長，迄 2005 年，於台灣水泥公司花蓮廠廠長任上退休；其間曾於 1979 年至 1980 年由公司派赴印尼工作一年，1998 年至 2002 年在台泥和平廠任建廠工程處副處長，其餘時間皆在花蓮廠服務。

　　1983 年底，閱讀李魁賢主編《一九八二年台灣詩選》之後，與詩結緣，進而創作。1984 年加入「笠」詩社，擔任過社務委員、編輯委員。1987 年獲得吳濁流文學獎之新詩獎。著有詩集《地平線》（1986 年）、《黑盒子》（1990 年）、《怨偶》（1995 年）三冊，新作結集中。在印尼工作期間之經驗，記錄成散文集《赤道鄰居》（1988 年），另有其他雜文寫作。

　　離開學院與青春，進入社會，為生活打拼一段時期，到了壯年，林豐明才與詩擦撞出火花，回顧眾所認知「真、善、美」的領域，他認為「美與善是珍貴的，那是這個世界上極缺乏的東西；但真更重要。……一個詩人奉獻出來的，應該是大地生長的花朵，可以允許形狀平凡，可以允許顏色黯淡，但不能是塑膠花、鍛帶花、紙花，那怕它們是如何地鮮豔，足以亂真。」（林豐明，1986：93 - 4）。這是三十五歲之後，才接觸詩創作詩的林豐明的表白。他是拋離青春年華，不談情說愁的現實主義詩人。

二、詩　貌

　　林豐明第一本詩集《地平線》，集內無〈地平線〉這樣題名的詩作，倒有〈水平線〉一詩。詩云：在危機四伏的大海航行，航線堅持不能偏移，且需讓船首對準水準線後的港灣；水平線永遠在正前方等待，但詩人懷疑「什麼時候／水平線才會具體存在而可觸及呢」（林豐明，1986：21）。水平線或地平線的真正狀況如何呢？原來，「水平線」是在水平面上的直線，跟地平面跟四周天際相接的「地平線」，名稱近似，都屬可見卻不存在的線條，隨當事人的位置移動，與當事人保持永遠的等距離。白萩〈雁〉詩句：「前途衹是一條地平線／逗引著我們／我們將緩緩地在追逐中死去」。白萩是悲觀論者，所以出現灰朦說詞。林豐明則否，他要尋真，要掌握可觸及的具體存在物。李魁賢在〈從批判詩到用詩披判〉乙文，曾說「豐明以詩批判的技巧，所展現的特質是一種弔詭性，與表面現實有距離甚至相反，卻是底質上的真實。易言之，他敏銳地撥開物象表層的陰翳，去揭露為表層所蒙蔽的真實本質。」（林豐明，1990：4）。

　　按李魁賢說法，平日我們所言談的「現實」具有雙層：表面和底質。必須揭蔽表面，才能顯露「底質」的真相。林豐明，就是為了求真、覓真，追索本質的現實主義詩人。

（一）表相或本質

　　黑盒子，是「飛航記錄器」的俗稱。飛機失事後，取得黑盒子，進行判讀，以了解事件發生的來龍去脈；其同義詞，包括「航海日誌」、「歷史密件」等，都具有「撥除雲霧顯露真相」的意義，換句話說，黑盒子就是真相。1988 年 4 月 18 日，林豐明在《自立早報副刊》發表的〈黑盒子〉一詩，直敘「總是找不到／記錄了真相的黑盒子／在事件發生之後」；作者兩次強調「這就是歷史」，更

以「這就是／我們的歷史」結尾，說明我們的歷史是找不到黑盒子的歷史，等於真相被蒙蔽的歷史。

在台灣這塊土地上，台灣文史風物的認識與閱讀，曾經是「禁區」，遭禁止言談討論，甚至被嚴重扭曲，這是很殘酷的弔詭。林豐明的探求真相，就是在尋找整個「台灣事件」的黑盒子。他所指的「我們的歷史」，根本就是「台灣的歷史」。台灣史，竟然是找不到黑盒子的歷史，當然屬於被故意塵封，而另生虛擬。從中國一個斷代史，也能略為印證。中國五胡亂華 註1 時代，異族統治北方，北方漢族南遷，不論南方或北方，庶民聲音全都消失，只剩朝廷（統治者、當權派）的影子。戰後的台灣史，也有如此亂的「模糊」史。

在政治不民主社會非正常的國度，如共產國家、獨裁國家、集權國家、法西斯國家，特別喜愛用阿Q式的壯膽態度，標榜呼口號，廣立「民族救星」的銅像，佔領街頭、廣場、會議廳的顯著位置，美其名為「效忠領袖」、「服從領導」、「與領袖長相左右」……等。不久前，20世紀後半葉，台灣就曾經出現過這種怪現象，直到1987年解除戒嚴，才稍稍改變。林豐明於1988年12月24日在《自立晚報副刊》發表的作品〈圓環銅像〉，就是表達同類型的社會現象。詩分兩段，首段，直言「偉人」生前強調「秩序」，死後仍霸道，真的霸佔道路：「即使死了／還要站在路中央」。說穿了，其實是「偉人」生前供養的「惡勢力」，形成一股龐大的共犯團體，繼續供奉「偉人」，繼續荼毒社會。路中央，通常指十字路口的中央（大小）廣場，曝光最高，來往車輛與人群都得向之行注目禮。末段，又因為「秩序」，由不同人群不同時空的解讀與認知，終於「不得不／把他移走」。「秩序」一詞，成了前後兩段，兩個不同世代的諷刺。社會現象錯綜複雜，不論社會的換喻（metonymy）或隱喻（metaphor），即使完成藝術品，或詩作寫成，都只是社會現象的浮光掠影。但呈顯的詩，總需要提供警示或遠景。

1989年5月23日，林豐明在《首都早報》發表的〈原相〉：

表面的漆
層層溶解之後
終於發現
恐懼是惟一使用的材料

刻意修飾過
曾經被歌頌的笑容
在時間的沖刷下
逐漸露出裡面的犬牙

扣去基座的高度
剩下的偉大
其實是普通尺寸
如你我一般

還原偶像
不必溶劑
不必歷史
不必高深的數學

只是像我們這麼矮小的民族
克服懼高症
須要比五千年
更長久的歲月

（林豐明，1990：91 - 2）

閱讀這首詩，作者應該是針對置放室內或廣場的一件「偉人全身像」，提出看法。為求美觀，人們習慣在木器或金屬物塗上一、兩層亮漆，增加原物件的鮮艷與光彩。詩中這座人像的材質或銅或其他金屬，並無明講。原本亮彩的「偉人像」，經歷歲月的流逝與風蝕，外漆逐漸溶解、脫掉，露出本相。作者認為（也是常人的認知）本相平凡無奇，只因「上過漆」、「刻意修飾過」、「被歌頌」，

才有「偉大」的模樣；再加上「基座的高度」，形成了「偉人」讓「常人」仰之彌高、「大」於凡人的因素。進一步思考，是誰替「偉人」上漆、修飾、歌頌？這個「誰」，絕不會是單獨某一人，而是成群，甚至是某個集團，是有勢力的集團，是共同分享成果的「惡勢力」集團（另一名：共犯結構的組織）。詩中第二段末行「逐漸露出裡面的犬牙」，犬牙，一方面單指「偉人」某一點的貌樣，也可以暗指其豢養的人手，即幫襯的爪牙（俗稱：抓耙仔）。這首詩，除了揭露原相，作者看過「偉人」的外貌，也見到「原相」，有所領悟，有所識見，但，仍有所「恐懼」。這是長期（國民）黨化教育下必然的「內在恐懼」[註2]。因而出現的詩末四行，顯露對「原相」的屈從，及自信心的滑落，減弱詩的力量。

　　1997 年 2 月，林豐明發表在《笠》詩刊 197 期的〈真相〉詩：「一向以為／從深層挖出／經過琢磨／袪除灰暗的外表之後／就呈現／本來面目／／只有在高壓下結晶／沉埋長久歲月／才能了解／吸引世人眼光的／不過是另一個／加工過的／碳」。從寫詩開始，林豐明一直以批判的角度試著尋找歷史的「黑盒子」，探求現實的「真」。在這首詩，作者將吸引世人眼光的「名鑽」，輕描淡寫地說「不過是另一個／加工過的／碳」；「名鑽」是美的代言，「碳」是真的本質；在鑽與碳之間，出現美或真的抉擇，在表相與本質的天平上，詩人向真傾斜，扮演著「烏鴉」的角色。

（二）戰爭批判與選戰記實

　　同樣，戰爭的本質是什麼？沒有臨場的戰爭經驗，卻感受到戰爭的陰影。

　　收在詩集《黑盒子》寫於 1987、88、89 年的幾首詩〈假想敵〉、〈奴隸〉、〈戰場即景〉、〈結局〉、〈囚〉、〈微言〉、〈最後的仰望〉、〈第一線〉、〈逃不出的戰場〉、〈最後的英雄〉、〈白髮兵團〉，詩集《怨偶》裡的〈哭牆〉、〈種族戰爭〉，新作集的〈英雄〉等，都是林豐明關於戰爭或戰場的詩，他揭露了戰爭的幾個面相。

　　因對立而發生戰爭，「消滅對方」自然是「結束對立的惟一方式」，詩人跳脫這樣的思維，提出「事實不會改變」的〈微言〉一詩，詩結尾：「一個士兵／在這麼龐大的戰爭中／隨時可能陣亡」（林豐明，1990：65）。詩人的人道精神著眼單一生命的珍貴：一個士兵；然而，黑洞般龐大的戰場需要多少「一個士兵」？二戰末期歐洲戰場的諾曼地登陸，是史上最慘烈的灘頭陣地戰，原本估計盟軍的傷亡率是投入百萬軍力的七成，從 1944 年 6 月 6 日至 7 月 24 日，敵對雙方共死亡二十餘萬人。面對戰場的噬血（嗜血），詩人在〈哭牆〉裡說：「只有血流盡了／才不必繼續流淚」（林豐明，1995：133）。血與淚，是陰陽相隔的兩種現象；流血的，是投入戰場的亡者軍士，流淚的，是身亡戰士的生者親友。不單軍職人員的傷亡，平民同樣慘遭波及。二戰末期亞洲戰場，1945 年 8 月 6 日，美國空軍在日本廣島上空投下一枚原子彈，造成二十萬人喪生，倖存者在往後歲月中飽受輻射線的折磨。炮聲發響，究竟是攻擊前奏，抑戰爭尾聲，詩人時時感受戰爭無所不在的威脅，認為任何人都置身「逃不出的戰場」。〈白髮兵團〉是一首詼諧的戰爭詩，全詩分兩段，前段 6 行，從軍事任務結束和佔領山頭兩件事，道出戰爭尚未結束，部隊也不再前進，隨後引出需認清真正的敵人——時間。後段 9 行，詩人深深覺得人人都是「歷史防衛戰」的驍勇戰士，然而再驍勇，長年征戰，終需面對師老兵疲，只有收起武器，撤離戰場，「白髮人」才能保持戰果，找到「真相」。戰爭無情，時間卻是每個人「無法抗拒抵擋的敵人」，把外在有形的戰場轉轍為內在無形的歲月戰場（人生戰場），是林豐明戰爭觀的另一面相，〈白髮兵團〉為其代言。

　　戰場上，亡者已矣，存活過來的被封為英雄，與家人團聚，享受歡樂。不論中央或地方的選舉，亦有同戰爭一樣的過程與哀喜；經歷一番廝殺，落選者黯然無語，當選者準備擁有權位名利。面對台灣的選舉，林豐明在詩集《怨偶》裡第二輯「選民的觀察」，表達其意見。此輯共 25 首，〈內戰〉一詩延續戰爭書寫的脈絡，詩人

將每一次選舉以「內部戰爭」看待，既詼諧也有諷刺，是此類詩的佳品。與輯名相同的〈選民的觀察〉一詩，分四節，可各自獨立，是組詩形式，唯內容太過隱晦，不易明白意旨。〈政客〉則純諷刺。

　　戰爭在遠方，可以隔岸觀火似的；選戰鄰近身，耳濡目染，有置身局中的臨場感，比起其他類別，這類記實的選戰詩，較容易流入詩句淺白詩質薄弱的弊病。

（三）工廠經驗與花蓮家園

　　從 1972 年 24 歲青年進入水泥公司，至 2005 年 57 歲，林豐明在花蓮這個新故鄉，度過他生命最輝煌的青壯年，也發揮他的智慧、學識與能力，擔任水泥廠工程師，並在廠長任內退休，這個廠在 2000、01、02 三年曾連獲第九、、十、十一屆「中華民國企業環保獎」，想必詩人的事業會與有榮焉之感。三十餘年工廠生活的實際經驗，在詩集《地平線》裡的〈標準〉，詩集《黑盒子》裡的〈零件組曲〉8 首、〈模範〉、〈老陳死了〉、〈工程師手記〉、〈夕陽〉等詩，添加了機械與人事的記錄和見證。〈零件組曲〉8 首不盡然機械「零件」的描述，林豐明以說理的方式加以轉折譬喻現實生活中的現象，如〈齒輪〉與退休問題，〈彈簧〉跟火山有關，〈螺栓螺帽〉也跟夫妻申報所得稅聯結一塊，〈飛輪〉還要學學黨外[註3]。在人事方面的詩有：〈模範〉、〈老陳死了〉和〈夕陽〉等，顯示詩人比較同情年歲稍長的工人，以及彼此互動的心情。

　　從西部來的青年，換上東部客的衣衫，一住三十餘年，林豐明締造了自己的花蓮新家園，也將之藉詩「搏感情」，這些詩作包括：詩集《怨偶》輯四「花蓮人」有四首：〈花蓮人〉、〈海岸線〉、〈花蓮港〉、〈遇隱士〉，新作集的〈東海岸所見〉等詩。

　　台灣東部，涵蓋花蓮縣與台東縣兩個行政區，東邊瀕臨浩瀚的太平洋，西邊緊靠中央山脈，另有 145 公里的海岸山脈，而海岸線長達三百多公里。依山傍海的地理環境，形成一站站的山海美景。順沿花東縱谷，東海岸可以安排眾多的主題之旅，如賞鯨、潛水、

自行車、賞鳥、泛舟、撿石等活動。林豐明這首〈東海岸所見〉詩，
發表於 1995 年 6 月 15 日的《笠》詩刊 187 期。詩人與朋友在海邊
垂釣，遊覽車載來一車「衣飾光鮮的西部客」，他們是「東海岸尋
石之旅」的觀光客，這是首段的引入；詩人（東部人）與西部客的
遠距離接觸。第二段，因這批人的動作（彎身低頭撿石），詩人的
釣友私下暗稱尋石的西部客為「低著頭逡巡的候鳥」（還好，並無
粗俗之語）。第二段，也是末段，詩人淳厚，不忍掃興，沒有說出
「真相」，僅自言真相是奇珍異石屬上帝的傑作，詩句如是攤排：
「上帝的傑作／非經驚天動地的暴風雨／不會出土」。詩人雖未面
對觀光客坦陳真言，但透過詩句，也道出真相。就算詩人直接坦陳
真言，這些「候鳥」依舊會繼續覓食（尋石），這是他們的樂趣與
到此目的。如是，反而暴露了詩人扮演「烏鴉」的角色（如前述第
一節提到），畢竟真話不中聽。

（四）留鳥或候鳥

　　游牧民族的生活逐水草周而復始地輪翻而居，族群地是他們的
家鄉。農業社會，固守土地，辛勤耕耘，安居樂業，住地是他們的
家鄉。現代社會，到外地讀書求職謀生，移動變遷頻率甚於游牧民
族，土地成為浮動的符號，他人進入我鄉，我移居他地，同屬遊牧
性格，鄉與家的觀念卻疏淡了，究竟是遺忘、失根？抑無根？詩人
吳瀛濤 1964 年的詩〈我是這裡的陌生人〉末段：「這就是我住的都
市／我是這裡的陌生人／上下班，每隔天走於同一條路上／打滾在
這生活的小圈裡／我有都市人莫名的悲哀」（吳瀛濤，1970：145）。
李魁賢 1992 的詩〈台北異鄉人〉起筆三行「我在台北出生／在台北
居住五十六年／卻是台北的異鄉人」（李魁賢，1997：176）。對於
土地與家的新觀念，林豐明提出這樣的質疑：

　　　　要停留多久
　　　　一塊土地

　　　才會成為自己的家鄉
　　　　　──〈返鄉〉，詩集《黑盒子》（林豐明，1990：52）

林豐明的問題是針對台灣特殊族群，包括老榮民在內的中國流亡到台灣所謂的新住民，提出「認同」程度的問題，已經在台灣居住四十年，台灣解嚴，允許這批新住民「返鄉」，「返回中國探鄉探親」。待他們返了鄉，新的「回程」出現，還要離開──是夢醒，是無奈？新的回程，又是另一「返鄉」──返回台灣居所。

　　在鄉與住地之間，形成既真實又虛擬的弔詭。「家鄉」很虛擬地凝塑「鄉愁」，住地卻很真實的「眼前根」。

　　新住民在中國台灣之間漂流，舊住民則在台灣內部流浪，在出生地、工作地、居住地，甚至海外之間，扮演留鳥或候鳥的角色。

留　鳥

　　這個島嶼已經
　　從伯勞鳥的航圖裡消失
　　灰面鷲也開始為他們的旅程
　　尋找新的終點

　　只有我們
　　望著日漸減少的天空發愁

　　我們也能飛越重洋
　　也能適應別的叢林
　　但我們不走
　　我們要努力把種子
　　吐在被毀掉林相的土地上
　　再種出新的樹

　　因為我們不是過客
　　我們是

> 世居於此的
> 留鳥
>
> ——詩集《地平線》（林豐明，1986：8-9）

鳥與天空，有著微妙的關係，天空因鳥的飛翔而美麗，鳥因天空的遼闊而自由。詩人白萩的〈雁〉詩，提出的見解是：「我們仍然活著。仍然要飛行／在無邊際的天空」，以及「天空還是我們祖先飛過的天空」。這樣的看法，顯得很無奈，是悲觀的宿命論。莫渝的詩〈沒有鳥的天空〉，則是抗議人為的汙染，煙囪的戕害，使得鳥類減少，甚而絕跡，導致不曾有羽禽出現的疑惑。林豐明〈留鳥〉這首詩指出「日漸減少的天空」，於此，呈現兩種含義，其一，天空依舊，只是鳥群減少；其二，可以供鳥群飛翔的天空，因伯勞鳥和灰面鷲的改變航圖，出現少量或不再出現，天空失去原先「群鳥齊飛」的美麗景觀。

詩句起首「這個島嶼」，沒有明講，其實大家皆知指台灣。台灣位屬副熱帶，是候鳥的中繼站，每年秋天，伯勞鳥從中國北方，飛往菲律賓過冬；灰面鷲由日本飛往南洋一帶，兩類候鳥均以台灣南端為中途過境休憩。成群而大量的休憩林間，引來當地人們的覘覦、捕殺。候鳥有知，可以改變行程，更換航圖，避開不幸的運命，但台灣的天空不能沒有自由鳥類的飛翔。這首詩前二節，是詩人發愁的原因。不過，詩人的重點是藉候鳥與留鳥的歸屬，提出過客與世居的認同問題。

候鳥與留鳥是依循的遺傳和習性，島上的居民積累著不同的族群，先後來自不同地區，因而呈現不同的心態；有人長期世居如留鳥，有人則過境似候鳥。移民難民的過客心態，明顯的併發於台灣歷次政經危機之際，在不被認同與珍惜這塊土地的同時，他們搜括或破壞資源，再一走了之。作者以世居的留鳥自居，只有肯定土地，珍愛成長地方的人，才有資格拍胸坦言愛台灣。這首詩不是宣言，也沒有憤怒的口號，但句句肯定，藉著鳥類的歸屬，低調的提出認同出生地。

三、詩　藝

　　林豐明個別詩的篇幅普遍不長，大部份都在二十行之內，形式也都採二段或三段書寫；篇幅稍長者，如〈選民的觀察〉，以四個組詩方式書寫，各詩同樣二段或三段，整體未及五十行。綜觀之，點的觸及，是林豐明詩藝的原型。

　　莫渝在〈笠詩人小評〉點評林豐明：「從事詩作稍晚（35 歲才開始），但認真用心，硬朗的詩質散溢批判與說理的質性。」（莫渝，1999‧97）。批判與說理是林豐明詩的兩股創作方向。面對戒嚴時期（或國民黨政府）的台灣政治與社會，他提出的批判，譬喻、隱喻等技法，十分犀利且成功，這些詩作常被提及，如〈留鳥〉、〈蜥蜴斷尾〉、〈黑盒子〉、〈圓環銅像〉、〈白髮兵團〉、〈內戰〉等，結構雖短，文字不累贅。另一方面，在陳述事實與記錄生活的詩作方面，明顯地有文句鬆散詩質張力薄弱的現象，以〈街頭農民〉首段三行為例：「不是今天才覺悟／天賦人權／是已過時的理論」（林豐明，1990：97），嚴格要求，這只是一句陳述語，既無關誦唸，卻刻意分行，僅僅強加說理。又如〈寫真集〉首段四行：「出售／一經寫出便即失去的／真／是近年最值錢的點子」（林豐明，1995：105），將「真」單立一行，可以有特別強調之必要，整體觀之，仍有上述之敗筆，且奇數行與偶數行之間長短文詞，引發落差較大；此詩第三段（末段）：「而除了盜版技術之高明／還必須感謝／上帝從來不計較／智慧財產權」，亦屬同樣瑕疵。

四、結　語

　　1984 年起，林豐明開始文學寫作，除印尼經驗的散文集《赤道鄰居》外，主要以詩為主，出版三冊詩集，1994 年 10 月之後尚未結集的作品有四十餘首，創作二十餘年，總計發表了兩百首。前十年觀察細心，觸覺敏銳，寫作勤快；後十年，進展延緩，卻精密取勝。

〈蜥蜴斷尾〉一詩是林豐明踏入台灣詩壇的重要關卡，發表於《笠》詩刊 135 期（1986 年 10 月 15 日），隔年，贏得吳濁流文學獎之新詩獎，奠立陳千武先生所言「傾向於這種時事或時局，社會性寫實的主題，追求其本質表現的詩人。」（林豐明，1995：3）。這首詩以蜥蜴斷尾獲生之後，重新拾揀接續，隱喻中國與台灣之間的歷史斷連，攤陳出相望相攜到背離的糾葛。從這個關卡的制高點，林豐明幅射出他拋離風花雪月的詩網，他的詩作，都是他的台灣社會觀察筆記，當中，有批判也有說理，形成特殊的詩貌，是一位求真的現實主義詩人。

（2006.08.12.）

註釋：

註1　「五胡亂華」，指公元 304 年匈奴人劉淵建漢稱王，至 439 年北魏太武帝統一北方（長江以北）的 136 年間。

註2　「內在恐懼」，指自我約束的恐懼心理。例如戒嚴時期的台灣，警總（警備總司令部）曾控管著言論、出版，查禁書刊等。警總撤銷後，個人並未隨之更自由，內心依舊隱然有著時時被盯梢無法放開的心態，俗稱：心中的小警總，時時抱著「戒慎」，總要先「自我檢查」，不敢任意跨越雷池。

註3　〈零件組曲〉8 首發表於《笠》詩刊 134 期 1986 年 8 月 15 日，當時還屬戒嚴時期，國民黨政府禁止民間有籌組政黨組織的行為；大家均以「黨外」或「黨外人民」稱呼，有別於國民黨。直到 1986 年 9 月 28 日，黨外後援會推薦大會於圓山大飯店舉行，132 位與會人士簽名發起建黨，突破國民黨政府的禁忌，正式成立「民主進步黨」。

參考書目：

林豐明（1986），《地平線》，臺北市：名流出版社，1986 年 2 月第一版。

林豐明（1990），《黑盒子》，臺北市：笠詩刊社，1990 年 3 月初版。

林豐明（1995），《怨偶》，花蓮市：花蓮縣立文化中心，1995 年 6 月初版。

吳瀛濤（1970），《吳瀛濤詩集》，台北市：笠詩刊社，1970 年 1 月出版。

李魁賢（1997），《愛是我的信仰》，台北市：劉國棟，1997 年 2 月 1 日初版一刷。

莫　渝（1999），《笠下的一群──笠詩人作品選讀》，新店市‧河童出版社，1999 年 6 月初版。

拆牆與卸磚

──重讀利玉芳的幾首詩

一、前言：（利玉芳的出現）

　　利玉芳的寫作是在就讀初中（國中）時期，從散文開始，算是早慧的文藝女少年。「一九七八年才從事詩的創作，但我觀望詩的動靜已很久了。」（利玉芳，1986：12），說這話時，她 26 歲，已人妻人母了，前一年剛與文友共同出版散文集《心香瓣瓣》。接著，因地緣因素，就近參加在南鯤鯓舉辦的 1980 年 8 月底第二屆「鹽份地帶文藝營」。學習中，認識詩人林宗源，「輾轉得知『笠』詩社的存在，進而展讀笠詩社同仁代表性的作品，了解他們堅持的本土之愛後，其個性深深吸引著我」（利玉芳，1986：12），之後，在《笠》詩刊發表作品，亦投稿《自立晚報·自立副刊》，正式展開她的詩創作，出席笠年會，並於 1981 或 1982 年加入《笠》詩社。1986 年 2 月，《笠》詩社推出「台灣詩人選集」三十人集，利玉芳《活的滋味》為其中第 28 冊（編號依年歲長幼順序排列），這是她的第一本詩集，共收錄 49 首詩，以及前輩作家林芳年的序和作者本人的〈自序〉。寫詩將近七年（1978～1985）的利玉芳首次較完整的出聲。1985 年發表的〈貓〉一詩，獲得隔年吳濁流新詩獎（1986年），以及贏得一些評論的回音。

　　李魁賢針對「台灣詩人選集」三十人集，撰述〈台灣詩人的反抗精神〉長文，關於利玉芳，他說：「做為探究人性底層真實的女性詩人，利玉芳能夠坦然以女性自述的立場歌詠內心真實的愛慾，拋棄矯柔作態的裝飾，以人的基本立足點，對社會現實提出要求真

實的反抗性批判，而又透露出女性獨特敏銳的抒情……」^{註1}，並點評〈貓〉、〈古蹟修護〉、〈同心圓〉三詩，對〈遙控飛機〉一詩則進行深度評介。

　　小說家、詩評家林鍾隆對《活的滋味》詩集全面觀察，作出一份有力的評論報告，，他認為：「……熱愛『生活』的女人，嚼出來的，很有『滋味』的詩群，讀完這本詩集，使我看到一顆明日之星在點點繁星的天幕上，以與眾不同的亮光，卓然昇起，予人喜悅和期待。……她所關注的，是做為女人的普遍的心。她也不像一般女人，要說到自己的感受時，會蒙上一層害羞，她沒有老一輩女人的欲說還羞，朦朧掩飾的不快，更不會忸怩作態的妖嬌，她毫無顧忌，赤裸裸的把一顆血淋淋、紅通通，跳動著生命的心，呈現出來，要人家從那活生生的自己，去瞭解她。」^{註2}，特別標示了利玉芳在女作家中與眾不同的特點。

　　上述之言，是男性詩人的觀點。稍晚，出現兩位位女性評論家的點評。李元貞在〈台灣現代女詩人的自我觀〉一文，從角色（貓、野貓、女詩人）、自我、自由三方面，詳細剖析利玉芳的〈貓〉^{註3}。鍾玲在《現代中國繆司》乙書，有幾個片段討論利玉芳的詩，重要者如：「她的詩是台灣所有女詩人中，表現最濃烈的女性身體意識。……利玉芳屬少數敢直接處理情慾題材的女詩人。她不僅集中描寫情慾官感經驗，對女體其他生理變化也同樣關注。」^{註4}

　　1991年2月，利玉芳從詩集《活的滋味》裡，挑出〈貓〉、〈水稻不稔症〉、〈遙控飛機〉、〈古蹟修護〉等十一首詩，由詩人錦連譯成日文，小說家李篤恭譯成英文，以漢、日、英三種文字對照的方式，出版《貓》集。1992年「笠」同仁詩選《混聲合唱》出版，編輯對利玉芳的意見是：「……經過十年來的努力，已使她成為台灣優秀的女詩人之一。……利玉芳是一位善用比喻、暗喻，且能將現實與聯想巧妙地聯結的詩人。」^{註5}。1993年，《貓》集榮獲第二屆（1993年）陳秀喜詩獎。李魁賢在〈詩人的愛和批判〉一文說：「利玉芳善於把握物象來表現她的意念和思考，語言簡潔，意象明

確，具有相當的表現主義傾向。呈現了不同的特質和技巧。」[6]，並對〈貓〉一詩予以極大的肯定。

至此，利玉芳的詩受到詩壇人士較多的注意，對她的認知，大都圈住情慾書寫和女體書寫。連海峽對岸，中國評論家古遠清也如是月旦利玉芳：「大膽、潑辣、以犀利的詩筆，探入男女生活的隱祕地帶，並以自身的經驗和感觸剖視女性的胴體，為台灣新詩拓展一方新田畝的女詩人。」[7]

二、利玉芳的幾首詩

（一）牆的隱喻

1984 年冬，利玉芳寫了〈給我醉醉的夜〉，全詩如下：

給我醉醉的夜

面對著誘人的香醇
愛應該隱藏起來嗎
應該顯示淑女般的品德
約束我的酒慾嗎

你一定不能接受
不能接受我突然處女起來的
牆
座落在你的面前

果真這樣矜持
想來今夜將被我弄得無趣
使你沒有獲得一夜的愛
我也沒有獲得一夜的情

給我勇氣

給我微微的醉意
用來擊破虛偽的牆
讓真情俘擄我的靈魂

給我用肉體歌唱不朽的詩
給我厚實堅強的肩膀
我需要灌滿一夜的愛

——（詩集《活的滋味》頁 84 - 5）

先談這首詩中的五個語詞，依序為：淑女般的品德、酒慾、處女起來的牆、矜持、虛偽的牆。從文意看，「淑女般的品德」、「處女起來的牆」、「矜持」、「虛偽的牆」，都可以算是類同義詞；淑女、處女（不涉及貞操問題）、矜持，都是品德教育下行為的展現，這幾個語詞比較屬於女子的德育，其共通顯示的用語可以全歸入「矜持」一詞。矜持，簡單地講是：莊重，不隨便、不隨興、不放肆。既是「不」，就是有所「被禁止」；換句話說，矜持，屬被動語詞，異於「我要」的主動語詞，它是：我想，但我不說。因為矜持，「我」（主體）不會主動要求、追求或表現出內心想要的東西（指某種物質或行為）。星雲法師在〈矜持的利弊〉乙文，如是說明：「矜持，是一種美德，有時代表一種莊重，一種威儀。尤其東方人的性格，無論在行為舉止，或言語思想上，都不願表現得太過囂張跋扈，那就是一種『矜持』。」註8。陳玉玲導讀這首詩，有這樣的論說：「女性的矜持，往往來自本我的壓抑，……淑女的教育，讓女性學會了自我的壓抑。」註9。女子表現的「矜持」像是一堵牆，牆，就是自我維護的有形體。當女子築起「虛偽的牆」、「矜持的牆」，自然不易讓他者（特別是異性、男性）親近，遭侵犯，也就達到自我防護的目的。「矜持」屬於女性用語，男性語詞大概是「道岸貌然」。然而，作者在詩句裡的牆，為什麼是「虛偽」？如果說「牆」是虛偽的，虛偽的道德防火牆，那麼，「淑女般的品德」也必是虛偽的。又是矜持，又是虛偽，兩個語詞都是隱形。這堵牆，究竟已砌或要

卸，有時純由自己主宰，有時遭外界掌控，包括暴力、藥物或情不自禁等。在這首詩裡，作者既想戒備（突然處女起來的牆），又要撤防（擊破虛偽的牆）。想拆牆，就得有個下台階；詩中另一詞「酒慾」，香醇的酒，適時發揮作用。兩人對飲，酒精發揮效用：激起了情慾。俗話「酒後亂性」、「酒後吐真言」，都指酒後，拆卸了「虛偽的牆」，講真話表真情。在這裡，牆可以有另一層隱喻，即：情慾的隱喻。情慾也是一堵禁忌的牆 註10，早先不得任意啟齒言談。至於「給我用肉體歌唱不朽的詩」，類似詩句，可以追溯美國詩人惠特曼（Walt Whitman, 1819～1892）寫於 1885 年的〈我歌唱帶電的肉體〉一詩 註11。於此，並無存疑利玉芳衍自惠特曼，而是說明某些現象原本很自然地存在，只因被砌成「牆」，而喪失本質。

　　這首詩，表現女子在夜晚面對「香醇濃酒」的挑逗，拆下矜持之牆、虛偽之牆，由內心發出吶喊：讓真情俘擄我的靈魂、我需要灌滿一夜的愛。這是女子自主意識中「性」自主的坦誠表露。一開始，女子內心還再三掙扎：「誘惑」與「約束」，「接受」與「矜持」，兩難的抉擇，兩股力量的拉拒。同時，留下一個問題：矜持的牆 ＝ 虛偽之牆；「虛偽」如何被鑑識出來？多少是自由心證的產物。另一方面，這是純屬女詩人的個案，還是意味著品德教育的「錯失」？品德教育所建砌的道德之牆，碰到酒香，霎時紛紛薰倒、傾倒。

（二）孕與窯

　　懷孕，是女人驚喜的大事，驚異自己身體的變化，喜悅愛情的結晶與新生命的即將誕生。利玉芳詩集《活的滋味》，有兩首小詩：〈鹽〉與〈孕〉 註12，提到喜悅愛情的結晶。〈鹽〉詩：「海與豔陽／在經歷一番激越狂戀之後／悄悄地戀成愛的結晶」（利玉芳，1986：32）。利玉芳的家鄉鄰近聞名的南台灣「鹽分地帶」，是文學聖地，也是台灣重要產鹽區。豔陽高照下，辛苦的蒙面鹽民將海水引入鹽田，藉由強烈日光的蒸晒，原本不定型的流動液體，漸漸

起了變化，形成結晶狀的固體。這過程，彷彿激情之後，誕生了新
生命，亦符合鹽的俗稱──生命之鹽。女詩人長期觀察鹽民（鹽工）
的勞碌，將鹽的製造過程，等同男女情慾歡樂氣氛的進展，都會引
來新生命誕生的喜悅。〈孕〉詩：「懷了一季愛的女人／感到那蠕
動的生命／是用伊的憧憬和心願／凸出來的春天」（利玉芳，1986：
25）。不論因性而愛，或因愛而性，或靈肉交融的性愛，女人懷孕
了，有「妊娠劇吐症」的現象，這種令孕婦非常不舒適的症狀，竟
有反面的俗稱：害喜。

　　嚴格講，這兩首小詩，都只能算是意象鮮活的一個句子，談不
上詩結構的完整性。但，它們同樣顯示作者營造詩藝的祕訣 註13。

　　1982 年 8 月 15 日《笠》詩刊 110 期刊載利玉芳以「愛的手帖」
為組題的兩首詩：〈水稻不稔症〉和〈窯〉；隔年，〈水稻不稔症〉
選入李魁賢主編《1982 年台灣詩選》，由編選委員李敏勇撰簡介：
「……女人是孕育情愛的大地。需要細心的照拂，體貼的關懷。倘
若不這樣，也會像水稻一般，有不能結出豐碩果實的結局。……從
水稻的不稔到母體懷胎的不育。受傷的是無法撫慰的心……」註14，
李文從大地之母解讀此詩。稍後，利玉芳將之收進第一部詩集《活
的滋味》（頁 24）。這首詩全貌如下：

水稻不稔症

莫歎我肚子裡沒有你的愛
因為你陰晴善變的脾氣
傷害了我心中的胎兒
主人送來的一帖安胎藥
仍然治癒不了我流產後的心
我註定不會懷孕了
即使你再愛我一季春天的床

莫歎我肚子裡沒有你的愛
是你不讓我做你四月的情婦

這首詩句有幾個語詞：水稻不稔症、安胎藥．流產、懷孕；第一詞不稔症，雙關語轉義為不孕症，是隱喻，這些語詞都跟女性有關。

不稔症，是植物的病理現象，稻米的生長有臨界的高溫和低溫，通常介於 20 ℃和稍高於 30 ℃之間，其變化隨生長階段而不同，……在花粉母細胞減數分裂時（抽穗前 12 天左右），將植株置於 20 ℃下，通常造成高百分比的穗實不稔性。……台灣的氣候環境下，比較容易造成水稻減產的低溫不稔，乃由於水稻在小孢子期，對低溫（15 ℃ 至 20 ℃）最為敏感 註15。至於高溫，2005 年 3 月，台東縣池上鄉發生災情嚴重的水稻不稔症，肇因稻穀開花期間，高溫的南風吹襲，影響花芽，致使受孕不完全，造成稻穗無實 註16。不孕症，乃指男女結婚後同居，未避孕，性生活正常，兩年以上（美國婦產科教材和不孕協會則把時間定為一年）女方未受過孕者，稱之。

上述四個語詞，若依時間發生順序，應是：懷孕、安胎藥、流產、不孕症（不稔症）。女子受孕而懷胎，如果胎兒在子宮不安定，又缺乏適當休息，容易造成未成熟胎兒提早離開母體的流產現象。

順著詩題，詩中的「我」是自述者水稻，讓「我」受孕的「你」是天氣，因為天氣的「陰晴善變的脾氣」，主要是過度的高低溫，造成穗實不稔（傷害了胎兒），即使有安胎藥，即使重新溫愛一春，都於事無補。第二段，再次埋怨對方錯過「讓我做你四月的情婦」。俗語「機不可失」、「覆水難收」或「如果生命重新來過」，都表示「獨一無二」的重要。人類的學習，很多場合總是反覆地在「嘗試與錯誤」中進展。事實上，許多狀況僅只一次，錯過這一次，不再有任何機會；如果堅持就這麼一次，自然會更能把握當下。四季輪替，今春絕不等同去歲。中國張若虛〈春江花月夜〉所言：「人生代代無窮矣，江月年年只相似。」相似，絕非等同；此刻出現的「你」，是「無可取代的你」，當然要表現出：珍惜現在別錯過此刻。

以上是依詩題就詩義的一番衍說。若單從內容的文字敘述看，女子的「嗔」，在這裡表露無遺。「嗔」是生氣、發怒，但不是暴

跳如雷的怒，比較屬於略微埋怨帶點撒嬌的小怒，類似講話，如：「都是你……害我變成這樣」（因說話者的口氣，效果有別）。女子先推開不是我的錯，「莫嘆我肚子裡沒有你的愛」，不是「我」不懷你的孕；詩句裡「你的愛」，正確說法，應該是：我倆愛的結晶。接著，點數對方的過錯：「你陰晴善變的脾氣／傷害了我心中的胎兒」，之後，再嗔怪兩樁：安胎藥和寵愛一季。結尾（第二段），又一「嗔」：是你不讓我做你四月的情婦。

這首詩，有幾處令人新奇之筆，首先詩題，用「水稻不稔症」轉喻「不孕」，詩中絕口不提「水稻」；詩題屬植物，詩內容直指人事（人倫），兩者間關聯黏膩，是第一奇。「流產後的心」是如何難過的心境，留下含蓄的空白給讀者思索，是第二奇。兩人曾有過春天溫暖情愛的纏綿，用「一季春天的床」表達，對萬物情動的時節既貼切又合宜，是第三奇。四月的情婦＝春天的情婦，就男人自私的立場，情婦可以多情如擺飾花瓶，絕不能有身（有孕）；末二行，女子用反問的口吻，吊對方胃口，是第四奇。

即使如此，仍有些疑義。誰是「主人」？「主人」角色為何[註17]？作者「我」為何嚮往當「四月的情婦」？為什麼要選擇在「四月」當情婦（就水稻言，四月是發芽期，可以做此合理想像）？題外的疑義，「我」是良家婦女，為何嚮往當「情婦」？是精神出軌？還是「情婦」二字可以引發較大的聯想空間？這些小困惑，是作者預留的詩味？

蜜

你看我無窗
就說裡面沒有愛
那是因為你站得太遠
靠近我
且展開你的雙手
像這些女工一樣

藉著一絲絲透進來的光
一塊塊地卸下堆砌在你心頭裡的磚
　　　——刊登《笠》詩刊 110 期，1982 年 8 月 15 日
　　收進詩集《向日葵》，頁 22

全詩 8 行沒有分段，看似一氣呵成，就文義，似可細分前 3 後 5 兩段。前段 3 行，女子（如果「我」（窯的自述）是女子的話）提出「無窗仍有愛」的概念。「無窗仍有愛」的前提是「窗與愛」之間的認知。文學中卜，羅密歐與朱麗葉的愛情故事就是由窗戶進出而發酵的；男子在窗下彈琴，向心愛女子訴衷曲，是情愛故事的老調。女子責怪對方「站得太遠」，認為封閉的窯釋放不出什麼愛，就忽略了「我」的存在。後段 5 行，女子主動發出約請「靠近我」，還教對方進一步的動作「卸下堆砌在你心頭裡的磚」。

　　整體看，有窗有愛，樸素的文詞堆疊出美麗的情境。但，稍微想想，幾個問題值得再深思：我與你的角色性別如何，女工與磚的意涵什麼。前 3 行，無岐意，需要討論的是後 5 行。「我」，還是窯的自述，「我」是窯，是女體的話，「你」是男性嗎？如果窯是女體，已經有「這些女工」進出，還要教「你」在窯內卸磚（卸下堆砌在心頭裡的磚），這樣，「你」不該是男性。如果「你」是女子，問題似乎就能迎刃而解。

　　把這首詩讀成女子同性戀，是女向女示愛的詩，豪放女——羞赧女，或熟女——生女。「窯」（我）是女體，不排斥女工。窯，是密室，封閉的密室，在密室裡進行的愛，仍屬封閉的愛，遭非議的愛，無法曝曬陽光下，是見光死的愛。「磚」，跟同前述的「牆」——虛偽的牆一樣，有相同意義，都是品德教育下標準行為的代名詞，一塊磚代表一項品德的符碼，都是學校教育體制與社會制約下長年累月堆砌在（你）心頭裡的符碼，塑造成「淑女」的標籤。所有這些心磚，只能在「密室」般的窯內，才敢卸下。

如是解說，利玉芳這首女子同性戀的詩，並沒有擺脫禮教或父權社會的約束，她仍用傳統方式陳述封閉的愛，類似周夢蝶詩〈關著的夜〉：「關著的夜／這是人世的冷眼／永遠投射不到的所在！」註18。但，她坦率表白，勇敢示愛，主動邀約對方進窯，有突破禁忌之舉。由於詩句首行「無窗」，導致必然在「密室」裡進行愛的行動。依作者的思維，從微細卻可撩撥的情慾裡，拓展示愛求愛指導愛，掌握著強勢的主控權。

（三）修復與發聲

美，是人的本性，尤其是女性，自古以來總希望通過化妝，使自己具備魅力，吸引同性的嫉妒、異性的青睞；婚前如此，婚後依然（更甚）。1983 年 10 月 4 日，31 歲的利玉芳在《自立晚報・副刊》發表〈古蹟修護〉，稍後收進詩集《活的滋味》（頁 70）。

古蹟修護

驚喜你那疏離我的
遺忘我的
手
在我瘦了的乳房
索求
流連少婦初給時的豐滿
甚且
把歲月殘留的情
拿來裝飾我肚皮上斑剝的孕紋
手啊
整修我的
驚喜你那繾綣的愛

這首詩跟女性身體相關的兩個用語：乳房和孕紋。乳房是女性第二個性特徵，一直被認為是女性美的象徵，也是女性懷孕產後新生嬰兒營養的主要來源；產前產後之間，在美與哺乳的幫襯，女性乳房的豐滿與萎縮有明顯落差。懷孕時，婦女肚腹脹大，容納逐漸增重的嬰兒體積；生產後，肚腹縮小，在肚皮上，留下皺紋，即「孕紋」或「妊孕紋」。乳房萎小、妊孕紋不褪，造成婦女產後可能的憂鬱因素。

　　中年婦女體態變化，迴異於青春年華的靚美，也減卻了少婦時的風韻，有如待修的機械、建築物（不僅中年女性如此，男性亦然）。女詩人利玉芳以自身經驗取題，假託古蹟，引惹男人憐愛，相當契合；不過，她想修護的古蹟不是外表的容貌，而是曾經的情慾。「手」的功夫，在此詩的敘述中，扮演重要角色。手，的確萬能，從有形物古蹟的修護，到抽象情愛的彌補，都由十指進展、完成。而丈夫的手堪稱回春妙手，完整維復了妻子記憶猶新的「繾綣的愛」。

　　這首詩詩行的排列，很有意思。將「手」、「手啊」，單立成行，既突顯回春手的重要，也在誦唸時，讓抑揚頓挫的聲調產生波紋，儼然波浪般蠕動 註19 的纏綿。再者，有兩處異於習慣的齊頭式（齊左式）處理，是否作者刻意給予讀者產生古蹟陳舊斑剝模樣的感覺，尚待討論。但，詩題「古蹟」，詩裡偏偏只提人身，雖有悖離，卻在「斑剝的孕紋」中形容詞「斑剝的」，取得牽線。

貓

野貓的鳴叫無濟於事
我情緒浮躁卻因野貓的鳴叫

當我和野貓都給自己機會
在靜靜的時空凝視
相互感應對方的呼吸
我看野貓已不是野貓

意外尋獲

牠的眼睛就是我遺失的眼睛

牠黑夜裡放大的瞳孔

不是因為四周對牠有了設陷和疑懼嗎

貓的眼睛就是我的眼睛

牠黑夜裡輕巧的足音

不是因為想避免惹起容易浮躁的人嗎

貓的腳步就是我的腳步

原以為貓的哀鳴是為了饑餓

但我目睹牠在寒冬遍佈魚屍的堤岸

不屑走過

然後拋給冷默的曠野

一聲鳴叫

發現那是我隱藏已久的聲音

　　　　──刊登《笠》詩刊 125 期，1985 年 2 月 15 日

　　　　收進詩集《活的滋味》，頁 56 – 7

這首詩表現作者的心理投射，描敘因外物喚醒，浮現自身內隱的聲音，包括情慾……等；或者，「我」不敢坦誠自身的情慾需求，透過俗語「貓叫春」的隱喻，進行掩飾與衍釋。

　　詩四段，有循序漸進的過程。第一段，原本不在意（不理會）貓的叫聲，但野貓不停地鳴叫，卻引發作者情緒浮躁，轉而，開始注意到另一方存在個體的事實，雙方距離算是拉近了。第二段，貓與我，彼此獨立個體由漠視、對立到對視，進而萌生感應，意識到對方的氛圍，吐納對方的氣息，「我看野貓已不是野貓」，作者已經將「野貓」的「野」剝除，留下寵物似的與之貼近。第三段，雙方貼近後，互有感應，主要是作者的感應量逐漸加深；比對後，發覺貓眼流露的疑懼，自己也如是；貓足的輕巧，也同自己的操心一樣。由眼睛（視覺）的接觸，到腳步（聽覺）的重疊，意味著器官、

個體的融合；也許可以麼說，是作者心理影像先分離去出，化身為貓，此刻，回來了；或者，從貓的行動，看到自己；貓的舉止行為，是作者自身的心象投影。末段，由前述外表的合一轉入精神的合一，由此發揮美學的「移情作用」，貓的鳴叫，竟然是「我隱藏已久的聲音」。「貓」回來了，意味著我找回我自己，我曾經的失憶復元了，我恢復我先前的自身。[20]

人的認知與提昇依賴兩種方式，其一靠內省的功夫，即僧侶的修練，或儒家的反省；其二藉外物的引介，添入自身反射出來。在這首詩，利玉芳採第二種方式。貓的鳴叫不是「為了饑餓」，作者從牠不屑堤岸魚屍的態度，領悟原來貓的叫聲是有抽象含義，詩中沒有明說，或許就是指情慾：貓的鳴叫，是情慾的發作（發洩）、與乞求回應；印證「貓叫春」的俗語。那麼，詩末行「隱藏已久的聲音」該是指情慾的聲音吧！人類的行為，有時候需要被喚醒才懂得去擁有、享有，如權利、情慾等，本詩可如此解讀吧！

三、利玉芳情慾詩的意義

以上，討論了利玉芳七首詩（包括〈鹽〉與〈孕〉兩首小詩），她的情慾書寫、女體書寫或女性書寫，尚包括詩集《活的滋味》的〈男人〉、〈婚姻〉、〈嫁之一〉、〈嫁之二〉、〈保溫箱〉、〈嬰兒與母親〉、〈咖啡屋沉思〉、〈難圓的夢〉、〈電梯〉；詩集《向日葵》〈春雷〉、〈暈機〉、〈子宮樹〉、〈含羞草〉……等。數量不算頂多，且不像男詩人陳克華或林宗源推出單冊情慾詩集[21]，但，一出手，就贏得評論家的青睞。她是怎麼做到的？首先，不論情慾書寫或身體書寫，必須成為「好」詩。對此，利玉芳有她的「詩觀」和「眼光」。在「詩觀」方面，她提出「與詩對決」的訣竅。她說：「當我寫完一首詩之後，將它擱置，躊躇該不該定稿，陷入與詩對決，檢討這首詩具備了時代意識嗎？反省有無急於表現自我的感受而減損了詩的可讀性？」（利玉芳，2000：10）。因而，她

有所擔心，擔心「掌握不住好詩」，以及「詩不夠深度與廣度」（利玉芳，2000：10），她還羅列許多自我鞭策的動力：「我仍在尋找如何獲得先感動自己語言的原動力；如何把渙散的語言凝聚成精神的詩篇；如何將內心隱忍的情慾釋放出豪邁的抒情；如何掌握適切的寫詩環境；如何守住不露骨、不逾矩、不傷人的修養條件……。啊！又想發揮灑脫的筆又受規矩思維束縛的筆呀！」（利玉芳，2000：11）。

〈貓〉詩，是利玉芳的成名作，也算代表作，在創作理念上，〈貓〉詩儼然是她在詩藝的呈現。從貓與我之間對立、對視到融洽合一的過程，似乎印證著詩人與詩作之間拉拔、焦慮、反複思索，直到將頑劣語言駕馭成溫馴聽話而止的過程。從「貓的眼睛就是我的眼睛」一句看，寫作者應該就像貓眼一般，施展銳利的眼光逡巡萬物，捕獵意象。。若依生理結構言，貓眼像設計精巧的照相機，其視野廣度在 200 度以上，超過僅 100 度的人的視野。或許可以這麼說，利玉芳善用她那似貓的眼睛，獵取了精彩的詩篇。而「貓的眼睛就是我的眼睛」這一句，似乎可以延伸為「我寫的詩篇就是我自己」；因而，貓、窯、鹽、水稻……等等，都是作者親自代言。

台灣女性主義從 1970 年代，呂秀蓮的《新女性主義》等撒播思維種籽以來，由之前婦女（女性）寫作的婦女（女性）文學，邁入 1980 年代女性主義文學到 1990 年代陰性書寫，甚至下半身書寫，利玉芳成名的這幾首詩作，大都完成於 1982～85 年間，就時空言，在整個同類寫作群中，有先鋒之銜，且保有它們的特色：1 詩題鮮活，極富深度意涵。2 隱喻、譬喻得當，意象經營細膩成功。3.親身的生活經驗，如：水稻、窯、鹽等，都是社會環境提供的素材，透過自身的敏銳觀察，轉化為優秀的「精神詩篇」。4. 她保持既有的形象，將素材有技巧地含蓄處理，提昇，沒有胴體直接書寫，尤其露骨的下半身書寫。

四、結語：（女詩人的自主意識）

　　女性詩歌的類別，長期以來雖有豪放與婉約之別，以婉約居多，利玉芳這幾首詩，仍不脫婉約；所陳述的女性自主意識，也有其侷限。

　　女性主義的重要內涵，除了掙脫父權主導外，自主意識的培養是一大課題。自主意識，是自己可以做主決定事情處理方式，在情愛的表現或傳達，也需從男女雙方的相互性、相對性與平等性[22]看待。引用英國詩人拜倫的話：「愛情是男人生命的一部份，卻是女人的全部。」台灣女性主義倡倡者呂秀蓮加以衍繹，她說：「一方面，她把愛情當成宗教般崇拜，覺得無愛情斯無生命，……因此她渴望愛情，從而把男人尊奉為神明了。」[23]，果真如是，自主意識自然無從提昇。

　　利玉芳在〈給我醉醉的夜〉吶喊「給我勇氣／給我微微的醉意」，期待別人賜予，是被動的舉止，而且「讓真情俘擄我的靈魂」，「俘擄」二字表明自己是待獵的「獵物」，有「獵物」，順理「獵人」會出現。在1995年寫的〈獵人與我〉詩裡：「拉開你的弓箭／虜獲我」[24]，「我」是獵物，等著被獵？如果是「等」，距離「自主」應該仍有些距離！另外，〈斷尾壁虎〉的「受傷的愛，如何再生？」[25]一股哀憐似的語氣，似乎仍受抑制的非自主意識籠罩著。

　　儘管如此，利玉芳「善用比喻、暗喻，對女性的思緒與情慾，有坦然的自白」[26]的詩篇，仍會在詩界流傳誦讀。

（2006.08.18.）

註釋：

註 1　李魁賢文〈台灣詩人的反抗精神〉，收進李魁賢著《詩的反抗》，頁 256，新地文學出版社，1992 年 6 月第一版第一刷。

註 2　林鍾隆文〈利玉芳的《活的滋味》〉，收進利玉芳著《向日葵》，頁 200，台南縣立文化中心，1996 年 6 月出版。

註 3　李元貞著《女性詩學》，頁 27，女書文化公司，2000 年 11 月 30 日初版一刷。原作〈台灣現代女詩人的自我觀〉初稿發表於「當代中國文學——1949 以後」研討會（淡江大學，1988 年 11 月），全文刊登《中外文學》17 卷 10 期，1989 年 3 月，收進李元貞著《女人詩眼》，頁 249－272，台北縣立文化中心，1995 年 6 月初版。

註 4　鍾玲著《現代中國繆司——台灣女詩人作品析論》，頁 324，台北市：聯經出版公司，1989 年 6 月初版。

註 5　趙天儀等編選《混聲合唱‧笠詩選》，頁 742，高雄市：春暉出版社，1992 年 9 月初版。

註 6　李魁賢文〈詩人的愛和批判〉，刊登《台灣文藝》137 期，1993.06.。收進《陳秀喜全集‧10‧資料集》，頁 125-131，新竹市立文化中心，1997 年 5 月初版。收進《李魁賢文集‧第陸冊》，頁 279-283，行政院文化建設委員會，2002 年 10 月初版。

註 7　古繼堂著《台灣青詩人論》，頁 287，台北市：人間出版公司，1996 年 4 月授權；原中國湖北省武漢出版社，1994 年版。

註 8　星雲法師〈矜持的利弊〉一文，見網頁：
http://www.fgs.org.tw/master/masterA/library/2003-hsingslogan/9401-03/050328.htm

註 9　陳玉玲主編《台灣文學讀本（二）》，頁 192，台北市：玉山社，2000 年 11 月一版一刷。

註 10　林宗源的情慾詩集，書名《無禁忌的激情》，台南市：蕃薯詩社，2004 年 11 月初版。

註 11　吳潛誠譯，惠特曼著《草葉集》（Leaves of Grass），頁 95－104，書華出版公司，2001 年 10 月增訂一版。

註 12　〈鹽〉，發表刊物時間，待查。〈孕〉，發表於《笠》詩刊 109 期，1982 年 6 月 15 日。

註 13　參見利玉芳〈詩觀〉，利玉芳著《向日葵》，頁 10，台南縣立文化中心，1996 年 6 月。〈詩觀〉摘錄：「社會生活經驗是我寫詩的必要條件，它必須給我實際的感動，透過心靈的蘊釀與經營，表達出來的新鮮語言，即是詩。」

註 14　李魁賢主編《1982 年台灣詩選》，頁 181，台北市：前衛出版社，1983 年 2 月 10 初版。

註 15　參考：江瑞拱，〈溫度對水稻生產之影響〉，《台東區農業專訊》第三

　　十五期。http://www.ttdares.gov.tw/paper_pc/maga/35/page355.htm

註 16　參考網頁：林建成報導〈池上水稻發生不稔症〉。

註 17　李元貞在〈台灣現代女詩人作品中的國家論述〉文內說：「但在女詩人利玉芳的〈水稻不稔症〉中的隱喻「土地」（莫渝按：指女人），卻變成主動抵抗主人的不孕婦……也因為如此，利詩開創了新鮮有力的另一種政治抵抗詩的風格。」李文收進李著《女性詩學──台灣現代女詩人集體研究》頁 35，台北市：女書文化，2000 年 11 月 30 日初版。

註 18　周夢蝶〈關著的夜〉，收進周著《還魂草》，頁 117 - 121，文星書店，1965 年 7 月 25 日初版。

註 19　「蠕動」二字，出現〈孕〉詩：「懷了一季愛的女人／感到那蠕動的生命／是用伊的憧憬和心願／凸出來的春天」。

註 20　浮躁的情緒，不一定是情慾作祟；隱藏已久的聲音，也不盡然是情慾的聲音。透過林鍾隆直接請問作者（利玉芳）本人，得到了答案，林鍾隆記下：「作者所要表達的，只是因某種冷漠，想要叫喊話的內心，和某種人物互相感應，和思春，性的饑渴，相距已很遠。這首詩，若完全視為思春，性饑渴的詩，實在低估了它的價值。」（利玉芳，1996：206）。李元貞的解讀：「而看利玉芳的〈貓〉，我們當更能體會現代女性追求自由的一連續串的認知與浮沉。」（李元貞，2000：26）。陳玉玲認為：「〈貓〉寫的是作者自我影像的心理投射。……直到聽見貓的叫聲，才反省自己早已失去表達自我的聲音。」（陳玉玲，2000：192）。

註 21　陳克華情慾詩集，書名《欠砍頭詩》，台北市：九歌出版社，1995 年 1 月 10 日初版。

註 22　呂秀蓮著《新女性主義》，頁 151，台北市：拓荒者出版社，1977 年 2 月初版。

註 23　同前註。

註 24　利玉芳詩集《向日葵》，頁 101。

註 25　利玉芳詩集《活的滋味》，頁 51。

註 26　莫渝著《笠下的一群──笠詩人作品選讀》，頁 98，河童出版社，1999 年 6 月初版。

參考書目：

利玉芳（1986），《活的滋味》，台北市：笠詩社，1986 年 2 月第一版。

利玉芳（1996），《向日葵》，新營市：台南縣立文化中心，1996 年 6 月。

利玉芳（2000），《淡飲洛神花的早晨》，新營市：台南縣文化局，2000 年 12 月。

周夢蝶（1965），《還魂草》，台北市：文星書店，1965 年 7 月 25 日初版。

呂秀蓮（1977）著，《新女性主義》修訂版，台北市：拓荒者出版社，1977 年 2 月初版。

李魁賢（1983）主編，《1982 年台灣詩選》，台北市：前衛出版社，1983 年 2 月 10 日初版。

鍾　玲（1989）著，《現代中國繆司——台灣女詩人作品析論》，台北市：聯經出版公司，1989 年 6 月初版。

趙天儀等（1992）編選，《混聲合唱・笠詩選》，高雄市：春暉出版社，1992 年 9 月初版。

李元貞（1995）著，《女人詩眼》，台北縣立文化中心，1995 年 6 月初版。

李元貞（2000）著，《女性詩學——台灣現代女詩人集體研究》，台北市：女書文化，2000 年 11 月 30 日初版。

莫　渝（1999），《笠下的一群——笠詩人作品選讀》，新店市：河童出版社，1999 年 6 月初版

陳玉玲（2000）主編，《台灣文學讀本（二）》，台北市：玉山社，2000 年 11 月初版。

古繼堂（1996）著，《台灣青年詩人論》，台北市：人間出版公司，1996 年 4 月授權；原中國湖北省武漢出版社，1994 年版。

掙脫無奈，承擔重任

——讀陳坤崙的詩

陳坤崙，1952 年出生，高雄市人。曾擔任大舞台書苑出版社編輯，現為春暉語文中心主任、春暉出版社及春暉印刷廠負責人。1980年代創辦《文學界》7 年 28 期後停刊，1991 年與友人鄭炯明、曾貴海、彭瑞金等人創刊《文學台灣》季刊。1975 年獲優秀青年詩人獎。著有詩集《無言的小草》（1974 年）、《人間火宅》（1980 年）。

1974 年歲暮，陳坤崙集錄 1968 至 1973 年間（16 歲至 21 歲）的詩作，出版了第一本詩集《無言的小草》，隨即受到注意。隔年2 月，分別有陳千武〈詩的快樂〉和趙天儀〈愛與同情〉兩篇好評。前一位從「打動心靈的真實性現存的意象」著筆，後一位肯定陳坤崙「以愛與同情為原動力寫詩」。他倆非常肯定並嘉許陳坤崙詩作中的現實觀點。

如何看待生命存在的意義，及如何發揮其價值，每個人都有不同處置方法，大抵分為積極與消極兩類。試以陳坤崙跟另一位前輩詩人同樣以拐杖敲擊土地的詩篇，略作比較。先看陳坤崙的〈盲者茫茫〉一詩：「我的拐杖／輕輕地敲著堅硬的土地／那些聲響使我悲哀／／這一條路通往何處／那一條路通往何處／太陽的位置在東在西／我的路通往何處」（詩集《人間火宅》，頁 123）。再看紀弦（1913 年出生）的詩〈在地球上散步〉：「在地球上散步，／獨自踽踽地，／我楊起了我的黑手杖，／並把它沉重地點在／堅而冷了的地殼上，／讓那邊棲息著的人們／可以聽見一聲微響，／因而感知了我的存在。」（紀弦詩集《摘星的少年》頁 39，現代詩社，1954 年 5 月初版。為 1937 年作品）。兩位作者寫作該詩的年齡相

彷（紀弦 22 歲，陳詩的寫作時間未標明，約 1974-1980 年間，暫時推測），紀弦用「黑手杖」重擊堅而冷的地殼，要讓地球另一端的人感知他的存在，有求名或聯繫等意氣煥發之志；反觀陳坤崙的詩，卻茫茫悲哀，不知所措。

　　依人格心理學看，人格成因可以從遺傳、體型、文化、社會階層。家庭及個人早期經驗等方面探討；個人的人格特質也區分首要特質、主要特質和次要特質的（以上參考《人格心理學》，第一章、第十一章，桂冠版，1998 年）。有關陳坤崙的人格特質與人格成因，現有文字書面資料十分有限，僅在詩集《無言的小草》的〈後記〉，作者提到印製詩集目的「為了紀念過去和病魔決鬥的那段沉長而憂傷的日子」。是否那段年少時期造成的心理傷痕，影響個體從內裡投射到外顯世界，型塑了陳坤崙的冰冷理念。這樣的論調尚待證實。不過，詩評家趙迺定在〈讀《人間火宅》詩集〉（《自立晚報・文化界週刊》1981 年 2 月 1 日）乙文，開頭直言：「翻開本集──人間火宅，給我最大的感受就是──這是一個好冷的世界。」接著，他列舉了「均屬之」的 23 首詩題，約佔詩集三分之一強。這情況，在詩集《無言的小草》裡已出現，如〈龍眼樹〉：「受傷的龍眼樹／以空洞而幽暗之眼／睇視我」（頁 3）；〈魚〉：「把麵包拋進湖裡／成群的魚變蜂擁而上／這隻咬咬／那隻搶／不知是陳坤崙還是麵包／被成群的魚／咬成碎片」（頁 7）；〈信〉：「有一天，我突然發覺／信封像棺材一樣／裡面的信紙是一具屍體」（頁 34）；〈耳聾的人〉：「語言似空氣到處散佈著／散佈著帶毒的小刀」（頁 46）；〈圓圓的水池〉：「圓圓的水池／像一個人的心／沒人去清掃／就越來越髒／越來越臭」（頁 91）……等。若再從陳坤崙詩作中較聳動的詩題，如詩集《無言的小草》的〈地獄隧道〉、詩集《人間火宅》的〈吸血鬼〉、〈地獄夢〉、〈做鬼〉等，窺伺詩人的心理糾結，會讓人引發《聊齋誌異》裡「借鬼說人話」的雜想。

　　就這樣，儼然「冷的世界」，時時浮現在陳坤崙的視網膜。陳坤崙自築的詩世界，果真如此冰冷？面對這樣說法，應該看詩人如

何安身？詩人如何處置？在《混聲合唱──「笠」詩選》裡，編者這麼評語：「設身處地以卑微的動植物為對象，溶入詩人的感情，表現生命存在的意義。」（頁 758）。與卑微作伴，無從自大與自傲，亦不自悲與自卑，彷彿沒有歡樂沒有笑聲的童年，長大後，歡樂與笑聲就成了他的希望、期待及施與。

　　的確，一路過來，陳坤崙的詩業儘管不算龐然或華麗，都秉持現實主義關心社會的詩觀，緩移腳步。用靜觀的心眼，由現實社會底層的邊緣，透視這個冰冷的人間（世界），探尋及剖現生命存在的意義。底下，回歸詩作，試著解索詩人安身立命的心念。

　　詩人以《無言的小草》為書名，自然對〈無言的小草〉一詩有所鍾愛，諒必能透露心思之義。

無言的小草

祇要你看不慣
你就拿著鋤頭把我除去
像犯了大罪一樣用火把我燒成灰

祇要你疲倦了
你就躺在我的上面
讓我獨自嚐嚐被欺侮的滋味

祇要你閒著無聊
你就把我柔嫩的根莖拔掉
像撕破一張紙那麼容易
把我生命結束

不管你待我如何
我祇有忍耐
因為我祇是小小的草
我也一直等待

有一天要吃你的脂肪
然後將你掩蓋

（詩集《無言的小草》，
頁 24-25，1973 年作品。）

這首詩被選入一些選集，也譯成多種語言流傳，是陳坤崙的代表作。一般提到「草」這類植物，我們會立刻聯想到中國唐朝詩人白居易（772~846）的五言律詩〈草〉：「……野火燒不盡，春風吹又生。……」充分表現這種柔性植物生命延續的耐力。同時，也會聯想到美國詩人桑德堡（Carl Sandburg,1878~1967）的〈草〉：「……我是草，我蓋沒一切。……我是草，讓我工作。」（施穎洲譯，見《世界名詩選譯》，頁 290-1，皇冠，1986 年 2 月三版），桑德堡表現的主旨是「草」具有野性不馴的征服力。上述二位都正面歌頌「草」。

　　陳坤崙〈無言的小草〉就不一樣。全詩四段，前三段句法相似，詩人採節節進逼的發展過程，以「鋤鏟」、「踐躺」、「拔掉」三組並行的意象，刻劃小草無言的忍受外在折磨，加強效果，末段才點明旨意。草，當然也具有生命潛力，可是，在人類眼光中，卻微不足道，因而，在礙眼、疲倦（需要休息）、無聊（無所事事的順手一折）之下，其生命輕易地被了結。由於草性柔弱，不堪一折，它只能含悲忍辱地成長，順其自然地活著，造成沉默的生命哲學。這股情性，詩人刻意用「無言」二字裝飾，以求濃化「沉默」的悲劇性。

　　如同某些柔弱無依需要保護的生命，草，當然值得疼愛憐惜！為此，詩人從反面著筆，連三次以「祇要」口吻要求。儘管種種橫逆挫折不斷發生，身為無言的小「草」，一方面認清是卑微的「小小的草」，另一方面了解自身的潛力──終有一天要掩蓋對方，吞噬對方。小草，唯一的希望就是「等待」，就像白居易的「春風吹又生」，桑德堡的「蓋沒一切」。它也要掩蓋「你」，直到你被吞噬──埋在地下，到這時，它勝利了。詩人表現的主旨不是忍耐，

一廂情願甘之如飴的忍耐，而是勸諭人間該有的和諧，置對方於死地般的欺凌行為，終究暫時。全詩文句淺白，意象明朗，隱含著作者恆在忍耐卻具有強勁堅毅的人生觀。題名有「無言」，並非真的無言，通篇表露了深厚的哲理。

　　以「草」為題的詩，除本詩外，尚有：〈除草〉、〈割草機〉、〈小草說話〉、〈石罅中的小草〉，共5首。〈小草說話〉裡：「在厚厚的柏油路底下／沒人察覺我活得那麼辛苦……生為小草／祇要有根／沒有任何東西能把我毀滅」；〈石罅中的小草〉：「最後只有選擇藤蔓一樣彎著腰／沿著巨石的裂罅生長／成為石罅裡的一株小草」，都在強調生命的價值。作者或許無意，卻儼然為「草」的代言，替草說話，其實就是自我心象的投射，也是他個人心理反應與生活經驗結合的側影，藉著審視，呈現「柔克剛」的隱忍哲理。

偷土記

住在沒有泥土的城市
僅僅為了種花
必須扮演偷土賊

拿著塑膠袋和刀子
趁著無人注意時
偷偷地下手

草和樹瞧著我
匆忙而緊張的神態
我隱約聽到

樹和風發出吱吱的笑聲
笑我是歷史上
第一個偷土賊

（詩集《人間火宅》，頁60-61。）

「偷」是拿取別人的物品，當成自己的，或久佔不還。在這首詩裡，有幾個諷刺鏡頭：1.城市沒有泥土。因為人口密集，城市裡寸土寸金，土地不是被利用蓋起大樓，就是鋪設柏油、磁磚或水泥；住在城市，沒有腳踩土地的真實感，只能到公園尋找綠地與樹草。2.泥土，不再是垂手可觸摸可取得的。原本跟人貼近的土地空間減少了，土地跟人越來越陌生。3.人離不開土地的觀念改變了。「小」土不賣的情況下，只得另行取得——「偷」，偷公家或私人的。4.被封為「第一個偷土賊」而有沾沾自喜。這是一首對社會現象嘲諷兼自嘲的詩。

扁　擔

農夫啊
看你天天把我放在你的肩上
挑那麼重的東西

農夫啊
摸摸你的肩
已生厚厚的皮
看看你的背
已成為弓形
天天看你
流著一滴一滴的汗
看你無言的抬頭望天
那變化莫測的天

農夫啊
我是一根不流汗也不流淚的扁擔
天天跟你生活在一起
你的淚你的汗
已滲入我冰冷的體中

　　　　　（詩集《人間火宅》，頁 70-71，1977 年作品。）

扁擔是單人用肩挑東西，或雙人用肩互扛東西的長棍，通常取竹子製成。在勞力廉價的農業社會，在機器尚未取代人工的時代，扁擔是省力的物品，農夫利用扁擔，搬運農具，肩挑農作物等笨重物體，走江湖賣貨郎則擔負較重的貨擔，遊走村里，進行交易，求得謀生糊口。本詩，純以農夫為扁擔使用人的通稱。詩分三段，起筆一段，扁擔與農夫是分開的兩種個體，扁擔儼然是主角，姿意地取笑農夫，「把我放在你肩上」，語氣帶著桀傲；經過日夜的相處，主角的語氣緩和多了，扁擔換成客體，凸顯農夫的硬朗，再經歷更長時日，扁擔的生命融入農夫的體內，農夫的生命端賴扁擔，二者不分主從，由分開而結合，形成命運的共同體，無言的農夫和不流汗不流淚的扁擔，有了不可分割的命運，二者應相輔相成，才能相得益彰。作者安排的農夫是無言的，扁擔是不流汗不流淚，都是默默耕耘與默默做事的普通大眾的象徵，代表沉默的大多數。整首詩，是扁擔對農夫講話，其實是扁擔的自言自語，或者說是勞動者、沉默大眾的心聲。另一含義，扁擔代表工作，代表任務，農夫是執行者，農夫肩挑扁擔，即履行責任，承擔重任。

　　跟扁擔相同任務的工具，詩人亦寫過〈掃把〉、〈鋤頭〉、〈一枚鐵釘〉和〈爸爸舉起鋤頭〉等詩。第一首末段 8 行的前 4 行：「在沒有人注意的角落我站著／站著靜靜地等待／等待有人拿我去清除／被弄髒了的心靈」；第二首的「鋤頭」是加害者，責怪受害者泥裡蚯蚓不知躲閃，無法避開「鋒利的鋤頭」，讓旁人顯露「無可奈何」；第三首〈一枚鐵釘〉，鐵釘雖然失去利用價值，被丟棄路旁，仍保有存在的重要意義：「隨時預備保護自己的姿勢／證明我的存在」；第四首〈爸爸舉起鋤頭〉有 4 段，每段 4 行，均以「爸爸舉起鋤頭」引頭，末段為：「爸爸舉起鋤頭／不停地鋤／把心中的祈求和哀告／埋入泥土裡」。詩人依舊從長遠的眼光，提出這些工具的永恆價值。每一個體的存在都有自我意義與價值，不容取代，無可更替，就像文豪紀德（André Gide ,1869~1951）說的「人群中最

不能更替的一員」（盛澄華譯《地糧》，頁 190，桂冠圖書公司，
2002 年）。

　　儘管外界冷寒陰森，詩人流露無奈與屈從，但在承擔責任之餘，
仍藉〈雨情〉傳輸著淡淡的情懷：

雨　情

　　等雨停下來
　　那時的心情
　　似在苦苦的哀求
　　心靈受傷的人
　　停止哭泣

　　不要哭　　不要哭
　　太陽底下
　　有什麼不能解決的
　　雨越下越大了
　　那時的心情
　　真是心亂如雨絲
　　雨絲忽然變成白色的鋒利的短刀
　　一隻一隻向著我的心
　　射來了射來了

　　我們約好七點見面
　　她在那兒等我嗎？

（詩集《無言的小草》，頁 83-84。）

陳坤崙的詩大多屬哲理詩，彷彿苦口婆心的傳教士，從多方角度切
入，希望獲得聽者的信仰。這一首雨天心情，是少有的抒情詩（情
詩）。在平淡中，有他習慣的「苦」味。約會時刻到了，被大雨阻
隔，唯恐無法如期踐約，心緒忐忑不安；也想自我安慰：「不要哭

不要哭／太陽底下／有什麼不能解決的」，一旦失約，就成了「心靈受傷的人」；偏偏「雨絲忽然變成白色的鋒利的短刀」射向我，益增「心亂」不安。結尾，還親切的自問：「她在那兒等我嗎？」單留樸實憨直的文字，缺少唯美的意象和華麗的詞藻。

　　從 1968 年起的詩寫作開始，到轉入文學周邊的推動，陳坤崙似乎沒有跟他個人閱讀與詩路歷程相關的記錄文字，解讀陳坤崙的詩，除了上述稍稍提及的《聊齋誌異》外，法國詩人波德萊爾（Charles Baudelaire ,1821~1867）詩集《惡之華》中「巴黎寫景」的人物寫實，或許同樣是鎖鑰之一。陳坤崙在〈無手小孩〉、〈耳聾的人〉、〈骷髏〉、〈水上的屍體〉……等詩，都可以跟《惡之華》毗連而居。當然，陳坤崙也藉此拓廣加深寫作領域。

　　在處理〈薛西弗斯的神話〉時，法國作家卡繆（Albert Camus ,1913~1960）讓這位遭受天譴的苦刑者單獨承擔厄運，與外界搏鬥：「……命運成了人類事，必須在人類間調解。……薛西弗斯的所有安靜喜悅就在此，他的命運屬於他的。那塊岩石歸屬他。……儘管知道長夜漫漫無盡，盲者依然繼續前進，渴望重見天日。……（他）登往山頂的鬥志充滿內心。（我們）應當想像快樂的薛西弗斯。」卡繆重新詮釋生命存在的意義與價值，表現了存在主義的人文精神。這股精神同樣進入陳坤崙的詩世界裡，不論是扁擔、有生命的小草或失去效用的鐵釘，面對困境，仍展露生之意志，我們應當想像快樂的陳坤崙。

　　繼《無言的小草》50 首後，續出《人間火宅》68 首，至 1985 年間，尚未集刊者有 20 首，陳坤崙的詩業總計近 140 首。

　　1996 年諾貝爾文學獎得主波蘭女詩人辛波絲卡（1923～　　）認為：「詩歌只有一項任務，就是將自己和人們溝通起來。」詩人藉文字傳達自己的心思、心念，而與世界（他人）聯絡。莫渝在〈笠

詩人小評〉裡，對陳坤崙的看法是「以寬厚胸襟，用愛與同情的角
度深入萬物，表現生命存在的尊嚴。」當陳坤崙以詩暴露其內心世
界，向外溝通時，他有不愉快，但昇華了；他掙脫無奈，承擔重任，
告訴我們：生命存在的尊嚴，不容放棄。

（2004. 11.04.）

——刊登《文學台灣》60 期冬季號，2006.10.15.

工業社會下不安定的牧歌詩人

——讀李昌憲的詩

　　李昌憲，1954 年 5 月 17 日出生於台南縣南化鄉，現居高雄市。崑山工專電子工程科畢業，1977 年進入楠梓加工區，負責管制生產流程之工作。1979 年 2 月離開加工區，赴臺南工作；後重返加工區，由基層做起，服務於楠梓加工區某上市電子公司，製造部經理、資材部經理；曾經擔任產業工會常務理事兩屆，及加工區工聯會秘書。工作之餘，喜歡泡茶、聽音樂、買書看書、寫作；與喜歡攝影的同事好友組攝影學會，假日相約戶外攝影，開車遊山玩水。

　　詩文學的活動方面，曾加入森林詩社《也許》詩刊、「綠地詩社」，1979 年與詩友創刊《陽光小集》詩雜誌，1980 年集中發表以加工區人事物為題材的詩，曾多次獲加工區文藝徵文競賽詩歌組第一名及其他獎項，1981 年 6 月出第一本詩集《加工區詩抄》，並獲第二屆「笠」詩笠詩獎創作獎（1982 年）。《陽光小集》出第十三期，因故停刊後，加入「笠」詩社，現為「笠」詩社同仁，負責編校十餘年。繼《加工區詩抄》後，續有詩集《生態集》（1993 年）、《生產線上》（1996 年）、《仰觀星空》（2005 年）、《從青春到白髮》（2005 年），共出版詩集五冊。

　　綠地詩社《綠地詩刊》是 1970 年代崛起的青年詩社詩刊之一，1975 年 12 月 25 日創刊，成員為南台灣高屏地區的十來位青年朋友。李昌憲在第 9 期（1977 年 12 月）發表 4 首詩：〈蜘蛛〉、〈憶故鄉〉、〈鳥宴〉、〈雨的薔薇〉，寫作時間由 1974 年離開學校後至 1976 年 2 月約一年半之間；在第 10 期（1978 年 3 月）發表 2 首詩，

同時加入成為同仁（共 15 位列名）；緊接著，第 11 期（1978 年 6
月 25 日），詩社向國內各詩刊詩社集稿推出「專號」，展示戰後出
生（1946-1959）的 97 位「青年詩人」作品的「大觀摩」^{註1}，李昌憲
提出 5 首詩：〈聽蘭草訴說〉、〈路燈〉、〈含羞草〉、〈相思〉、
〈臉的墮落〉，這些該是李昌憲最早期的詩貌，除了個己私情的表
露，如〈憶故鄉〉、〈相思〉……等，也因詩人的觀察體驗與敏感
觸覺，出現了抗議生態及人為人偽的聲音，前者如〈聽蘭草訴說〉：
「我已感覺不適／華麗的場景／鋼鐵般覆蓋我／那出售海報使我心
悸／那化學肥料使我衰瘦／人群的叫價使我暈眩……還是放我回山
中去……我只是一株蘭草／向自然風雨挑戰／才是我生存的願望」
（1976 年作品），後者如〈臉的墮落〉：「自從有了蜜絲佛陀／有
了 Kiss 米／臉／就被廣告瓜分侵佔／被現實扭曲擊碎／終日／抱
住鏡面」（1978 年作品）。

　　出現在綠地詩社後期的李昌憲，因 1977 年 1 月 4 日「進入加工
區，上班的第一天，看見輸送帶（CONVEYOR）的速度很快，產品
與產量的間隔又密，女孩們個個做得連頭都沒時間抬。就這樣，輸
送帶先入為主的撞擊我年輕的心靈，……這一天，像進入加工區的
每一天，瞬時即將消失，我突然有一股湧動——從生活中，把加工
區把工廠理劇烈撞擊我心靈的火花，溶入詩篇。」（李昌憲，1981：
90）。這種「心靈火花的撞擊」，形成了他在《綠地詩刊》11 期企
畫特展專號裡的〈詩觀〉：「詩是我的心靈世界與實體世界撞擊的
聲響。在一種主動的諦聽狀態，隨時與身邊萬象的實體所激發的意
象交會而產生的語言。這一剎那，我才清楚認識拙樸未琢的自己。」
（傅文正，1978：149）。隨後，因《綠地詩刊》第 13 期（1978 年
12 月 25 日）出版後停刊，《陽光小集》整裝出發之際，李昌憲「將
〈女工心聲〉等 7 首投寄《台灣文藝》，於革新號第十四期刊出，
給我很大的精神鼓勵；並將同期作品〈嫁給輸送帶的阿霜〉交《陽
光小集》發表。」（李昌憲，1981：91）。再加上報紙副刊主編的
長信，鼓勵他「走出自我」，至此，李昌憲「由抒情轉變成寫實」

（李昌憲，1981：92），彷彿覓得一井靈泉，讓他細心汲取，隨即完成並出版了詩集《加工區詩抄》，顯現出李昌憲第一幀詩人的光彩容顏，及掌聲。這些掌聲包括：1.趙天儀在〈勞工的心聲〉乙文贊美：「李昌憲的詩的創作，該是一種劃時期的出發，他的詩，是真正走入工廠，並且體驗了勞工的生活，站在勞工的立場，來抒寫他們的心聲，這是他最難能可貴的地方。」（李昌憲，1981：內文前頁3）；2.林廣在〈把淚捲在花蕊裡的「初綻」〉乙文贊美：「《加工區詩抄》，是以「加工區」作為大主筆的詩集。在國內，不管是老輩或新生代，都沒有人如此專一地處理這方面的題材。李昌憲是第一個用詩將加工區的人物、生活，完整而鮮明地表現出來的年輕詩人。」（李昌憲，1981：內文前頁15-16）3.林燿德的贊美：「李昌憲的《加工區詩抄》一書，是此間第一部全力追蹤藍領階級生存情境與精神底層的現代詩集。……一部寫實性強烈的詩集」（林燿德，1986）；4.彭瑞金的贊美：「李昌憲是從加工區發言，以詩表達勞工心聲的詩人。」（彭瑞金，1993，或彭瑞金，1995：166）。

　　日治時期，日本經營台灣的政策為「工業日本，農業台灣」，以台灣的農糧和工業原料供應日本，再以日本的工業產品銷售台灣。當時台灣的工業建設，以電力、肥料、糖業為重點。戰後，政府銳意發展工業，約分四階段：戰後重建期（戰後至1952年）、奠定工業發展基礎期（1953至1960年）、工業發展期（1961至1970年）、積極發展重化工業期（1971年起）。原先，在第二階段，因美國對台的援助，台灣的經濟順利推展，亦陸續引入外資，包括1953年訂定的《外國人投資條例》、1955年的《歸國華僑投資條例》、1960年的《獎勵投資條例》等。1965年6月底，美國停止對台援助，台灣經濟逐漸走向自立自強。1965年，政府公布《加工出口區設置管理條例》，象徵了台灣經濟成功的一個現象。1966年底，開設高雄加工出口區；1970年1月，開設台中潭子加工出口區；同年5月，

開設楠梓加工出口區。與此同時，政府進行第四期「四年經建計畫」
（1965 至 1969 年）；1965 年起，規畫未來產業結構的重點，放在
製鐵、化工、造船、機車等發展空間極大的產業。第五期的經建計
畫重點則轉向科學技術、電子工業、精密工業的方向。註2

　　這時候（與 1960 年代中期至 1970 年代初），正值台灣經濟起
飛之際，大量人力（勞力）由農村投進都會城鎮的房地產建築業、
加工區、工廠。這時候，戰後出生的一代，接受了起碼的高中高職
教育，踏入就業市場。藉於青年的苦悶，以及工作的實際經驗與現
實壓力，有勞工經驗的幾枝詩筆，就出現在《綠地詩刊》的成員中，
如第 8 期加入的陌上塵（劉振權，1952 年生）、第 9 期加入的風嶺
渡（何柄純，1951 年生）、第 10 期加入的李昌憲。三位年輕詩人
具有相同質性。陌上塵在南台灣造船廠工作，詩、散文、小說均涉
獵，1980 年代中期，全力傾向小說創作，成為傑出的工人小說家；
風嶺渡在北台灣建築業工作，扮演純粹的「黑手詩人」註3，兩位屬
男性勞工的聲音；李昌憲則長期在楠梓加工出口區，也是勞工的聲
音，但更多的是女性作業員的委屈心曲。

　　在詩集《加工區詩抄》書名頁，標明‧一九七七── 一九八〇‧，
是詩篇寫作發表年代；扉頁題詞：獻給　在加工區默默貢獻青春和
勞力的朋友。這樣卑微的心願與嚴肅的心聲，很清楚標示這些詩作
的主題：「李昌憲的《加工區詩抄》，吐露了一九七六年至一九八
〇年之間，在在加工區工作的勞工、女作業員的苦悶和心聲。」（趙
天儀等編選，1992：796）。

　　前述 1978 年的詩觀，延續到詩集《加工區詩抄》時，李昌憲說：
詩，是我的心靈與現實社會撞擊的火花。也許是紅色也許是藍色，
也許什麼都不是。但──它是存在而真實的。（李昌憲，1981：內
文扉頁背面）。文詞稍作修飾，仍認為：詩是碰撞後的火花，火花，
瞬息之間，灰飛煙滅，但留文字在世間的。

　　《加工區詩抄》和《生產線上》兩部詩集 74（29＋45）首詩，
不同時間出版，依〈李昌憲已發表作品年表〉，這些作品，除少數

發表於 1984-1993 年間，大部份（約 60 幾首）較集中於 1980 至 1983 年間發表，可以瞧出此時期李昌憲衝刺的猛勁能量。這些作品取材類似，主題一致，大都表現基層勞工的苦悶與委屈，甚偶爾有歡樂喜悅的一面。整體看，就是李昌憲詩風的第一面容顏。在此，依發表順序提出重要代表作的意旨。

〈嫁給輸送帶的阿霜〉（1980），這是一篇長詩，有敘事詩的意涵，共 184（17＋17＋30＋28＋29＋18＋22＋23）行，序詩外，分 7 節。序詩前文字：「記加工區默默貢獻／青春和勞力的女孩」，明示這是加工區女作業員的記實敘事詩。「加工區」是作業員的大環境，輸送帶是作業員的近身活動物。連續運轉不間斷的輸送帶，象徵控制生產秩序與生產量的輸送帶，容不得作業員的疏忽或粗心。年輕女孩參與工作，彷彿「把青春嫁給輸送帶／一年復一年／只為了生活」。工作單調乏味，自然「只為了生活」。阿霜是全體女作業員的通稱，有代表性的指標。國中畢業的阿霜，告別長輩，離開「貧瘠山村」，來到都會，進入加工區的女工行列。幸運的是很快找到工作，不幸的是受到「女工」這名稱與工作量的無形約束。阿霜她白天努力工作，晚上入夜校進修，原計劃獲得較高學歷高中畢業後，升格為「職員」，可以閃避遭鄙夷的「女工」身份，還可以覓得如意郎君，以擺脫「女工」的苦海。無奈事與願違，樣樣落空，最後依然「只為了生活」守在輸送帶邊，自我解嘲「嫁」給輸送帶。這是「勞工詩人」李昌憲為這一大群女作業員發出最心酸的一曲。〈女工心聲〉（1980）〈半工半讀的女作業員〉（1983）則是枝節的插曲。

〈未婚媽媽〉（1980）和〈實習爸爸〉（1983）是年輕男女沒有經濟能力，一時貪戀，偷嚐禁果，引發後續不幸結果，或者走上絕路或者影響學業，這兩首長詩，容納了當時社會環境，如星期假日，女工為舒緩壓力，參加陌生男女以機車鑰匙配對成雙的玩樂，有美好結局，更多的是青春少女的吃虧。〈女工之怒〉（1980）有意為「女工」一詞引起鄙視的正名。〈家書〉（1980）、〈上班時

間〉（1980）兩首為思鄉與工作時不得隨意離開之限制，造成生理的不適，以至「只有我們這些／外鄉來的流浪女／在令人遺忘的牆邊／潸然淚下」（〈上班時間〉）。〈參觀的東洋人〉（1981）、〈用調薪誘我們〉（1981）和〈為加班費沉思〉（1981）三首，是同時間的作品，表現出主管者的媚上欺下，極盡逢迎巴結資方（東洋人），對基層作業員則儘量壓抑榨取，用調薪與加班費的誘餌，暫時留人與趕工出貨。〈企業無情〉（1980）、〈裁員〉（1980）這兩首表現資方對勞工招之即來揮之即去的傲慢態度，「我們始終是小小的女工／只知道青春被用來燃燒／愈燒／愈短」（〈企業無情〉）；「任人宰割的我們／眼睜睜的看著自己／廢物一樣被棄出門外……打開薄薄的工資袋／驚見裝的竟是自己／啊！青春和鮮血」（〈裁員〉），這些文句，真是血淚的控訴。〈失業的心情〉（1982）一詩雖非工廠詩，卻表現某種社會現象，大學畢業的鳳嬌不願屈就「女作業員」，又覓不得較優工作，偽裝出門回家的情況，以掩飾受創與徬徨心情。另一較特殊的是〈背影〉（1980）乙詩，敘述老士官（老兵）的淒涼晚景，離開戰場，離開軍隊，「來到加工區／找個臨時工」，在「層層淚光」中渡餘生。類似這位老士官、老榮民的晚景寫照，尚可在莫渝的〈老戰士的獨白〉註4、沙穗的〈獻給父親〉12首 註5，向明的〈舊軍帽〉、〈破軍毯〉註6見到。這是特殊文學系列的現象，可歸入「老兵文學」、「軍旅文學」或「眷村文學」的小章節。李昌憲詩集《生態集》內的〈探親〉一詩，也可以納入「老兵文學」之列。

在基層與勞工和女作業員打成一片，李昌憲領會勞方的被剝削、壓榨與不合理的制度，如超時的工作量遲到扣錢，不得任意上廁所……等，李昌憲用一枝真摯的詩筆發出正義的聲音，成為加工區勞工代言人。儘管暴露了勞工的委屈、苦悶、創傷等不公非義，在另一整體方面，工業與勞動也為社會國家帶來繁榮與富裕。因而，李昌憲的成績單中，出現了幾篇這類謳歌勞動與經濟榮景的詩，如〈轉動的齒輪〉（1980）的贊美：「我們是小小的齒輪／跟著加工

出口區／日夜不停的轉動……／齒輪繼續轉動／我們以雄健的步伐／邁向共同的前途／讓生命透出輻射的希望」。〈禮讚〉（1985）一詩，副題「為加工出口區而作」，分四個子題：誕生、軌跡、肯定、願望，每一子題均 24 行，語詞淺白通俗，稍帶八股，自然減弱了詩的質素與張力。〈工廠人〉（1982）有呼應楊青矗小說《工廠人》意味，詩的表現卻跟〈勞動的齒輪〉相似。這類作品，以〈勞動之歌〉（1984）為最佳，全詩分三節，分配為上工、工作中、結尾，，每節 10 行，文句顯得簡捷有力：「快快起來／以自由意志／把上班的路叫醒／跟隨擁擠的人潮前進」（第一節），「我們是卑微的勞工／在時間與空間的座標上／一步步皆成音符／／讓我們把勞心勞力的成果／譜成一首血與汗交響的／勞動之歌」（第三節）。

據云：高雄市政府正進行「勞工博物館」的硬體建築，館內必然要有詩與畫，在地詩人李昌憲的這首〈勞動之歌〉最足以作為館內參觀的迎賓詞。

《生態集》詩集出版於 1993 年 6 月，詩集內，最早的〈煙図〉、〈河喪〉寫於 1981 年 2 月，晚的〈電視演新聞〉寫於 1990 年 12 月，正好位居整個 1980 年代。當然，之前之後，如本文開頭起筆引述 1976 年的〈聽蘭草訴說〉乙詩，和 2004 年的〈人定勝天的迷失〉，都是李昌憲長期持續關心「台灣生態環境保護」的詩業課題。

生態學的觀念，源自「早在一八六九年，德國自然學家黑科爾（Ernst Haeckel, 1834-1919）就將研究生物與環境之關係的科學創義為 Ecology，而日本植物學家三好學（1861-1939）於一八九五年以漢字翻譯為「生態學」，在日文和中文中沿用至今。……不論是關乎動物或是植物，其生態與自然環境息息相關，而與人生的關係更是密接。」（杜國清，2000）。對於自然環境的順與逆（順從或征服），古中國也有荀子與老子兩種極端看法。「二千二百年前的中國思想家荀子，是抱『人定可以勝天』即人力可以改造地理環境之論調的、他在〈天演論〉說：『大天而思之，孰與物畜而制之。從

天而頌之，孰與制天命而用之。……』這段文字的語譯，大意是這樣：『儘是思慕天然力的偉大，希望它生產豐富，倒不如蓄積物質，而由我們自己加以控制。老是順從天然而歌頌它，倒不如控制天之所生，以為人用。……』荀子這種『役使天行，以淑善人世』的見解，很合於近代科學征服自然，設法控制環境的精神，和老莊無為而治的自然主義，是剛剛相反的。」（謝康，1966：23）。以大自然為棲所的人類，一直想人定勝天的征服自然，極力拓展科學技術的文明，在 18 世紀產業（工業）革命之後，進展尤甚。開發田園山林，工廠煙囪林立，逐年改進藥性更強的化學藥品深入土壤，科技愈邁前，空氣、水質土壤等環境污染愈嚴重，只不過一百多年，已經將數十億年才演進成目前貌樣的地球，大大的扭曲了。因為，出現了美國作家瑞秋・卡森（Rachel Carson, 1907-1964）的《寂靜的春天》（Silent Spring ,1962），呼籲減少 DDT 等化學農藥的使用，提高生態環境保護的觀念。1972 年 6 月 5 日至 16 日，聯合國人類環境會議在瑞典斯德哥爾摩開會，以「我們只有一個地球」和「我們共同的未來」為主題，共同通過〈人類環境宣言〉，呼籲各國政府和人民為著全體人民和後代子孫的利益而做出共同的努力，珍惜現有地球資源。最近的一次全球環境會議則是 2005 年 2 月 16 日《京都議定書》的簽署，旨在限制發展國家溫室氣體排放量，以抑制全球溫暖化，亦即減少臭氧層的繼續破壞。

　　種種議決與會議宣言，都是肇因地球環境的嚴重污染與加速惡化。戰後，台灣推動現代化，現代化即工業化，「環境污染及破壞的現象是工業發展所造成的。臺灣在 1950 年代開始工業化，而在 1960 年代中期工業開始蓬勃發展。……臺灣工業發展所造成的環境污染，在 1970 年代開始顯現出來。」（許極燉，1993：347-8）。這時，台灣詩壇已經出現了所謂「環境生態詩」（林燿德，1988：23）。進入 80 年代，污染問題愈嚴重愈明顯。1981 年 8 月 31 日，《臺灣時報・臺時副刊・詩學月誌》推出李魁賢主編的〈生態・自然的呼喚〉專號，「可以說是一次較具規模的詩人集體行動，計有

十餘篇作品參展。」（莫渝，1992：177）。1984 年 6 月起，向陽
主編的《自立晚報・自立副刊》連續刊出〈生態・詩・攝影〉等。

　　李昌憲的生態詩書寫，除詩集《生態集》41 首外，尚可包括集
外約 20 首，如此總體 60 首左右的數量，堪稱投入寫作最多生態詩
的台灣詩人，正表現出他珍惜綠色家園的執著與長期關心，因而被
中國詩評家江天譽為「守望家園的綠色之子」註7。這些詩，表現的
涵蓋面廣，可以歸入自然導向文學的「環保書寫」註8，大都描敘與
記錄環境污染造成公害的事實，傾吐了詩人見證台灣生態環境惡化
與悲觀的唏噓。屬於河海污染的有〈河喪〉、〈後勁溪〉、〈愛河
畔沉思〉、〈愛河整治以後〉、〈旗津海水浴場〉、〈巨變的海與
大地〉等。空氣污染與酸雨為害的詩有〈煙囪〉、〈廢氣飄飄〉、
〈水泥廠〉、〈及時雨〉、〈酸雨打在高雄市民臉上〉〈下油雨那
一天〉等。山林破壞，造成土石流的以至人畜傷亡、房屋倒塌、河
川改道的〈土場部落〉、〈人定勝天的迷思〉、〈驚見整座山被開
闢成茶園〉等詩。女體情色畫面或實景氾濫的有〈夜市所見〉、〈入
夜以後的西門町〉、〈驚日〉等。選舉出現噪音雜亂的公害與政壇
動盪者有〈選情之夜〉、〈政見發表〉、〈票投給誰〉、〈為了政
治因素〉、〈電視演新聞〉等。著筆最多的是山林的主角鳥禽與動
物的詩，有〈山鳥的浩劫〉、〈斷趾的台灣獼猴〉、〈鳥語〉、〈生
態攝影家〉、〈台灣畫眉〉、〈黑面琵鷺〉、〈來到七股賞鳥〉、
〈小山豬的最後一日〉等。李昌憲既是生態維護者，也是業餘攝影
家，〈生態攝影家〉乙詩即結合兩種身份，記錄一場實景。在這首
詩裡，出現兩組人物：生態（或鳥類）攝影家和賞鳥會員，彼此各
有不同的配備和行為守則，基本上，仍有相似處，都是野生鳥類的
保護者，而非殘害者，因此，只宜遠觀不可近看，適當地保持觀賞
（拍攝）距離，以免對象受到干擾；詩中，兩組人物在南台灣最大
湖泊——澄清湖（原名大貝湖，湖水澄清，盛產貝類），覓尋鴨蹤，
苦等五天，才有「驚目一瞥」的喜悅，足見生態的嚴重惡化。更悚
懼的是核害〈南灣隨想〉：「美麗的南灣／建造兩個核電乳房／巨

大而冰冷的白色／使島民更加過敏／抗議不息不止」，將隆自地面半圓形的核電反應爐，看作「核電乳房」，是既親切又令人擔憂不止的影像夢魘。至於作為詩集序詩的〈在都市與農村之間〉是感歎人類居住環境的無所適從，「都市／向農村／擴張勢力／土地變了樣／河川改變顏色」，原始面貌的自然界，已經蕩然無存，詩人就「被現實趕來趕去」，成了都市與農村之間（城鄉間）的徘徊者、畸零人。詩人最終感慨「人定勝天的迷思」。

　　幸好，還有一些山林的棲息處。就在勞工的心聲與生態的護守之際，李昌憲抽空踏入山林，沉醉田園，試看寫於 1996 年 6 月 14 日，杉林溪之夜的市詩：

我浮在山泉流聲裡　　　　　　李昌憲

　　讓山風進來相擁
　　讓群樹穿窗而入
　　我浮在山泉流聲裡
　　身軀很輕很輕
　　詩境抱著夢境
　　真是難得的午寐

　　上班積聚的壓力
　　被清新的風吹散
　　被林中的鳥帶走
　　胸臆很寬很廣
　　可以容納青翠山巒
　　有山泉身上流過

　　傾聽大自然的音籟
　　充滿想像空間
　　悠悠醒轉

　　自己頓成煙嵐一卷
　　短暫一生
　　掛在山泉流聲裡

　　離開城市的喧囂嘻嚷，置身山泉林籟流水聲，彷彿抖掉塵世的不安忙碌，披上一襲清新寧靜的外衣，顯得脫胎換骨的輕爽。沉重的塵世，輕盈的山林，彼此間存有對立的喊話。杉林溪位於溪頭往阿里山之中途站，隸屬南投縣竹山鎮，海拔 1600 公尺，具原始自然景觀，古木參天，層巒疊翠，飛瀑流泉，一年四季花期不斷．春櫻吐蕊、夏石楠花開、秋蘭飄香、冬楓相映。杉林溪森林遊樂區，是遊山玩水．郊遊活動的原味森林風景區，也是人人嚮往郊遊渡假的避暑勝地。
　　詩人在一趟旅遊夜宿杉林溪，感受山林風光的流連忘返，饗宴大自然的心靈洗滌，寫下這首〈我浮在山泉流聲裡〉。全詩分二段。首段，詩人擺脫市廛，來到山林間，頓然強烈感受詩意與夢意，馬上喊出：「讓山風進來相擁／讓群樹穿窗而入」想必在城市日積月累的工作，沉重且沉悶的壓抑心靈終於出現一臑出處，詩人不禁接著脫口而出：「我浮在山泉流聲裡」，感到「身軀很輕很輕」，異於先前壓力的沉重，有著飄浮的喜悅，是詩夢雙重結合的「難得的午寐」。作者提出「詩境抱著夢境」，泛指常人認知的語意，前者指詩情畫意，後者指甜美夢鄉，兩者結合等於美上加美，可以想見作者置身山林中的雀躍興奮之情。二段，描敘存在的空間一改變，心情也跟著豁然開朗。清風林鳥一下子就吹散、帶走了「上班積聚的壓力」，胸臆（內心）留出空白，邀請「青翠山巒」進入，而一道靈活的「山泉」也流經體內。末段，作者沉溺（傾聽）「大自然的音籟」充滿著無限想像空間，隨後「悠悠醒轉」，一者醒自詩境與夢境，仍留存美好，有所得；一者醒來，回到現實，有所失。得失之間，頓感希望自己是一幅「煙嵐」畫的卷軸，掛在「山泉流聲」中，形成人與大自然合一的狀態。詩末，情景交融的境界，其實就是詩人心靈長期嚮往回歸大自然的表露。

　　李昌憲以抒情詩踏入詩壇之初,〈聽蘭草訴說〉一詩結尾:「還是放我回山中去……我只是一株蘭草／向自然風雨挑戰／才是我生存的願望」,這是為蘭草訴情,也是詩人自言自語的心聲。此外,他還寫了〈欣賞最後半畝稻田〉、〈觀日出〉、〈一葉蘭〉……等,可見山林田園的情境,不是偶爾憶及,而是內心浮盪不已的情懷。這或許就是「心靈的阿卡笛」[註9]的呼喚!

　　1980 年代前後,李昌憲筆端的女性作業員,其年紀跟詩人不相上下,算一算,迄今,這一批人士,大都已邁入媽媽級與祖母輩了。當年,勞工意識微微露出曙光。政府在 1984 年 7 月 30 日公布《勞動基準法》,1985 年 2 月 25 日行政院核定〈勞動基準法施行細則〉,同年 2 月 27 日內政部發布。表面上,勞工福利與制度有所提昇及保障,但解嚴(1987 年 7 月 15 日)前,台灣處於政治威權體制下,社會活動與大眾傳播受到嚴格掌控,勞工意識仍不斷遭受壓抑,工會組織無法順利自主運作與推展。解嚴後,又流於鬆懈。即使進入 21 世紀,勞資雙方依然糾紛四起,尤其近十年,產業西移前進中國,資方惡意掏空與缺乏合理的裁員資遣,危及本地藍領階級的薪資與退休制度。以《中國時報》2005 年 4 月 22 日記者殷道貞在高雄報導〈加工區　大批勞工遭解僱〉:「楠梓加工區再傳兩百多名勞工成為勞退新制下的受害者,相繼於日前遭公司無預警解僱,有受害勞工家屬寫電子郵件到市長信箱求助,卻因加工區勞資爭議案高雄市勞工局管不到,市府愛莫能助,勞工局立場尷尬。／在楠梓加工區擁有四千多員工的華泰電子大廠,突然於四月十五日無預警裁掉二百四十多位本國勞工。……」不禁讓人憂心忡忡台灣勞工的未來命運。在此情況下,詩的寫作顯得多麼無力!?

　　李昌憲一直體認「詩是心靈受到撞擊的火花」,火花,不是慶典的點綴,不是熱鬧的裝飾,它是撞擊的激併,存在而真實的火花。依其自訂詩作繫年〈李昌憲已發表作品年表〉[註10],從 1974 年發表在

《也許詩刊》第 2 期的〈鏡面〉起，迄 2004 年發表在《笠》詩刊第 244 期的〈人定勝天的迷思〉，整整 30 年間，總共寫作 238 首詩，分別編入五冊詩集《加工區詩抄》（29 首）、《生態集》41 首《生產線上》（45 首）、《仰觀星空》（48 首）、《從青春到白髮》（58 首），以及少數遺佚未集錄。李昌憲的這些詩，大體擺盪在都會的工業現實與鄉村的田園心境（也印證他的一首詩題：〈在都市與農村之間〉），呈現出三個寫作面向：工廠詩、生態詩、田園抒情詩。本書即依此選錄並按寫作年序編選，前兩類作品中，有流於文句過度散文說明語句者，不加考慮，如《生產線上》詩集內的酬酢詩篇。

面對 19 世紀末 20 世紀初美國芝加哥的工業發展，桑德堡（Carl Sandburg，1878-1967）推出《芝加哥詩集》（Chicago Poems, 1916）讚美「鋼鐵的城市」，歌頌「鐵砧」，擁抱「摩天大樓」；面對 20 世紀 70 年代南台灣高雄港市的工業發展，李昌憲雖然亦有禮讚「加工區」的成就與未來希望，但更多的是擷取基層勞工的嘮叨與事故的心聲，尤其是「加工區」青春女性作業員的種種苦惱，出現在《加工區詩抄》和《生產線上》兩冊詩集內。同樣的，梭羅（Henery David Thoreau，1817-1862）拒絕物質生活的追求，選擇原始清淨的返樸歸真，他的《華爾騰》（湖濱散記，Walden，1854）是綠色生態文學的經典。李昌憲的《生態集》亦堪稱台灣生態文學的典型。

這樣的比較，不禁會想著：20 世紀後期的台灣李昌憲，似乎對映著美國的梭羅與桑德堡。同許多人一樣，李昌憲的內心也在梭羅清貧的田園與桑德堡的煩囂雜吵工業文明之間糾結。如是，我們可以將之縮影的稱呼：李昌憲是工業社會下不安定的牧歌詩人。

註釋：

註 1 該期專號全名，封面為：中國當代青年詩人大展專號，〈序〉文為：中國當代青年詩人重要作品大展，〈目錄〉則掛上：中國當代青年詩人重要作品大展專號。由德馨室出版社策劃，綠地詩刊社編輯，〈序〉文作

者未署名，出版社社長洪宜勇撰〈展出前言〉，傅文正撰〈編選後記〉。選刊詩人每位：素描畫像、簡歷、詩觀、作品數首。詩社社長：陌上塵，主編：傅文正。出版後，莫渝曾撰〈繆思！我們就在這裡〉，刊登《綠地詩刊》12 期（1978 年 9 月 25 日），並收進莫渝《走在文學邊緣・上冊》（1981），頁 179-183。

註 2　本節參考：臺文獻，1996：875-6；喜安幸夫，1999：214-216

註 3　陌上塵與風岭渡，均為苗栗縣籍人士。在《苗栗縣文學史》（2000 年）內，王幼華和莫渝分別撰文深入評論。

註 4　莫渝詩集《長城》，台北市：秋水詩刊社，1980 年 6 月，頁 14-5。

註 5　沙穗詩集《護城河》，屏東：屏東縣立文化中心，1993 年 6 月初版，頁 89-119。

註 6　向明詩集《水的回想》，台北市：九歌，1988 年 1 月 10 日初版，頁 66-9。

註 7　江天：〈守望家園的綠色之子──論李昌憲的生態環境詩〉，刊登《笠》詩刊 224 期，2004 年 12 月 15 日。

註 8　楊銘塗（2003）：〈台灣自然導向文學與本土荒野保護〉，刊登吳錫德主編《世界文學・008・城市鄉土生態文學》，台北市：麥田，2003 年 9 月。楊文引用美國學者派瑞克・墨菲（Pateick Murphy）的說法，將自然導向文學（nature-oriented literature）包括自然書寫（nature writing）、自然文學（nature literature）、環保書寫（environmental writing）、環保文學（environmental literature）四類。環保書寫包括有關環境破壞、社區打造行為、荒野保護等

註 9　莫　渝（1987）：〈心靈的阿卡笛〉，刊登《台灣時報・台時副刊》，1987 年 7 月 15 日；收進《讀詩錄》，苗栗：苗栗縣立文化中心，1992 年 6 月初版。阿卡笛，法文，英文，為古希臘雅典與斯巴達間貝羅波奈半島的一處山地，牧羊人在此放牧、嬉戲、吟唱，衍變為後世田園文學、田園詩或牧歌的代稱，再延伸為夢土、樂土、桃花源之義。

註 10　李昌憲（2005）：〈李昌憲已發表作品年表〉，李昌憲自編。

參考書目：

李昌憲（1981），《加工區詩抄》，台北市：德華，1981 年 6 月。

李昌憲（1988），〈文學之路沒有終點站〉，刊登《台灣時報・台時副刊》，「文學之路專欄」，1988 年 5 月 16 日。

李昌憲（1993），《生態集》，台北市：笠詩刊社，1993 年 6 月。

李昌憲（1996），《生產線上》，高雄市，春暉，1996 年 12 月。

李昌憲（2005），〈李昌憲已發表作品年表〉，李昌憲自編。

李昌憲（2005），《仰觀星空》，高雄市，春暉，2005 年。

李昌憲（2005），《從青春到白髮》，高雄市，春暉，2005 年。

杜國清（2000），〈台灣文學與自然〉，
http://www.eastasian.ucsb.edu/projects/fswlc/tlsd/research/Journal0
8/foreword8c.html

林燿德（1986），〈藍色的輸送帶——李昌憲與其《加工區詩抄》〉，刊登
《文藝月刊》199 期，1986 年元月。

林燿德（1988），《不安海域》，台北市：師大書苑，1988 年。

吳錫德主編（2003），《世界文學·008·城市鄉土生態文學》，台北市：
麥田，2003 年 9 月。

莫　渝（1981），《走在文學邊緣·上冊》，台北市：臺灣商務，1981 年 8
月初版。

莫　渝（1992），《讀詩錄》，苗栗：苗栗縣立文化中心，1992 年 6 月初
版。內收〈心靈的阿卡笛〉（1987）和〈關愛我們的生活空間〉（1984）
等文。

傅文正（1978）主編，《綠地詩刊 11 期·中國當代青年詩人大展專號》，高
雄德馨室，1978 年 6 月 25 日。

彭瑞金（1993），〈台灣社會轉型時期的工人作家〉，刊登《台灣新聞報·
西子灣副刊》，1993 年 4 月 29 日至 5 月 5 日。

彭瑞金（1995），《台灣文學探索》，台北市：前衛。收入彭瑞金前文

趙天儀等編選（1992），《混聲合唱——「笠」詩選》，高雄市，春暉。

許極燉編著（1993），《尋找臺灣新座標》，台北市：自立晚報社文化出
版部，1993 年 7 月一版一刷。內收張國興〈第 11 章　1940 年代以後
的勞工運動〉和施信民、陳菊、呂秀蓮〈第 12 章　社會運動的展開〉
等文。

喜安幸夫（1999），《臺灣》，蘇珊譯，台北縣：中天出版社，1999 年 8
月初版。

臺灣省文獻委員會編（簡稱：臺文獻，1996），《臺灣史》，台北市：眾
文圖書公司，1996 年 6 月一版五刷。版權頁標明主編人林衡道　臺灣
省文獻委員會。

謝　康（1966），《中西文明及文化論叢》，台北市：臺灣商務，1966 年
12 月初版。內收〈文明與環境〉等文。

（2005.03.06-05.12.初稿，05.19.定稿）

埋種自己，萌芽茁壯

──讀林央敏的詩

　　林央敏，1955 年 12 月 19 日出生於嘉義縣太保鄉。先後畢業於省立嘉義師專（1972-77）、輔仁大學中文系（1979-1983）。師專畢業，長期在國民小學服務，2002 年 8 月退休後，受聘靜宜大學中文系台語講師。林央敏在國中階段，即顯示寫作潛力，進入師專，1974年參加「森林詩社」，籌辦出版《也許》詩刊；此後，寫作不輟，範圍包括詩、散文、小說、文學評論、政治評論及其他社會與文化類雜文。先後加入文藝團體與民間社團，包括台語文推展協會會長、蕃薯詩社同仁、台灣文藝編委、台灣新文化社委、教師聯盟執委、公投會中委、建國黨桃竹苗辦公室主任、台灣新文學編委、台灣筆會會員、茄苳台文雜誌社社長……等。

　　著有代表作《林央敏台語文學選》（2001 年），詩集《睡地圖的人》（1984 年）、《駛向台灣的航路》（1992 年）、《故鄉台灣的情歌》（1997 年）、《希望的世紀》（2005 年），史詩《胭脂淚》（2002 年）等，散文集《第一封信》（1985 年）、《寒星照孤影》（1996 年）等，短篇小說集《不該遺忘的故事》（1986 年）、《大統領千秋》（1968 年）、《陰陽世間》（1998 年）等，評論集《台灣民族的出路》（1988 年）、《台灣人的蓮花再生》（1988 年）、《台語文學運動史論》（1996 年）、《台語文化訂根書》（1997 年）等，編《台語詩一甲子》（1998 年）、《台語散文一紀年》（1985年）等，工具書《簡明台語字典》（1991 年）、《台語電腦字典》（1991 年）等。曾獲《聯合報》散文獎第一名（1982 年）、青溪文藝金環獎（詩歌類）、全國學生文學獎（大專新詩組）、金曲獎最佳作詞人獎（1991 年）、榮後台灣詩獎（1997 年）等。

　　林央敏早慧，他回顧自己的文學歷程，說：「小學四或五年級時，我第一次讀到了古詩，是《國語課本》裡的李白的〈靜夜思〉，從此對詩產生好感與興趣，也開始寫『詩』。」（林央敏，1984：203，〈後記〉）。當時，留下一首五言絕句〈雨夜〉；進入國中，讀《唐詩三百首》和《三李詞集》，並與兩位同鄉好友一起寫詩娛樂，「我那時有四本日記，差不多一個月寫一本，埋頭寫了許多古詩，最長的達四百餘行，這首七言古詩內容敘述自己的身世，這是國中畢業的那一年。」（林央敏，1984：203-4），不論詩意如何，1971 年，17 歲的少年林央敏寫過 400 行的七言古詩，不能不予以讚佩。稍晚，他接觸《徐志摩全集》和《朱自清全集》，獲得新概念，轉向新詩寫作，「那時也寫下了許多新詩……〈踟躕〉就是當時的作品之一。」（林央敏，1984：204）。〈雨夜〉與〈踟躕〉兩首詩，一古一新，黏貼少年林央敏的羽翼上，載他翱翔廣袤的文學天空。1972 年進入師專及畢業後插班輔仁大學中文系（夜間部），先後兩次的學院語文訓練，使他在寫作上更加得心應手。大約 1979 年秋，閱讀許信良《風雨之聲》與《當仁不讓》二書，引發思想衝擊與改變，隨後，又接觸胡適、殷海光等思想書刊，以及當時的黨外雜誌，和仍被查禁的中國三、四〇年代魯迅、巴金、茅盾、聞一多等文學著作，因而，1984 年之後，筆端轉向社會、政治的批評文章。另一方面，台灣意識的增濃，文字的書寫也調整為以台語（閩南語、河洛話）寫作。

　　這樣的轉轍，從〈啊！中文系〉（林央敏，1984：160-162）可以看出端倪：「幾千年前的空氣／早已化成碳」（第二段），這詩寫於 1983 年 3 月 8 日。全詩 4 段，作者以親身的體驗，用極度風趣與調侃的語句，諷刺中文系（中國文學系、或中國語文學系）課堂的謬誤與頑固。這可以看出兩個現象，其一，林央敏個人的叛逆性格；其二，中文系學風應該改變的風暴前。同時期，他也寫出第一首台語詩〈田莊的暗頭仔〉。對這樣思考與行動的轉變，林央敏自己的解釋是：「1983 年是我有意識欲用台語寫作的開始佮實踐，……

是什麼因緣致使我由用華語轉變做用台語寫作，……簡單講，是我
1983 年彼當時已經產生強烈台灣人意識，這是一種民族意識佮情
操，……同時也開始了解台灣文化、台灣話被外來殖民統治者壓制、
消滅的實況，體會著台灣人的悲哀……經過我的自我反省了後，我
以為身為一個台灣人文學家，煞無法度用台語寫作或是呣用台語寫
作，是對不起台灣佮對不起台灣人，嘛是無為台灣文化盡著作家的
本份，彼當時我攏認為提倡台語才會凍給咱欲叫醒的台灣魂復健甲
完全。」（方耀乾，2004：14-16）。

　　在語言文字的寫作工具方面，1971 至 1987 年，林央敏採華文
（中文）書寫，範圍包括詩、散文、小說、評論；1987 年以後，轉
轍為用台語創作詩歌和散文。就思想行動言，以 1984 年為界，之前，
他是大中國意識下的台灣文學寫作人，之後，是台灣意識下的台灣
文學寫作人。這樣由文字華麗的唯美浪漫，折向社會寫實，關懷現
實，反映真實的文學觀，同時建立和拓展台語詩文的史料，是林央
敏崛起台灣文學界的寫照。

　　底下，循序介紹林央敏詩路階段的幾首代表作。

自　由

在黑暗裡
自由是一隻中箭的鴿子
斜衝下來
每次，總聽說墜地而死

於是，我們到處尋覓
高呼墜鴿的名字
但他們說：
自由是一群野獸，應該拘捕
馴不了的就射殺

> 然而，我們還沒看到自由
> 我們不相信自由是野獸
> 所以我們要繼續找
> 繼續聲嘶力竭的喊
> 「自由！自由！」

（林央敏，1984：49-50）

〈自由〉一詩，1983 年 12 月 20 日寫作。自由，原本應當像空氣一樣，存在於人類生活與生存的時空裡。然而，個人納進群體，自由就逐漸短少；等到群落社會形成，國家機器建構，自由益見縮減。自由，不再是天賦人權，必需依賴「爭取」：據理以爭，或流血換取。1789 年 7 月，法國大革命提出〈人權宣言〉以來，「自由、平等、博愛」深植任心；時至今日，Liberté、Egalité、Fraternité 三字，仍鐫刻在法國錢幣（一法郎硬幣）上，做為人類爭取人權追求和平的永恆目標。林央敏的這首〈自由〉，分三段。首段起筆，直言：「在黑暗裡／自由是一隻中箭的鴿子」，原本自由是無拘無束，不被束縛、不受拘禁、更不遭殺害；但在黑暗裡，自由像中箭的鴿子，慘遭毒手。什麼是「黑暗裡」？暴政、戒嚴、控管，無法攤在陽光下的統治等都是。中箭的鴿子墜地而亡，亦即自由淪陷、喪失。第二段，對立的兩方分別為了「自由」在角力、格鬥：失去自由者，尋找自由，呼喚自由；掌權者污衊自由（自由是洪水猛獸），壓制自由。末段，被壓迫者極力呼喊自由，找回自由。

　　林央敏寫這首詩的時空背景，1983 年，台灣仍處於戒嚴時期：言論不自由，書刊被查禁，異議人士遭列入黑名單……等等。在一次訪談中，林央敏自述：「我第一首政治詩是 1983 年所寫的中文作品〈自由〉，發表置《台灣文藝》，當時抑寫甲真曖昧，抗爭性抑吥敢真突顯。」（方耀乾，2004：39）。

腦裡有一張地圖

有一張熟悉的地圖
在腦海裡
向無邊的邊際展開
地圖上儘管是
黃色的高地；
綠色的平原；
藍色的河川，
以及黑絲縱橫的馬路
但只有一條曲曲的紅線
是我血管的延伸
紅線上僅有的一點
是我立足的一小錐土地
我流浪到那裡
點就跟到那裡
但怎樣也移不出線外
而線末有一隻銳利的箭頭
向著南方，飛出去
如一顆忍不住的眼睛
箭頭下寫著三個字
──→往故鄉

（林央敏，1984：108-109）

〈腦裡有一張地圖〉這首詩 1981 年 9 月初稿，1983 年 5 月修訂。
林央敏第一本詩集《睡地圖的人》出版，即以醒目的書名引讀者注
意。書內無跟書名同題的詩，但第四卷 10 首詩之一的〈腦裡有一張
地圖〉，應與書名有較貼切的搭配。地圖的概念是學校教育的結果。
1950 年以來，台灣學校教育的內容，一直以中國為主，忽視在地台
灣的任何資訊，包括地理地籍的傳授與告流通，直到 1978 年鄉土文

學論戰之後，才起了微弱的漸變、質化。從這首詩中，看出林央敏
對地圖的概念，在同輩中該算是覺醒較早的一位，由此，延伸至他
的台語文學創作與活動。本詩共 20 行，沒有分段，彷彿一氣呵成。
詩人先在腦海裡安置一張地圖，在地圖上標出一條彎曲紅線與紅
點，還在線末端加上箭頭及「往故鄉」三個字。詩人這一連串的作
為，純粹是思鄉情緒的流露：只有濃厚的思鄉愛鄉情懷，才能時時
刻刻惦記家鄉。家鄉是永恆的點，所有在外的遊子的心情都被「往
故鄉」的思線牽連。類似這樣追懷家鄉的描寫，法國羅蘭•巴特的
散文〈西南方之光〉有另一種著筆方式，可供參考，他著眼於「光
線的變化」，捕捉童年時的家鄉印象，結論是「因而，童年是我們
借以認識一個地區的正途，畢竟，只有童年才有家鄉。」（羅蘭•
巴特，2004：3 - 12）。

　　1983 年，林央敏寫出第一首台語詩〈田莊的暗頭仔〉，此後，
他跨進台語詩的田園，擁抱台灣鄉土的情愫越來越厚，1987 年 7 月
29 日完成的〈呒通嫌台灣〉，一炮而紅，由台灣唱到美國。這首台
語詩原稿如下：

呒通嫌台灣

咱若愛祖先
請汝呒通嫌台灣
土地雖然有較阢
阿爸的汗，阿母的血
沃落鄉土滿四界

咱若愛子孫
請汝呒通嫌台灣
也有田園也有山
果籽的甜，五穀的芳

予咱後代食昧空

咱若愛兄弟
請汝吓通嫌台灣
雖然討賺無輕鬆
收回自由，運命有光
咱的幸福袂輸人

咱若愛故鄉
請你吓捅嫌台灣
國家細漢免怨嘆
認真拍拼，前途有望
上好家已作主人。

1947 年發生「二二八事件」的延伸，以及 1949 年以後的台灣整體社會環境，由於統治者極力灌輸中國意識的文化，貶低跟在地「台灣」有關的任何人事物，甚至連「台灣」二字都成不可言說的禁忌。隨著人民思維的辨清與覺醒，既有「被教育」的方式動搖了，「台灣」逐漸恢復了曾經的寶島之實，不再是討厭的粗俗的地理名詞。這首詩分 4 段，每段第二行同樣「請汝吓通嫌台灣」，首行分別由咱若愛祖先、愛子孫、愛兄弟、愛故鄉四個委婉懇求層面，期待大家愛鄉愛土愛國愛台灣。這首詩的寫作背景，林央敏回憶：「我寫〈吓通嫌台灣〉這首詩，有兩個原因，一者是出自內心的動力，因為台灣人意識的覺悟所自然產生的對這塊土地的愛；二者是來自外在的壓力，因為重新荐芽的台灣本土意識受到中國政權佮伊的全路人，包括媒體、個人，時常醜化台灣，講台灣土地小、資源少、歷史短、文化淺……，種種暗示台灣人棄嫌台灣或者『奉獻』台灣人昧使以台灣為滿足，同時灌輸台灣人著愛『心懷中國』、『放眼中國』、『台灣的未來在中國』……等論調，茲些講法使我真痛心，因此才會寫出這首詩。」（方耀乾，2004：20 -21）。

　　整首詩，詩句通俗淺白，樸實有力，貫注深厚的感情，對台灣

處境、爭取自由、國家認同，充滿信心，詩中「運命有光」、「前途有望」、「家已作主人」，讓台灣人產生強烈的使命。詩，在 7 月完稿，等待雜誌刊載而未發表之際，9 月間，正逢台灣解嚴後「新時代歌曲」歌詞徵選活動（自立晚報、台灣電視公司、中國廣播公司合辦），林央敏將原詩縮減修改成 3 段，參加應徵，「無心插柳」，竟然獲得首獎，之後，被譜成 24 種不同的曲調，成為傳遍海內外的轟動歌詩。1989 年底立法委員的選舉，幾位候選人將邱垂貞唱的曲調，用來做選舉歌。直到現在，這首歌還流行著，如此成名，可以同前輩王昶雄的〈阮若打開心內的門窗〉前後輝映。

　　叫醒「台灣人」的神經、傳輸「台灣人意識」，是林央敏反省覺悟後，詩作著的重要主旨，他將「台灣」像母親，像情人般的呼喚。收錄在詩集《故鄉台灣的情歌》裡第 2 部份「台灣卷」18 首都是他愛戀台灣的心聲，當中，〈叫你一聲擱一聲〉、〈愛戀台灣〉、〈蕃薯〉、〈福摩沙悲歌〉、〈咱台灣〉、〈咱著覺醒〉等幾篇，瞧詩人扮演傳教士苦口婆心推誠置腹的意義，尤為深遠。

　　林央敏在台語詩的經營，配合他對史料的興趣與整理，以及工具書的出版，加速台語詩文學的推動，是他引以為傲的最大成就，但是，他寫作量卻偏向情詩。

　　他自言寫情詩的原因是：「我會寫遐尼濟情詩，一來可能我是一個多情男子，……二來可能我的感情生活真正豐富，有談過浪漫的戀愛，有留落刻骨的愛情。」（方耀乾，2004：30）。他在中文與台語都有不少的情詩，其實，他把台灣把故鄉當作一位情人，一直寫一直唱，所以完成詩集《故鄉台灣的情歌》，之後，仍繼續創作。1999 年 12 月 19 日初稿，2000 年 9 月 15 日發表在〈自由副刊〉的〈讀汝這本冊〉又是一塊大階石，詩全貌如下：

讀汝這本冊

永早
偷偷看汝
就會增加讀冊的興趣
我對汝美麗的面頂
吸收著文學的基礎
開始古典主義的風格

尾矣
恬恬看汝
置汝目睭墜金的時
汝是一篇文藝小說
我暗唸在心內
充滿浪漫主義的情懷

這陣
金金看汝
看甲汝目睭契落去
變成一首抒情詩
我會不知不覺動嘴唇
輕輕給汝唸出來

唸到上尾的完結篇
汝變成故鄉的戀歌
有陣陣櫻花夜雨咧伴奏

我慢慢行入汝的世界
雨水將咱化作無邊的愛。

（林央敏，2005：104-105）

先從標題看，詩題（包括詩句中）的「汝」字，即「你／妳」，「你／妳」是一本書，作者在讀一本書；就內容言，「汝」是作者指稱

的對象，傾訴的個體，心儀的某人（是異性？是女性？）。作者依時間演進的順序，發展自己觀看「對象／個體」的四層變化。時間：古早──→尾矣──→這陣──→最近；美麗的面頂──→目睭擘金──→目睭契落──→上尾；古典主義的風格──→浪漫主義的情懷──→抒情詩──→故鄉的戀歌。這樣四階段的推演，在結尾，達到融合高潮：「我慢慢行入汝的世界／雨水將咱化作無邊的愛」。或許不需要「雨水」（前一段的「櫻花夜雨」），也可以有催化效果。再說，「故鄉的戀歌／有陣陣櫻花夜雨咧伴奏」，為什麼是「櫻花夜雨」？日本風味？暗指台灣有日本留下的某些影響，或者暗指故鄉的流行歌攙雜日本旋律。如果是，那麼「梧桐夜雨」，該指中國啦？！

這首〈讀汝這本冊〉發表之初，給予青年學子呂美親深深的震撼，醒悟到：「自小熟悉的『台語』可以寫成文學；……它竟可以寫得這麼「媠」（sui2），不僅含蓄，還含著現代美學的質素於其中，令人發自內心最原始的感動。……我認為這樣的文學所給予一個人的不只是感情經驗或成長蛻變而已，更是一種現實的回歸，一種浪漫的自覺。」（呂美親，2004：78），甚而，由此閱讀林央敏著作，踏入台語詩寫作，台語文學研究。

接觸林央敏這首台語情詩〈讀汝這本冊〉，回看前輩詩人詹冰（1921-2004）於 1940 年代的〈妳〉：「像貝殼門扇開了。／哦，一顆燦爛的真珠──。／妳！／／我要讀妳。／詩神贈給我的／一部限定版的詩集啊！」（詹冰，1965：69；或詹冰，2001：101）詹冰的表達比較簡略直接，但，兩人同樣將女子當成珍愛書籍來用心閱讀，都是出自人類思維創作心理的某些共通點。

就寫作言，本詩依依時間順序演進的，類似者，另有〈看見鄉愁〉、〈聽著二二八〉等作。前一首，用三段式來寫：「細漢時陣」、「大漢了後」、「這時」三階層對「鄉愁」不一樣心理的看法；後一首，用四段時間的順序，對台灣「二二八事件」一步一步撥開雲霧見出真相的歷程。

　　林央敏有極大的文學企圖心，他走過浪漫主義、現實主義，朝氣勢磅礴的史詩邁進。西方文學類別中的 epic，稱為史詩或敘事詩，通常指描述英雄事蹟的長詩，荷馬的《伊里亞德》、《奧德賽》，維吉爾的《伊尼易特》、米爾頓的《失樂園》、歌德的《浮士德》等都是。另外，西方各國文學史也大都由 epic 濫觴，如英國的《貝奧武夫》、法國的《羅蘭之歌》、德國的《尼伯龍根之歌》、西班牙的《熙德》、俄國的《伊戈爾遠征記》、冰島的《埃達》、芬蘭的《卡萊瓦拉》……等皆是。早期這類史詩作者，都是佚名者或不同年代作者群累積增刪而成，晚近則由單一作者窮畢生之心力完成之。此外，歐美文學中長篇小說如美國梅爾維爾（Herman Melville，1819～1891）的《白鯨記》，號稱「海洋史詩」，俄國托爾斯泰（Leo Tolstoy，1828～1910）的《戰爭與和平》有「戰爭史詩」，這種美譽之名，則因為龐然巨型的篇幅導致。回顧台灣文學史，有專精且用心於 epic 的寫作，似乎不夠。李喬（1934 年出生）夾小說家的名氣，在 1980 年代將其長篇小說第一部《寒夜》改寫成《台灣，我的母親》發表於《台灣新文化》第 4～7 期（1986 年 12 月至 1987 年 4 月），1995 年 9 月出版，稱譽「台灣史詩」（李喬，1995，封面）。這是李喬由小說跨越史詩的一項突破，這部史詩在 1997 年改編成客語舞台劇《我們來去蕃仔林喔！》公演。另外，劉輝雄的《島戀》同樣宣稱「台灣史詩」（劉輝雄，1991：封面）林央敏花數年心血完成的《胭脂淚》，於 2002 年出版，標榜「台灣文學史上最雄偉的詩篇」（林央敏，2002：封底文案）。《胭脂淚》全書分 13 卷 47 節，約 9000 行，11 萬字，是台灣文學史上迄今篇幅最龐大的一部敘事詩，因為用台語書寫，也是台語文學史第一部 epic。這部 9000 行 11 萬字的巨著，分 13 卷 47 節，敘述陳漢秋和葉翠玉一對男女「三世情緣」的愛情悲劇，從 1919 年到 1992 年。中間安插起義革命情節，落實「史詩」具備的戰爭（戰鬥）氛圍。男主角陳漢秋一度皈依空門成為「孤獨情僧」。若回想上述林央敏自言：「我會寫遍尼濟情詩，一來可能我是一個多情男子。」（方耀乾，2004：30），該能領會本書中自有作者的自況與投影。

　　瞭解故鄉，認識鄉土，擁抱本土，熱愛台灣，是戰後出世台灣詩人的寫作心路。林央敏亦然。他的詩集名《睡地圖的人》、《駛向台灣的航路》、《故鄉台灣的情歌》、《希望的世紀》，就是輪廓明確的歷程。進入 21 世紀，詩人稱作「希望的世紀」，自然有別於前一世紀的暗澹、掙脫、奮鬥的現象；在政治、社會與心理，充滿希望，詩人說：「五十年後／徛置二二八紀念碑前／映望歷史恢復記憶／損一聲和平鐘／台灣人　雲過天清」（詩〈徛置二二八紀念碑前〉，林央敏，2005：52）。2004 年二月二十八日，由手護台灣大聯盟主辦「二二八牽手護台灣」，林央敏寫出〈牽一條保護台灣的城〉：「咱用勇氣做成磚仔角恆春延長到幸福／位台灣頭鞏到台灣尾／鞏出一條自由民主的城牆／是保護台灣上強／的武器」（林央敏，2005：65 - 66）。同時間，莫渝的〈手鍊〉和吳易叡的〈鏈〉，組合成〈走出悲情，喜悅歡樂〉（莫渝，2004：）從〈徛置二二八紀念碑前〉到〈牽一條保護台灣的城〉，見證台灣歷史的浮現，也看到台灣的明亮前途。

　　1980 年，林央敏開始掙脫「中國結／台灣結」的糾纏，他說「我的國家觀念、我的鄉土意識、我的民族感情、我的政治思想與立場，於 1980 年左右就開始轉變。」（中文自序〈我們的故鄉台灣〉，《駛向台灣の航路》，頁 6）。1983 年，進一步覺醒，他開始寫台語詩，同時間的華文詩這樣寫著：「於是，我掘開土地／把自己種下去／埋著，等待發芽」（詩〈埋〉，林央敏，1984，頁 181）。這樣埋種自己期待萌芽茁壯的行動，很類似法國文學家 1915 年諾貝爾文學獎得主羅曼・羅蘭（Romain Rolland,1866~1944）的胸襟：「若需要，連我也投進，以便火苗繼續綿延傳承。我不要讓火熄滅。」

　　二十幾年過去了，我們不僅看到這位「繼黃石輝、葉榮鐘之後又一深化台灣文學的旗手」（宋澤萊，1997），頻頻揮展旗正飄飄的台語文學大纛，也心喜一棵台灣文學樹，從埋種、發芽，到茁壯成高大濃密的華蓋了。

參考書目：

書　目：

林央敏（1984），《睡地圖的人》，台北：蘭亭。

林央敏（1992），《駛向台灣的航路》，台北：前衛。

林央敏（1997），《故鄉台灣的情歌》，台北：前衛。

林央敏（2002），《胭脂淚》（2002年），台南：金安。

林央敏（2005），《希望的世紀》，台北：前衛。

榮後文化基金會（1997），《第七屆榮後台灣詩獎得獎人林央敏的文學歷
　　程》，（無版權頁，未標明出版者與時間）。

李　喬（1995），《台灣，我的母親》，台北：前衛。

劉輝雄（1991），《島戀》，台北：前衛。

詹　冰（1965），《綠血球》，笠詩社。

詹　冰（2001），《詹冰詩全集（一）新詩》，苗栗：苗栗縣文化局。

羅蘭·巴特（Roland Barthes,1915~1980）（2004），《偶發事件》（*Incidents*，
　　1987）莫渝譯，台北：桂冠。

期　刊：

《台灣新文學》8期，1997年8月。

《菅芒花詩刊》革新號第三期，2004年4月10日，台南。

《笠》詩刊240期，2004年4月15日，台北。

文　獻：

方耀乾（2004）訪問：〈一粒不斷超越自我的文學良心——林央敏專訪〉，
　　收錄於《菅芒花詩刊》革新號第三期，頁1-76，2004年4月10日。

宋澤萊（1997）：〈論林央敏文學的重要性——繼黃石輝、葉榮鐘之後又
　　一深化台灣文學的旗手〉，刊登《台灣新文學》8期，1997年8月；
　　收錄於林央敏小說集《陰陽世間》附錄一。

呂美親（2004）：〈讀「汝」這本冊——我讀林央敏的台語詩〉，收錄於
　　《菅芒花詩刊》革新號第三期，頁77-88，2004年4月10日。PChome
　　個人新聞台　荒蕪橘園，
　　http://mypaper.pchome.com.tw/news/ibh/3/1234891900/20040104194658/

莫渝（2004）：〈走出悲情，喜悅歡樂〉，收錄於《笠》詩刊240期，2004
　　年4月15日。美國《台灣公論報·8版·文學園》No.2017，2004.04.06.

（2004.11.16.-2005.02.26.）

尋夢與自我對話

——讀陳明克的詩

　　陳明克，曾用筆名陳亮，1956 年出生於嘉義縣民雄鄉，清華大學物理系博士（1986 年），中興大學教授，專長與研究領域是原子物理；主要教授課程包括：量子力學、理論力學、普通物理學、應用數學、原子物理導論、電磁學等。1970 年，寫作舊體詩。1974 年，就讀清華大學物理系，參與清華大學「寫作協會」活動，1976 年，嘗試寫作新詩。1987 年加入「笠」詩社。作品大多發表於《笠》、《文學界》、《文學台灣》、《台灣現代詩》刊物等。曾獲得第五屆台灣文學獎（2001）、第七屆大墩文學獎（2004）等。到目前，已出版詩集《地面》（1990）、《歲月》（2000）、《天使之舞》（2001）、《暗路》（2005）、《掙來的春天》（2005）等五冊。

　　陳明克以筆名陳亮踏入詩壇，出版詩集《地面》，未久，「笠」詩社集印同仁詩選《混聲合唱》時，他的貌樣被解讀為「做為一位科學研究者，寫詩如何調和理性的思維和感性的思考，無疑是必須面對的課題。陳亮喜歡以客觀的敘述手法，慢慢切入物象的核心，探索生存的意義。因此，陳亮的詩常有形而上的思考存在。」（趙天儀等編，1992：836）。接著，在〈笠詩人小評〉乙文中，莫渝如此素描陳明克：「信筆拈來的即物詩作，深深雕刻著理性思考與感性抒情的紋路。」（莫渝，1999：99）這是陳明克予人初次觀感，但也顯得有點浮泛，畢竟當時的明克僅出版一冊詩集《地面》42 首詩，以及稍晚印製第二冊詩集《歲月》的 51 首的詩作。進入新世紀，明克的筆端更勤，筆力更勁更猛，令人必得重新端詳這位詩人的真貌。

2004 年，接受黃明峰訪問時，陳明克言：「我一直在尋找由自我身體出現的，一些情感的衝擊。而這樣的探索，基本上可以說是一種自我對話的方式；也就是說，我以詩的語言來探索自己。」（黃明峰訪問，2004：62），2005 年，陳明克自訂詩觀：「人類有自我意識時即感受到詩意。發覺人與自然界的新關係，人新的處境時喜悅之情，……哀愁的意識即為美感、詩意。其過程，宛如裂開泥土，長出新芽。」（鄭烱明主編，2005：266；2005 年 5 月 24 日陳明克e-mail 給莫渝）。

不論「自我對話」或「以詩的語言來探索自己」，陳明克一直把自己融入詩中，言說或編寫自己成長的經驗、歷程和奇遇。

一、尋夢的少年

陳明克第一本詩集《地面》出版於 1990 年 3 月，之前的詩作，有四首未集錄，它們分別為：最早的〈輓〉收進第五冊詩集《掙來的春天》；〈讀史〉、〈火焰〉與〈時間與頭顱〉三首收進第二冊詩集《歲月》。

翻閱詩集《地面》，排在前端的兩首詩〈少年郎〉與〈河邊老人〉，一老一少，就從這兩首談起。

〈少年郎〉描敘一名愛打籃球的少年，在打球與休息睡夢之間，分別流露歡笑和低迷（皺眉）的心情寫照。能夠「帶球上籃」，彷彿「飛鳥在天」的興奮，自然「把歡呼留在耳際／盤旋」：打球後，回到寢室（校舍），很快就沉入「無聲無底的迷睡」，依稀有夢：有人吹笛，自己卻雙腳陷入「綢黏的泥中」，無法脫拔。翌日，在球場，想到夢事，微微不悅，作者用「稍稍皺眉」形容之。進入球場，「一下子抄到球／喀喀喀笑得像沸騰的水」。動靜之間，少年（曾經年少的陳明克）判若兩人，就像俗語「動如脫兔，靜如處子」般的狀態。

　　〈河邊老人〉這首詩描敘「我」從「山上奔馳下來」，在河邊遇到一位老人，老人對他微笑卻不語，僅僅幫他「擦掉我要掉入眼睛的汗水」，還跟較遠處「慢慢消失於河邊」看不清楚的人們打招呼。詩人在第二段，如此描繪這為位老人：「他拄著拐杖／凝視平滑的河水／……／他的鬍子好像河水迤邐」。迤邐，指彎曲而綿長的樣子，同「逶迤」，中國唐朝白居易（772~846）詩〈長恨歌〉第94句有「珠箔銀屏迤邐開」。用「河水迤邐」形容老人的長鬍，是很特殊帶創意的譬喻。比起前一首詩，〈河邊老人〉的象徵意涵要深層得多。

　　陳明克詩筆下初期一老一少的意象：打球的尋夢少年和河邊老人，結合成〈微笑的上帝〉一詩（陳明克，1990：108-110）。在成長的過程，從少年到學者，一路上，幾乎都看到「微笑的上帝」陪伴，即使發生意外事件，「上帝微笑地走近他／拍拍他的肩膀」。直到一場夢，夢見：「街道上／人像老鼠一般地躲藏著」，他揮手要趕走上帝。詩的結尾：「上帝一直走向他／帶著網子」。上帝帶著網子，暗示著：人無法離開被掌控的命運。

　　這三首詩，顯示了陳明克創作的兩個面向：第一、濃烈自傳體的詩風。文學反映社會，但撰寫者是個人，從個體出發，拓展出幅射式的視野。在陳明克的詩作，不論敘述者是第一人稱「我」或第三人稱「他」，幾乎都是作者的化身，看得出陳明克成長受教與施教的過程和場域。第二、發揮敘述的功能，詩的表現，大都以抒情為主。史詩、敘事詩、故事詩等因為情節轉折發展的需要，較偏重敘述鋪張的功能。與當前詩壇出現詩的篇幅，20行左右居多數，從這方面看，陳明克超過30行以上的比例頗多（正確的數據尚待統計）。他的詩大都在敘述事件發展與情節起伏。此外，初期的《地面》詩集42首詩，在詩境出現「夢」者有7首：〈少年郎〉、〈金字塔〉、〈時光隧道〉、〈老兵〉、〈黑夜〉、〈中午的夢〉、〈雨蛙〉等。陳明克曾說過：「我時常作夢」。作夢、織夢，把夢（恍惚的或香甜的）安插詩中，在以後的詩也一再出現。法國學者巴什

拉在《夢想的詩學》裡，有這樣的看法：「當孩子在孤獨中夢想時，他認識到無限的生存，他的夢想並非只是逃避的夢想。他的夢想是飛躍的夢想。」（劉自強譯 1996：125）。雖然陳明克詩中出現「夢」的狀況時並非孩童，但「飛躍的夢想」似乎長期伴著他，提供了陳明克延展詩境的特殊氣氛。

二、我不知道我是誰

「我認為我早在以文字創作詩之前，就以其他方式寫詩。那些都是國小乃至學齡前的事，最早的是在外婆家過夜發生的。恐怕近四十年前了，那時代床舖是榻榻米，睡覺時一定要掛蚊帳。半夜我不知怎樣，突然醒來，看著灰暗的四周（其實是蚊帳），茫然不知道自己在那裡。迷失、孤獨的悽涼感覺，把孩童的我驚嚇住，我蜷縮身體。幸好，一下子我就回復了，看到睡在周圍的家人，安心地入睡。這種圖像式、深入內心的震動，日後並未消失。最近，我甚至曾在深夜醒來，體會到不知道自己是誰、在那裡的感覺。我不禁要懷疑我與我自認熟悉的世界的連繫是否非常脆弱，還是平日我總故意去忽略世界的真實。」（陳明克，2005：156）

「迷失、孤獨的悽涼感覺」，讓生活在物理世界與詩夢世界的陳明克極力要認同自我、認識自我。巴什拉認為「時常，我們的夢想在遠離此地的去處尋找我們的化身，更經常的是在永遠消逝的過去尋找它。」（劉自強譯 1996：102）為此，在性格分化後，可能出現「哲學家的分化：我在何處？我是誰？」（劉自強譯 1996：102）。以〈露珠〉（陳明克，2000：96-7）為例，整首詩的寫作順序與思維過程是一致的，順著個人的迷茫──→追尋──→找到──→失望四階段的發展，結尾「神啊／為什麼要我看到天堂／天堂又隨著露珠掉落」。作者在結尾埋怨的對象──神，其實是以萬物為芻狗的「天」（大自然）。大自然的循序，個人是無法轉移的，我們只能宿命地在它的操縱下生存死亡。

　　此外，幾冊詩集裡可以覓得他不斷在懷疑與追尋的句子頗多，
試看：

> 不知身在何處
>
> 　　　　　　　——〈無題〉（陳明克，1990：9）

> 最近
> 我什麼也沒找到
>
> 　　　——〈什麼也沒找到〉（陳明克，1990：48）

> 迷迷茫茫的
> 他不知道隨著什麼遊蕩
>
> 　　　　　　——〈花身〉（陳明克，2000：12）

> 「妳是誰？！
> 我一無所有……」
>
> 　　　　　——〈W〉（陳明克，2000：26）

> 我腳步輕浮
> 踏著模糊的光影下的樓梯
> 要去尋找奇異的聲音
>
> 　　　　　——〈盆栽〉（陳明克，2000：28）

> 我們不知道自己是什麼人
> 我們迷惑地彼此相望
>
> 　　　——〈迷惑地死去〉（陳明克，2000：70）

> 我們要往那裡去？
> 　——〈失春之地〉（陳明克，2000：71、72、73）

> 我一直飛著
> 時而意識時而無意識
> 我的去向

　　　　　　　　　　　　──〈飛天〉（陳明克，2000：75）

我不知道追逐什麼？
　　　　　　　　　──〈貓樣歲月〉（陳明克，2000：78）

我終於去尋找
召喚我的幽微聲音
　　　　　　　　　　──〈露珠〉（陳明克，2000：96）

黑暗中
露珠在凝結
好像存在
如我一般
其實一無所有
甚至懷疑自己在那裡
　　　　　　　──〈遊魂與露珠〉（陳明克，2000：110）

我在灰濛濛的清晨醒來
隱約被推移著
不知道在那裡
　　　　　　　　　　──〈河堰〉（陳明克，2000：118）

我要走向哪裡？
飛揚的塵土一片空茫
　　　　　　　　──〈天使之舞〉（陳明克，2001：14）

（我是誰？）
成群的泥胚無聲地肅立
　　　　　　　　　　──〈黏土〉（陳明克，2001：14）

我一生尋找
逃逸之路
　　　　　　　　　　──〈囚犯〉（陳明克，2001：41）

我究竟是什麼？

——〈我的影像〉（陳明克，2005：73）

我顫抖地抄下
我是誰
為什麼祕密向我顯露

——〈真實〉（陳明克，2005-1：91-2）

我不知道我是什麼

——〈水面〉（陳明克，2005-1：93）

我在哪裡？

——〈霧〉（陳明克，2005-1：126）

我不知道我是誰

——〈枯葉〉（陳明克，2005-1：128）

我為什麼不知道我在那裡？

——〈布袋戲偶〉（陳明克，2005-1：131）

三、虛實交間與迷離的詩境

在探索與追尋過程中，陳明克經常碰到抉擇的難題。以〈等待〉（陳明克，2000：90-92）一詩為例，全詩共分四段，首段：「我」斜靠椅背聽「他們」唱詩歌讚美神，這是秋收的好季節，遠處收割後的稻穗間有一群麻雀。第二段，天色暗了，唱詩班正昂揚，另一群抗議人群不見了。第三段，傳轉換另一場景暮春，我是個哭泣的小孩，被死抓住，等待天使。末段，擎舉微弱的火炬的白髮老人，出現兩難：「要等待著天使而死／還是走進黑暗的迷霧」。在〈陳明克小傳〉裡，言：「自幼受洗為基督徒，及長好探求生存的意義。」有這點認知，才能體會陳明克詩中不時出現「神」、「祂」、「天使」、「唱詩班」等跟宗教有關的名稱。這首詩的時間頗為混淆，

首段是深秋（實），三段為暮春（虛），作者從當前實景的深秋時刻，感受陽光的酥軟與秋收「纍纍的稻穗」的欣喜，沉醉於唱詩班的歌聲；天色轉暗，他害怕急著「尋找著燈光」，卻發覺有一群人消失了；三段，在唱詩聲中，作者退縮到童年「我是個小孩」；四段，重回已然「白髮」的現實。時間點的轉轍給予讀者突兀的感覺，首段「聽他們唱著詩歌」，「他們」的出現跟上一詩句有些脫句鉤；二段的「曾經聚集吶喊改革的人群」一樣冒然出現，三段小孩「突然被死抓住」，末段「白髮已經藏不住……」。這些突兀點應該都是作者的經歷印象（如前引自幼受洗，宗教氛圍、懼怕黑暗），這些都在詩的熔爐裡，重新熔鑄、攪和、鍛造，提出如是虛實交錯的樣貌。

　　本詩第三段，呈現作者陳明克的童年。原本一群「臉上充滿歡喜」的唱詩班聖樂中，詩境突然改變：「我是個小孩／突然被死抓住／……／我抽泣地等待天使」，這是作者記憶的浮現，讓我想到巴什拉的話：「我們有可能在孤獨孩子的夢想生活本身之中再發現這一童年。」（劉自強譯 1996：124）。童年的陳明克雖有聖樂作伴，畢竟孤獨而早慧。透過詩的閱讀，巴什拉提出；「詩的分析面向的任務，是協助我們在身心中重建具有解放作用的孤獨中的存在。」（劉自強譯 1996：124）這樣的論點。

　　虛實交錯產生迷離詩境的同時，陳明克的詩境，有不少是他的夢境，前述曾略筆提到，這類例子跟「我不知道我是誰」的探尋一樣，俯拾即有的例子相當多。出現於詩題者有：〈一生之夢〉、〈幻境〉、〈夢〉（以上詩集《歲月》）、〈夢中鳥〉、〈春夢〉（以上詩集《天使之舞》）、〈夢的旅程〉（詩集《暗路》）、〈夢見〉、〈做夢〉（以上詩集《掙來的春天》）等約 8 首；至於出現於詩句者，酌加引錄：

> 又是恍惚的夢裡
> 獨自在綢粘的泥中

　　　　　　　　——〈少年郎〉（陳明克，1990：2）

有人夢裡熱切地講著
哭著
笑著
　　　　　　——〈獨立班〉（陳明克，1990：23）

到夢深的時候
才戚然發覺
　　　　　　——〈金字塔〉（陳明克，1990：24）

人在恍惚的夢裡
　　　　——〈時光隧道〉（陳明克，1990：26）

他的鄉夢明滅斷續
　　　　　　——〈老兵〉（陳明克，1990：32）

我翻個身又有無數香甜的夢
　　　　　——〈雨蛙〉（陳明克，1990：98）

迷離纏繞的夢境
使我雙目模糊
　　　　　　——〈讀史〉（陳明克，2000：2）

他們在睡夢中驚醒
焦急地搖擺枝葉
　　　　　　——〈新林〉（陳明克，2000：9）

「是不是做惡夢？」
妻子端上熱騰騰的稀飯
說我臉色蒼白
　　　　　　——〈盆栽〉（陳明克，2000：30）

但希望只是個夢魘

我們被推離座位
　　　　　　——〈未來〉（陳明克，2000：66）

我在迷惘的夢中
看到它掉落
　　　　　　——〈飛天〉（陳明克，2000：75）

我似夢似醒中
追尋著她
　　　　　　——〈芒草〉（陳明克，2000：87）

我耽沉於
化身為風的夢
　　　　　　——〈化身為風〉（陳明克，2000：105）

主日的午後
我自離迷的夢境
突然驚醒
　　　　　　——〈日頭雨〉（陳明克，2000：107）

我從夢中驚醒
（我幻化成溪河中的魚）
　　　　　　——〈河堰〉（陳明克，2000：115）

我是在夢中想起這些的
　　　　　　——〈此去茫茫〉（陳明克，2000：127）

夢境黝黑模糊
牽引他來到碎石路
………………
為了重生
拋棄夢境
緩緩飛遠

他支著窗沿一再祈求
　　　　　——〈祈求〉（陳明克，2001：2-3）

我一再回頭望著茫茫的水
一寸一尺地深入
來到我屢屢夢見的起源
　　　　　——〈水泡〉（陳明克，2001：27-28）

但我一失神
就夢見在地面
　　　　　——〈瓦〉（陳明克，2001：50）

我忽夢忽醒
徘徊於交纏的雨水聲中
　　　　　——〈花環〉（陳明克，2001：64）

她輕鬆到我夢中走動
為了不驚嚇我
燦爛的陽光含蘊在烏柔的長髮中
照亮我僅剩的夢
　　　　　——〈等待〉（陳明克，2001：73）

幸好晨光打斷我的夢
　　　　　——〈變形記〉（陳明克，2005：10）

光點一直不掉落下來
這是夢？
　　　　　——〈等待奇蹟〉（陳明克，2005：33）

我的秘密我也看不到
被濃霧包圍
我最深的夢境
是否還在

$\qquad$——〈秘密的花〉（陳明克，2005：47）

我寧願
時間還沒有開始
樹影籠罩一切
沒有不停奔跑的夢
即使有未來
也由我自己捏就

$\qquad$——〈你要去那裡〉（陳明克，2005：100）

她是夢中牽著他
跑出亂石堆的那個人？

$\qquad$——〈石中草〉（陳明克，2005-1：29）

螢火蟲！我們來交換
只有人才能擁有的夢

$\qquad$——〈螢火蟲之湖〉（陳明克，2005-1：39）

天一亮我急於查驗我的夢

$\qquad$——〈隨風而逝〉（陳明克，2005-1：113）

我拉板凳坐下
做了好多夢
還笑起來呢

$\qquad$——〈暗夜〉（陳明克，2005-1：114）

我做了一個夢
分不清是我還是夢
像朝露
化成燦爛的陽光
不再被圈養

$\qquad$——〈朝露〉（陳明克，2005-1：167-8）

> 為了解開糾纏的夢境
> ⋯⋯⋯⋯⋯⋯
> 那是我從小擺脫不掉的惡夢？
> ——〈朝露〉（陳明克，2005-1：169）

巴什拉認為「童年是詩的萌芽。」（劉自強譯 1996：125），證之陳明克的詩，一再出現童年的形象，童年的形徑，童年的夢境，不無互通。「它們表現出廣袤無垠的童年夢想及詩人夢想的連續性。」（劉自強譯 1996：125）。陳明克的詩野就是供他童年夢想馳騁的廣袤無垠的場域。

四、事件敘述者

　　前述，提到陳明克初期的詩即發揮敘述功能的面向。此點，讀過其詩的人應有同感，李魁賢說：「讀陳明克的詩會感到每一首詩似乎都有一個故事。但他不講故事，故意在那裡說『詩』。」（李魁賢〈暗路上的天使〉，陳明克，2005：1）。之前，黃明峰曾提到「我們也能感受出作者在創作時，有一種『把詩的小說化』企圖。」（黃明峰，2003：84），小說化，即說故事，意含較濃的敘述成分。黃明峰進一步說：「以創作小說的手法來表現詩句，優點是可以掌握結構，營造氣氛；缺點可能失去詩之所以為詩的：原有的靈動性、活潑性。」（黃明峰，2003：85）。順此，黃明峰還指出陳明克對缺失的補救方式（黃明峰，2003：85）。此處，不多引述。倒是，法國新小說派的書寫技巧，頗能驗證陳明克的詩敘述。雖然陳千武稱之為「表現主義的詩」（陳千武〈讀史的歲月〉，陳明克，2000：4-7），或蔡秀菊稱為「意識流的手法」（蔡秀菊，2002：9）。

　　1950 年代興起的法國新小說派主將之一霍格里耶（或譯：羅伯格里葉，Alain Robbe-Grillet），其創作觀大體如此：「新小說打破時間與空間的界限，顛倒時間，混淆空間，不再按事物發展的線性時序進行敘述，也不受地點空間的限制，而是運用複雜多變的敘述

形式和混合的手段，把過去、現在、未來任意交錯，並與現實、回憶、聯想、幻覺、夢境和潛意識交織摻雜在一起。」（張容，1992：46）。只敘述事件，不給予結果，偶爾穿插推理小說的情節和夢遊者般夢囈的獨白想像，這種手法，有「迷亂書寫」之稱，亦稱為「異色偵探小說」。

　　陳明克作品雖非小說 註1，仍有此傾向。試以 2005 年作品〈囚鳥〉（陳明克，2005-1：122）為例。〈囚鳥〉這首詩，從詩境看，地點位於校園內；「我」（詩人？學者？）拎著便當穿越中庭，欲「走回辦公室」；他看見幾位大學生，無視落葉，卻踏濺春雨後的積水，詩人戲稱他們為「不老的精靈」；這是第一段的景物，點出「我」跟學生同樣是未脫稚氣的頑童（？）。接著第二段，詩人回想曾經的行逕：在陽光下走這趟路，「探尋終極的一條條路徑」（這又是怎樣的一種嚮往？），當初有樹葉張遮攔的陽光跟此刻不同，還出現「麻雀縮著頭蹲在枯枝上」。這兩段既時空交錯，也交織著新舊經驗。由「麻雀」引入第三段，另一隻「不知是什麼鳥」在玻璃屋頂衝撞，發出鳥爪劃玻璃的厲聲與尖叫。有人仰頭手指怪鳥的異常，吸引不了更多人群的目光（是人群疏離、漠視？），詩人返回現實的「我」，（落寞地）撿拾（被怪鳥驚落？）的便當，心底疑似自言自語：「那一聲尖叫是抗議／沒有出口的光芒？」

　　詩人念茲在茲的是「光芒」，他自己探尋終極的路徑算是另一類光芒。鳥被囚，「一再衝向屋頂灰白的光芒」；衝不出，發出怪叫，是因為看得見光芒卻找不著。出現沒有出口悲哀。

　　在這裡，想進一步探尋幾組意象。詩人（作者、教授）為什麼拎著便當，而非書本？「便當」的意義何在？鳥誤闖「禁區」因而被囚，囚鳥的出現與「尖叫」，是作者單純地敘述事件，抑刻意安排，為自己也「迷離」的解釋？

　　陳明克的其他一些詩作，似乎也在迷離的情境中追尋迷離。無形中，塑造了陳明克詩創作的一個特點。

五、關懷社會與家園

　　透過「自我對話」，陳明克設計專屬的迷離詩境，一方面陳述自己的成長與歷練，另一方面表達個人的思維意理。後者包括宗教信仰、社會教育、學生學習態度，比較多的是存在台灣的潛在問題，從戰後遭隱蔽的二二八事件、白色恐怖到近年國族意識的統獨對立、對決。這些可以歸入政治詩或有政治意涵的詩句，細分兩類：激情演出和隱微傳達。第一類順詩中迷離詩境，自然推衍某些詩句傳達事件的訊息，例如：「他的同學竟像應者風的樹影／終日追捕叛亂─假民主暗通中共／那些遊行的人天天被定格在報紙／校園貼滿彩色的顫慄／他兩鬢斑白的老師衝下講台／捧起撞擊玻璃、悲鳴的鳥／他怯怯走前想幫忙」──〈夢中鳥〉（陳明克，2001：21）、「他原夾雜在激情的人群中／穿行交錯的路呼喊自主　民主／揮舞的旗幟弄亂他的頭髮」──〈某一冬天〉（陳明克，2001：24）。這兩個抽樣例子，事件背後都是參與跟政治有關的群眾運動，讓當時執政黨不安，引起肅殺鎮壓時的隱微抗議聲音。第二類則浮出水面似的全然揭露，如詩集《歲月》裡的〈辜汪會前〉，詩集《天使之舞》裡的〈落寞的英雄〉，詩集《暗路》裡的〈在野黨徒〉、〈終於牽到手〉、〈五色鳥〉等。〈落寞的英雄〉描述 2000 年 3 月總統大選後，政黨輪替，政壇變色，原以為穩操勝算者落寞的神情：「變形的青天白日在遠處麇集揮舞／喧囂咒罵的聲音浮沈地迫近」，及作者的期盼：「春天終於確定來了」。〈終於牽到手〉一詩係描述 2004 年 2 月 28 日，由手護台灣大聯盟主辦「二二八牽手護台灣」的人鏈（人鍊）活動：「我們盡情大聲呼喊」，顯露欣喜若狂。〈五色鳥〉一詩為第七屆大墩文學獎得獎作品，2004 年 3 月總統大選後，落選者所支持的群眾不滿選舉結果，或聚眾抗議，或率眾衝撞中央選舉委員會及法院，詩中文句，直指肇事群眾：「揮著國旗衝進中選會的人／在大片舞動的紅布下／吼叫著武昌起義」，以及「攻擊中選會的人群臉龐扭曲／好像要跳出來抓五色鳥／要囚禁到處跑的

春天」，這群攻擊者就是作者前述的「在野狂徒」，至於「五色鳥」
是詩人刻意安排和平的象徵。

　　即使有激情表達關懷社會與家園的行為，詩人陳明克仍採夢境
（如〈夢中鳥〉）或小孩（如〈五色鳥〉）口吻敘說。他的政治詩
依然有其特殊的異類歸屬。

結　語

　　就陳明克個人，物理學家是其社會人的身分，但是，他一直存
疑「人」的意義與定位；透過寫詩，詩的追尋，讓他從存疑，尋找
「我」的位置開始。在其自述的〈小傳〉，有這麼一段：「1982 年
退伍後，一度到新竹科學園區工作。約三個多月，即因發覺同事互
相傾軋，自認無法保有自我而辭職，仍回到成為物理學者的路。」
陳明克處理自我與群體之間的迎拒拉扯，有些類似小說界的七等生
和舞鶴。生活在亮麗且安全的夢境繭包裡，彷彿長不大的小孩。從
尋夢的少年到追尋我是誰，是鏡像自述的面向，陳列氣氛製造與迷
離事件的敘述。1995 年諾貝爾文學獎得主謝默斯·希尼（Seamus
Heaney）說過：「詩有其自我證明的力量」（Poetry as its own vindicating
force）。在物理的真實與詩境的虛擬之間擺盪，意味著詩人陳明克
崛起的意義。

　　陳明克詩中的宗教氛圍、社會現象、以及經常出現的「光芒」、
「露珠」、「她」……等，都有其意欲傳達的特殊意涵，值得進一步
討論。以第三人稱「她」為例，即使陳明克出國，影像也跟隨著：「她
怎麼也來？／牽著我的手／輕輕地說：來見上帝的榮光／喔！這是天
堂？我的貝德麗采」（詩〈行經泰姬陵〉（陳明克，2005-1：72）），
貝德麗采是義大利文藝復興詩人但丁（Dante Alighieri ,1265-1321）的
精神戀人 Beatrice，支撐但丁創作史詩《神曲》的引渡人。陳明克如
此比擬，意義深厚。但，這些意象一再重現，是否也是警示，自覺清
醒的詩人有需要拓展另一思維面向和寫作領域？

註釋：

註 1　陳明克小說發表紀錄：
　　〈雨日〉　　　　　　　　《現代文學》復刊 11 期（1980.7）
　　〈春回〉　　　　　　　　《現代文學》復刊 22 期（1984.5）
　　〈上山頭〉　　　　　　　《文學界》22 期（1987.5）
　　〈煙囪之下〉　　　　　　《文學界》28 期（1989.2）
　　〈辭職〉　　　　　　　　《文學台灣》44 期（2002.10）
　　〈有朝一日〉　　　　　　《文學台灣》48 期（2003.10）
　　〈蜜蜂迴響的路上〉　　　《文學台灣》55 期（2005.7）
　　共約十萬字

參考書目：

陳明克（1990），《地面》，台北市：笠詩刊社，1990 年 3 月初版。
陳明克（2000），《歲月》，台北市：笠詩刊社，2000 年初版。
陳明克（2001），《天使之舞》，高雄市：春暉，2001 年 10 月初版。
陳明克（2005），《暗路》，高雄市：春暉，2005 年 1 月初版。
陳明克（2005-1），《掙來的春天》，彰化市：彰化縣文化局，2005 年 8 月初版。
趙天儀等編（1992），《混聲合唱——「笠」詩選》，高雄市：春暉，1992 年 9 月初版。
張　容（1992），《法國新小說派》，台北市：遠流，1992 年 3 月 1 日台灣初版。
劉自強譯（1996），《夢想的詩學》，加斯東・巴什拉（Gaston Bachelard）著，北京：生活・讀書・新知三聯書店，1996 年 6 月第 1 版第 1 刷。
莫　渝（1999），《笠下的一群——笠詩人作品選讀》，台北縣：河童，1999 年 6 月一版
蔡秀菊（2002），〈〈蒲公英〉中的意識流——淺論陳明克的詩風格〉，刊登《笠》詩刊 227 期，頁 9-12，2002.02.15.。
黃明峰（2003），〈傾聽影子的腳步聲——論陳明克詩風的變與不變，以《地面》、《歲月》為例〉，收進刊登《笠》詩刊 235 期，頁 77-90，2003.06.15.。
黃明峰訪問（2004），〈思索的歲月，索詩的歲月——訪笠詩人陳明克〉，刊登《笠》詩刊 241 期，頁 59-62，2004.06.15。
鄭烱明主編（2005），《穿越世紀的聲音：笠詩選》，高雄市：春暉，2005 年 8 月初版。

（2005.05.16~2006.01.28.除夕）

艱苦卓絕的貞愛

——讀林盛彬的詩

一、前言：詩文學寫作歷程

　　林盛彬，1957 年 1 月 30 日出生，台灣雲林縣人。淡江大學西班牙語文學系畢業，1983 年 10 月至 1993 年 6 月留學西班牙十年，獲馬德里大學文學博士（1992 年 7 月），及馬德里自治大學美學與藝術理論研究所美學碩士（1993 年 6 月）。曾任教靜宜大學、輔仁大學，目前擔任淡江大學西語系專任副教授。1982 年開始發表詩作，主要發表園地為《台灣文藝》、《鍾山》詩刊、《笠》等。1986 年加入《笠》詩社。1988 年獲吳濁流新詩佳作獎（作品：過境），1993 年獲笠詩獎翻譯獎。2001 年至 2005 年，擔任《笠》詩刊主編四年。著有詩集《戰事》（1988 年）、《家譜》（1991 年）、《風從心的深處吹起》（2002 年）；影印自藏版兩種：Selected Poems（《林盛彬詩選》英譯,Taipei, 2001）和 Poemas（《林盛彬詩選》西譯,Taipei, 2004）。論文專著：《José Juan Tablada 與拉丁美洲俳句》及其他等多種。另，翻譯西班牙與拉丁美洲詩選，尚未結集。經常參與國際間學術研討會，如「波赫士作品研討會」、「西班牙及拉丁美洲魔幻文學學術研討會」等，是國內研究西班牙語重要學者之一。在淡江大學任教之餘，考入淡江大學中國文學研究所博士班，並於 2005 年 10 月份以雙聯學制學生身份赴法國巴黎第四大學就讀兩年。

　　詩的創作與翻譯之外，林盛彬也從事文化評論工作；他和妻子杜東璊教授及杜武志先生三人，共同主持綠色和平電台每週五的「綠色論壇·文化評論」節目，從 2000 年元月至隔年 7 月，長達一年半。

　　從 1980 年代初發表詩作與出版詩集，林盛彬的詩陸續被注意，出現一些評介，如國家圖書館「當代文學史料系統」中，提到其寫作風格如是：「林盛彬寫詩淳厚溫和，思緒游走境界寬闊，文筆順暢。」陳千武說：「其詩具有思想的知性美與現代抒情的融合，表現出淡淡的生命哀愁感，令人喜愛。」（陳千武，1997：83）。莫渝在〈笠詩人小評〉，指出林盛彬「筆端沉濁，詩句充滿專注的戀情與內蘊的光華。」（莫渝，1999：99）。此外，林盛彬留學西班牙期間，出版了前兩冊詩集，參加「歐洲華文作家協會」，被中國納入「海外華文作家」行列，汕頭大學教授陳賢茂先後主編的《海外華文文學史初編》與《海外華文文學史》四卷本，由趙順宏撰寫的〈西班牙華文詩人林盛彬〉，約六千字左右，有較全面探討林盛彬的詩藝，他說「作為一個異鄉人，詩人表達了對故鄉、對生命的執著的感情；作為一個現代人，作者又表現出對於現實的嚴峻的思考和對人的尊嚴的不屈的信念。／／作者對現實的思索是從兩方面展開的。其一是對現代生活中的醜惡的全面審視，組詩〈世紀之末〉便是這類作品。……作者對現實的思索還表現在戰爭題材的詩作之中。……林盛彬寫到現實的醜陋，戰爭對人性和人的尊嚴的戕伐。作者對現實的審視是嚴峻的，但不是悲觀的，他的另一些詩就表現了詩人對美好事物的信念與不屈追求……。」在該文結尾，趙順宏在平和中語帶稱許：「對比和虛詞的運用所造成的節奏的迴盪內在滿足了作者感情表達的需求，所以林盛彬的詩中很少出現現代派詩中的那種艱澀的陌生化。」（陳賢茂主編，1993：766-773；或陳賢茂主編，1999：600-606）。呂美親在《台灣文學辭典》的詞條說：「林氏原來夢想到德國念哲學，後又回到所學的西班牙文領域學歷史、文學與美學。其詩作淳厚溫和，思緒游走境界寬闊，文筆順暢。他認為藝術乃為維護及頌揚基本的人性與尊嚴，從詩作中，可感受其對國家鄉土的熱烈關懷、周遭環境的精神悸動、與他心中澎湃但內斂的情感。」[註1]

二、詩　貌

　　林盛彬第一本詩集《戰事》裡，〈小草〉和〈立春〉兩首詩，是最早的作品，前者寫於 1982 年，後者寫於 1983 年。詩人從卑微宿命的小草，發現生命的價值，感動存在的意義：「說真的，我們什麼也沒有／除了一棵帶草性的頭顱／一些向下紮根的耐力與執著／但我們不是攀附蔓延的爬藤／我們只是戀著大地／燒不盡踩不死凍不壞的／小草」。把自己化身小草，託草言志，道出戀土自立的本質與特性。這首詩跟陳坤崙的名詩〈無言的小草〉相較，舖陳稍多的詞句，也多了自信。「立春」是民間節氣令，通常認為春季的開始；詩人藉由這樣訊息，與國族家園契合，在〈立春〉的結尾，信心十足地發聲：「亞細亞的孤兒啊／我們要比大地先醒／用厚繭重結的雙手／把種籽／撒在我們永遠的家園」。這兩首詩，一自信，一追求願景，奠立了林盛彬往後創作的主軸與信念。

　　截至目前，林盛彬詩業的創作量，包括詩集《戰事》57 首、《家譜》51 首、《風從心的深處吹起》72 首，合計 180 首，加上 2001 年迄今的新作，總數量超過兩百首。閱讀這些詩，可以理出林盛彬詩作的幾個層面： 1. 戰爭的陰影、 2. 艱苦卓絕的貞愛、 3. 浪遊（遊蕩者）的心聲、 4. 鄉情與家園之愛。底下，由此四個層面，描繪其詩貌。

（一）戰爭的陰影

　　林盛彬出生於 1950 年代後期，跟戰後的新生代同樣沒有實際戰爭的戰場體驗，不過，成長過程，接受學校軍訓課程與服兵役的軍中部隊操練、軍事演習等，或是從電視電影見識到戰爭的場面，以及延續 1970 年代「越戰」的硝煙，1980 年代世界各地依然烽火不歇，如蘇俄阿富汗戰爭（1979～89）、中越邊境戰爭（1979）、兩伊戰爭（1980～88）、英阿福克蘭群島戰爭（1982），甚且內戰與種族屠殺，如黎巴嫩內戰（1975～1990）、烏干達內戰（1979～　　）、

索馬里亞內戰（1979～）、斯里蘭卡內戰（1983～　）……等，戰爭的陰影仍是詩人關心與思索的主題。林盛彬第一部詩集即以「戰事」為書名，「戰事」一語，含蓋戰爭事件，戰場情事等，未必明講戰爭，塑造英雄；作者心意自有一種抗議的成分與象徵吧！詩集內，〈戰事〉組詩共分七節，是林盛彬詩作中較長的作品。起筆兩節，生者「我們」喚叫亡者「你們」為「兄弟們！」這是軍中袍澤的習慣稱呼，我們正繼續你們的路徑，我們表面支持且付之實踐，背底卻懷疑這場戰爭，且惶惑：「你們倒下了／也許比較清醒／而我們真的霧色正濃」，死者已矣，生者仍籠罩在戰火的威嚇。接著，三至七節，分別由亡者（亡魂）與生者的互吐心聲，簡捷的語句直指戰爭的黑色背面。亡者控訴戰爭，他出聲：「千古以來／英雄的讚禮／除了殺伐之聲／仍是炮火隆隆的／殺伐之聲」（三、無名英雄），亡魂向妻子父母致歉，他「第一次說謊」，無法「隨春天的暖流回來／溫暖你們受凍的心」（五、夢屬於妻子父母），亡魂不要「無名英雄紀念碑的堂皇」，因為「碑前無盡的獻花／也不為我們香／花為花而香／碑為碑而堂皇」（七、春夢）。亡魂訴苦，生者也不輕鬆，我們「開進這一半廢墟／一半亡魂的城鎮」，既要「重新構築工事」，又要新添「無名英雄碑名」（四、勝利），面對未來，感嘆著「下一個雨季／唉，也許在田事中吹噓／英雄往事，也許……／在軟濕的土裡悲泣」（六、雨季）。作者讓生者無奈地投入連綿的戰事，也替陣亡者發出無奈的冤曲。中國唐朝·陳陶（803～879？）的「可憐無定河邊骨，猶是深閨夢裡人。」（〈隴西行〉四首之二），詩人言已經化作遠方「河邊骨」的軍士，仍然是不知情的「深閨人」，一再出現夢境（希望歸來）的影像，虛實對照，筆力萬鈞，詩情卻淒楚，控訴顯然直接有力。林盛彬的〈戰事〉則是以現代人的舖陳，透過生者與亡魂的交互對談，暗示戰爭的猙獰、殘酷與斷裂希望（或誓言）。

　　與組詩〈戰事〉同主題者，尚包括《戰事》詩集裡的〈鐘聲響了〉、〈城堡〉、〈白鴿〉、〈岸〉、〈家書〉、〈夜〉、〈過境〉，

《家譜》詩集裡的〈停戰協約〉等。除〈停戰協約〉為 1988 年中東記事外，其餘均完成或發表於 1986 至 87 間，這些年，林盛彬正在西班牙，就時空言，給予詩人有較冷靜的思維，思索整體人類問題。寫作過程中，詩人採較淡微且隔離的方式處理，看不到戰場激烈場面，僅淡淡的幾筆，去除「英雄」名號。

　　去除「英雄」名號，以及「英雄」的無意義，應該是林盛彬有關戰爭書寫的重要旨意。眼見到處是「無名英雄碑銘」、「無名英雄塚」，英雄無名，回歸平凡，也許這個時代已經「沒有英雄」，或「不需英雄」，如〈城堡・2 心事〉：「沉默地擁有／沒有名字的英雄／在血泊裡／呼喊的最後一聲／心愛的名字／／那名字像晨星／在人們的沉睡中／一顆顆凋落」。在另一篇詩作〈時間的變奏〉（《家譜》頁 13-5），詩人仍以委婉的語句諷刺「所謂歷史人物」或「悲劇英雄」。整體言之，從〈戰事〉組詩內容的書寫看，作者隱然呼應著美國小說家海明威（Ernest Hemingway, 1899～1961）在《戰地春夢》裡的所言：「聽到『神聖』、『光榮』、『犧牲』等字眼和『白費』一辭，我總覺得尷尬。…………『光采』、『榮譽』、『勇氣』或『聖人』等抽象的字眼擺在具體的村名、路號、河名、軍團號碼和日期旁邊，顯得十分淫穢。」（宋碧雲譯，1981：209-210）[註2]。《戰地春夢》是一部厭戰的 25 萬字長篇情愛小說；〈戰事〉組詩則為反戰的 116 行抒情詩。兩者篇幅無法相較，但都是戰火下生靈意志的無奈。

（二）艱苦卓絕的貞愛

　　詩集《戰事》並非全屬戰爭事件，書內有一半篇幅談到戰爭與戰場之外的「情事」，亦即他的情韻心事與現實心緒。先談 1986 年（二十九歲）完成的〈頑石〉。全詩十七行，沒有加上標點符號，和句讀分段，但順著語意，可以試著依六、四、七行分為三個段落。首段作者自敘應變而未變，仍保有最初「難以妥協的性格」；二段言曾有的猶疑——風化或堅持，如屬前者，早就化塵化土了；末段

七行，表明堅持執著的因素——只為了一個愛。這個愛，讓作者寧願在窪地「守著千百年的孤寂」，而不願屈服於歲月的風雨。這是一首託物寄情的作品，石頭的存在，等於生命的存在；石頭形成與風化的歷程，也是生命生長與凋萎的歷程。詩人藉此順理將沒有生命的頑石，賦予人性化，自然有作者青春的顯影。血氣方剛的青年，正是稜角「突兀尖銳」豪情萬丈，衝勁十足，擁有「難以妥協的性格」，在社會醬缸裡長期浸染、淘洗、研磨，可能要逐漸褪掉本性，轉趨圓潤、滑溜。玩石家喜愛把玩圓潤滑溜的石頭，統治者（或掌控大權、小權者）關愛聽話、不突兀的人才，這是題外話。整體言之，詩人傳達了對愛的堅守與堅貞，也是作者一向秉持的信念，貫穿其作為詩人的跡痕，且一再選用「永恆」、「無悔」、「千年」、「守候」、「永遠」、「永生」……等語詞，如：

> 此生，我只開一朵花
> 而我一生的心血
> 終將在最成熟的季節
> 被永恆摘下
> 煉成人們嘴上纏綿的傳說
> 　　　　　　——〈葵花〉（林盛彬，1988：20）

> 不分晝夜
> 在你緊掩的窗外
> 我守候著
> ……………
> 入夜，雖無紫藤或是花影映過
> 我也始終無悔地
> 倚在牆角把心點燃
> 試圖溫暖你多露的窗台
> 　　　　　　——〈街燈〉（林盛彬，1988：27）

> 天地間

我是百年如一的露水
…………
我仍是從一而終的露水
在泥地裡
與你共同等候下一個春天從
　　　　　　——〈露〉（林盛彬，1988：28）

當妳驚訝我龍鍾老態
是否知道
愛情蔓藤
長年猶青
　　　　　　——〈露〉（林盛彬，1988：37）

想妳的北方
枝芽該已抽長？
而我心中冰封了千年的雪地
正溶成最波盪的汪洋
讓深遠的心意
隨著暖流
拍妳早春澎湃的邊岸
　　　　　　——〈北方〉（林盛彬，1991：42）

我們是如此的沉穩
像虹
總在這樣的雨後
印證
一段永生的相惜
　　　　　　——〈山城軼事〉（林盛彬，1991：51）

在時間之中
任憑風濤雷雨
錯亂地刮蝕外在形體

> 或者無限誘惑的
> 地心引力
> 內在堅實的聲音
> 仍不為所動地
> 飛在不勝寒冷的
> 峰頂

──〈隕石的自述〉（林盛彬，1991：90-1）

這些摘句，說明了詩人延續〈立春〉時期，追求永恆價值的專一與執著；而從第面的頑石回溯天上的隕石，林盛彬顯示他的愛情觀：艱苦卓絕的貞愛理念，亦可轉轍為堅持與詩為伍的信心。

（三）浪遊（遊蕩者）的心聲

1983 年，詩人林盛彬寫好〈立春〉：「把種籽／撒在我們永遠的家園」之後，赴西班牙留學十年，期間，數度返國省親，大部分仍扮演異鄉遊子流露思念心情，下筆為詩，自然敘及鄉愁、浪遊（遊蕩者）的心聲、鄉情與家園之愛。期間，林盛彬還參與「歐洲華文作家協會」，因而被中國學者論評，歸入「海外華文文學」的西班牙華文作家（詩人）之一。

林盛彬前兩冊詩集《戰事》和《家譜》絕大部份屬於此留學期間的作品。《家譜》主要寫於 1989 和 1990 兩年間。他在〈江湖〉詩哀嘆「或正因為我們也是一種動物／千年來也沒有誰脫得開／這既愛且憎的江湖」，江湖，即塵寰、人間、人類活動的場域；只有活著，才能身受「既愛且憎」的煩惱與喜悅；這份心緒，對「異鄉遊子」的詩人尤其敏感。在〈給妳一封信〉告訴女伴（妻子）他一直等候「明淨眼神」的妳，此「妳」不盡然是愛人，也可暗隱喻「家園」、「祖國」。〈家譜〉一詩，作者從好奇地窺視到茫然地探索，從不置可否的存在到不知所以然的懷疑，最後只找到「鄉愁」二字。原來，探索家譜（或族譜），徒增對「歷史鄉愁」的噓唏！〈歲末

的聯想〉一詩更直抒漂蕩的心聲：「年年，我們都是葉／在同樣的樹下／飄落，年年，我們是一陣／顫抖，在冷風裡領受空間的／寂寞」。歲暮、浪遊，最能湧現寂寞、孤單的深刻滋味。

台灣曾有「稻米王國」美名，是水稻重要出產地和輸出國。林盛彬〈稻〉一詩，起筆直言：「因為愛，所以／請你聽我說」，詩人要說的是「從不埋怨淋漓的汗水」，也「從不厭煩泥土的品味」。來自雲林鄉間，在都會成長的高級知識份子仍保持鄉土的摯樸，擁抱泥土的品味。〈春雨〉一詩充滿著熱愛大地的渴望與真情：「醒醒吧，大地／別錯過了像往常／讓我們牽著鮮綠的手／漫步過每一座平原與山谷／讓我們在每一花草樹木勇敢聚生的地方／再戀一次更深刻的愛情」，這不是小我的私愛，而是與土地纏綿的大我之愛，呼應著〈立春〉所言「永遠的家園」。

（四）鄉情與家園之愛

1993 年 6 月，林盛彬自西班牙學成歸國，任教位於中台灣沙鹿的靜宜大學五年（1993.08～1998.07），轉回任教母校位於北台灣淡水的淡江大學，沙鹿與淡水兩地，以及他出遊訪勝之處，詩人林盛彬均留下詩的印記。2002 年出版的第三部詩集《風從心的深處吹起》，收錄了作者站在現實主義觀點的在地家園之愛；作者似有說不盡的話語，不以「組詩」方式，而是同題多首，如〈沙鹿記事〉兩首、〈淡水河口記事〉七首、〈淡江組曲〉四首，或如〈淡水河雨中的清晨〉、〈淡水河〉、〈漁人碼頭〉、〈九分山城〉……等，間亦有與學生互動，嘉勉學生之作，如〈賞鳥——給畢業生〉。直覺林盛彬的筆與心，進行相當良好的搭配，隨時都能撥動詩弦，吟哦詩句。

類似同題多首的詩，林盛彬寫了〈厝鳥仔〉兩首，第一首為「厝鳥仔」正名，寫於 1995 年 5 月 10 日，第二首全詩如下：

厝鳥仔　之二

藉著翅膀思維
在島的窩巢
孕育世界之花

靠土地成長
靠海洋想像
島是世界的起點
島不是唯一的土地

在窩巢上
用愛與思想的翅膀飛揚
讓世界不斷擴大
在島的屋簷築巢
讓夢的種籽落地開花

這首詩寫於 1998 年 9 月 22 日，收進詩集《風從心的深處吹起》。作者跳脫對厝鳥仔的平日觀察，賦予高一層「理性」的詮釋。全詩分三段；首段，厝鳥仔不只是普通的厝鳥仔（麻雀），牠懂得思維，要「在島的窩巢／孕育世界之花」，彷彿口號「立足台灣，放眼世界」的另一詩意的期許講法，準此，這厝鳥仔已經是這個「島」（台灣）或「島民」（台灣人）的代言。二段，承續前一段，加強自我肯定，接受島的孕育而成長，更能掙脫島的禁囿；一方面由於地理因素，有廣瀚海洋的想像馳騁，另一方面，這種認知應該是作者留學教育養成世界觀的啟發吧！然而，詩人並不忘本。末段，以同心圓的原理，規劃出島嶼的願景：「在島的屋簷築巢／讓夢的種籽落地開花」。作者有夢，他的夢是由「愛與思想」這一對翅膀馱負飛揚的。法國文豪安德烈・紀德（André　Gide,1869～1951）強調其《新糧》一書：「這裡是愛與思想的微妙交流」。「愛與思想」就是人類文明與理性的本質所外顯的重要元素。就形式看，這首詩的

首段 3 行、二段 4 行、末段 5 行，似乎著眼於漸進式推展擴充；在文詞方面，卻因夾帶概念的陳述，微略小疵。

〈月琴〉、〈手拉坏〉二詩，則是林盛彬對鄉情與家園之愛另一層表達。月琴，是民間流傳甚久的樂器，取其音箱形圓似月，通常是五度定弦，演奏時左手按弦，右手持撥子彈奏。月琴是高音樂器，常用於合奏，它的聲音比琵琶響亮，還帶有一種金屬性質的鏗鏘聲；亦可獨奏獨唱，或街頭即席演唱。林盛彬在〈月琴〉一詩，用三十行的短小篇幅，容納台灣四百年的宿命，他說「而我／只想把妳高高捧起／重定島的音階／彈撥我自編自唱的／海的曲調」。任何一位台灣詩人，都該期許完成一部《台灣史詩》；如果林盛彬亦有如此壯懷，那麼，〈月琴〉一詩應屬敘事詩的「序曲」了。

手拉坏是近年製陶工藝的一項流行作業，原本專屬陶藝家的本領，轉為人人均可動手親自完成心願的捏陶遊戲。手拉坏的目的是「一個形像的誕生」。林盛彬這首〈手拉坏〉詩，以實際操作「適度地澆水」，體驗到「手與土之間的潤滑和諧」，進而感受出「土是台灣的土／水是台灣的水／在此土此水中長成的雙手」，必有深遠的意涵。詩人從操作過程中，奠基上述的運作理念，他最終的塑像是：「溫熱的像宇宙新生的星星」。把一塊小小的黏土，捏成一顆星星，作者能夠容納的思維是相當寬闊的。

除了鄉情與家園之愛的表達外，〈我的母親〉和〈藤〉是母親在世時的描繪與往生後的悼念，二詩均情摯意篤，感人心扉。前輩詩人葉笛讀了〈我的母親〉一詩，說：「乍讀，這首詩讓人覺得有點土氣，但再讀、三讀，讓人深深感覺這種毫無裝飾的土氣，無他，緣由詩人朴質的真誠，詩寫得那麼不造作，那麼行雲流水般自然，叫我讀了之後，不由得會心微笑，不由得想起我逝世的母親，一股溫馨湧上心頭，磅礴心底。」並稱許「這首詩最重要的就是寫出我們『台灣的母親』生動的典型」註 3。〈藤〉一詩以「樹」言母身，供我「挺直獨立」，如今樹「枯萎了」，空留我「滿樹錐心的藤」。詩人從自然界藤與樹的關係，悟徹母與子的親情緊密。在早期，19880

年代中，林盛彬曾寫情詩〈蔓藤〉，當時他說：「愛情蔓藤／長年猶青」。

三、詩　藝

　　林盛彬詩藝的書寫特點，初期，以第一手人稱「我」為敘述的重心，算是「唯我論」的寫家，直接由「我」起筆，如詩集《戰事》內〈一個潮濕的午後〉：「我撐傘如水族游移」（頁69）、〈落日〉：「我把僅存的光芒擴散」（頁73）。詩集《家譜》之後，漸少，乃至改變。此外，初期的詩作大都採類似「賦」的舖陳筆觸，篇幅較長，文詞展延細密。林盛彬詩作中較長者，大都以組詩或之一、之二等形式，如〈風景〉兩首、〈女人的顏色〉兩首、〈星的自述〉三首、〈星之外傳〉兩首、〈世紀之末〉七首、〈沙鹿記事〉兩首、〈厝鳥仔〉兩首、〈淡水河口記事〉七首、〈淡江組曲〉四首……等。這多少顯示作者的多面觸覺，從多角度關注同一主題。有一時期，林盛彬寫作短詩、「短歌」，成品則收入進詩集《風從心的深處吹起》的輯三，作者坦言：「因之前博士論文的題目在於闡釋拉丁美洲的俳句詩潮，對日本俳句的藝術稍有涉獵，在詩創作上或多或少受到吸引，而做了一些實驗」（林盛彬，2002：自序），作者並認為「不能以俳句視之」，因而取名「短歌」。縱觀這一輯12首詩，大都如早期詩壇人士習慣稱呼的「小詩」。然而2002年以來，又恢復初期「賦」的技法，且迭有佳作展示，如〈二葉松〉、〈我的母親〉、〈天燈〉等，值得慶賀。

四、結　語

　　1980年代，林盛彬剛起步、出聲。在戰後台灣的新詩壇，1980年代已是第三波浪潮了。1950、60年代，戰鬥文藝與現代主義正熾；1970年代，戰後出生的青年詩人崛起、鄉土文學論戰；1980年代，

新起的一代重思「現代主義」，以及後現代後工業詩潮，年輕詩社湧現卻顯露不安定不確定。林盛彬跟當時擠身年輕詩社的一代不同之處，是他沒有受到衝擊，跳脫台灣的時空，在西班牙留學，紮實自己的學問基礎，仍與「笠」詩社的部份成員交往，以平實穩重的腳步，拓印了自己的詩蹤。

（2006.07.10.）

註釋：

註 1　《台灣文學辭典》，尚未發行紙本版。先見網路《台灣文學辭典》試用版 http://taipedia.literature.tw:8090/ug-9.jsp?xsd_name=entry&handle=1853

註 2　同一本書（宋碧雲譯《戰地春夢》），小說內文之前，為美國學者羅伯特·潘·華倫的〈論《戰地春夢》〉，張愛玲翻譯。有關此段，張的譯文如下：「那些神聖、光榮、犧牲和白幹等字眼，總是使我窘迫。……像光榮、榮譽、毅力和神聖這些抽象的字眼，和實在的村名、路的號數、河流名稱、部隊蕃號及日期一銜接，就變得骯髒字眼了。」（宋碧雲譯，1981：前 18）

註 3　葉笛〈母親的形象〉，刊登《笠》詩刊 249 期，頁 51-52，2005.12.15.

參考書目：

林盛彬（1988），《戰事》，台北市：名流出版社，1988 年 7 月 15 日第一刷。

林盛彬（1991），《家譜》，台北市：笠詩刊社，1991 年 1 月初版。

林盛彬（2002），《風從心的深處吹起》，板橋市：台北縣文化局，2002 年 12 月初版。

陳千武（1997），《詩的啟示》，南投市：南投縣文化局，1997 年 5 月初版。

陳賢茂主編（1993），《海外華文文學史初編》，廈門市：鷺江出版版，1993 年 12 月第 1 版。

陳賢茂主編（1999），《海外華文文學史·第四卷》，廈門市：鷺江出版版，1999 年 8 月第 1 版。

宋碧雲譯（1981），《戰地春夢》（海明威著），台北市：遠景出版公司，1981 年 2 月初版。

莫　渝（1999），《笠下的一群——笠詩人作品選讀》，新店市：河童出版社，1999 年 6 月初版。

輯二　詩的欣賞

詩與社會現實

前引：

（讀過，不時咀嚼的詩句）

（1）

我詛咒過
大英政權的酗酒官員，我該如何
在非洲與我愛的英語之間抉擇？
背叛二者，抑將二者賜我的交還？
我怎能面對屠殺而無動於衷？
我怎能背離非洲而安心苟活？

　　　　　　——沃克特〈來自非洲的遙遠呼聲〉
　　　　　　　（沃克特 Derek A. Walcott，
　　　　　　　1992 年諾貝爾文學獎得主詩人）

（2）

我的故鄉，
有百萬墳墓。
我的故鄉，
讓戰火燒盡。
我的故鄉，
是多麼不幸。
我的故鄉，
有奧斯威辛。

　　　——（波蘭詩人）勃羅涅夫斯基〈我的家鄉〉

一、詩存在的意義與寫實遠景

詩存在的意義與文學出現的意義盡乎相同。依據藝術創作心理的動力,「遊戲說」與「道德說」(經國濟世說)是兩股互為起伏的理論,文學歷史就在這兩股理論輪番傳遞:隱 vs 士、寫意 vs 寫實、浪漫主義 vs 古典主義、為藝術而藝術 vs 為人生而藝術、唯美 vs 濟世、唯我 vs 群眾、怡情 vs 教化、自娛 vs 娛人⋯⋯。這兩股起起伏伏的理論,互有消長,並非絕然對立。文學歷史如此,個人的寫作歷程也在這兩股理論之間擺盪。

人類生命成長過程可以分為兩個階段:自我中心和走出自我。前者是生物機能的主動呈現,處處以我為主,強調自我意識,後者為教養受訓的義務發揮,懂得替他人設想,內心除自我外,能安置他者,將這種設想、移情,加以拓展,型塑了宇宙意識。我們生活在當今的社會環境中,也被既定的文化意識所圍繞。藝術文學的創作是社會結構的一環,是個體主觀生命與外在環境交互對話的結晶,自然包容主觀的個體思維與客觀的環境因素。

個體是自我本身的單一存在,社會是集合多數個體而成的群體結盟;個體與社會群體之間的彼此互動,有拉拒的激盪成分和力量,因而出現介入或疏離的兩極現象。

波蘭詩人赫伯特(Zbigniew Herbert,1924～1998)認為戰後波蘭詩人的任務是「從歷史的災難中搶救兩個字詞:正義和真理,缺少它們,所有的詩都只是空洞的遊戲。」戰後的台灣,歷經 1947 年的二二八事件、1950 年至 1987 年的白色恐怖、戒嚴噤聲等,社會環境與政治結構都迥異一般正常國家,因而,不少詩作充斥著赫伯特說的「空洞的遊戲」。然而,詩,除了抗議社會的不公不義,爭取政治權利、維護生態環境⋯⋯等等正義和真理的聲音外,是否還有其他的選題,答案應該「還有」;更何況,今日的某些正義和真理,跳過時空,就變了樣。1995 年 10 月,英國舉辦一項「最喜愛的詩歌」文學調查,詩人濟慈(John Keats,1795～1821)的兩首詩〈夜鶯

頌〉和〈秋歌〉選入前十首內，他本人也名列「最喜愛的詩人」第六名。濟慈的詩句「美即是真，真即是美」，是他的詩觀。赫伯特把詩的命題放在「真」這一邊，濟慈則在他的詩天平兩端擺放「真」和「美」。

　　所有的寫作者都在身處的社會環境內作業。詩的怡情與教化，也都含蓋在社會環境內的檢驗。詩的社會現實包括：社會事件（現象）的再陳列、衍釋、透視與抗議批判，但不是新聞報導鉅細靡遺般的陳述。詩的社會性、現實性，不只是社會的消遣，社會的娛樂，或社會動向的見證，小應具有「開啟未來」的視野。

二、詩例

　　底下試著舉幾個例子，

詩例（一）

　　這是美聯社提供的一幀相照，應詩友之邀，撰詩搭配。

　　相片顯示幾位戴帽人士挨牆靠緊打盹，最右邊擺放一隻吉他。他們的身份只能臆測聯想，也許是街頭藝人（音樂家）。就由此點出發，寫出〈喧譁過後〉這首詩，

喧譁過後　　　　莫　渝

喧譁過後
大家都累了
暫時收起笑聲

我們是一夥
等待的街頭藝人
無聊的街頭藝人
沉潛的街頭藝人

靠緊些
擠，我們在儲存能量
臉，木然的
是即將重現歡顏的冥思

（2005.11.27.）

詩的末尾，當下木然的臉，「是即將重現歡顏的冥思」，「重現歡顏」，就是提出遠景。

　　【紫蓉讀後感】：喧譁過後，是另一種真實。
　　就某個角度來看，街頭藝人是無聊的，永遠在等待，不知在等待什麼？人生似乎也是如此：沉潛，演出；再沉潛，等待下一次的演出。週而復始。無奈的人生，唯有彼此緊靠著，互相取暖，才有能量，再一次展現歡顏，做另一次的展演。（2005.11.29.）

詩例（二）

流浪漢　　　　　喬　林

他坐在龍山寺邊的花台沿石上
停止思想
無數隻化裝過的腳從他的眼前
匆匆劃過

誰也不識他的存在
只有尚暖的冬陽
把他的身影張貼在身後的圍牆上
但也不過是半天便收了起來

他被走道上的喧嘩噪音
他被花花綠綠的人群禁形
他是一張政令告示
沒人閱讀

喬林的〈流浪漢〉（2005年作品），陳述的詩句，顯示作者關懷弱勢族群。和流浪漢相似的語詞有無業遊民、迌迌人、羅漢腳、漂泊者、落魄者、遊民或乞丐，現在則出現較斯文的名詞：街友。早年，這類人士常是到處遊蕩、漂泊，由甲地流浪至乙地與各地，居無定所，目前，活動範圍大都固定於街頭一角，儼然有自己的勢力圈，因而雅稱街友。名稱雖變，意義不變。他們都是正常社會的邊緣人、不事生產者，淪為這樣身分的因素有二：自願與被迫，前者貪戀無拘束沒有家的束縛，四處可以為家，或者像俗諺說的「少年不識想，食老不成樣」，「少年錢毋惜，食老就落角」；或者有遭親人疏離，不得在家安養的情況。在寺廟邊徘徊遊蕩的流浪漢，是「人」，卻不被重視，很像「沒人閱讀的一張政令告示」，既糟蹋「人」，也諷刺「政府」。

詩例（三）

　　苗栗縣有處景點：龍騰斷橋。原名魚藤坪斷橋，位於縱貫鐵路舊山線魚藤坪鐵橋現址上游八十公尺處，建於 1908 年。當時日本人積極西化，採荷蘭式的砌磚工法建造，當時建橋的混凝土材料是以糯米為主，故又稱糯米橋。完成時，是台灣鐵道部（日治時代之名）海拔最高，跨距最大（61 公尺）的橋樑。1935 年 4 月 21 日三義關刀山大地震，將十座橋墩震毀，分為北側六座、南側四座的殘骸。1999 年 9 月 21 日集集大地震，又將北側第五個橋墩半殘拱柱震斷。本遺蹟橋墩曾被譽為「台灣鐵路藝術極品」。

斷　橋　　　　　　　莫　渝

翁蔚蔥龍的山景裡
簇擁著幾座並列的挺直紅磚橋墩
灰白山嵐不時飄浮，添加蒼涼
翠綠枝椏
究竟是侵占抑同情地進駐
延續生機
告知與自然契合的宿命

橋斷了，橋墩仍聳拔
碑銘式的挽留記憶
河消失了，流水斷源
魚藤蔓生拓纏
徒增稀微

尋美的旅人流連山區
憑弔殘缺
荒蕪中
隱約聽到蒸汽火車聲轟隆駛來

站在人類立場，橋樑的建立有其目的；喪失初始的效用後，「斷橋」
與自然界結合，反而轉為觀光景點，形成另一種怡情作用。

　　除了寫實之外，這首詩末行，提出「隱約聽到蒸汽火車聲轟隆
駛來」的動感，讓殘缺斷裂的靜寂，復甦了生命的活力。不僅詩的
結尾如此，詩中亦有暗示，如首段「翠綠枝椏／究竟是侵占抑同情
地進駐／延續生機／告知與自然契合的宿命」，二段「橋斷了，橋
墩仍聳拔」，「仍」字有尚保留某些原樣之義，「聳拔」則指生命
的硬朗；「河消失了，流水斷源／魚藤蔓生拓纏」，「蔓生拓纏」
指生命的延續。

詩例（四）

圓環銅像　　　　　　　　林豐明

秩序
是他最放不下的東西
即使死了
還要站在路中央
四面八方
監視

因此沒想到
繞著他團團轉的人
有一天會為了秩序
不得不
把他移走

戒嚴時期台灣的統治者，極力建構個人的偉大與永恆。除歌曲與呼
口號的洪亮聲音外，處處林立的銅像也算「豐功偉績」的告示。林
豐明的〈圓環銅像〉（1988 年作品），從秩序回到秩序，解構了偉
人的虛幻，他說：「即使死了／還要站在路中央」，物換星移，最
後，還是「不得不／把他移走」。作者陳述了一則幻滅的社會現象。
1990 年代初，東歐與蘇聯共產政權解體時，蘇聯境內，列寧痛銅像
遭拆倒，日本詩人谷川俊太郎寫了這樣的詩句：「列寧的夢消失了
／而普希金的秋天留下來」，明顯地比較「銅像與詩文學」的永恆
價值。

　　相較於林豐明的〈圓環銅像〉，谷川的詩句，予人較多的想像
空間。

銅像復活　　　　　　莫　渝

修復之後
被拆毀的銅像
再度佔上國土
雄立廣場　傲視周遭
勇挺的騎馬英姿
直逼地平線

超過百歲的「偉人」
活了又死　死了又活
在人間反反覆覆

未及百歲的常人
臥病在床　反反覆覆
生不如死　生死由不得

常人一死百了
廣場的「偉人」
接受路人的尊崇或異樣眼神
不在乎鴿屎的停靠

缺乏美學的陶冶
排斥文化的深層教養
只信仰一個「偉人」
求「偉人」賜他生命生活

不是神
復活的銅像
繼續佔領土地
享受殿堂的禮遇
老廟祝忠誠的按時祀奉

（2005.12.25.）

社會現象錯綜複雜，不論社會的換喻（轉喻，metonymy，近似二物間的類比，如王冠＝國王，羽毛＝鳥禽）或隱喻（metaphor，一種以彼物比此物並且隱藏涵意的類比手法），詩作完成了，都只是社會現象的浮光掠影。至於社會型態的背後，現實社會的背後，以及造成「主體」（如：喬林筆下的流浪漢）的背景因素，即「後窗」因素，可能在作者呈顯的詩句裡遭模糊掉。因而，詩文學的社會現象的寫實陳述，客觀書寫或主觀書寫，都得脫離表面的描述，提出作者一份遠景的輪廓，不能僅僅以社會消遣和娛樂看待。遠景，應該是愉悅的慰藉，活潑的生機，即「開啟未來」。

　　庶民的生活，市井的聲音，可能較吸引我。而艾略特（Thomas Stearns Eliot,1888～1965）的話也讓自己警惕著，他說：「一篇作品能不能算是文學，應當純以文學的尺度作判斷。至於文學作品的偉大與否，絕不能單獨訴諸文學標準。」

（2005.12.26.）

──「台灣現代詩人協會」年會宣讀，2006.01.07.

──刊登《台灣現代詩》第五期，2006.03.25.

（增錄「前引」詩句）

台灣新詩之美

　　土地孕育並供養萬物，特別嘉惠人類，賦予無限想像的能力與空間。這樣想像的烏托邦領土仍是奠基於現實的土壤。同樣，發揮想像力的產品——文學，必然源於現實，來自土地。

　　日治時期，台灣新文學的萌生與發展，建構了寫實主義的傳統。小說方面，賴和的〈一桿「稱仔」〉、楊逵的〈送報伕〉、呂赫若的〈牛車〉、龍瑛宗的〈植有木瓜樹的小鎮〉等，既是當時抗議文學的傑作，也是寫實主義文學的代表。詩方面，楊華的〈女工悲曲〉、〈黑潮集〉，賴和幾首議論詩，如〈覺悟下的犧牲〉（有關「二林事件」）、〈流離曲〉（有關「退職官墾地事件」）、〈南國哀歌〉（有關「霧社事件」）、〈低氣壓的山頂〉等，都是寫實主義的代表作。

　　稱「寫實主義」（Realism），就是「現實主義」（Realism）。繪畫界的「寫實主義」（Realism）等同文學界的「現實主義」（Realism）；繪畫界「寫實主義」可以捕捉現實之美，文學的「現實主義」為什麼一定暴露現實之醜呢？相對於繪畫界畫家們用寫實的技法捕捉台灣山川之麗，風土之秀，民俗之純；台灣詩壇卻動輒強調主知、強調現代後現代，或者刻意扭曲文字的狀況。

　　法國著名雕塑家羅丹（Rodin ,1840～1917）說：「美，到處都有。對我的眼睛來說，不是缺少，而是發現美。」

　　從現實主義這個角度，我選出幾首台灣詩人的作品，分別表現人間詩美的不同面向，與大家一起閱讀，共賞、交流。

第一首，王白淵的〈詩人〉，表現對文學之愛

詩 人　　　　　　　　王白淵

薔薇默默開著
在無言中凋謝
詩人活得沒沒無聞
吃著自己的美而死

蟬子在空中歌唱
不問收穫而飛去
詩人在心中寫詩
寫了又擦掉

月亮獨個兒走著
照亮夜之黑暗
詩人孤獨地歌唱
道出千萬人情思

（月中泉譯）

王白淵，1902 年 11 月 3 日出生於彰化二水，就讀於二八水（二水舊稱）公學校，台北國語學校師範部（台北師範學校），畢業後返鄉任教，1923 年 4 月負笈日本，入東京美術學校師範科（今東京藝術大學），1926 年 4 月畢業，擔任岩手縣盛岡女子師範學校教職。1931 年 6 月出版日文詩文集《棘の道》（いばらのみち），1932 年 3 月籌組「台灣人文化社團」，9 月，教職遭解聘，隨即抵東京與友人籌組「台灣藝術研究會」，1933 年 3 月成立，7 月出刊《福爾摩沙》雜誌。1935 年獲聘任教上海美術專校，1937 年被日軍逮捕回台，1943 年 6 月出獄。戰後，供職於台灣新生報、人民導報、台灣文化協進會、紅十字會等。二二八事件後曾一再牽連，坐牢三次。1965 年 10 月 3 日（農曆 9 月 9 日）因尿毒症病逝台大醫院。除《棘の道》

外，有〈台灣演劇之過去與現在〉（1947 年）和〈台灣美術運動史〉（1955 年）等發表。其主要著譯由彰化縣立文化中心刊行《王白淵・荊棘的道路》（陳才崑譯，1995 年 6 月）出版；其日文著作《棘の道》的詩作，另有巫永福中譯，刊登《文學界》第 27 期（1988年・秋）。

本詩選自《光復前台灣文學全集・9・亂都之戀》。

王白淵到日本留學，原始動機是「想做一個台灣的密列（米勒），站在象牙塔裡，過著我的一生。」繪畫是得自母親的遺傳，象牙塔則是殖民社會使然。在東京研究美術之餘，接觸印度泰戈爾（1861－1941）與日本石川啄木（1886～1912）兩人的詩文學，才迸發詩興，短時間內寫出《荊棘之道》詩集。他的詩自然揉合著繪畫的本質與上述二人的風味，即追求美的信念，拋離現實的人間味，也就是這首詩裡：「詩人活得沒沒無聞／吃著自己的美而死」。王白淵用三種自然界景物：薔薇、蟬子和月亮，解說詩人的作為與意義。做為表達心聲的方式，詩，可以大聲疾呼（如蘇聯的「響派」），也可以輕吟細語（如蘇聯的「悄派」）；可以感人，也可以自娛。中國詩人李白借酒「與爾同銷萬古愁」，王白淵則是「孤獨地歌唱」。儘管這首詩缺少殖民地子民的抵抗精神，他的其他一些詩篇還常常出現薔薇這種植物，因此，曾遭指責為「薔薇詩人」。但是，詩人的天職本當「道出千萬人情思」。

第二首，郭水潭的〈廣闊的海〉，表現兄妹之情，家園之美

廣闊的海　　　　　　　郭水潭

——給出嫁的妹妹
妹妹　妳要嫁去的地方是
白色鹽田　接著藍海

在那廣闊的中央突出
羅列的赤裸小港街
那邊　露出來的
家家的　屋頂上
鴿子和麻雀都看不見

那邊　有鹽分的
乾巴巴的　土地上
沒有森林　也沒有竹叢
然而那邊的海濱都有
美麗的貝殼像花散亂著
那邊　有歷史的港口
豎立著紅色戎克的帆柱林
那邊　所有的巷道
都刻有粗暴的腳印

驚奇那些粗笨的風景
耐著　廣闊有變化的生活
還有露出的屋頂　紅戎克帆柱
日日同樣吼叫的季節風
妹妹　妳小小的胸脯
想必會受傷吧

那時　妳必會

想到故鄉的許多事
在夏夜納涼著吃龍眼
聽父親常自誇門第高貴的話
曾經　純樸溫柔地羨慕著

在榕樹下搖籃裡背唱母親的催眠曲
同年的女孩子們　在院子裡玩跳

常在月夜玉蘭花醫下捉迷藏
妹妹　想把那些遺忘而嫁出去
妳的夢　太美了
然而很懂事的
善良的海邊的丈夫
會特別愛護妳
會給妳聽聽新土地的傳說吧
天晴　無風的日子
會溫柔地　牽著妳的子
讓妳撿起海邊美麗的貝殼

佇立在那潔淨的海灘
妳就會知道比陸地
多麼廣闊的海──

郭水潭，號千尺，1908 年 2 月 7 日（農曆 1 月 6 日）出生，戶籍登記為 5 月 13 日，台南縣佳里鎮人。早年研究日本古典文學、俳句、短歌等，後轉白話新詩寫作；1929 年加入「南溟樂園」（南溟藝園的前身）；1934 年，加入「台灣文藝聯盟」；1935 年，小說〈某男人的手記〉獲《大阪每日新聞》新人獎；1939 年 9 月加入「台灣詩人協會」，在其機關雜誌《華麗島》詩刊發表作品；1940 年 1 月，加入「台灣文藝家協會」隨筆部員。戰後，1950 年起任職台北市政府秘書室事務股長（1950～1953）、台北市文獻委員會編纂（1954～1956）、台北市中央蔬菜批發市場專員（1956~1964）、台灣區蔬菜輸出業同業公會總幹事（1964~1980），直到 1980 年 6 月退休，1981 年 4 月返鄉定居。1983 年 8 月，獲第五屆鹽分地帶文藝營「台灣新文學特別獎」；1993 年 10 月，獲台南縣「南瀛文學特別貢獻獎」。1995 年 3 月 9 日病逝。

　　郭水潭作品以新詩為主，兼及小品隨筆、評論、小說，為日治時期鹽分地帶文壇健將之一，重要文學創作均完成於 1930 年代，歸

屬社會寫實詩人。生前，僅在 1930 年初，鋼版油印 1929 年南溟樂園社同人《自選詩第一集郭水潭篇》（10 首詩）；1934 年，短歌14 首選入日本《皇紀二五九四年歌集》。1994 年 12 月，由台南縣立文化中心出版近乎全集的《郭水潭集》（羊子喬主編）。

郭水潭的詩業起始於 1929 年，先在《南溟樂園》（稍後的《南溟藝園》）發表，隨後成為同人，並在翌年油印《自選詩第一集郭水潭篇》（1929 年的 10 首詩），是初次嶄露頭角的文藝青年。由詩，兼及隨筆和小說，1930 年代是郭水潭的詩文學寫作風光年。年輕的郭水潭擔任北門郡守課雇、通譯，曾自言：「我是村中有力者」。集進《郭水潭集》的創作，包括詩：41 首、小說：3 篇、隨筆：19篇、論述：12 篇。

日治時期，台南州的北門郡，包括現在的佳里、學甲、北門、將軍、七股、西港等鄉鎮，因地理環境近海濱海，北門、七股以產鹽聞名；1930 年代，這裡出現一批文學青年，形成「鹽分地帶派」的文學小集團，這股文風，一直傳承著。作家林芳年（1914～1989）被譽作「鹽甕裡的靈魂」或「曝鹽人的執著」，郭水潭則有「日治時期鹽分地帶文學的旗手」之稱。

這首詩選自《光復前台灣文學全集‧10‧廣闊的海》頁 19-22，原刊《南島文藝》（日本大阪每日新聞，1937 年）；日文書寫，陳千武譯。

這首詩描述妹妹出嫁，兄長的心情，有難捨也有祝福。詩人先敘出嫁地濱海鹽田「小港街」與成長地家鄉的不同（一至三段）；四、五段，言新地區的特點：有貝殼，有戎克船（短程載貨的運輸平底船），有季節風。六、七段，言妹妹出嫁到新地初期必然的不適、想家、追憶兄妹相處時的往事，到此，詩人筆觸一轉，誇言其夫婿將會疼惜愛護。末段，僅三行，卻帶無比的祝福：「佇立在那潔淨的海灘／妳就會知道比陸地／多麼廣闊的海——」。

作者另有一首〈蓮霧之花〉，詩 10 行。描述五月間蓮霧開花了，想及出嫁的妹妹，「我馬上寫信給海邊的妹妹」，希望她「決定六

月回娘家」，屆時「妹妹啊　能再一次恢復天真的少女了」。時序的輪轉，想回到過往是不可能的，但詩文學的寫作，如同攝影一樣，具有「停格」效果，引人追記「逝水年華」。

　　這首詩，在兄長的娓娓敘述中，交織著鹽鄉海景和兄妹手足情深。推廣而言，海島國家的台灣，佇立在那潔淨的海灘，我們都可以感受到比陸地，多麼廣闊的海。如此，將更珍惜我們的海岸，我們的海洋，我們的陸地。

第三首，陳千武的〈夕陽〉，表現稚子之純、慈祥之愛

夕　陽　　　　　　　陳千武

鐵軌上
映著零散的餘暉
孩童們亮起高興的臉　　跳上
被遺忘了的手推台車
緩慢地從慢坡滑下
車上的孩童們舉起雙手
向小小的氣流歡笑
圓圓的臉
裸體的胸脯　　舒暢地流著汗
一次又一次
手推台車從慢坡滑下
只要總工頭不站在高臺上
沐浴著巨大的餘暉的
孩童們
是忘記回家的雛鳳啦
鐵軌上
油汗亮著

陳千武，本名陳武雄，另有筆名桓夫。1922 年 5 月 1 日生出於南投縣名間鄉。日治時期台中一中畢業，戰後，在林務機關工作，再轉入台中市政府，1976 年創立台中市文化中心擔任主任（後改文英館），1987 年從文化中心文英館長職退休。中學時即從事日文寫作，有家藏詩集兩冊，戰後學習中文，展開詩、小說、文學評論、兒童文學與翻譯等文學生涯。1965 年，與一群台籍詩人創辦「笠」詩社，發行《笠》詩刊。著有詩集《密林詩抄》（1965 年）、《野鹿》（1969 年）、《媽祖的纏足》（1974 年）、《愛的書籤》（1988 年）、《月出的風景》（1993 年）、《陳千武精選詩集》（2000 年）等，另有翻譯成日文、韓文的詩選集；小說《獵女犯》（1984 年）；評論《現代詩淺說》（1979 年）、《台灣新詩論集》（1997 年）等；翻譯《日本現代詩選》（1965 年）、《韓國現代詩選》（1975 年）、《華麗島詩集》日譯版、《台灣現代詩集》日譯版、《亞洲現代詩集》1~6集等。2003 年 8 月由台中市文化局出版《陳千武詩全集》12 冊（陳明台主編）。

陳千武先生是台灣新詩史的重要參與者和建構者之一。

本詩選自《陳千武作品選集》（1990 年），原詩日文書寫，1941年 5 月刊載於《台灣新民報》。作者自譯。

黃昏時刻，夕陽臨西，軟弱無力地發出「零散的餘暉」。放學回家的孩童遙見車站鐵道的手推台車空著，麻雀似的高興地奔向台車，登上平台，讓車子「緩慢地從慢坡滑下」，「一次又一次」重演歡樂的景象。只要沒有大人的禁止，只要沒有安全的顧慮，遊戲就是孩童教育的全部。孩子們「舒暢地流著汗」輝映著「鐵軌上／油汗亮著」；原本「零散的餘暉」，添加孩子的歡笑，變成「巨大的餘暉」。詩題雖為夕陽，主角卻是孩童，這印證了前人的話：「有孩童的地方，就有歡笑。」提倡「夏山學校」的教育家尼爾認為「現代文明的罪惡，可以說是不給孩子足夠的遊戲。換句話說，在未變成大人以前，每個小孩都已被訓練成大人了。」

　　詩中的這群孩童慶幸「總工頭不站在高臺上」，少了大人的干涉遏制與驅趕，他們就是「忘記回家的雛鳳」，他們依然在大自然的薰陶下成長。

第四首，詹　冰的〈椪柑〉，表現夫妻之摯。

椪　柑　　　　　　　　詹　冰

太太捧著一個椪柑說：
「好美的一個椪柑——，
可是，那位中醫師叫我不要吃水果——。」
我看她充滿食慾的眼睛，覺得怪可憐。
我就說：「偷偷吃一點嘛，醫生也不曉得——。」
我覺得我像是伊甸園裡的一條蛇。
於是，太太就開始吃椪柑。
一會兒。整個椪柑都吃掉了。
我意外地說：「全部都吃掉了嗎？」
太太看著果皮說：
「醫生只說，不要吃酸的水果——，
好甜的椪柑啊！」

詹冰（1921～2004），本名詹益川，出生於苗栗縣卓蘭鎮，祖父詹龍飛當過卓蘭區長（鎮長），父親詹德鄰當過保正（里長）。就讀台中州立台中一中（五年制，1935 年 4 月至 1940 年 3 月）。1944年 9 月東京明治藥專畢業，獲藥劑師及格，隨即返台。1947 年 10月，在卓蘭開設存仁藥局。1954 年 3 月，轉任卓蘭中學理化科教師，認真學習中文，7 月辭職；1957 年 2 月，回任中學理化教師，至 1981年退休。1987 年遷居台中市。2004 年 3 月 25 日過世。戰後初期，仍用日文寫作及發表，1946 年參加文學團體「銀鈴會」，於該會先期刊物《緣草》與後期刊物《潮流》（均為中日文混合的季刊油印

雜誌）發表詩作。1952 年 12 月，國民政府嚴禁日語和台語教學後，詹冰改習中文，經十年努力，至 1962 年有能力發表中文詩與小說。1964 年，為「笠」詩社《笠》詩雙月刊十二位創社成員之一。著有詩集《綠血球》（1965 年）、《實驗室》（1986 年）、《詹冰詩選集》（1993 年，附英日譯）、《銀髮與童心》（1998 年）、《銀髮詩集》（2003 年），兒童詩集《太陽‧蝴蝶‧花》（1981 年），詩散文小說合集《變》（1993 年），小說《科學少年》（1999 年），《詹冰詩全集》三冊（2001 年）等出版品。先後獲得獎項，如兒童詩〈遊戲〉獲洪建全兒童文學首獎（1979 年），〈母親的遺產〉獲聯合報極短篇獎（1979 年），兒童歌劇《牛郎織女》在國內多場演出，還到法國巴黎公演（1986 年 6 月）等；榮獲「苗栗縣傑出藝文工作者獎」（1981 年）、「台中市資深優秀文藝作家獎」（1990 年）、「台灣新文學貢獻獎」（1994 年）、台中市「大墩文學貢獻獎」（2000年）、「資深台灣作家獎」（2000 年）、「榮後台灣詩人獎」（2001年）等。在〈笠詩人小評〉乙文中，莫渝如此小評詹冰：「年輕時充滿激越前衛的知性色彩，晚年則回歸純樸的赤子之心。」

　　這是一首夫妻對話的詩。看到一個鮮艷可口的水果，妻子忍不住誇讚。背後有忍不住的「食慾」，但受到某種限制（生病，醫生勸告勿食），卻委婉地徵求「同意饗用」的意圖。經不起意圖的暗示，丈夫（我）順其意的慫恿，最後，整個椪柑吃光了。做錯了事，總要圓謊，結尾兩行，就是自我安慰辯解。過程中，「我覺得我像是伊甸園裡的一條蛇。」把敘述者引入「亞當夏娃」的伊甸園故事，增濃事件的趣味。

　　這首詩有「食」的誘惑，有「情」的暗喻。很平常但不平淡的對話，盪漾著愛的漣漪。

第五首，葉 笛的〈有贈——給桂春〉，表現夫妻之之愛

有贈——給桂春　　　　　　　　葉 笛

而立之年
我牽起妳的手
我們走進生活炙熱的世界
在夢想常被現實輾碎的日子裡
妳的微笑溫暖了我凍僵的心

在荊棘的坎坷的路上
我跌跌撞撞欲倒時
妳柔弱的手是有力的手杖
讓我撐著走到現在

回首來時路
不覺四十年已杳

如今我們走在黃昏的松林裡
暮靄茫茫　松濤在耳
然而，我們聽得見
前方有「青鳥」在歌唱
明天還會遇見
在向我們招手的
冬天可愛的太陽！

葉笛，本名葉寄民，1931 年 9 月 21 日出生於屏東，台南市人。2006
年 5 月 9 日過世。1952 年，台南師範學校畢業，曾任教職。1969 年，
留學日本，先後在日本大東文化大學、東京教育大學、東京大學等
攻讀日本文學博士課程畢業；之後，任教東京學藝大學、跡見女子
大學；並曾主持東京「中國語言學院」、擔任日本「台灣學術研究
會」理事。1993 年返台，專事寫作翻譯。1996 年，獲第二屆府城文

學特殊貢獻獎，2001 年，擔任國立成功大學駐校作家，2005 年，獲「巫永福文化基金會」文學評論獎。著有詩集《紫色的歌》（1954年）、《火和海》（1990 年）；散文《浮世繪》（2003 年）；評論集《台灣文學巡禮》（1995 年）、《台灣早期現代詩人論》（2003年）等；翻譯《太陽的季節》、《河童》、《羅生門》、《地獄門》、《原爆詩集》、《中原中也論》、《水蔭萍作品集》、《北京銘——江文也詩集》、等多種。早年曾與郭楓創辦《新地文藝》。作品多發表於《野風》、《創世紀》、《笠》等詩刊雜誌。笠詩社同仁。其著譯全集正積極編輯中，預計 2007 年出版。詩集《火和海》裡「火和海」一系列詩作，是 1958 年「八二三」金門炮戰時，在掩蔽坑、塹壕裡完成的作品，是二戰後台灣詩人少數親歷戰場的詩作之一

　　這首詩寫於 2002 年 1 月 11 日，葉笛七十一歲，詩的對象是葉笛的妻子。整首詩沒有華麗的詞藻，沒有「言謝」與「感恩」之詞，，卻是一個老年男人對妻子的深情心語。「在夢想常被現實輾碎的日子裡／妳的微笑溫暖了我凍僵的心」、「在荊棘的坎坷的路上／我跌跌撞撞欲倒時／妳柔弱的手是有力的手杖／讓我撐著走到現在」，既有現實描述，也是真情表白，更是男人臨老的感激。淡淡的詩句散溢充滿濃濃的溫情，尤其末段，氣氛情境十足「人間重晚情」的流露！中國宋朝文豪蘇東坡（1037～1101）的詞〈定風波〉：「回首向來蕭瑟處，歸去，也無風雨也無晴」。有過「蕭瑟」的東坡看淡人生，是灑脫；走過「荊棘的坎坷的路上」的葉笛仍珍惜「牽手情」。雖然已是生命的「暮年」（暮靄茫茫），仍然期盼兩人共同再見「可愛的太陽」的「冬暖」，不理會生命的「冬盡」。

第六首，陳秀喜的〈薔薇不知〉，表現情愛追求的無奈

薔薇不知　　　　　　　　陳秀喜

隔著竹籬
一陣甜香撲鼻
似有一線緣份透入心懷

迷戀薔薇
與我曾有高歌之時
也有淚涔涔自嘲之日

當初堅定的意志
煽起了我跨越竹籬的勇氣
不顧及參差的銳刺

如今肉裂淌血的手臂
觸摸到飢渴不堪的心
我付出唯一的愛
獻給薔薇
唉！薔薇不知
唉！薔薇不知

陳秀喜，女，1921 年 12 月 15 日出生，新竹市人。日治時期新竹女子公學校畢業，曾旅居上海、杭州（1942~1946），戰後，隨任職銀行界的夫婿徙居彰化、基隆、台北等地，晚年長住關仔嶺。陳秀喜 15 歲，即以日文寫短歌、俳句和詩；戰後，勤加學習中文，1960 年代末，可以用中文寫作。1967 年加入台北短歌會、俳句社（日文寫作），1968 年加入「笠」詩社，1971 年起擔任「笠」詩社社長，至 1991 年 2 月 25 日逝世止。著有日文短歌集《斗室》（1970 年），詩集《覆葉》（1971 年）、《樹的哀樂》（1974 年）、《灶》（1981 年）、《嶺頂靜觀》（1986 年），詩文合集《玉蘭花》（1989 年）

等。過世後，家屬設立「陳秀喜詩獎」（1992 年起，2001 年止，共 10 屆）。1997 年 5 月，新竹市立文化中心出版《陳秀喜全集》10 冊（李魁賢主編）。

本詩選自詩集《樹的哀樂》（1974 年），亦收進《陳秀喜全集‧1》（1997 年）；原刊載《笠》詩刊 54 期（1973 年 4 月 15 日）。

薔薇是落葉灌木，多刺，花色有紅白黃；觀賞植物中，豔麗綻放的紅薔薇為最受喜愛的花卉之一；通常，人們也將薔薇當作愛情的象徵，這樣方式的表達轉嫁，等同於玫瑰。詩題〈薔薇不知〉，已將植物生命的「薔薇」昇華為有情世界的一員，「它」或「牠」轉為「她」或「他」（依詩中意涵揣度）。「花濺淚」與「花開心」都是當事人的心境投射，人喜境悅，人憂境愁。薔薇究竟不知甚麼？讀畢全詩，赫然驚覺「薔薇不知」當事人的一片真情。當事人的一片真情換來類似俗話「呆頭鵝」的嘲諷。全詩分 4 節，前 3 節各 3 行，末節 6 行。4 節詩分別將情愛追求的喜甜、迷戀、懊惱、無悔的一廂情願，表現得淋漓盡致。首節，是一幅香甜的花園邂逅圖：由薔薇的甜香氣氛帶引「情緣」的萌發；2 節，承續情緣，加深之，轉為「迷戀」；為此，進入 3 節，不顧「參差的銳刺」，欲求贏得「美人心」，強行採摘；4 節，終至招惹「肉裂淌血」，徒嘆「我付出唯一的愛／獻給薔薇／唉！薔薇不知／唉！薔薇不知」結尾兩行，發出連續兩次相同的歎息，意味著世間男女之間的情愛，強求不得，或是可遇不可求的無奈。

〈薔薇不知〉赤裸裸地表露追求情愛的心聲。套句俗話：「我愛者，人不愛；人愛我，我不愛。」人間的感情世界就如此無邏輯可尋。

第七首，李魁賢的〈圍巾〉，表現情愛之融

圍　巾 　　　　　　　李魁賢

圍巾是手的延長
纏繞在我的項際
脖子像伸出海面的潛水鏡
在寒風中破空前進
他的手纏繞在我項際
把體溫留給我身體

雲是圍巾的延長
飄動在山岳的項際
山在凝眸對視的流浪中
凝固成為日記上剪貼的紙花
他的圍巾飄動在我項際
把風姿留給我窗前

愛是雲的延長
醞釀在情人的項際
晚霞是時間壓縮的煙火
在空間呈現無限膨脹的浪漫
他的懷念醞釀在我項際
把名字留給我喃喃自語

李魁賢，曾用筆名楓堤，1937 年 6 月 19 日出生，台北縣淡水鎮人。目前擔任國家文化藝術基於董事長。1953 年開始發表詩作，1964 年加入笠詩社，1987 年籌組台灣筆會，曾任台灣筆會第五屆會長，獲吳濁流新詩獎、巫永福評論獎、榮後台灣詩獎（1997 年）、賴和文學獎（2001 年）、行政院文化獎（2001 年）、國際詩人協會「千禧年詩人」獎（2001 年）、由印度詩人提名 2002 年諾貝爾文學獎候

選人、第 27 屆吳三連文學獎（2004 年）等。著有詩集《靈骨塔及其他》（1963 年）、《枇杷樹》（1964 年）、《南港詩抄》（1966 年）、《赤裸的薔薇》（1977 年）、《水晶的形成》（1977 年）、《永久的版圖》（1990 年）、《祈禱》（1993 年）、《黃昏的意象》（1993 年）等，散文評論集《心靈的側影》（1972 年）、《台灣詩人作品論》（1986 年）、《詩的反抗》（1992 年）、《詩的見證》（1994 年）、《詩的挑戰》（1997 年）、《詩的紀念冊》（1998 年）、《詩的越境》（2004 年）等；翻譯《德國詩選》、《德國現代詩選》、《里爾克詩集》3 冊、「歐洲經典詩選」25 冊等。近年出版《李魁賢詩集》六冊（2001 年）、《李魁賢文集》十冊（2002 年）、《李魁賢譯詩集》八冊（2003 年）。另有文化評論，發明專利等著作。

本詩為作者 1985 年 1 月作品。

起筆一行「圍巾是手的延長」，既是手的延長，也是愛的延伸。詩人從圍巾纏頸的動作，聯想成「他的手纏繞在我項際」，繼而推想他「把體溫留給我身體」，儘管軀體有所分隔，情意依然繾綣綿綿。三、四行「潛水鏡」的意象，加深「圍巾」的季節性。詩人進一步發現跟「圍巾」相似柔軟的「雲」，又是另一種延長。

這樣首詩就架構在「手」、「圍巾」與「雲」之間的牽連，形成李魁賢的情愛觀。

李魁賢的詩常常散播著廣厚的愛，1983 年〈輸血〉一詩，由小我走向大我，由個體走向世界，都是詩人心胸的擴大與延伸。1997 年由劉國棟翻譯中英對照一百首李魁賢詩《愛是我的信仰》，即分三輯：愛的信念、台灣情、世界愛，展示了李魁賢詩世界特殊的面貌。

詩，可以唯美，可以不食人間煙火，亦可以由寫實呈現美景。

將近百年的台灣新詩，從現實土壤綻開的美麗之花（詩），展示情愛之真，親情之真，家園之愛，不算少量。唯，台灣詩文學的

學校教育與社會認知，有相當的離奇與偏頗，早年　頭栽進中國古典詩詞的坑臼，近年著重某些流亡漂泊之作，試圖忘卻與疏離台灣在地的現實概念。

　　或許因此，我們仍有努力認知與學習的空間。

（2006.05.05.）

媽祖生

陳千武

蒼蠅一匹
停泊在媽祖的鼻子上
非常詫異地搓揉著手
睥睨神桌
那些無數付的牲禮
嗅嗅擠進來的
婦女們的脂粉味……
為甚麼點那麼多香枝
為甚麼燒那麼多金紙
非常詫異的搓揉著手
天這麼熱！
無秩序的紛擾
在廟的幽昏裡
動盪不停的獻媚
在人潮的妒忌裡
又牲禮又香枝又金紙
再膜拜再膜拜再膜拜
意圖吵醒神
獲得神的保佑……
天這麼熱！
蒼蠅一匹
逃避在媽祖的鼻子上

註釋：

註 1　媽　祖：台灣民間信仰的海神，最多信徒的神明之一。俗家本名林默娘，成神後，敕封為「天后」、「天上聖母」、「天后娘娘」等，通稱「媽祖」。

註 2　媽祖生：這是閩南語（台語）的說法，即：媽祖生日。農曆三月二十三日為媽祖誕辰，俗稱「媽祖生」。各地，大多在此日前後，舉行隆重祭典，遶境遊行，稱為「迎媽祖」，家家戶戶業也有祀拜。

註 3　詫　異：驚奇，訝異。

註 4　搓　揉：用兩手相摩擦。

註 5　睥　睨：斜著眼看人，有看不起或不服氣的意思

註 6　牲　禮：牛、羊、豬等，平日飼養時叫「畜」，用為祭神時稱「牲」，亦稱「牲禮」

註 7　香　枝：即「線香」，東方人祭拜時用的線香，其功效等同西方進教堂時的蠟燭。

註 8　金　紙：即「冥紙」、「冥幣」。往生者在陰間冥府通用的紙鈔。

◎詩人簡介

　　陳千武，本名陳武雄，另有筆名桓夫。1922 年 5 月 1 日生出於南投縣名間鄉。日治時期台中一中畢業，戰後，在林務機關工作，再轉入台中市政府，1976 年創立台中市文化中心擔任主任（後改文英館），1987 年從文化中心文英館長職退休。中學時即從事日文寫作，有家藏詩集兩冊，戰後學習中文，展開詩、小說、文學評論、兒童文學與翻譯等文學生涯。1965 年，與一群台籍詩人創辦「笠」詩社，發行《笠》詩刊。著有詩集《密林詩抄》（1965 年）、《野鹿》（1969 年）、《媽祖的纏足》（1974 年）、《愛的書籤》（1988 年）、《月出的風景》（1993 年）、《陳千武精選詩集》（2000 年）等，另有翻譯成日文、韓文的詩選集；小說《獵女犯》（1984 年）；評論《現代詩淺說》（1979 年）、《台灣新詩論集》（1997 年）等；翻譯《日本現代詩選》（1965 年）、《韓國現代詩選》（1975 年）、《華麗島詩集》日譯版、《台灣現代詩集》日譯版、《亞洲現代詩

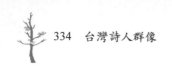

集》1~6 集等。2003 年 8 月由台中市文化局出版《陳千武詩全集》
12 冊（陳明台主編）。

　　陳千武先生是台灣新詩史的重要參與者和建構者之一。

◎評析

　　本詩選自詩集《不眠的眼》，最初發表於《葡萄園》詩刊 25 期，
1968 年 9 月；曾收進幾冊選集內，為陳千武代表詩作之一。

　　農曆 3 月 23 日是媽祖生日，這天，信徒與居民都準備香燭金紙
攜帶豐盛牲禮到媽祖廟（或天后宮。慈裕宮等）祭拜。時節已暮春
近夏，天氣悶熱，祭拜人群在祭典廣場來回走動，顯得非常擁擠，
婦女們大都上妝，散發或濃或淡的胭脂味。這場喜慶般的熱鬧，詩
人卻把主角擺在一隻蒼蠅。

　　詩開頭「蒼蠅一匹／停泊在媽祖的鼻子上／非常詫異地搓揉著
手／睥睨神桌」。計數蒼蠅，習慣用「一隻」，因其體積小，詩人
卻用「一匹」，把蒼蠅等同馬看待，一方面提高蒼蠅的噸位份量，
也顯示尊貴。重量級的一匹蒼蠅，「停泊在媽祖的鼻子上」，真是
「太歲頭上動土」（意即：故意在沖犯太歲的方位大掘其土）。小
蒼蠅戲弄大媽祖，還搓揉著手，斜眼瞧瞧神桌上的牲禮，真是不把
受尊崇的神明放在眼裡，也無屑這麼隆重的日子──媽祖生日。

　　「睥睨」之後，還「嗅嗅擠進來的／婦女們的脂粉味……」，
真是過分，暗中親近女色。且一再「非常詫異的搓揉著手」感到疑
惑，連續幾個「為甚麼」。末了，悟出那些動作的目的「意圖吵醒
神／獲得神的保佑……」。結尾：「天這麼熱／蒼蠅一匹／逃避在
媽祖的鼻子上」看來，蒼蠅是躲熱找處陰涼。

　　媽祖原本是民間的保護神，民眾信仰的支柱；詩人卻從庶民的
立場，把蒼蠅當作眾生的一份子，將之擬人化，並賦予「角色對換」。
一向高高在上的媽祖，儘管顯貴，仍受到揶揄、嘲諷。因而，在詩
裡，媽祖卻成了批判的對象、反抗的目標。

　　陳千武寫過十餘首以媽祖為題及內容的詩，大都將祂移架，離開神桌（離開權力，拉低威嚴），予以批判。這首 1968 年的〈媽祖生〉，具強烈諷刺與尖銳批判現實，是批判威權的一記猛喝。1969年長 108 行的〈媽祖祭典〉，含蓋面更廣，上自縣太爺，下至市井百姓，全都冀望「被薰香燻黑了臉的媽祖」保佑他們各種平安，「財富平安欲望平安妻妾一堂平安」，詩人認定這項祭典儀式是「傳遞神話／讓孩子們察覺恐怖的遊魂世界」，祭神是極端的迷信與守舊，日積月累，「毒蕈的廟宇仍然那麼艷麗」，仍然是大眾的神，已經登上神座，就永遠是神了。1970 年的〈恕我冒昧〉一詩，直言〈媽祖喲／坐了那麼久　的腳／在歷史的檀木座上／早已麻木了吧〉，進而建議應該把位置「讓給年輕的姑娘吧」。如果進一步隱喻，就可能涉及社會與政治的意義了，如「新陳代謝」、「世代交替」等。

海　峽

陳千武

海峽　屬於
黑潮海流　不屬於
人類的地盤
潮流穿梭在海底深層
悠暢……
到冬至　季節一變
烏魚群就溫乘潮流回娘家
帶來烏魚子當禮物
幾千年來　海峽的
規律　如此井然有秩序
自然構成的海峽

一望無際的海　屬於
水族們自由的天地
沒有國土的分裂　不受任何
統一的騷擾
幾百年來　從邈遠的
彼岸駕船渡來此岸
就窺測不到彼岸的陋習
只有鄉愁　愛與恨交錯的惦念
時而　受到彼岸的威脅
波蕩不安　疑心生暗鬼
NO
諾！
台灣海峽　仍然一望無際

註釋：

註 1 海　峽：狹長的水道，兩端與海洋相連。本詩指「台灣海峽」。

註 2 黑　潮：台灣外海有一股壯闊的洋流，寬約四百到五百公里，屬於北太平洋環流的一部分，長久以來，無聲的流過台灣東方外海；17世紀中期，荷蘭人即知道這股溫暖洋流的存在；因為這塊海域，水深四千公尺，陽光幾乎全部被海水吸收，使得水色深黑，日本人取名「黑潮」而留存下來。「黑潮」是一股暖流，影響著台灣的水質、漁業和氣候。

註 3 地　盤：原意：房舍建築的基地。現多引申文為：用特殊的勢力佔領、據為己有、加以控制的地區。

註 4 烏　魚：烏魚，學名鯔魚，背部烏黑。因台語「黑魚」的諧音，習慣稱「烏魚」。

註 5 烏魚子：烏魚子是台灣的名產及珍品之一，含有豐富蛋白質及脂質。取烏魚卵烘乾成片。其加工過程為：選購成熟母魚──→剖取卵巢──→水洗──→擠血──→鹽漬──→脫鹽──→整形──→乾燥──→成品。

註 6 窺　測：偷看並猜測之。

註 7 陋　習：不好的習慣風俗。

註 8 交　錯：交相錯雜，原本有秩序規則混成一團而顯得雜亂。

註 9 惦　念：思念、掛念、惦記。

註 10 疑心生暗鬼：內心有所懷疑，容易產生不合理的猜測。「暗鬼」，指不合情理的懷疑，無法提出實證的念頭。跟此詞類似者有：「心生歹念、邪惡上身」。

註 11 諾：原意：「允許」、「許諾」，及答應的聲音，等同「是」。在此詩中，延伸前一行英文「NO」的協音，有「不」、「拒絕」、「反對」之意。

◎詩人簡介

　　陳千武，本名陳武雄，另有筆名桓夫。1922年5月1日生出於南投縣名間鄉。日治時期台中一中畢業，戰後，在林務機關工作，再轉入台中市政府，1976年創立台中市文化中心擔任主任（後改文英館），1987年從文化中心文英館長職退休。中學時即從事日文寫作，有家藏詩集兩冊，戰後學習中文，展開詩、小說、文學評論、兒童文學與翻譯等文學生涯。1965年，與一群台籍詩人創辦「笠」詩社，發行《笠》詩刊。著有詩集《密林詩抄》（1965年）、《野

鹿》（1969 年）、《媽祖的纏足》（1974 年）、《愛的書籤》（1988
年）、《月出的風景》（1993 年）、《陳千武精選詩集》（2000 年）
等，另有翻譯成日文、韓文的詩選集；小說《獵女犯》（1984 年）；
評論《現代詩淺說》（1979 年）、《台灣新詩論集》（1997 年）等；
翻譯《日本現代詩選》（1965 年）、《韓國現代詩選》（1975 年）、
《華麗島詩集》日譯版、《台灣現代詩集》日譯版、《亞洲現代詩
集》1~6 集等。2003 年 8 月由台中市文化局出版《陳千武詩全集》
12 冊（陳明台主編）。

　　陳千武先生是台灣新詩史的重要參與者和建構者之一。

◎評析

　　本詩選自《陳千武精選詩集》，最初發表於《台灣時報‧台時
副刊》1988 年 10 月 1 日。

　　詩題「海峽」，隨無明確，仍可知其所指為與我們息息相關的
「台灣海峽」。千百年來，台灣海峽的水與域，或者波濤洶湧，或
者悠悠流逝，不改其深沉潛祕，卻見證人事浮沉，興亡盛衰。本詩
首段先提海峽所有權的歸屬：「海峽　屬於／黑潮海流　不屬於／
人類的地盤」。人類的私心，常據地為王，擁權自重，不似「海峽」
的寬容深藏。它隸屬「黑潮海流」的一部份，黑潮是暖流，「穿梭
在海底深層」，提供台灣漁民固定「禮物」：烏魚。烏魚，原是中
國大陸東南沿岸河口棲息的廣鹽性魚類，每年冬季，淡水水溫較海
水先下降，烏魚便成群結隊游向海中，隨潮流（黑潮）南下避寒，
在台灣海峽附近迴游產卵後，再回返。這趟游程與時間固定，因此
被稱為「信魚」。數百年來，烏魚是台灣冬季重要漁獲，繁榮了漁
村經濟，在台灣形成獨特的捕烏文化，並有「烏金」之譽。詩中句
子：「到冬至　季節一變／烏魚群就盪乘潮流回娘家／帶來烏魚子
當禮物」，是寫實技法。接著，贊許「幾千年來　海峽的／規律　如
此井然有秩序」。這樣的文字，史實曾有登載。根據 18 世紀首任台

灣巡察御史黃叔璥在台兩年（1722～1724）時的《台海使槎錄》，
記錄著：「烏魚於冬至前後盛出，由諸邑鹿港仔先出，次及安平鎮
大港，後至瑯嶠海腳於石罅處放子，仍回北路。或云自黃河來。冬
至前所捕之魚，名曰正頭烏，則肥；冬至後所捕之魚，曰倒頭烏，
則瘦。」鹿港文人洪棄生（洪月樵，1867～1929）的《寄鶴齋選集》
有〈食烏魚五十二韻〉詩作，對烏魚的食用、烹飪、販售、魚價、
魚季等，分別有所著筆描敘，特別提到「年年隨序到……如潮信有
常……」，即「信魚」之稱的印證。

　　呼應首段起筆的「海峽……不屬於人類的地盤」，詩第二段：
「一望無際的海　屬於／水族們自由的天地／沒有國土的分裂　不
受任何／統一的騷擾」。國土的疆界屬於人類的自我設限，其他動
物不會自設樊籬，水族們（魚類）一樣享有自由的活動空間：一望
無際的海。順此，曾被稱為「黑水溝」的台灣海峽，歷經「幾百年
來　從遙遠的／彼岸駕船渡來此岸」的渡台悲歌之後，已經「窺測
不到彼岸的陌習」，剩下的「只有鄉愁　愛與恨交錯的惦念」。不
論歷史鄉愁、文化鄉愁，或親人間的惦念，無法改變彼岸對台灣的
威脅，包括 1950 年以來「解放台灣」、「血洗台灣」的口號與行動；
加上，1996 年以來，數百枚飛彈瞄準台灣的威嚇，形成海峽「波蕩
不安」（本詩寫於 1988 年，尚未出現飛彈威脅！）詩人取習慣語「疑
心生暗鬼」，再連用「NO」、「諾」（諾＝NO），嘲諷兩岸間存
在「互不信任」的僵局。

　　水族無疆界，烏魚有信；海峽一望無際，彼岸卻威脅此岸。這
是本詩以魚群啟蒙人類的警示。

杜潘芳格 5 首詩欣賞

蜥 蜴

從什麼時候　就
棲息在我家院子的
蜥蜴，鮮綠搭配豔彩的變色龍

因為羞於表達情感
幾千年來務實木訥

它的視覺不是眼睛
是心靈。

賞讀：

　　蜥蜴，爬蟲類有鱗目，身體似蛇，但有四肢，俗稱「四腳蛇」；係冷血動物，棲息在溫熱帶的小灌木叢，身體色澤「鮮綠搭配豔彩」，又稱「變色龍」；體形較有鱗目守宮科的壁虎稍大，好動，卻不像壁虎可以長時間「靜止」狀態。

詩人看待蜥蜴，雖無表面的讚詞，卻頗心儀。野生的蜥蜴，一向不受人類喜愛，牠好動，不易在掌中玩弄；牠無毛的的堅硬鱗片，不像絨毛寵物，可以輕柔得寵；以「四腳蛇」稱，有將之與「蛇」並列，除了特殊狀況，四腳蛇與蛇同樣，人們總是避之唯恐不及，遑論接近心儀。

　　這首詩短，僅 7 行，分三節。第一節 3 行，陳述蜥蜴出現家中院子，及身體的色澤。雖非養飼，但「從什麼時候　就／棲息在我家院子」的生活景象，多少還暗示：彼此朝夕相處，看牠在院子矮叢

鑽進鑽出，已有一段長時間了，特別留意到牠體色的外表——鮮綠搭配豔彩。第二節 2 行，作者提出對這隻「變色龍」的觀感：務實木訥。這是作者純主觀的意見。延續此意見，作者在末節，進一步誇讚牠的「心靈」——視覺懂得「心靈」，必然超越世俗，達到「靈視」境界。

　　這是一首託物寄志的詩，與同輩詩人錦連的〈壁虎〉一樣，藉小動物代言，透露自己的內心世界，跟詩中的蜥蜴，作者是用「心靈」觀望世界。進一步言，不止作者自己，任何一位詩人（詩人的原意是；創造者，文字創造者），都應該是「靈視」動物，他用心靈透視世間，如法國詩壇稱呼韓波（Arthur Rimbaud , 1854~ 1891）的專有名詞「洞觀者」（Voyant，先見者、預言者、有超視能力者）。

重　生

黃色的絲帶
和
黑色的絲帶。

我的死，
以桃紅色柔軟的絲帶
打著蝴蝶結的
重生。

賞讀：

　　本詩 1967 年先有日文初稿，1968 年發表中文詩，詩題多次更動，包括〈雙重的死〉、〈桃紅色的死〉、〈重生〉三種，1990 年才定稿。

　　人類對顏色的喜惡，會顯露某些心態與心事。本詩出現三種顏色，依色彩心理學看。黃色代表光亮、快活、喜悅。黑色，是神祕的色彩，正面顯示強烈的誘惑力，負面則是黑暗、休止、絕望、寂

寞、死亡。桃紅色是黃色和粉紅色的混合色，帶有歡喜、輕鬆、解放、舒坦之意，以及浪漫氣氛的「性愛」成分。

　　首節 3 行，並列兩種顏色，出現衝突與對立的矛盾。飄揚的絲帶，是處在不安定、冀望安全的徵候。詩人在第一節，顯示內心的掙扎、不安，暗示現實情境的「矛盾」，黃黑糾纏，不得安寧。第二節，隨即提出自己的偏愛——桃紅色。「蝴蝶結」，意味著鮮彩蝴蝶翩翩飛舞的自由無拘束。蝴蝶重生的典故源自「梁祝故事」（梁山伯與祝英台）中的「化蝶」，以雙蝶翩翩飛舞，彌補曾經遺憾的真愛。

　　整首詩，明顯的洩露作者心事——掙脫矛盾，企求以「桃紅色的蝴蝶」展現新生機，追求浪漫而真切的情愛。

　　作者約在 1960 年代末，用日文書寫此詩，是否知曉著名的美國老歌〈繫黃絲帶在老橡樹上〉（Tie a Yellow Ribbone Round the Old Oak Tree.）不得而知。因此，我們無法以「黃絲帶」的故事加以衍繹；不過，黃絲帶有「接納」的連結符號的意義。回到詩本身，絲帶，乃女人的繾綣象徵，既屬貼身物，也可牽繫伴侶。作者在前兩種絲帶不添加任何形容詞，留到「桃紅色」，才加上「柔軟的」，可見作者有特別喜愛之意。

　　短詩，應該精鍊到字字珠璣，才符合「短」的本質。杜潘女士這首短詩卻陷入這項缺失：選用三種顏色，還用了三次「絲帶」。此修辭的討論，留待某類「文章病院」處理。

聲　音

　　不知何時，唯有自己能諦聽的細微聲音，
　　那聲音牢固地上鎖了。

　　從那時起，
　　語言失去出口。

　　現在，只能等待新的聲音，

　　一天又一天，
　　嚴肅地忍耐地等待。

賞讀：

　　本詩選自《遠千湖》，1967 年作品。

　　在大庭廣眾，個人偶而也會出現自言自語；離群索居，沉澱外界的囂嚷時，純是單獨面對自己的時刻。因而，一個人「獨白」的時機，甚多於對話或聊天。

　　本詩分三節，一開始，「不知何時，唯有自己能諦聽的細微聲音，／那聲音牢固地上鎖了。」將自己的聲音「上鎖」，而且牢固，是什麼因素造成？係主動，抑被動？作者並未明言，倒是「自己能諦聽的細微聲音」是內心一再翻騰、咀嚼的話，是自己的心聲，自己說給自己聽，或者如莫渝的詩句：「我只把成噸的孤寂說給孤寂聽」。第二節，延續前述，加強語氣，無法出聲：「語言失去出口」。無法自由出聲，暗示被迫造成的。

　　就時間進行的順序，由「不知何時」、「從那時起」到「現在」。第二節，「語言失去出口」，被禁或自禁，都有可能。不能說話、禁止說話等等，都有。「噤若寒蟬」是被迫。末節，表達「現在」的期望，在「等待新的聲音」前加上「只能」，顯得十分無奈。生活在沒有「言論自由」的時空，「等待」是極其嚴謹，需要高度耐心的。1980 年代，台灣烈士鄭南榕創辦的《自由時代》雜誌，極力推動的就是「要求 100%的言論自由」，甚至自焚而亡。

　　本詩曾選入李敏勇編集的《傷口的花——二二八詩集》，屬於跟「二二八事件」有關的詩文學，由此，可以進一步推知「不知何時」、「從那時起」，指的就是 1947 年的事件了。

子　宮

就有一隻子宮
產出各種各樣个生命，
子宮係麼个呢？
係一隻過路站。

賞讀：

　　詩題「子宮」，係雌性動物生殖器官的主要部分，供胎兒孕育的部位；胎兒未出世前，在母體成長、活動的地方。單看字面，可以解釋為「孩子的宮殿」，引申為「孩童的樂園」。

　　有了這樣的認知，再看詩的內容。全詩僅 4 行，分兩個句子。前 2 行一句，敘述子宮的原始作用——「產出各種各樣个生命」；後 2 行一句，是對話，一問一答，依作者對子宮的認識而作答——子宮係過路站。就語氣言，前一句，敘述者帶有好奇、興奮、榮耀的心理；小小的子宮，竟能孕出生命，且一而再，再而三，還能繼續，既神奇，也有無限的自傲；這感覺是直覺的，初驗的。稍後，經一番反思，卻像洩了氣的汽球，先問；這樣神奇的子宮，究竟是什麼東西，回答的很自然、平靜而冷：「一隻過路站」；回答的可能是問話者，也可能是另一位，甚至是隱形的「上帝」（從作者係虔誠基督教徒看，亦有此可能）。這種很自然、平靜而冷的回答，是原本眾人皆知而不說出的知識，一旦說出，卻出現打破既存的寧靜氣氛。如同原本飛揚的汽球，突然洩了氣。人，也頹然沛坐，無精打采。

　　子宮是女性專屬的生理器官，在母體懷胎十月，自然顯示女性親子情愛的專利。

　　這是當然無比的榮耀。若以平常心看待，人類生命的代代繁衍，跟大自然萬物，同樣生生不息，全靠「生產」本能的運作。得意、失意，全在個人一念之間的感受。本詩亦作如是觀。

　　此外，本詩的數量詞的計數方式，有待商榷。採用「一隻」，也許並無不妥，實際上，要圓說的理由，主要在於作者的「思維模式」。

相思樹

相思樹，會開花的樹
雅靜卻華美，開小小的黃花蕾。

相思樹，可愛的的花蕾，
雖屢次想誘你入我的思維，
但你似乎不知覺，
而把影子沉落在池邊，震顫著枝椏，
任風吹散那小不閃耀的黃花。

奔跑海濱沿道，

剛離開那浪潮不停的白色燈塔，
就接近青色山脈，
和繁茂在島上的相思林啊！

或許我的子孫也將會被你迷住吧
像今天，我再三再四地看著你。

我也是
誕生在，島上的
女人樹。

賞讀：

　　此詩為 1968 年作品。是杜潘女士用中文發表的第一首詩。相思樹，屬含羞草常綠中喬木，花朵金黃色，台灣低海拔平地及丘陵地栽培甚多；由於木質堅硬可做拼花地板、器具材料、鐵道枕木

或燒製成上等木炭供燃料用，這是純就取材的實際饑經濟效力，就成樹成林言，可為庭園風景樹，特別在海邊做為防風林。

這首詩起筆，作者直言這種會開黃花樹「雅靜卻不華美」；第二節，再次強調「不閃耀的黃花」，可見詩人注意的是「樹」的樸實形象，而非「花」的芬芳鮮艷；第三節，延續前節對相思樹的時時「思維」，透過開車（或騎機車）的速度，拉遠或接近相思樹，亦步亦趨地證明自己的鍾情於相思樹，以及這種樹「繁茂在島上」的實景。今天，「再三再四地看著你」，臆測來日，我的後代也同樣「被你迷住」；後人的著迷，僅僅是詩人多情盼望的聯想。結尾的一節三行，其實僅一句：「我也是誕生在島上的女人樹。」於此，作者點明：我是島上的女人樹、相思樹。相思樹與女子，密切結合；相思樹就是女人樹，女人樹就是相思樹；作者這樣的表明，以「相思樹」自居，不媚俗但求實用，「繁茂在島上」，在淡淡的抒情裡，展現著冷凝的思維。這種熱情沉澱後「冷凝的思維」，跟個性與環境的形塑有關，而且「再三再四地」出現往後的詩篇裡。

「相思樹」與「相思」，似有某些相通。相思，是女子的權利。法國文論家羅蘭‧巴特在《戀人絮語》乙書解析：「許多小調、樂曲、歌詞都涉及戀人的遠離不在身邊。」又說：「傾訴遠離的是女人：因為女人深居簡出，男子四處遊獵；女人忠貞（她等候），男子花心（他出海、遊蕩）。」傾訴遠離，就是傾訴相思，在本詩，沒有任何邏輯的推衍，作者直覺認定相思樹是女人樹，另一層，認為自己也是相思樹，迷人的樹種，至於是否與「相思」有關，不得而知。不過，作者的本意，不在「相思」，而是「相思樹」本身的特質：雅靜卻華美。

水晶的形成

李魁賢

椰子樹
排隊　舉手
把住夜空
讓月光的天鵝絨
蓋在我身上

秋深之後
使我感到軀體上的溫暖
是比月光更無孔不入的
他的愛
自由的渴望

夜暮盡頭
我看不到回家的路
在月光懷抱裡
我看不到自己的位置

原來
我已化成水晶
全身透明
在黑暗中映照月光

註釋：

註 1　水　晶：礦物中石英的一種，無色透明，似玻璃，可製作眼鏡框、透光
　　　鏡、印章等。

註 2　椰子樹：熱帶植物，常綠喬木，高可達十丈以上，羽狀大葉片，果實圓
　　　大，中空有水，味甘美，清涼。

註 3　天鵝絨：像天鵝細毛般的絨布。

註 4　軀　體：身體。

註 5　無孔不入：沒有不能抵達進入的。引申為：非常懂得鑽營的人際關係。

◎詩人簡介

　　李魁賢，曾用筆名楓堤，1937 年 6 月 19 日出生，台北縣淡水鎮人。1953 年開始發表詩作，1964 年加入笠詩社，1987 年籌組台灣筆會，曾任台灣筆會第五屆會長，獲吳濁流新詩獎、巫永福評論獎、榮後台灣詩獎（1997 年）、賴和文學獎（2001 年）、行政院文化獎（2001 年）、國際詩人協會「千禧年詩人」獎（2001 年）、由印度詩人提名 2002 年諾貝爾文學獎候選人、第 27 屆吳三連文學獎（2004 年）等。著有詩集《靈骨塔及其他》（1963 年）、《枇杷樹》（1964 年）、《南港詩抄》（1966 年）、《赤裸的薔薇》（1977 年）、《水晶的形成》（1977 年）、《永久的版圖》（1990 年）、《祈禱》（1993 年）、《黃昏的意象》（1993 年）等，散文評論集《心靈的側影》（1972 年）、《台灣詩人作品論》（1986 年）、《詩的反抗》（1992 年）、《詩的見證》（1994 年）、《詩的挑戰》（1997 年）、《詩的紀念冊》（1998 年）、《詩的越境》（2004 年）等；翻譯《德國詩選》、《德國現代詩選》、《里爾克詩集》3 冊、「歐洲經典詩選」25 冊等。近年出版《李魁賢詩集》六冊（2001 年）、《李魁賢文集》十冊（2002 年）、《李魁賢譯詩集》八冊（2003 年）。另有文化評論，發明專利等著作。

◎評析

　　本詩選自詩集《水晶的形成》，為 1984 年 10 月 12 日作品。

　　這是一首自況詩，自我經由礦化作用洗塵轉為澄明。整首詩的文字很淺顯白話，無難解晦澀語型。

　　「我」，究竟是什麼身份，作者沒有明講。先安排椰子樹列隊的夜間，並且高高舉起（椰子樹原本就是高大的喬木），為了托住、架高、推遠夜空，以便突顯穹蒼清冷而高遠，那麼，這時節該已入冬了。清冷的高空下，好讓一襲月光絨衣將「我」全身裹住。原來，「我」，是拜月族。第二段，點明季節：已是秋深之後，天候漸趨寒涼。由於月光絨衣的覆蓋，「我」不覺寒涼，還能感覺自身的體溫「是比月光更無孔不入的」，因為我吸納「他的愛與自由的渴望」。第三段，時間慢慢流逝，「夜暮盡頭」，夜已盡，日將出，天即亮，這時，「我看不到回家的路」，「我」已經被月光層層裹住，「我」找不到自身，「我的原身」不見了。末段，我的新身份是水晶：「原來／我已化成水晶／全身透明／在黑暗中映照月光」。

　　一場魔法般的變形記如是完成。水晶是礦物中石英的一種，無色透明澄澈，比玻璃堅定。詩人要「自我」轉換成透明的水晶，應有淨化之意。

　　卡夫卡（Franz Kafka 1883～1924）的中篇小說〈變形記〉開始：「一天早晨，格里高爾‧薩姆沙從不安的睡夢中醒來，發現自己躺在床上變成了一隻巨大的甲蟲。」很明顯這是逃避心理的作祟。卡夫卡意圖在作品裡交織現實與荒誕，創造象徵的世界，來表現人類被異化的困境。李魁賢詩裡這場礦化作用也是一夜之間的蛻變。詩人挑選夜間，藉月光進行轉化過程，除了月光姣美亮潔，加上礦化作用具有清澄透明的意涵，使得李魁賢的「變形記」不會走入卡夫卡「病態文學」的胡同。文學中，法國詩人波德萊爾（Charles Baudelaire,1821～1867）亦擅長此道，他的礦化作用，大都是將女友身體器官用金屬、礦石形容。

成吉思汗的夢

李魁賢

你有一個夢，龐大到
戈壁容不下，草原容不下
整個千禧年也容不下
遊牧的金星引導你
向北走，向東走，向南走
最後向西走，一直走到
天邊，一直走到海角
沙漠連接到茫茫海洋
草原進入到莽莽山林
你的夢在於歐亞拼圖
遊牧民族不收藏土地
取諸世界，還諸世界
你的蒙古馬是一顆流星
你的馬上雄姿眾人仰望
所到之處歷史成為流言
你忽而現身　忽而消失
須臾，成就你的須彌
第二千禧年以你為尊
你的肉體化為幻影
宇宙間自由自在無所不在
你生諸天地　還諸天地
留下畫像流落未登臨過
海角島嶼台灣的虛擬故宮
繼續一個鄉愁的夢

夢到蒙古高原　夢到戈壁
夢到蒙古繁衍的子孫後裔

註釋：

註 1　成吉思汗：蒙古蓋世英豪鐵木真（Temujin, , 1162～1227），1206 年建立
　　　蒙古帝國，受封：成吉思汗（Chinggis Khaan），意即：跟海洋同樣廣闊
　　　的領袖。

註 2　戈　壁：大沙漠。原為滿洲語，特別指稱從興安嶺以西，至天山東麓之
　　　間得的沙漠地帶；除「戈壁」之名，也稱「大漠」、「瀚海」。

註 3　流　星：隕石墜落經過地球大氣層因摩擦而發光，如快速流動的星星。
　　　比喻術速度極快，或迅速消失。

註 4　流　言：沒有根據的傳言。

註 5　千禧年：「禧」，指吉祥、福氣。千禧年，滿一千年的福氣，值得慶賀。

註 6　遊　牧：亦作「游牧」，指居無定所，哪兒水草豐沛，就將牲畜驅趕至
　　　該處的畜養放牧方式。

註 7　金　星：太陽系九大行星之一，介於水星與地球之間，大小略同地球。
　　　中國舊稱「啟明星」、「長庚星」或「太白星」，等於西方的 Venus。遊
　　　牧民族以金星為方位引導

註 8　須　臾：片刻，一瞬間。

註 9　須　彌：佛教名詞，指：廣大世界。佛語：「納須彌於芥子」，將世界
　　　（須彌）放進微物（芥子）中。類似英國詩人威廉・布萊克（William Blake,
　　　1757-1827）「一沙一世界，一花一天堂。」（To see a World in a Grain of
　　　Sand, And a Heaven in a Wild Flower.）。

註 10　虛　擬：假想、虛構。

註 11　故　宮：舊時的王宮。本詩中，指位於台北市外雙溪的「故宮博物院」。

註 12　後　裔：後世的子孫。後嗣。

◎詩人簡介

　　李魁賢，曾用筆名楓堤，1937 年 6 月 19 日出生，台北縣淡水
鎮人。1953 年開始發表詩作，1964 年加入笠詩社，1987 年籌組台
灣筆會，曾任台灣筆會第五屆會長，獲吳濁流新詩獎、巫永福評論
獎、榮後台灣詩獎（1997 年）、賴和文學獎（2001 年）、行政院文
化獎（2001 年）、國際詩人協會「千禧年詩人」獎（2001 年）、由

印度詩人提名 2002 年諾貝爾文學獎候選人、第 27 屆吳三連文學獎
（2004 年）等。著有詩集《靈骨塔及其他》（1963 年）、《枇杷樹》
（1964 年）、《南港詩抄》（1966 年）、《赤裸的薔薇》（1977
年）、《水晶的形成》（1977 年）、《永久的版圖》（1990 年）、
《祈禱》（1993 年）、《黃昏的意象》（1993 年）等，散文評論集
《心靈的側影》（1972 年）、《台灣詩人作品論》（1986 年）、《詩
的反抗》（1992 年）、《詩的見證》（1994 年）、《詩的挑戰》（1997
年）、《詩的紀念冊》（1998 年）、《詩的越境》（2004 年）等；
翻譯《德國詩選》、《德國現代詩選》、《里爾克詩集》3 冊、「歐
洲經典詩選」25 冊等。近年出版《李魁賢詩集》六冊（2001 年）、
《李魁賢文集》十冊（2002 年）、《李魁賢譯詩集》八冊（2003 年）。
另有文化評論，發明專利等著作。

◎評析

　　本詩選自詩集《文學台灣》56 期，2005 年 10 月 15 日。
　　透過李魁賢的穿針引線，2005 年 7 月中旬，台灣詩人應蒙古國
邀請，組成訪問團，由李魁賢領隊，前往蒙古首都烏蘭巴托
（Ulaanbaatar）參加「二〇〇五台蒙詩歌節」。蒙方特別精美出版
蒙漢對照版的《李魁賢詩選集》和《台灣現代詩人選集》二書。此
行前後，李魁賢文筆收穫豐盈，共撰寫相關文章十餘篇，詩近十首，
本詩為其中之一。
　　提及蒙古，自然聯想到蒼茫草原與無邊際的戈壁（沙漠），成
吉思汗這號人物，更無法與之切割。除了歷史上「歐亞拼圖」的帝
國雄風外，他的畫像、名字充斥在當前的文化書刊與流行商品上，
他是無以倫比無可取代無所不在的英傑。成吉思汗於西元 1220 年定
都哈爾和林（Kharkhorin），離烏蘭巴托西南 350 公里約八小時車程，
曾是世界最大帝國的首府，雖然已荒涼數世紀，但成吉思汗的雄風
與威凜，仍是蒙古永遠的精神領袖，近年來，有一股遷都的新意見，

希望在帝國八百年祭的 2020 年，將國都遷移成功。

想必詩人李魁賢在這趟「蒙古詩旅」，感受成吉思汗的蓋世，寫出這首詩。

全詩 26 行，沒有分段，一氣呵成，彷彿迅雷般，用「夢」貫串英雄的一生：從鐵木真的崛起，成吉思汗秋風掃落葉的開拓疆土。詩篇雖未分段，依文意，約略分為三個小段落加以解說；前 10 行，描述成吉思汗的夢：「你有一個夢，龐大到／戈壁容不下，草原容不下／整個千禧年也容不下」，這個夢屬於版圖擴張的夢，詩人並未動用血腥的侵略字眼，但時間空間的網都被「你」戮破穿越；作者還將遊牧民族的習性入詩：「遊牧的金星引導你」。續 7 行，歌詠民族對土地認同的處理方式，及英雄成就。「遊牧民族不收藏土地／取諸世界，還諸世界」因為不收藏土地，土地不歸私人擁有，迄今，成吉思汗的陵墓依舊難尋；「你的蒙古馬是一顆流星」，則譬喻蒙古西征的快速與所向無敵。末 9 行，既贊美又質疑：贊美不受時空阻隔，全世界在「第二千禧年以你為尊」；另一方面，作者在末尾，帶入成吉思汗與台灣的微妙關連。

作者處理整首詩的用字遣詞，都很貼切，也很精省，不浮濫誇張。這首詩由「夢」起，以「夢幻」收尾。詩人下筆，多多少少會投下自己的影子。當英國詩人柯勒律治（Samuel Taylor Coleridge, 1772～1834）在夢幻狀態下，寫出未完稿的〈忽必烈汗〉（Kubla Khan, 1798），有自己構想「上都」哈爾和林的輪廓。當李魁賢在贈予莫渝詩書時的題字：「……南征北討之後 希望有機會一同再東奔西跑 繼續開拓台灣詩的版圖……」再回看這首〈成吉思汗的夢〉：「你有一個夢，……／向北走，向東走，向南走／最後向西走」。成吉思汗的夢是軍事征服的龐大之夢，李魁賢他自己也有夢：「開拓台灣詩的版圖」的文學夢。夢有待實現，但夢想不曾結束；夢，就像遠方的地平線，永遠在挪移。同屬國土之夢，日本三船敏郎主演的電影《風、林、火、山》結尾：「每個人都抱著自己的夢死去。」雖感傷，倒也逼真。

給所有哭泣的女人

李元貞

我們的眼淚常常如此掉落
自真誠愛男人的憂傷
他們無知地踐踏好花
只有被殘忍的玫瑰刺中
他們才呼叫玫瑰玫瑰我愛你

我們可以都變成殘忍的玫瑰
張著空空的心靈抹紅塗綠
讓整個世界荊棘苦惱
塑成千萬張迷人的微笑
供他們膜拜忘情捉摸不定

我們生我心愛的孩子
拿不出什麼來教導他們
地球灰塵如此多慾望如此白痴
人類歌頌強權訕笑正義
名利色的血球千千萬萬年了

如果我們回歸最初的真誠
愛男人的憂傷永不停歇
做好花就攀不上玫瑰的殿堂
還是讓我們的淚豐豐源源地掉吧
世界的醜陋需要清淚滌淨

註釋：

註 1　真　誠：誠意中肯真實。
註 2　踐　踏：用腳踏地。引申對他者加以侮辱。
註 3　玫　瑰：落葉直立灌木，形似薔薇，枝有刺，花色豔麗，有紅、黃、紫、
　　　　　　白等，香氣濃郁。玫瑰，象徵愛情，是最受喜愛的花卉之一。花瓣可提
　　　　　　煉製成香水。
註 4　荊　棘：荊草和棘木，為多刺的灌木叢植物。
註 5　膜　拜：長跪虔誠地行禮祭拜儀式。
註 6　忘　情：對於喜怒哀樂的感覺很淡泊，不在乎。
註 7　捉摸不定：無法把握或料想到、難以理解。
註 8　灰　塵：飛揚空中的細微塵土，因其灰色而名；亦稱「塵埃」、「微塵」。
註 9　慾　望：對短缺不夠的念頭或物質，想獲取得到的願望。亦作「欲望」。
註 10 白　痴：「白癡」的簡寫字，指人意識模糊，舉止遲鈍，不聰明。
註 11 歌　頌：寫作詩歌加以頌揚讚美。
註 12 強　權：有強大力量的、不合理的、會威脅他者的權力。
註 13 訕　笑：譏笑、諷刺。
註 14 正　義：公理。公平合宜的道理，正當的行為。
註 15 名利色：指名譽聲望、錢財利益、性慾情色（早年偏女色，晚近應含男
　　　　　　色）三類。
註 16 殿　堂：高大雄偉的房舍。供奉神佛的高大堂屋。
註 17 豐豐源源地：來源充沛，不短缺缺。等於「豐沛」。
註 18 滌　淨：清洗乾淨。「滌」，洗。

◎詩人簡介

　　李元貞，1946 年出生於雲南昆明市，父親籍貫為湖北省荊門縣。1949 年隨雙親逃難至台灣。1971 年台灣大學中國文學研究所碩士班畢業，碩士論文《黃山谷詩與詩論》（1972 年出版）。1974 年 9 月赴美國留學，1976 年返台，任教淡江大學中文系。教學期間，1977 年起參與新女性運動，1982 年 2 月創辦《婦女新知》雜誌，推廣婦女運動。1998 年 11 月，與江文瑜、劉毓秀、陳玉玲、張芳慈等人籌組「女鯨詩社」，為台灣第一個現代女性詩社。2005 年 7 月，自淡江大學中文系退休，現居花蓮。目前擔任總統府國策顧問。1965 年開始寫作及發表詩，著有詩文集《女人詩眼》（1995 年。分兩部：

第一部份 7 輯詩 130 首，第二部份詩評 4 篇）；編《紅得發紫：台
灣現代女性詩選》（2000 年）；另有短篇小說集《還鄉與舊夢》（1977
年）、《愛情私語》（1992 年）、《婚姻私語》（1994 年）；文學
評論《文學論評——古典與現代》（1979 年）、《解放愛與美》（1990
年）、《女性詩學：台灣現代女詩人集體研究》（2000 年）等；文
化評論《女人的明天》（1991 年）等。

◎評析

　　本詩選自詩文集《女人詩眼》，1980 年 4 月 7 日刊載於《聯合
報・聯合副刊》。

　　女人為什麼哭泣？淚水有何作用？根據從事治療精神憂鬱症的
法國里昂精神病診所所長帕特里克・勒莫瓦博士長期研究，在其著
作《眼淚的性別》（Le Sexe des Larmes）乙書提出結果，他認為，
眼淚具有雙重意義，一方面，表示痛苦、哀傷，甚至呈現憂鬱的病
態；另一方面，反映個人的思想，表示沉思、祈禱，是崇高內心的
寫照。哭是一種樂趣（莫渝按：笑，早被公認是一種樂趣，專案鼓
勵人應該多笑），是一種表達方式，更是生活必需。他確認這樣的
觀點：眼淚是一種交流方式，沒有哭泣就沒有生命。他還表示，女
人比男人更容易情緒消沉、愛哭，也有文化背景的因素。

　　李元貞在這首〈給所有哭泣的女人〉詩裡，著重於男女之間感
情處理的態度。

　　一落筆，直言「我們的眼淚常常如此掉落／自真誠愛男人的憂
傷」。女人付出「真誠愛男人」，得不到男方的相等對待，感到失
落、憂傷，自然禁不住落淚；繼而，調侃地指責對方（男人）無知：
「他們無知地踐踏好花／只有被殘忍的玫瑰刺中／他們才呼叫玫瑰
玫瑰我愛你」。「玫瑰玫瑰我愛你」是一首流行歌，作家王禎和（1940
～1990）曾於 1984 年出版同名的詼諧諷刺小說。

　　避免受傷，作者提出嘗試改變的高見：「我們可以都變成殘忍的玫瑰」，學習玫瑰的生態，成為「萬人迷」（第二段）。除了男女情愛讓女人憂傷哭泣，他們的下一代也身為女人（母親）憂傷哭泣的原因。第三段，作者列舉數種外在因素：地球生態差、不該有的慾望何其多、向權力靠攏、缺乏正義、到處充斥著名譽聲望、錢財利益、性慾情色。作者認為這樣的環境不適合孩子的生長。

　　在詩裡，作者兩次用二分法區分女男，第一段，「我們」和「他們」，我們女人掉眼淚，男人「他們無知地踐踏好花」，然而矛盾的是，好花是女人，殘忍的玫瑰也是女人。第二段，玫瑰與荊棘。玫瑰是殘忍的、心靈空空的、抹紅塗綠、萬人迷；荊棘則令世界苦惱。

　　儘管如此，最終（第四段），作者仍在乎「真誠」的態度。為此，「愛男人的憂傷永不停歇」，為此，寧可讓淚水「豐豐源源地掉」，也好用「清淚滌淨」世界的醜陋。女人與男人是殘酷戰爭，也可以和諧相愛。愛，容不下一粒細砂。愛情是女人的全部。以上幾個觀念，大家都耳熟能詳；重要的是彼此如何相待相處。

　　婦運學者李元貞將這首詩獻給所有哭泣中與哭泣過的女人，有自己的經驗與衷曲。

男　人

李元貞

我們都知道

男人
是我們乳大的

當他們
牛般強壯
要重回
溫暖
臂彎
的沙丘上
索乳
興奮

其實
他們吹著
一種號管
軍營的
使他們
真正長大
以便
延長鼻子
控制世界

他們酷愛

戰爭
一種精液
砲轟的
遊戲
比起來
女人的愛情
規模太小
且無
生與死的
掙扎

女人們
只好一面
撿骸骨
一面如
池塘般
不抗議的
幽幽的
哭泣

我們都知道

男人
是我們乳大的

註釋：

註1　乳：原意作名詞用，如乳房、乳汁。本詩作動詞解，指：養育，用乳汁
　　　養育嬰兒；《唐書》有「如乳哺焉」。

註2　沙　丘：原本低窪處，因長期的風吹，堆積形成砂礫丘陵。本詩中，暗
　　　喻女人胸脯。

註3　索　乳：「索」，要求、索取。「乳」字，有些版本為「孔」字，尤其

網路流傳，似為筆誤。

註4　酷　愛：很喜愛。「酷」，非常、極。

註5　精　液：雄性生殖器所產生的液體，內含許多精子。

註6　掙　扎：用力支持。

註7　骸　骨：指骨頭，亦指屍體。

註8　幽幽的：深沉且微帶憤憤不平樣子。

◎詩人簡介

　　李元貞，1946 年出生於雲南昆明市，父親籍貫為湖北省荊門縣。1949 年隨雙親逃難至台灣。1971 年台灣大學中國文學研究所碩士班畢業，碩士論文《黃山谷詩與詩論》（1972 年出版）。1974 年 9 月赴美國留學，1976 年返台，任教淡江大學中文系。教學期間，1977 年起參與新女性運動，1982 年 2 月創辦《婦女新知》雜誌，推廣婦女運動。1998 年 11 月，與江文瑜、劉毓秀、陳玉玲、張芳慈等人籌組「女鯨詩社」，為台灣第一個現代女性詩社。2005 年 7 月，自淡江大學中文系退休，現居花蓮。目前擔任總統府國策顧問。1965 年開始寫作及發表詩，著有詩文集《女人詩眼》（1995 年。分兩部：第一部份 7 輯詩 130 首，第二部份詩評 4 篇）；編《紅得發紫：台灣現代女性詩選》（2000 年）；另有短篇小說集《還鄉與舊夢》（1977 年）、《愛情私語》（1992 年）、《婚姻私語》（1994 年）；文學評論《文學論評──古典與現代》（1979 年）、《解放愛與美》（1990 年）、《女性詩學：台灣現代女詩人集體研究》（2000 年）等；文化評論《女人的明天》（1991 年）等。

◎評析

　　本詩選自詩文集《女人詩眼》，1984 年 6 月 3 日作品，發表於《中外文學》第 17 卷第 10 期。

　　作者長期從事推廣婦女運動，爭取女權，對兩性之間的認知、關係與互動，有迴異傳統的觀念。本詩可以從此角度回看作者的寫

作。全詩不規則的分為八段，首尾重複各兩段：「我們都知道／／男人／是我們乳大的」，強調男人是吸女性（母親）奶水長大的。作者刻意用「乳大」，一則強調母性的奶水，一則強調女性的乳房。1970年代之前，台灣仍處於閉鎖的封建的傳統社會，不僅女性羞於露臉，更不容輕易言談女性的胸脯（乳房）與生殖器官。作者取「乳」字，將名詞的習慣用法，改採動詞使用，也有新意之解。

　　本詩重點在中間四段，分別由：「當他們」、「其實」、「他們酷愛」、「女人們／只好」引頭，藉男人動作，以及女人無奈，加以衍釋。這四段有點類似陳述真相，訴說苦衷。作者將男人靠近女胸吸乳獲得興奮（第三段），當成軍中生活的早晚起床熄燈時的吹號（第四段）。男人獲得滋養長大之後，就「延長鼻子／控制世界」。為什麼是「延長鼻子／控制世界」？典故來源依義大利作家卡洛・科洛迪（Carlo Collodi, 1826-1890）於1880年改寫民間傳說，成為兒童文學名著的《木偶奇遇記》；書中講木頭人皮諾丘（Pinocchio）一說謊話，鼻子就增長。「延長鼻子／控制世界」即用謊言管理（面對）世界。李元貞改創這句話，可以成為對待政客的名言。

　　由軍號延伸出男人「他們酷愛／戰爭」；戰爭有實質的槍彈砲火的殺傷，作者卻導入男女情愛的戰爭（第五段），僅限他倆纏鬥的戰爭是男子發動「精液／砲轟的／遊戲」。不論戰爭或肉搏，女人總是受害者。因戰爭，女人得撿亡夫（或亡子）的遺骨，準備守寡；因情愛肉搏，女人得擔心懷孕而哭暗泣（第六段）。失意之餘，想及男人，仍重複起筆：「我們都知道／／男人／是我們乳大的」，流露得意樣。

　　作者有意提出「反男性」的強烈主張，表現於詩中的，似乎仍跌入傳統女子的幽怨自哀。另外，就形式看，作者刻意以單詞和短句分行，減弱詩的凝聚，應是1970、80年代台灣詩壇曾經流行的寫作模式之一。也許作者認為有如此表達的必要。在吟誦朗讀時，能夠緩和節奏的過度緊湊。

水色即興

德 亮

共同攜手在水邊
散步，輕鬆
怕驚醒熟睡的魚
交談也只能悄悄
站在遠處
用豐富的眼神作答

或者相擁在水邊
自湖面的倒影偷窺天空
讓星子們都漫不經心
把浮動的水面撒滿碎銀
當然也有月亮，靜靜
仰泳而伸手可及

雨彷彿才匆匆離去
在草上留下微濕的吻痕
風正要開始
一如滿載詩卷的小舟
在此刻緩緩敲響
該有的水聲

共同攜手在水邊
所有的交談都靜止
只有妳我相互拉近，傾聽
耳環輕搖一首歌

輕快而明朗，一如現在
現在的水聲

註釋：

註1　水　色：水邊或水中映照的景色。類似語詞，有「山光水色」、「湖光
　　　水色」、「水光」……等。
註2　即　興：臨時萌生的興致。當下立即產生的念頭。
註3　星子們：即「星星」、「群星」，語氣輕靚切要婉。鄭愁予名詩〈天窗〉
　　　首行詩句：「每夜，星子們都來我的屋瓦上汲水」。
註4　碎　銀：破碎細片不完整的銀子。
註5　仰　泳：身體朝上的游泳方式。
註6　詩　卷：一卷一卷的詩冊。
註7　傾　聽：側耳靠近發聲處仔細聽。
註8　耳　環：懸掛耳朵的妝飾品，亦稱「耳墜子」。昔時為女性專屬，現今
　　　已有男性也流行穿戴耳環。

◎詩人簡介

　　吳德亮，1952年出生，台灣花蓮人，中興大學法律系畢業。從事繪畫、寫作與平面設計。為「主流詩社」、「詩人畫會」、「全方位藝術家聯盟」創辦人之一。

　　曾擔任自由時報綜藝版主編（1988年）、傳播公司負責人、旅行社副總等職，目前從事廣告企劃。文學活動方面，曾獲優秀青年詩人獎（1977年），中國時報文學獎（1978年），得獎詩作〈國四英雄傳〉由吳念真編劇，麥大傑執導，龍祥電影公司拍成電影（1985年）。著有詩集《月亮節》（1974年）、《劍的握手》（與李男合著，1977年）、《畫室》（1978年）、《月亮與劍》（1982年、1985年改名《國四英雄傳》）、《水色抒情》（1991年）等；散文集《永遠的伯勞鳥》（1998年），遊記《靜岡・伊豆》（1999年），繪畫筆記《台灣畫真情》（2000年）、《台北找茶》（2004年）等。

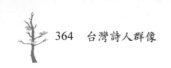

另有多次畫展及畫冊《吳德亮畫集Ⅰ1984：鄉土詩情》、《吳德亮畫集Ⅱ1990》、《1996本土心情》等，以及詩畫集《青髮或者花臉》（7位詩人畫家合著，1975年）。

◎評析

　　本詩選自詩集《水色抒情》，刊載於《現代創作》（1984年1月）。

　　男女攜手、相擁或並坐水邊，搭配河面波光瀲灩，流水閃漾，形成浪漫遐思的景致。攜手散步，最愛兩人獨享整個世界，無視周遭，且拒絕任何外圍環境的攪擾；然而靠近水邊，已經打破原本的沉寂，過客自我要求安靜，卻將責任怪推水中魚，說「怕驚醒熟睡的魚」，其實找個好臺階閃開責任歸屬。兩人輕聲細語也「用豐富的眼神」交談。總之，本詩開頭，就是一幅靜態的情愛美景。在水邊，攜手不夠，還得相擁，以動作取代言語。相擁而不至於忘我，星月是情愛的見證者，不能缺席。既然臨靠水邊，無須仰首，只要平視水面（水是一面「浮動的水鏡」），即可獲得水中倒影的星月鑑驗。詩人用「偷窺」顯示傳統心態的保守與羞怯。還加上現實觀點的「撒滿碎銀」（星子們的祝福）與伸手可及的月亮（愛情不再遙遠，反而像此時隨手可觸摸的月亮）。

　　風花雪月，詩書琴藝，都是詩情畫意的寫照，也是情愛的陪襯。詩人進一步分別邀約「雨」和「風」助陣。如果風雨交加，反而煞了景色，壞了心情。第三段，詩人巧妙地差遣兩位配角，雨剛歇風將起的寧靜時刻，讓水漾的柔聲伴奏戀曲，進入詩的末段。「滿載詩卷的小舟」如同「滿載詩情畫意的愛情小舟」；舟小，足納兩人的情愛。末段，獨留女伴的耳環相撞聲搭配水聲，組成輕快而明朗的戀曲。

　　整首詩都在靜態中進行，輕鬆散步、悄悄交談、偷窺天空、月亮在水上靜靜仰泳、雨下過剛停、風未起、「所有的交談都靜止」，

彷彿一切都因兩人而靜止。

　　其實，只要兩情相悅，任何時任何地都是情愛的觸媒。

　　詩題「水色即興」，臨水，作者一時之興，立即譜出一曲戀歌。跟本詩在同一主題下，另有〈水色浪漫〉、〈水色抒情〉、〈水色古典〉，連同〈秋天在福隆與風賭氣〉、〈只取一本書〉，計六首，作者將之合為詩集卷一，取名「在本不該浪漫的歲月」，原意是作者的表白：「今日廣告商人的我／寫詩已是奢侈／在本不該浪漫的歲月／畫畫也是」（詩集《水色抒情》頁 4）；儘管如是謙虛，身兼詩人畫家商人角色的德亮，扮演者相當貼切的屬性。

鼾　聲

德　亮

奮力打開緊閉的唇
放出急於連載的鼾聲
這是最後剩下的媒體
不論有無聽眾
只在深沉的夜裡發表

平時也許不敢多說話
不敢在眾人面前唱歌
只能偷偷寫些小詩
隨手棄置身後的桶內

這樣的一個人
在深沉的夜裡
竟也能大聲坦然
顧不得身旁的妻
或者熟睡的孩子

而鼾聲的主人從來不知
在所有的器官都熟睡以後
還有這最後的媒體
每天夜裡繼續擔負著
他的喜怒哀樂

註釋：

註1　鼾　聲：熟睡時，張著嘴所發出的鼻息聲。亦稱「打鼾」，俗稱「打呼」。
註2　連　載：連續刊登。
註3　媒　體：即「媒介體」的簡稱，指兩者以上居間傳達中介的物類，如聲音的媒體（媒介體）為空氣和水；報紙、雜誌、廣播、電視為大眾傳播媒體。
註4　喜怒哀樂：人的情緒變化：高興、生氣、難過、歡樂。

◎詩人簡介

　　吳德亮，1952 年出生，台灣花蓮人，中興大學法律系畢業。從事繪畫、寫作與平面設計。為「主流詩社」、「詩人畫會」、「全方位藝術家聯盟」創辦人之一。

　　曾擔任自由時報綜藝版主編（1988 年）、傳播公司負責人、旅行社副總等職，目前從事廣告企劃。文學活動方面，曾獲優秀青年詩人獎（1977 年），中國時報文學獎（1978 年），得獎詩作〈國四英雄傳〉由吳念真編劇，麥大傑執導，龍祥電影公司拍成電影（1985 年）。著有詩集《月亮節》（1974 年）、《劍的握手》（與李男合著，1977 年）、《畫室》（1978 年）、《月亮與劍》（1982 年、1985 年改名《國四英雄傳》）、《水色抒情》（1991 年）等；散文集《永遠的伯勞鳥》（1998 年），遊記《靜岡‧伊豆》（1999 年），繪畫筆記《台灣畫真情》（2000 年）、《台北找茶》（2004 年）等。另有多次畫展及畫冊《吳德亮畫集Ⅰ1984：鄉土詩情》、《吳德亮畫集Ⅱ1990》、《1996 本土心情》，以及詩畫集《青髮或者花臉》（7 位詩人畫家合著，1975 年）等。

◎評析

　　本詩選自詩集《水色抒情》,刊載於《台灣詩季刊》第五號(1984年6月)。

　　詩題「鼾聲」,係指熟睡時,張著嘴所發出的鼻息聲;亦稱「打鼾」,俗稱「打呼」。打鼾時,聲量有大有輕,屬於打鼾主不自覺且不自主的生理現象,有趣卻帶妨礙他者造成惹人嫌的現象。從心理學與精神分析學看,鼾聲和夢及潛意識有相似意義,都是行為主的「本我」流露。詩人以此為題,有為普天下「打鼾者」說項。

　　本詩形式,計19行,除第2段4行,餘者均各5行;共分4段,呈現起承轉合的架構。首段,以詼諧筆調,將「鼾聲」比喻為出現於報章等媒體的連載文章(小說)一樣,為之尋求合宜解說:打呼是連載媒介物(媒介體、媒體),向身邊共眠者夜夜連續發表。接下的2、3段,把前段首行「奮力打開緊閉的唇」之義,再次強調地衍釋,為「打鼾者」祕找合理:白天膽小無聲,夜裡藉打呼一吐為快,與「日有所思,夜有所夢」的「夢的解析」意義相同。第2段的「只能偷偷寫些小詩」,略有揶揄詩人(寫詩者)之嫌,即「自嘲嘲人」。末段,總結上述,回到「打鼾者」個體行為的責任歸屬,畢竟「鼾聲的主人從來不知」,而且打鼾的聲音,完全是個體「他的喜怒哀樂」;這5行,一方面替「打鼾者」脫罪(擺脫困擾),一方面欣賞「鼾聲」的真情流露。

　　全篇的首尾兩段,作者均從媒體(媒介體、中介)的角度看待「鼾聲」,將古今皆存在的困惑行為,結合現代辭彙,給予新的詮釋。

燈下削筆

陳義芝

燈下削筆
有很多白天不便細述的事
藏在心底
趁此一刀刀削去

模糊的光從兩眼穿出
其實說了也沒人懂它啊
暗恨多深刀削也多深
影子垂低了頭不願再說話

要怎樣才能摘下面具
削掉虛假的臉皮
什麼時候才敢掏心
向誰表露自己的清明

江湖須面對
惡劣的氣候同時必須
燈下削筆自有寬廣的嚮往之地
但只能在心的版圖上將它占領

有時不免還要撤離
局促於規矩一筆一畫
儘管書寫起來並不歡喜
仍舊姓名年齡經歷及其他

乞求了解的心
先跪下，像夜雪飄零
然後，筆才能在千萬隻焦灼注目的眼中
晨光般精神地站起

註釋：

註 1　削：用刀斜刮或平割。
註 2　暗恨：心中的惱怒、不平。
註 3　面具：用紙、皮、塑膠、木塊或金屬製作的假的人臉，亦稱「臉譜」。
註 4　江湖：本詩指社會各階層，人際交往應對。
註 5　心之版圖：即心版，內心。
註 6　晨光：清晨的曦光、陽光。

◎詩人簡介

　　陳義芝，1953 年 11 月 4 日出生於台灣花蓮市，祖籍中國四川省。先後畢業於省立台中師專、台灣師範大學國文系學士、香港新亞研究所文學組碩士、高雄師範大學博士。曾任《聯合文學》資深編輯、聯合報副刊組副主任；現任《聯合報》副刊組主任。著有詩集《落日長煙》（1977 年）、《青衫》（1985 年）、《新婚別》（1989 年）、《不能遺忘的遠方》（1993 年）、《遙遠之歌》（1993 年）、《不安的居住》（1998 年）、《我年輕的戀人》（2002 年），兒童詩集《小孩與鸚鵡》（1997 年），散文集《在溫暖的土地上》（1987 年）、《為了下一次的重逢》（2006 年）等，評論集《不盡長江滾滾來——中國新詩選注》（1993 年）、《從半裸到全開——台灣戰後世代女詩人的性別意識》（1999 年）、《聲納——台灣現代主義詩學流變》（2006 年）等。曾獲青年文藝競賽獎（1972 年）、國軍文藝金像獎（1981 年）、教育部散文金像獎（1982 年）、中華文學獎（1986 年）、新聞局圖書金鼎獎（1987 年）、時報文學推薦獎（1993 年）、中山文藝獎（1998 年）、榮後台灣詩人獎（2002 年）等。

◎評析

　　本詩選自詩集《不能遺忘的遠方》，1987 年 4 月完稿，刊登《中央日報・中央副刊》。

　　每個人都有心事，深藏心底，不願言說或無對象傾訴。心事堆久，必像洪水，氾濫決堤，或鬱積成疾；或像電影情節描敘古埃及陪葬墓穴中的活甲蟲，等待冒出。消除心事的方法有許多，愈澆愈愁的借酒，李白「與爾同銷萬古愁」的勸酒（將進酒），或仿本題「燈下削筆」，如削梨、削蘋果、砍甘蔗……等較激烈方式發洩。

　　為何詩人獨挑「削筆」，而且選在「燈下」？因為「有很多白天不便細述的事／藏在心底」，白天需要工作，面對職場壓力與人際互動的種種狀況，有些順利完成，有些以笑置之，有些則屬「心事」。大夥下班，「心事」跟著下班回家，留下自己反芻再三，如何清理解套呢？正好用筆禿了，「趁此一刀刀削去」；筆，在此自然與文字工作者息息相關，小者指單純的「寫作」，大者揮「春秋之筆」。孤單的燈下，配合沉思回想的安靜時刻，使得時間點與動作拿捏合宜。

　　本詩共 6 段，每段 4 行。首段以倒敘起筆，浮現燈下削的委屈動作（大人物做平常不屑的卑小事情）。接下 4 段，一邊繼續動作，一邊回顧白日人際交往應對的恩怨情仇。從委屈噙淚導致「模糊的光」、深積內心的「暗恨」、不知「向誰掏心」、到了領悟燈下削筆的意義，及「局促於規矩一筆一畫」的體認，是一階段沉潛的歷程，是內斂的反思，都在燈下一刀一刀的輕削動作中抑制修養得到。日本電影《風林火山》裡，敘說「每個人都抱著自己的夢死去」。這「夢」，也是自己的心事。每個人都抱著自己的心事死去。唯，有的人，讓自己的心事開花結果，圓滿實現；有的人則鬱療以終。

　　作者在本詩末段，以退為進，發揮沉潛之後的激勵，展現生命的喜悅：要在「千萬隻焦灼注目的眼中」傲然。作者要削的可是春秋之筆，是文字寫作者的志業。

某一角落

陳義芝

在城中某一角落
躺著一個死去的人
他曾經對愛存有幻想
以致對自己不忠

幻想黑夜的眼淚
染繪短暫的迷航
他左手拖回一頂破網
右手抓住一尾僵冷的魚屍

躺在城中的一個角落
淒迷的眼色凝結成露水
但悔恨煎熬的心點亮了陽光
很快地他站起來

沒有死，他向廣場走
不怕人看到傷口的火焰
他怕城中還有更多死者
躺在闃暗的角落

為了愛他曾失去的
為了愛又重新找回
他向城中心走，迎著光
黑夜的傷口跟著縫合起來

註釋：

註 1　迷航：等同「迷路」。走失了道路；迷失了方向。
註 2　淒迷：淒涼悲苦，若有所失。
註 3　廣場：廣大的空地。通常指城市中的廣大的空地，周圍都是房屋與大樓。
註 4　闃暗：寂靜陰暗。文天祥〈正氣歌〉：「陰房闃鬼火」。

◎詩人簡介

　　陳義芝，1953 年 11 月 4 日出生於台灣花蓮市，祖籍中國四川省。先後畢業於省立台中師專、台灣師範大學國文系學士、香港新亞研究所文學組碩士、高雄師範大學博士。曾任《聯合文學》資深編輯、聯合報副刊組副主任；現任《聯合報》副刊組主任。著有詩集《落日長煙》（1977 年）、《青衫》（1985 年）、《新婚別》（1989 年）、《不能遺忘的遠方》（1993 年）、《遙遠之歌》（1993 年）、《不安的居住》（1998 年）、《我年輕的戀人》（2002 年），兒童詩集《小孩與鸚鵡》（1997 年），散文集《在溫暖的土地上》（1987 年）、《為了下一次的重逢》（2006 年）等，評論集《不盡長江滾滾來──中國新詩選注》（1993 年）、《從半裸到全開──台灣戰後世代女詩人的性別意識》（1999 年）、《聲納──台灣現代主義詩學流變》（2006 年）等。曾獲青年文藝競賽獎（1972 年）、國軍文藝金像獎（1981 年）、教育部散文金像獎（1982 年）、中華文學獎（1986 年）、新聞局圖書金鼎獎（1987 年）、時報文學推薦獎（1993 年）、中山文藝獎（1998 年）、榮後台灣詩人獎（2002 年）等。

◎評析

　　本詩選自詩集《我年輕的戀人》，2000 年 1 月作品。
　　每個地方，任何時刻，都有事件發生。大者戰爭、屠殺、空難、海嘯、流行疫病等悲劇，以及節慶大典、球賽歡騰鬥毆等；小者家庭溫馨或破碎，情侶相愛或怒目砍殺。事件發生後，引起欣喜爆笑，

悲哀傷亡。透過媒體報導，彷彿我們身歷其境，親眼目睹；然而，我們不知不見者更多。

詩人揮灑的春秋之筆舒展自如，可以著墨大事件，顯示恢宏氣度，也要點明小事件，表誌纖毫細巧。陳義芝這首〈某一角落〉即屬後者。

全詩 5 段，每段 4 行。首段，事件發生在「城中某一角落」，一名死者「他曾經對愛存有幻想／以致對自己不忠」。按文意，這名死者是情殺的犧牲者。第二段，這名男子曾經因情（有過愛情的幻想）而發生出軌。作者用有趣且曖昧的文詞，形容一段「短暫的迷航」：「他左手拖回一頂破網／右手抓住一尾僵冷的魚屍」。用破網和魚屍暗示外遇感情的不完整（破網）與殘敗（僵冷的魚屍）。第三段，悲劇發生後，「悔恨煎熬的心點亮了陽光／很快地他站起來」，死者死而不死，彷彿復活了，指的應該是這場「情殺事件」的回響。第四段，廣場是眾人匯集之地，死者走向廣場，是要接受眾人的指責，也要眾人引以為戒：「他怕城中還有更多死者／躺在闃暗的角落」。

許多世界文學名著如《包法利夫人》、《安娜‧卡列尼娜》等，都由社會情愛事件的報導架構堆衍而成。歷史重演，事件也一再發生，敘述則各具巧妙。有情愛的地方，是否必會出現情殺事件？詩人下筆應有事件發生的觸因，是什麼社會新聞觸發其心意寫出這篇類似「新聞詩」的詩？也許不重要。末段是作者藉此希望「癒合傷口」，「迎著光／黑夜的傷口跟著縫合起來」，避免讓「黑夜的傷口」擴大，不讓「更多死者」增加。因而，出現矛盾的語句：「為了愛他曾失去的／為了愛又重新找回」。如同告誡「勿蹈覆轍」的警語。

詩人不像小說家擅於說明，他經營意象使詩更具隱喻效果。我們看第三段的「淒迷的眼色凝結成露水」，原本因情愛出軌而淒迷（迷航），在亡故後，轉為晶瑩的「露水」，似乎暗示死者的醒悟；然而出軌也有「露水鴛鴦」的意味。但就整體文意的演進，在這裡，清明醒悟的說法較合邏輯。

花　園

陳　黎

花園，記憶的倉庫
不識字的祖父坐在屋裡等候花開
天黑了，他打開一盞小燈
病而且老

他打開一盞小燈，照亮那些
搬運他睡意的螞蟻
玉蘭花在垃圾桶旁邊
過時的月曆掛在牆上

他的確種過一些花
清晨的院子，跟著陽光一起綻放的
春的心情
母親的紅椅子在籬笆邊亮著

那是我們共同的花園，懸掛在
永恆時間的迴廊
我們攜帶憂傷漫步其中
把多餘的芬芳藏進口袋

如今他的花園更大了
分散在不同顏色的藥包裡
坐在窄屋裡等候天黑
他彷彿聞到了花香

註釋：

註 1　記　憶：心理學名詞，指過去的印象留存在意識裡。

註 2　玉蘭花：落葉喬木，屬木來蘭科，初春開白花，帶清淡的芳香，可置放
　　　　　　　身旁或案桌。屈原的《離騷》有這樣的佳句：「朝飲木蘭之墜露兮，夕
　　　　　　　餐秋菊之落英」。

註 3　迴　廊：曲折的走廊，通常有遮簷或屋頂。

註 4　藥　包：藥丸或藥粉包起來裝成一小袋一小袋。也俗稱「成藥」。

◎詩人簡介

　　陳　黎，本名陳膺文，1954 年 10 月 3 日出生，台灣花蓮人，台灣師範大學英語系畢業。曾獲國家文藝獎，吳三連文藝獎，時報文學獎推薦獎、敘事詩首獎、新詩首獎，聯合報文學獎新詩首獎，梁實秋文學獎詩翻譯獎，金鼎獎等。著有詩集《廟前》（1975 年）、《動物搖籃曲》（1980 年）、《小丑畢費的戀歌》（1990 年）、《親密書》（1992 年）、《家庭之旅》（1993 年）、《小宇宙》（1993 年）、《陰影的河流》（1993 年）、《貓對鏡》（1999 年）、《島嶼邊緣》（1995 年、2003 年）、《陳黎詩選》（2001 年）等。1997 年，中英對照版《親密書：英譯陳黎詩選 1974-1995》（張芬齡譯，*Intimate Letters: Selected Poems of Chen Li*）由書林書店出版。1999 年，受邀參加鹿特丹國際詩歌節。2001 年底，荷譯陳黎詩選 *De Rand Van Het Eiland* （島嶼邊緣）由荷蘭萊頓大學「文火雜誌社」出版發行。2004 年 3 月，受邀參加巴黎書展中國文學主題展。另有散文集《人間戀歌》（1989 年）、《晴天書》（1991 年）、《彩虹的聲音》（1992 年）、《詠嘆調》（1995 年）、《偷窺大師》（1997 年）、《聲音鐘》（1997 年）、《陳黎散文選》（2001 年）；音樂評介集《永恆的草莓園》（1990 年）等。譯有《拉丁美洲現代詩選》（1989 年）等。陳黎作品評論集《在想像與現實間走索》（王威智編）於 1999 年由書林書店出版。

◎評析

本詩選自詩集《家庭之旅》，為同名組詩〈家庭之旅〉七首之六，1990 年 6 月作品。

花園是一處賞心悅目的場所。花園，可大可小，私人園邸公家造產，都相當可觀；個人家戶前小小庭院，植有成排花卉草木盆栽，有五顏六色的花朵四時輪番爭豔飄香，也不失為一座怡情的小花園。本詩提及的「花園」，大概屬於此居家庭院式的花園。詩中主角是家中成員之一：不識字的祖父，病而且老。這樣的角色，引來讀者憐憫之心。

全詩 5 段，每段 4 行，形式看似工整。起筆首行「花園，記憶的倉庫」，應是針對詩中主角而言，首段因首行而預伏花園和老先生的關連。屋裡的老先生僅僅捻燈，「等候花開」是作者多加的推想。因為老先生不識字也不言語，所有的想法與行動，都是隱身的作者代為處理。點燈屋亮，室內頗為簡陋，作者僅著筆於細微事物：螞蟻、玉蘭花、月曆；「玉蘭花在垃圾桶旁邊」、「過時的月曆掛在牆上」，這兩項字義清楚，容易理解，也帶「歲月催人老」及「臨老無用造遭棄之嘆」的隱喻。至於「搬運他睡意的螞蟻」，可有些困惑；或許是指老先生瞌睡時，螞蟻在其臉上手臂爬行的寫照。第三段，提及當年勇，老先生「的確種過一些花」，這是回憶句子。「清晨」、「陽光」，都暗示曾經年輕的「祖父」，也有過「春的心情」，還點綴著喜事般「母親的紅椅子在籬笆邊亮著」。

三代同堂的家族，自然將這個公領域當作「共同的花園」，或許有憂傷，但，都各自將「芬芳」藏私成甜美的祕密花園。末段，回到詩中主角「祖父」，既病又老的祖父已無力照顧植物，無心賞花，因身體機能衰竭而跌入「藥包」（藥罐子）裡；作者用調侃的語氣，把取拿「不同顏色的藥包」當成當成嗅聞花卉的另一種心情寫實。

整首詩溫溫靜靜地敘述家中老者遲暮的陰鬱情境，彷彿僅讓人物晃晃難得啟口出聲的默片動畫。

相　逢

陳　黎

在上班的路上
遇到我的母親
騎著一輛舊腳踏車
在紅綠燈前停下

她沒有發現我在另一個紅綠燈前看她
淺紅的洋傘，黑皮包
準備在下班後順便買菜的菜籃

每天晚上我載著妻女回家吃她煮的晚餐
每天晚上，吃著父親削的水果，聊天
然後回到我住的地方

我從來沒有感覺我們不是住在一起
沒有感覺她在一條街上行走
而我在另一條
知道她會在洗完碗筷後洗澡，看電視
知道她會在第二天早上到附近的小學跳舞，慢跑

這個早晨
在逐漸亮起來的天空下
我們隔著十字路口同時等候過街
她站在腳踏車旁準備左轉
我坐在汽車上準備左轉
左轉，到不同的地方

不同眼淚和音樂交會的地方

這個早晨
在這麼明亮的故鄉的天空下
我們短暫地相逢
而後消失在彼此的後視鏡中

註釋：

註 1　相　逢：遇見、碰面、邂逅。
註 2　後視鏡：安置在車輛左右前方的反射鏡，以方便駕駛或騎士發現後頭來
　　　車的情況。

◎詩人簡介

　　陳　黎，本名陳膺文，1954 年 10 月 3 日出生，台灣花蓮人，
台灣師範大學英語系畢業。曾獲國家文藝獎，吳三連文藝獎，時報
文學獎推薦獎、敘事詩首獎、新詩首獎，聯合報文學獎新詩首獎，
梁實秋文學獎詩翻譯獎，金鼎獎等。著有詩集《廟前》（1975 年）、
《動物搖籃曲》（1980 年）、《小丑畢費的戀歌》（1990 年）、《親
密書》（1992 年）、《家庭之旅》（1993 年）、《小宇宙》（1993
年）、《陰影的河流》（1993 年）、《貓對鏡》（1999 年）、《島
嶼邊緣》（1995 年、2003 年）、《陳黎詩選》（2001 年）等。1997
年，中英對照版《親密書：英譯陳黎詩選 1974-1995》（張芬齡譯，
Intimate Letters: Selected Poems of Chen Li ）由書林書店出版。1999
年，受邀參加鹿特丹國際詩歌節。2001 年底，荷譯陳黎詩選 De Rand
Van Het Eiland （ 島嶼邊緣 ） 由荷蘭萊頓大學「文火雜誌社」出
版發行。2004 年 3 月，受邀參加巴黎書展中國文學主題展。另有散
文集《人間戀歌》（1989 年）、《晴天書》（1991 年）、《彩虹的
聲音》（1992 年）、《詠嘆調》（1995 年）、《偷窺大師》（1997

年)、《聲音鐘》（1997 年）、《陳黎散文選》（2001 年）；音樂評介集《永恆的草莓園》（1990 年）等。譯有《拉丁美洲現代詩選》（1989 年）等。陳黎作品評論集《在想像與現實間走索》（王威智編）於 1999 年由書林書店出版。

◎評析

本詩選自詩集《家庭之旅》，1991 年 4 月作品。

相逢自是有緣，這是見到「相逢」二字的直接聯想，還包括「萍水相逢」、「久別重逢」，以及中國古詩裡「上山采蘼蕪，下山逢故夫。」（漢朝樂府詩）、「落花時節又逢君」（唐・杜甫）、「若知四海皆兄弟，何處相逢非故人。」（宋・陳剛中）……等。不過，陳黎這首〈相逢〉，迥異前人的經驗。他詩裡的相逢者，非故友、非情侶，而是母子，但也不是失散多年後重聚，或是悲歡離合後母慈子幼的相聚。他的相逢是現代特殊的個案，相逢者彼此不是陌路卻沒有打過照面，也未產生錯身的驚訝與歡喜，詩句著墨於對方的平凡描述居多。

相逢，就是巧遇。「這個早晨」，住同一城市已成家的兒子，開車上班途中，在十字路口紅燈前停止。斜對面，（應該是左前方也是紅燈前），停著一位婦人和她的腳踏車。汽車內的男子一眼認出婦人就是他的母親（昨晚還一道吃晚餐）。

就是等候燈號轉變的這短暫一兩分鐘，讓詩人心靈激盪了的圈圈漣漪。詩人從母親的外緣著筆：「淺紅的洋傘，黑皮包／準備在下班後順便買菜的菜籃」（第二段），很普通的打扮與配置。接著，回想昨晚乃至相同的每晚：三代同堂共進晚餐（第三段）。之後，表明自己的立場（儘管母子不住一起，但沒有不同住的感覺），還深知母親早晚的習慣（第四段）。第五段，回到路口等綠燈亮。隔著路口的空間，沒有招呼也無法招呼的母子兩人，分別左轉。左轉，即分道揚鑣。

　　燈號一換，眼前景物立即消失、轉變。末段：「這個早晨／在這麼明亮的故鄉的天空下／我們短暫地相逢／而後消失在彼此的後視鏡中」，筆觸淡然，沒有杜甫〈贈衛八處士〉：「明日隔山嶽，世事兩茫茫」的悲涼感覺。後視鏡是一個移動畫廊，隨時隨地都更換新的景致或人物肖像。片刻出現母親騎腳踏車的背影之後，隨即由移動的景象取代。詩句「故鄉」，如改「家鄉」，或許會更親切。

　　日本詩人堀口大學（1892~1981）的四行小詩〈路上〉：「我從這裡走去／你從對面走來／我的視線將你裹圍／你的手帕掩住微笑」，描繪路上迎面相逢的喜悅。附記於此，聊為一併共賞。

葬　花

劉克襄

　　他們遊行到橋上，投入滿河的菊花後離去、我站在下游的河口，俯視著零落的花瓣緩緩漂抵腳前。二月末了，暖冬的早晨，仍然能呵出一口濃熱的白氣。一艘駁船滿載貨物，亮起昏黃的舷燈，吃重的溯河而上。許多被人潮嚇走的白鷺又盤飛回來，落腳沙洲，梳理羽毛。

　　我也看見父親臘黃的臉浮出河面，映過一具具被鐵絲穿綁的屍身，流入死潭的漩渦裡。我瞥頭過去，久久望著黑夜降臨的海岸，等候著記憶慢慢冷卻，凝固成瘦長的岬角，向海投入，化為無止無垠的汪洋。

註釋：

註1　葬　花：多情人士悼念落花，仿人間喪禮，挖土坑將之埋葬，謂之「葬花」，並吟誦弔詞。曹雪芹的《紅樓夢》第 27 回描述林黛玉〈葬花吟〉，內容：「花謝花飛飛滿天，紅消香斷有誰憐？游絲軟繫飄春榭，落絮輕沾撲繡簾。閨中女兒惜春暮，愁緒滿懷無釋處；手把花鋤出繡簾，忍踏落花來復去？柳絲榆莢自芳菲，不管桃飄貝李飛；桃李明年能再發，明年閨中知有誰？」

註2　遊　行：成群結隊在廣場聚集，在大街行走，表達群眾心聲的方式，有的具強烈抗議意涵，有的則為歡樂的慶典。

註3　菊　花：二年生草本植物，通常在秋天開花，時值農曆九月，因此俗稱「菊月」，愛菊的陶淵明亦被封為「九月男花神」。菊花花色多，以黃色為正，大黃菊尤為上品；平時作觀賞，可盆栽，也可製藥，即「抗菊」。菊，與梅、蘭、竹合稱「四君子」，有節士或隱士之喻。屈原的《離騷》：「朝飲木蘭之墜露兮，夕餐秋菊之落英」。陶淵明的名句：「採菊東籬下，悠然見南山。」菊花花期長，有高潔意，喪禮的伴花、排花、花籃，

以菊居多；本詩中，遊行隊伍人持一株菊，將菊投河，表弔唁之意。

註 4　駁　船：載運客旅與貨物的小船。

註 5　舷　燈：舷，指船邊；舷燈，懸掛船邊之燈盞。

註 6　溯：逆水而上。

註 7　白　鷺：即「白鷺鷥」，鷺鷥，水鳥，類似鶴，但體型較小，腳細長，羽毛純白。唐朝杜甫的絕句：「兩個黃鸝鳴翠柳，一行白鷺上青天。」

註 8　臘　黃：帶黝黑的暗黃色。

註 9　漩　渦：水流的迴旋打轉之處，具吸力，會將物品吸住捲打旋捲入底流。

註 10　岬　角：高地尖端伸入海中。

◎詩人簡介

劉克襄，本名劉資愧，另有筆名李鹽冰，台中縣烏日鄉人，1957 年 1 月 8 日出生。中國文化大學新聞系畢業，一直在報界工作，曾任《台灣日報・副刊》編輯，《自立晚報・藝文組》主任兼副刊主編，現任《中國時報・人間副刊》撰述委員。長年從事文學創作、自然觀察與賞鳥、古道探勘與踏查與台灣歷史鑽研及旅行。獲中國時報文學獎敘事詩獎（第三屆，1980 年）、新詩推薦獎（第七屆，1984 年）、台灣詩獎（第一屆，1984 年）、自然保育獎、小太陽獎等等。著有詩集《河下游》（1978 年）、《松鼠班比曹》（1983 年）、《漂鳥的故鄉》（1984 年）、《在測天島》（1985 年）、《小鼯鼠的看法》（1988 年，散文詩集）、《最美麗的時候》（2001 年）等；散文集《旅次札記》（1982 年）、《旅鳥的驛站》（1984 年）、《隨鳥跑天涯》（1985 年）、《消失中的亞熱帶》（1986 年）、《劉克襄精選集》（2003 年）等；自然教育《偷窺自然》（1996 年）、《山黃麻家書》、《綠色童年》；動物小說《風鳥皮諾查》（1991 年）、《座頭鯨赫連麼麼》（1993 年），另有報導文學《台灣舊路踏查記》多冊。以及論述《台灣鳥類研究開拓史》（1989 年）等，近年來，投入兒童文學繪本，已出版《豆鼠私生活》、《鯨魚不快樂市時》、《不需要名字的水鳥》、《小石頭大流浪》（2005 年）等書。

◎評析

〈葬花〉選自詩集《小鼴鼠的看法》，寫作時間是 1987 年 3 月 5 日。這首詩的形式，一般稱為「散文詩」，也有「分段詩」之稱。

1947 年發生的二二八事件，是台灣歷史的悲劇，影響二戰後台灣四、五十年的政經發展，是台灣的巨大傷痕。長久以來，官方強壓不得言說，不得提及，必賴民間的聲音不斷呼籲，衝破現實的藩籬，才揭開尚未結疤的傷口，「目睹血液不安定的鮮紅」（莫渝詩〈瘡疤〉）。1986 年 2 月 22 日，台灣人權促進會假台北市市議會地下室舉辦「省籍與人權」座談會，不敢明示紀念二二八事件。翌年幾個民間團體為紀念「二二八」四十週年，成立「二二八和平促進會」，發起「二二八公義和平運動」，一方面走向街頭，祭悼亡魂，一方面舉辦「二二八學術座談會」。

劉克襄的〈葬花〉寫作背景，就是「走向街頭，祭悼亡魂」哀思下結晶的作品。遊行隊伍手持象徵情懆高潔的菊花，在特殊的日子哀悼亡魂，菊花等於亡魂的化身。作者在河下游（另一個現實情境）承受「零落的花瓣」，暗示亡魂在歲月流逝中遭受扭曲。現實裡，有艘貨船吃重的溯河而上，作者也吃力地回溯歷史之河，撥開歷史迷霧，他見到亡魂般的菊花幻成「父親臘黃的臉」，還有更殘酷的景象：「滿河的菊花」是「一具具被鐵絲穿綁的屍身」。

在虛實交錯中，作者不斷觀察，連番冥思，觀察人潮與鷺鷥間的微妙拉鋸，人潮是外來的介入者，白鷺是事件的受難者，或者嚇走的是受難者，飛回來的是受難者的後代。冥思這抹慘絕人寰的記憶要如何安頓？像冷卻如石的岬角，上端突出水面，下端線長的伸入海岸，讓無止無垠的海水沖洗、淡忘？

事件的受害者、目擊者、追憶者，三種不同角色分別有不同的感受、劉克襄以冷靜旁觀的態度，虛實搭配的技法，審慎處理，雖少悲切的控訴，卻有含蓄寬厚的襟懷。

前往彭佳嶼
——自然旅行詩鈔（4）

劉克襄

中年時，生活的意義將身體的病痛
更加清楚，擴大
吾將如所有適合流放的愛爾蘭詩人
帶著藥瓶、鹽罐和酒罐等器皿
以及山藥、豌豆、洋蔥之類的旱地作物
獨自前往偏遠的小島

燈塔和海鷗的蒼茫
岩礁和山羊的孤寂
都會逐漸演化成我生活內容的重要篇章
至於，歷史和政治的事務
不妨留給花生和地瓜
以及一個漫長的冬天
在貧瘠的沙岸艱苦地生長

吾的朋友，人生快活如是
假如信天翁不再回來
吾亦能滿足於
和一頭海牛的死亡
分享海岸的淒清和澎湃

註釋：

註 1 彭佳嶼：台灣北方三島：彭佳嶼、棉花嶼、花瓶嶼，此三島嶼的地理位置及形貌，均於西元 1866 年 6 月，英艦「薩木特」號艦長「普魯柯」少校，投錨於棉花嶼附近水深之處所測定，並賦予英文名稱。彭佳嶼（英文 Agincourt），又名「草萊嶼」，俗稱「大嶼」，為台灣之最北點，位在基隆東北海上，距離基隆港約 55 公里，有「海上仙山」之稱，是北方三島中唯一有人煙的島嶼，也是最具開發價值一個離島；附近海域為全球四大漁場之一。島之海拔 142 公尺，周圍長 4291 公尺，面積 1.1413 平方公里。島上有駐軍、海關燈塔、氣象觀測站，並有直昇機場，在燈塔附近有兩個完整的火山口。

註 2 流　放：放逐、流亡。早期，指罪犯遭放逐至偏遠邊區，罰拘役或熬受苦工。

註 3 愛爾蘭詩人：愛爾蘭，西歐島國，面積約 84 平方公里，外形像馬鈴薯狀，島北部 14 平方公里，為北愛爾蘭，屬英國統治；南部為愛爾蘭共和國面積約 70,282 平方公里。愛爾蘭著名文學家有：蕭伯納（George Bernard Shaw,1856～1950）、喬伊斯（James Joyce ,1882～1915）、葉慈（William Butler Yeats,1865～1939）、希尼（Seamus Heaney,1939～）等。本詩提到愛爾蘭詩人，雖未點明，或許是指詩人葉慈，以及他寫於 1892 年的抒情詩：The Lake Isle of Innisfree（茵尼斯弗利島）。

註 4 山　藥：為薯蕷科植物薯蕷的塊莖，別名：薯蕷、山芋、諸薯、延草、玉藷、薯藥、山諸、淮山藥。

註 5 豌　豆：越年蔓生植物，夏初開蝶形花，結豆莢。莢與子皆可食。嫩莖葉也可以吃，叫「豌豆苗」。

註 6 洋　蔥：多年生草本植物，莖高一、兩尺，取其地下鱗莖，供食用，或配料。

註 7 旱地作物：種植時，不須大量水分的農作物，如甘蔗、花生、薯類、豆類、油菜、小麥、玉米……等。

註 8 燈　塔：彭佳嶼燈塔位於島的中部略偏東北的高點，海拔 129 公尺，建塔工程分三個年度進行，自 1906 年起開始建造，預定於 1908 年完成，因故，延至 1909 年（明治 42 年）9 月 20 日正式啟用發光。塔高 26.2 公尺，燈高 145.4 公尺，公稱光程 25.3 浬每 15 秒閃白光一次。

註 9 海　鷗：活動於海上與海邊的鷗鳥，頭大嘴曲，翅翼寬闊，尾部短截視覺敏銳，捕食鳥類。

註 10 蒼　茫：無邊無際的樣子，讓人產生迷惘茫然之感。

註 11 岩　礁：浮出海面臨靠陸地的巨塊岩石。

註 12 沙　岸：沿海的岸邊由細沙形成，亦稱「沙灘」，易成為海水浴場。

註 13 信天翁：信天翁，英文 albatross，為 13 種同類大型海鳥的通稱。是南半球海域的蹼足類，頗似軍艦鳥。這種巨禽，在海洋飛行，一張開翅膀，

長達四公尺。台灣不是信天翁的故居，但棲留過。台灣海域，曾有「黑腳信天翁」（Diomedea gripes）和「短尾信天翁」逗留。據古書記載，台灣海峽曾經經年可見黑腳信天翁，亦記載在台灣岸邊繁殖。最近一次是1978 年 11 月，發現兩隻黑腳信天翁出現在東海岸的豐濱附近。至於短尾信天翁，2004 年春季也露臉過。法國詩人波德萊爾（Baudelaire, 1821～1867）有首託物寄志的名詩〈信天翁〉，其所見到與筆下者，應是當屬同類中最大最有名的「漂泊信天翁」（Diomedea exulans），也是現存海鳥中最大者。

註 14 海　牛：體型似牛的海洋動物。

◎詩人簡介

　　劉克襄，本名劉資愧，另有筆名李鹽冰，台中縣烏日鄉人，1957年 1 月 8 日出生。中國文化大學新聞系畢業，一直在報界工作，曾任《台灣日報・副刊》編輯，《自立晚報・藝文組》主任兼副刊主編，現任《中國時報・人間副刊》撰述委員。長年從事文學創作、自然觀察與賞鳥、古道探勘與踏查與台灣歷史鑽研及旅行。獲中國時報文學獎敘事詩獎（第三屆，1980 年）、新詩推薦獎（第七屆，1984 年）、台灣詩獎（第一屆，1984 年）、自然保育獎、小太陽獎等等。著有詩集《河下游》（1978 年）、《松鼠班比曹》（1983 年）、《漂鳥的故鄉》（1984 年）、《在測天島》（1985 年）、《小鼯鼠的看法》（1988 年，散文詩集）、《最美麗的時候》（2001 年）等；散文集《旅次札記》（1982 年）、《旅鳥的驛站》（1984 年）、《隨鳥跑天涯》（1985 年）、《消失中的亞熱帶》（1986 年）、《劉克襄精選集》（2003 年）等；自然教育《偷窺自然》（1996 年）、《山黃麻家書》、《綠色童年》；動物小說《風鳥皮諾查》（1991 年）、《座頭鯨赫連麼麼》（1993 年），另有報導文學《台灣舊路踏查記》多冊。以及論述《台灣鳥類研究開拓史》（1989 年）等，近年來，投入兒童文學繪本，已出版《豆鼠私生活》、《鯨魚不快樂市時》、《不需要名字的水鳥》、《小石頭大流浪》（2005 年）等書。

◎評析

　　〈前往彭佳嶼〉一詩選自《中華現代文學大系・貳・詩卷（二）》頁 586，為 1996 年作品。

　　台灣是陸地型的島國，四周環海，但離島不多（未包括澎湖群島），加上類似海禁的時間頗長，儘管漁業發展順利，海運與遊艇娛樂業尚待看開拓。作者長期從事自然觀察與旅行寫作，範圍已從台灣本島伸向遠方的外島。本詩詩題「前往彭佳嶼」，應有此意味。

　　首段：「中年時，……吾將……獨自前往偏遠的小島」，點明已屆中年的退隱心境。二段，描述隱居小島的現況，除了燈塔和海鷗，岩礁和山羊，盡是蒼茫與孤寂。年輕時滿懷壯志，積極關注的「歷史和政治的事務」，已被農作取代。末段，通告朋友們，島居生活的快意：沒有天上巨禽信天翁的分享，也有海牛，因此毋需為他操心。

　　本詩內容豐富，包括島嶼、海岸、燈塔、動物（4 種：海鷗、山羊、信天翁和海牛）、植物（5 種：山藥、豌豆、洋蔥、花生和地瓜）等。其中，燈塔可參見註 8。信天翁參見註 13，原為南半球海域的巨禽，跟彭佳嶼有過特別密切的關聯。2005 年 2 月 25 日《台灣日報・7 版・台灣副刊》登載〈信天翁機場〉乙文，作者李哲豪先生從「島嶼生物地理學」的學術角度，期待孤懸於台灣北部海面的彭佳嶼，能夠成為「信天翁機場」。他引錄上世紀初日本技師川上瀧彌先生受公命兩年（1904～5）前往彭佳嶼的實際觀察記載，於 1906 年提出報告：彭佳嶼當時有信天翁棲留，十月來，翌年五月走，為數達一萬隻。這樣的壯舉，的確令人歎為觀止，因而，作者一再用「傳說」二字。文中，作者期待「信天翁機場」的理由是較之其他島嶼，「彭佳嶼周邊圍繞著近百公尺高的懸崖，頂上確實有著大片的短草原」，正合宜等於小飛機信天翁「細長的翅膀需要助跑才能起飛」。李先生的期待，應該也是我們的期待。

　　回到本詩，首段第 3 段「如……愛爾蘭詩人」一句，很快聯想到愛爾蘭詩人葉慈（William Butler Yeats,1865～1939）寫於 1892 年的抒情詩：The Lake Isle of Innisfree（茵尼斯弗利島）：「我要動身前往，前往茵尼斯弗利島……在群蜂嗡鳴的林中空地獨自居住。」葉慈是因煙厭煩都會騷亂生活，追求寧穆恬靜的平和生活，而萌生獨居小島的浪漫想像。劉克襄也有相同心情。（或許，「隱」的意識都曾在每個人內心閃現）。兩人幻想島居，其實是詩人憧憬著離群索居，但他們並未實際親自操作。倒是畫家華鐸（Watteau, Antoine,1684～1721）的華麗畫作〈登陸希垻島〉，和高更（Gauguin, Paul,1848～1903）前往大溪地移居，出現了文明人（？）前往原始荒蕪小島的實例。

　　就寫作年歲言，葉慈 27 歲，劉克襄 39 歲。再者，The Lake Isle of Innisfree 是愛爾蘭民間傳說的湖中小島，無真實景物，彭佳嶼則屬現實的地理島嶼，兩者都成為詩人隱退的理想居所（詩人的烏托邦）。於此，可以看出文學想像與現實情境之間的投映迴鑑如何相照。

遠　方

路寒袖

七月之後
我們就都是流落的書生了
只是你在南，我在北方
候鳥每一掠過
總以為你又帶來了進學的訊息
想必是那次坐立江畔
焚稿祭酒的傷寒未了
拖累至今，每每
臥病為我思念

至於我
似乎枯瘦，又如倔強
這一襲黑衫，我是不打算脫了
而此地並沒有清淨的水源可游泳
在墓園散步
倒是常常

帶來的那面寒窗
我就將它安置在南方
風多少會熟稔些
詩更是寫少了
只在深夜用你贈予的筆墨
字字，刻苦地抄寫那卷沉積行囊
從未結集的舊稿

註釋：

註 1　流　落：飄落困留在異地。
註 2　候　鳥：隨季節而來的鳥禽。與之相對者為「留鳥」。
註 3　進　學：努力用功求取課業的進步
註 4　畔　：原指田地的界限，稱為「田畔」。現在通指：旁邊。
註 5　祭　酒：祭典儀式中，向祖先或神明敬酒，同通常由主祭人或德望高者
　　　　　　負責敬酒。引申為身居重要職位人士。
註 6　傷　寒：傳染病的一種由傷寒菌侵入身體而引起。本詩僅指：因吹到冷
　　　　　　風引起身體不適，出現打噴嚏流鼻水等現象。
註 7　拖　累：牽制而受到連累。
註 8　枯　瘦：乾瘦。
註 9　倔　強：剛強直傲，不肯屈服順從的樣子。
註 10　墓　園：許多墳墓集合地。亦稱「墳園」。
註 11　寒　窗：中國古詩：「三更燈火五更雞，男兒求取功名時；十年寒窗無
　　　　　　人問，一朝成名天下知。」形容古代寒門子弟勤於讀書，一旦入榜得名，
　　　　　　便可進爵功利。「寒窗」，可指用功苦讀的象徵。
註 12　熟　稔：熟悉，鄉知道得很詳細。「稔」，農作物成熟。
註 13　筆　墨：筆和墨。書寫文字的用具。
註 14　刻　苦：做事能夠吃苦。生活節儉樸素。
註 15　沉　積：往下壓堆積。
註 16　行　囊：旅行時攜帶的行李財物。

◎詩人簡介

　　路寒袖，本名王志誠，1958 年 4 月 14 日出生，台中縣大甲鎮人。先後畢業於台中一中、東吳大學中國文學系。曾任高職教師、中國時報人間副刊撰述委員、《台灣日報・副刊》主編、《台灣日報・副刊》副總編輯，目前擔任文化總會副秘書長、高雄市文化局局長（2005 年 7 月起）。1975 年開始文學創作，1982 年創辦《漢廣詩刊》，1991 年起致力於台語文學寫作。曾獲賴和文學獎。著有詩集《早，寒》（1991 年）、《夢的攝影機》（1993 年）、《我的父親是火車司機》（1997、2005 年）等，台語詩集《春天的花蕊》（2001 年）、《路寒袖台語詩選》（2002 年）；散文集《憂鬱三千

公尺》（1992、2003 年）；主編多冊詩文集，如《公開的情書》（1994
年）、《玉山詩集》（2002 年）、《玉山散文》（2003 年）等。

◎評析

　　本詩先後收進《早，寒》和《我的父親是火車司機》兩部詩集；
完稿於 1978 年 5 月 9 日，刊登《聯合報‧聯合副刊》1982 年 3 月
21 日，台灣的學制，每年九月初秋開課入學，至翌年六月初夏。畢
業，七月是個分水嶺。本詩起筆前二行「七月之後／我們就都是流
落的書生了」，明指你我二人離開校園，踏入社會，為生活奔波，
有漂泊困異地的黯傷難過。回看詩題〈遠方〉，顯示內容係雙方遠
隔，遙念摯友的詠懷心情。詠懷詩包括懷人和懷景，本詩屬於前者。
懷人詩特點包含回憶與自述近況。第一段就是回憶兩人南北迢遙，
但當年追求詩文的豪情應未減，藉候鳥的南飛，作者想像對方有相
同的思念，亦為好友擔心。中國唐朝詩人李商隱（813～858）詩〈無
題〉有句「蓬山此去無多路，青鳥殷勤為探看」。青鳥是一種勇猛
的天鳥，為傳說中西王母的使者，後人喻為信使。真實情境難有青
鳥出現，倒是台灣是候鳥的中繼站，秋來往南，春回即返北，時時
可見候鳥。作者將候鳥認為「信使」，應該捎來對方訊息。然而，
鳥掠空而過，卻杳無音訊。只好編織一些理由，自我言說：「想必
是那次坐立江畔／焚稿祭酒的傷寒未了／拖累至今，每每／臥病為
我思念」。理由今儘管牽強，總要跟詩連結；而且不是我思念。而
是對方「為我思念」臥病在床。

　　第二段向對方告知自己的近況，身體枯瘦了但心志倔強如昔，
仍保有當年在校時的傲骨：「這一襲黑衫，我是不打算脫了」。「黑
衫」是兩人（甚至是一夥人）意志的象徵。進入社會，現實的狀況
不盡如意，理想的光芒逐漸隱褪；退而求其次，就常到墓園散步，
一者避世，一者求寧靜。當年黑衫的豪情壯懷，今日墓園的消沉低
迷，兩者並置，既矛盾又密合的心情糾葛。第三段仍自述近況，「寒

窗」依然堅持著，「寒窗」一詞引自「十年寒窗」的苦讀，表明自己上依舊努力中上進中，也是作者志氣未失稚氣未脫的象徵。由於作者「詩」氣濃烈，因而不渝地抄詩寫詩，苦守詩業，期盼有成之時。

　　作者自中國文學系畢業，接受中國古典詩詞的學院訓練，出現在本詩的用典頗多，如書生、進學、焚稿祭酒、寒窗、行囊等，都是常用語詞，很容易理解。全詩在平易中，充滿著溫厚的懷人思友之情。

五分車

路寒袖

小小的五分車上
成綑成綑的甘蔗
堆得高比天
即使舉起全線通行的旗號
仍然不時絆倒出遊的雲彩

我童年唯一的零食
坐著五分車到處旅行
糖和油菜花混合的香味
飄過原野，迷惑了麻雀
緩緩傳進學校的每一扇窗

放學後，我常到鐵道旁等待
遠方五分車駕著風前來
偷偷抽一根，像拉開貧窮的門閂
苦澀的皮是父親的汗漬
甜膩的汁是我未長大的夢

註釋：

註1　五分車：日本統治台灣時，為發展製糖業，在蔗田與製糖廠間鋪設鐵軌，以運送成熟採收的大量甘蔗。火車鐵軌兩道之間的距離，國際標準（寬軌）是 143.5 公分，台鐵為窄軌 106.7 公分，而運糖的軌距 76.2 公分，只合標準軌距的一半，因而稱作「五分車」（將五分意指軌距五分，有誤）。因為軌距小，火車頭（機車）、車廂、車皮同樣小，就成了俗稱「小火車」。高雄橋仔頭糖廠是最早成立的製糖廠（1900 年）和興建五分車的專用鐵路。在 1999 年 6 月 20 日駛吃出最後一班小火車後結束將近一世紀的營運。甘蔗園、製糖廠、五分車，三者組成共存結構。

註2　成　綑：將物品（如甘蔗）拴綁成一束，方便提拿。「綑」，同「捆」字。

註3　甘　蔗：禾本科，多年生草本植物。莖有節像竹子，較粗且實心，含有大量甘甜水分，可生食（需吐渣）解渴，是世界性製糖主要原料。依中醫藥的功能，甘蔗有解熱止渴之效。甘蔗原產於熱帶地區，台灣適合種植，日治時期大量推廣種植，台中以南的彰化、雲林、嘉義及台南等沖積平原，農作物不是蔗園就是稻田，形成台灣特殊景觀；甘蔗也順勢成為台灣庶民生活的部份，一般人婚姻喜慶幾乎都用甘蔗取代傳統的竹子，取其貞節、分寸及有始有終的象徵含意。

註4　旗　號：旗子與號誌。本詩指進站出站時火車與行駛的心信號。

註5　雲　彩：天空上移動的雲。徐志摩詩〈再別康橋〉：「我輕鬆的招手／作別西天的雲彩」。

註6　零　食：正餐之外，零碎的口糧，如餅乾、糖果、甜點等。

註7　糖　：用甘蔗、甜菜、麥製成，味道甘甜。用甘蔗製成的蔗糖，曾經是台灣外銷三大農產品之一，另二種為稻米、甘藷。

註8　油菜花：有機綠肥作物；農村稻子秋收後，為了讓土地增肥，而種植的短期植物。取其花結果後的種籽搾油，可製成茶子油。油菜花列入台灣十二月花語中的二月花，也是花期最長者，約在 11 月至隔年 3 月。農業轉型後，金黃色的油菜花田，成了亮麗的觀光景點，可以媲美日本的薰衣草、荷蘭的鬱金香花。另有俗語「油菜花黃，精神發狂。」係指精神病患者易在春暖花開時（2 月間）復發。

註9　迷　惑：使人迷糊不明。自己心神無法自己。

註10　門　閂：可以將門拴珠住的橫木或橫鐵條。由門內鎖門的方式。

註11　苦　澀：味道不甜、不好吞嚥。本詩比喻辛酸難過的心情。

註12　汗　漬：汗水風乾或晒乾後，留下的班污點。

註13　甜　膩：過分甘甜而有厭煩；「膩」，糾纏惹人討厭。依文意，本詩的「甜膩」，僅指：非常甘甜，卻無厭膩。

◎詩人簡介

　　路寒袖，本名王志誠，1958 年 4 月 14 日出生，台中縣大甲鎮人。先後畢業於台中一中、東吳大學中國文學系。曾任高職教師、中國時報人間副刊撰述委員、《台灣日報‧副刊》主編、《台灣日報‧副刊》副總編輯，目前擔任文化總會副秘書長、高雄市文化局局長（2005 年 7 月起）。1975 年開始文學創作，1982 年創辦《漢廣詩刊》，1991 年起致力於台語文學寫作。曾獲賴和文學獎。著有詩集《早，寒》（1991 年）、《夢的攝影機》（1993 年）、《我的父親是火車司機》（1997、2005 年）等，台語詩集《春天的花蕊》（2001 年）、《路寒袖台語詩選》（2002 年）；散文集《憂鬱三千公尺》（1992、2003 年）；主編多冊詩文集，如《公開的情書》（1994年）、《玉山詩集》（2002 年）、《玉山散文》（2003 年）等。

◎評析

　　本詩選自詩集《我的父親是火車司機》，刊登《中國時報‧人間副刊》1990 年 8 月 4 日。

　　日治時期的「五分車」，原本只是蔗園到製糖廠沿線運載甘蔗的交通工具，隨著局勢改變，日本戰敗，退出並轉讓殖民主的權威，新的經營機構──台灣糖業公司（1946 年 5 月成立）──在管理上也許沒有日本的嚴苛，加上當時（1950、60 年代）大眾與自用交通工具不普及，「五分車」兼擔起客運任務，尤其是沿線上下學的孩童青少年，都有搭乘的經驗。1970 年代以後，台灣糖業由外銷轉為輸入，台糖公司業務逐漸沒落，這項交通工具也跟著日漸萎縮，約至世紀末終於停駛，台灣糖業公司由專業製糖轉型其他營業方式。其中「五分車懷舊之旅」，藉搭乘由蔗廂車改造的觀光小火車，彷彿進入時光隧道，進行一場懷念、親切與甜蜜的追記，並欣賞沿途路旁的鄉土風光，兼具教學、休閒、懷古等意味。

　　對「五分車」的感情，留存於曾經搭乘者的記憶，在新世紀獲得復甦。作者曾經是「五分車」受惠的小乘客，本詩即為經驗的回憶。全詩分三段，首段言五分車的功能：運載甘蔗。作者運用對比和夸飾的技巧，強化印象。小小的五分車上載著高比天的甘蔗堆；五分車不是客運車，沒有舒適的車廂，它是無車頂的蔗廂車，再堆放「成綑成綑的甘蔗」時，一則暗示甘蔗盛產，一則求省時，往往超載，因而越過廂頂。另一方面，孩子的眼光也會有大小比例的誤差，這樣的印象永留難滅。高比天的甘蔗堆「絆倒出遊的雲彩」，雖是誇張，不失為孩童「大者越大」的印象講法。

　　第二、三段，是作者童年的「五分車」經驗。第二段，因為有（不論大小）火車的搭乘，原本枯燥的上學，彷彿出外旅行般新奇興奮。作者童年時期，約 1960 年代的台灣，物資不豐富，大人允許的孩子零食自然不多，作者或化物質為精神，求得「到處旅行」勝過取得口福。「五分車」沿線盡是蔗園與田園，散發原野的香味，也讓作者小小心靈將「唯一的零食」（精神食糧）帶進校園。第二段著眼筆於觀全景，第三段則偏重個人的小景：偷甘蔗織美夢。前一段，提到「唯一的零食」，較真實的說法是「啃甘蔗」，甘蔗的由來卻是從五分車上「偷偷抽一根」。嚴格講，偷的行為不對，因「貧窮」而偷，應該禁止且以為戒。末二行「苦澀的皮是父親的汗漬／甜膩的汁是我未長大的夢」，將父親的汗漬和自己的夢，互相搭配，使得本詩添加親情與成長的成分。

騎鯨少年

陳克華

很久了，風平浪靜
我與水平線呈直角，等待
海風中那騎鯨的少年

傳說中他將會駛回我們溫暖的海灣
率領著極地野生的鯨群；
親親，好遠我們便可聽見牠們戲水的浪聲
親親，那將是我們惟一的島嶼⋯⋯

中央那座純白的島上
我們將在噴泉中擁抱
水柱下和陽光一同沐浴
並以強韌的鯨鬚刷洗粗礪的銅肌，那時
我們永遠是潔淨的
我們擁有整個海洋

所以必須等待。那一條最高的水柱出現
白鯨上屹立的少年
永遠地朝我微笑揮手
呵，永遠童年似地
在我冰封的堤外洶湧航過

註釋：

註 1　鯨：海洋裡的巨型哺乳動物，長約六、七丈，鼻孔生在頭的上邊，
　　　常露出水面噴水、呼吸，形成「水柱」。皮、肉可吃，脂肪製油。

註 2　水平線：與水平面等齊的直線。

註 3　等　待：在等候中抱持期待。

註 4　強　韌：質地柔軟但堅固。

註 5　鯨　鬚：海鯨的長鬚。

註 6　粗　礪：質地不細緻、粗糙。亦做「粗糲」。

註 7　銅　肌：古銅色肌膚。長期曝曬陽光下，肌膚色澤成了銅鏽般黝
　　　黑，意味著健康美。

註 8　水　柱：由下往上噴湧，形成直立柱子模樣。

註 9　屹　立：直立不動的樣子。

註 10 冰　封：遭受厚冰層封住。

◎詩人簡介

　　陳克華，1961 年 10 月 4 日出生於台灣花蓮，山東汶上人，台
北醫學院醫學系畢業，美國哈佛醫學院博士後研究員。現任台北榮
民總醫院眼科主治醫師，國立陽明大學兼任助理教授。曾加入《陽
光小集》詩雜誌、「四度空間詩社」、《現代詩》季刊等，獲多項
文學獎，如全國學生文學獎、陽光詩獎、時報文學獎、聯合報文學
獎、台北文學獎、文薈獎、台灣文學獎。等。著有詩集《騎鯨少年》
（1982、1986、2004 年）、《星球記事》（1987、1997 年）、《我
撿到一顆頭顱》（1988、2002 年）、《與孤獨的無盡的遊戲》（1993
年）、《我在生命轉彎的地方》（1993、2004 年）、《欠砍頭詩》
（1995 年）、《美麗深邃的亞細亞》（1997 年）、《別愛陌生人》
（1997 年）、《新詩心經》（1997 年）、《因為死亡而精營的繁複
詩篇》（1998 年）、《花與淚與河流》（2001 年）等；散文集《愛
人》（1986 年）、《給從前的愛》（1989 年）、《無醫村手記》（1993
年）、《夢中稿》（2004 年）等；小說《陳克華極短篇》（1989 年）
等；歌詞《看不見自己的時候》（1997 年）等。

　　陳克華個人網站：桂冠與蛇杖　http://www.thinkerstar.com/kc/

◎評析

　　本詩選自詩集《騎鯨少年》，為作者早年，約 1980 年前後作品。

　　詩中的「我」與女友一道在海邊（港口、碼頭）等待傳說中「騎鯨少年」的出現。騎鯨少年，或許是詩人年少時閱讀過的童話、影視卡通，或許僅是作者虛擬的傳說，作者將他極盡理想化，偶像之。期待，總是美好的，甜蜜的。「我」把見過（或幻想）的場景，重新溫習，並與女友甜美的分享。一位騎白鯨的少年率領一群「極地野生的鯨」，由點而面，緩緩湧現浩瀚的碧海上。這場景多壯觀！胸襟寬闊的詩人理應有寬闊的空間揮灑！歡欣的詩人忍不住把歡欣傳給女伴：「親親，好遠我們便可聽見牠們戲水的浪聲／親親，那將是我們惟一的島嶼……」，連叫兩聲「親親」，可見其歡欣之極。

　　第三段，純白的島，自然是少年騎乘的海鯨。對少年的坐騎，先說「騎」（騎鯨少年，未點出鯨的色澤），再說「中央那座純白的島」，最後指明「白鯨上屹立的少年」。在漸層的推衍過程，是作者伏筆之一。另一浮筆，是詩中的「我」期待遇見「騎鯨少年」，少年沒有出現。「我」一直等待「一條最高的水柱」出現，

　　那時「白鯨上屹立的少年／永遠地朝我微笑揮手」。「我」等待的是一場「夢」；但「夢」不曾碎，「等待」不會落空。作者將「等待」一直延續，永遠地延續。作者首段用「等待」，結尾用「必須等待」；「等待」一詞，是等候同時期待，極盡堅持的心意。

　　我（作者陳克華），儼然就是騎鯨少年的化身，正確說是本尊，這是清純少年的理想。美國小說家霍桑（Nathaniel Hawthorne, 1804～1864）的〈人面石〉故事，敘述少年歐內斯特從小盼望家鄉誕生一位了不起的偉大人物，其相貌能與山壁的人面石吻合。終其一生，陸續出現富商、將軍、政治家、詩人，原本期待，終究落空，最後吻合人面石竟是當傳教士的歐內斯特。也許霍桑寫作時有宗教的考量，但自己就是自我期待的投影，也符合心理移情的現象。

　　跟「騎鯨」類似的經驗或意象，出現在中國唐朝李賀的「騎驢尋詩」、但李白的「騎鶴」之談，可能更貼切。簡恩定教授著《李杜詩中的生命情調》（台灣書店，1996年）乙書，以「騎白鶴」和「觀海潮」分論李杜二人。他先引述前人說「李白詩是飄逸」，換成現代用語則是「李白的詩，給人一種騎乘白鶴的感覺」，他繼續引申：「雖然，任誰也沒有騎乘過白鶴，但是從許多神話、傳說中，我們大概明瞭，惟有成仙得到的人，才擁有騎乘白鶴的能力。白鶴本身就屬於吉祥物，能騎乘這種吉祥的禽鳥，輕盈地在天空飛翔，這種感覺不非是凡人所能領略。古人說李白的詩為飄逸，讀來就像是騎乘白鶴的感覺，輕盈來往於天地之間，以自我為主宰，飄飄如仙。」（頁2）。這段話是對「飄逸」一詞的衍釋。那麼，「騎鯨」的感覺如何？少年騎鯨又是如何一種壯志？

　　〈騎鯨少年〉乙詩是陳克華年少之作，如今，二十餘年的寫作與生命體驗，歷經幾個階段，他戲稱自己是由當初的「清純玉女」轉為「肉彈脫星」再「削髮為尼」，而寫詩的初衷，竟是始終如一。始終如一，也依然在茫茫詩海中，堅定的與鯨（詩）為伍！

耽美主義者的冬天

陳克華

當我檢視黑夜留下的災情，才恍然
抖落一地的
是片片
蝴蝶

「你不怕冷嚒？」牠問
我笑著，站起來──
你從不知有更嚴厲的冬天罷
如果，挨近我胸口
（愛，用一種虛軟的節足攀住我）
當可感覺那大片灑開來的寒涼

因此生命無從領會狂野的溫柔與深沉的甜膩
一切默然俯首，如僧侶傾覆的衣褶
堅持有節制的流動；
一如飽滿的橙，靜靜抱守
渾圓的光影與潤澤
我十指糾纏，不忍去觸碰
那蜘蛛業已離去的舊網
呵，心靈的縫隙正逐日擴大著……因此
時光與思念一起逸失
枯寂的冬日
留下泛白的眼珠子
和一層淡淡、溼溼的屍腥

（有人在窗外頑皮地朝玻璃呵氣
呵那可是久違
我昔日憾恨聚凝而成的鬼魂嚒）

而我以毛衣織繭
有夢滾動，終於凝結在泥土上
一株羊蹄夾淺淺的根部，你看，
那是記憶裡惟一的春季——
粉色的，刻意矜持的
我曾經不克自拔底自戀哪
棲滿了死去的蝴蝶

而我終於束手
在荒蕪起來的鬢鬌與院落
僵立，不忍稍一驚動
露出
業已枯萎的真實。

註釋：

註 1　耽美主義者：愛上並沉迷於美的事物，將之奉為首要而主張者。「耽」，過度喜好而沉溺其中。
註 2　檢　視：詳細檢驗查看。
註 3　恍　然：忽然。
註 4　抖　落：甩動使之掉落。
註 5　嚴　厲：嚴緊猛烈且厲害不寬容。
註 6　節　足：像蝴蝶、蜘蛛、蠍子或甲殼類等節足動物的腳。
註 7　攀　住：挽留、留住，用手緊緊抓住。
註 8　寒　涼：寒冷冰涼悽清。
註 9　狂　野：聲勢浩大，動作粗魯。
註 10　甜　膩：過分甘甜而有厭煩。「膩」，糾纏惹人討厭。
註 11　俯　首：低下頭。
註 12　僧　侶：和尚、出家人、信仰宗教為寺院工作者。

註 13 傾　覆：滅亡、覆滅、為難；另作：傾倒，倒出，本詩取此意。
註 14 衣　褌：夾衣。
註 15 橙　：常綠灌木，高丈餘，葉長卵形，開白花，果實圓而金黃，味或甘或酸，俗稱「柳橙」、「橙子」、「柳丁」。本詩，指果實。
註 16 渾　圓：「渾」，全；「渾圓」，完整的圓形。
註 17 潤　澤：濕潤，使其不乾燥缺水。
註 18 糾　纏：互相纏繞，不停攪擾的樣子。
註 19 縫　隙：間隙、漏洞。
註 20 逸　失：逃走消失。
註 21 屍　腥：屍體發出的腥臭味。
註 22 呵　氣：吹氣。單字「呵」，表驚訝的嘆詞。
註 23 久　違：好久沒見面。「違」，分別、離別。
註 24 憾　恨：遺憾含恨。
註 25 聚　凝：聚集凝固，通常寫作「凝聚」。
註 26 織　繭：作成繭包。
註 27 羊蹄夾：學名：Bauhinia，蘇木科，落葉小喬木，原產地印度。株高 4 至 6 公尺，枝多，葉先端深裂，形似羊蹄。春季開花，花期葉少花多，花色鮮艷。通常作為行道樹、庭園樹。
註 28 刻　意：心意堅定，用心。
註 29 矜　持：故意做作顯得不自然的樣子。
註 30 不克自拔底：「不克自拔」，自己無法擺脫困難；「克」，克服、制服。「底」為副詞添加字，一九二〇、三〇年代，中國語文界習慣用此字，目前較通常用法為「地」字。
註 31 自　戀：迷戀自己。
註 32 束　手：雙手遭捆綁，如「束手就擒」，比喻沒有辦法，如「束手無策」。
註 33 荒　蕪：土地荒廢，野草叢生的樣子。
註 34 髮　鬢：頭髮與鬢毛。
註 35 院　落：房舍周圍的空地，跟「院子」同意。
註 36 僵　立：僵硬直立不動。
註 37 稍：略微，短暫的時間。

◎詩人簡介

陳克華，1961 年 10 月 4 日出生於台灣花蓮，山東汶上人，台北醫學院醫學系畢業，美國哈佛醫學院博士後研究員。現任台北榮民總醫院眼科主治醫師，國立陽明大學兼任助理教授。曾加入《陽

光小集》詩雜誌、「四度空間詩社」、《現代詩》季刊等，獲多項
文學獎，如全國學生文學獎、陽光詩獎、時報文學獎、聯合報文學
獎、台北文學獎、文薈獎、台灣文學獎。等。著有詩集《騎鯨少年》
（1982、1986、2004 年）、《星球記事》（1987、1997 年）、《我
撿到一顆頭顱》（1988、2002 年）、《與孤獨的無盡的遊戲》（1993
年）、《我在生命轉彎的地方》（1993、2004 年）、《欠砍頭詩》
（1995 年）、《美麗深邃的亞細亞》（1997 年）、《別愛陌生人》
（1997 年）、《新詩心經》（1997 年）、《因為死亡而精營的繁複
詩篇》（1998 年）、《花與淚與河流》（2001 年）等；散文集《愛
人》（1986 年）、《給從前的愛》（1989 年）、《無醫村手記》（1993
年）、《夢中稿》（2004 年）等；小說《陳克華極短篇》（1989 年）
等；歌詞《看不見自己的時候》（1997 年）等。

　　陳克華個人網站：桂冠與蛇杖　http://www.thinkerstar.com/kc/

◎評析

　　本詩選自詩集《我撿到一顆頭顱》，為 1986 年 1 月作品。

　　日本明治維新之後，大量吸收西方思潮；文學方面，幾位作家
島崎藤村、德田秋聲等，接納法國 19 世紀後期左拉提倡的理論，於
1907 年揭開自然主義運動。三年後，1910 年，耽美的文藝抬頭；出
現新一批所謂「耽美派」作家，包括永井荷風、谷崎潤一郎、北原
白秋等。「耽美派」是反對自然主義極端暴露人性與社會的醜陋，
甘願沉溺情色與官能享樂之中，力求唯美文學的意義與價值。耽美
派與浪漫主義、唯美主義為鄰，卻略有差異。由此，引出「耽美」
一詞，即耽溺於官能情色，陶醉於女性的美色，頹靡無以自拔。「耽」
字，出自中國《韓非子・十過》：「耽於女樂，不顧國政，則亡國
之禍也。」除「女色」解外，亦可以「純美」、「唯美」觀之，如
美國女詩人狄瑾遜（Emily Dickinson, 1830～1886）的名詩〈我為美
而死〉（I died for beauty）：「我」亡故後在墳墓裡，與為真理而死

的隔鄰相遇，聊個沒停，不知歲月悠悠，直到青苔遮蓋他們的嘴唇和碑上名字。

耽美主義者，無視外界的綠春盛夏繁花盛景，他們似枯萎的死寂的植物，活動力低弱，默默地僵立著悲秋傷冬。任何人以「耽美主義者」自居，當然都會自我困鎖在冬天裡。

全詩六段，一開始，在「我」眼前「抖落一地的／是片片／蝴蝶」。耽美主義者欣賞的的蝴蝶，不是豔麗多彩翩躚飛舞，而是已喪失生命的落地的蝶屍（本詩中，共出現兩次蝴蝶或蝶屍，一次用代名詞「牠」）。跟狄瑾遜一樣，「我」與蝶屍閒聊（第二段），牠問我冷不冷，我微笑不答，卻以動作回應，要牠感受「那大片灑開來的寒涼」，不僅是風吹肌膚的徹骨冷寒，還有心靈的悽清冰涼。第三段 12 行，佔整首詩 37 行的三分之一，是本詩的心臟，寫實地描繪耽美主義者的冬景。

曾經的繁華已經落盡，此刻，老僧入定，仍「堅持有節制的流動」。耽美主義者就如此懂得自我欣賞（自戀狂？），如同「飽滿的橙，靜靜抱守／渾圓的光影與潤澤」。橙，是冬季的水果，金黃色澤、飽滿的、渾圓的，正對照耽美主義者的頹靡與愛好。蜘蛛暗示情人（伴侶），也接續第二段預伏的「（愛，用一種虛軟的節足攀住我）」。伴侶分手離去後，「心靈的縫隙正逐日擴大著」，沒得修繕。「時光與思念一起逸失」，什麼都消失了，只留下白癡般的空洞眼睛和行屍走肉似的人影。第四段是虛擬的幻景，添加氣氛的魑魅迷離。第五段，繭居（以毛衣織繭）的閉鎖者靠回憶點綴生活。回憶中，依然有他曾經擁有的春：羊蹄夾鮮艷的粉色花，然而更多的是枝商椏「棲滿了死去的蝴蝶」。自戀者不是葬花，就是為蝴蝶築塚。結尾：「而我終於束手／在荒蕪起來的髮鬢與院落／僵立，不忍稍一驚動／露出／業已枯萎的真實。」這樣枯槁的冬天，彷彿風乾的一具骨骼，輕輕一碰，就腐朽、斷裂、成灰。這就是自戀者耽美主義者的冬天！

　　陳克華這首〈耽美主義者的冬天〉，極力銜接 19 世紀末法國象徵派詩人尤其是馬拉美（Stéphane Mallarmé,1842～1898）兩篇散文詩〈秋怨〉和〈冬顫〉的頹靡耽溺。

附記：詩人路寒袖有首〈頹廢派的冬天〉，收進路著詩集《早，寒》
　　　　頁 81-2，有興趣的讀者，可一併參閱。

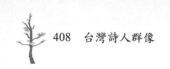

那隻鷹

林燿德

一面展示著鋼灰色叮噹不已的星記
北半球最後的巨鷹註1
他多條紋的麾下
文化貧血的經濟暴發戶正用啤酒灌溉著他們的麥田
右爪成擎住氰彈
左爪踏著「美國乳酪」註2
纏踩翻了那擔兩頭重的紅米
援例掛著西歐這塊碎片編綴的紙盾
和熱衷搋拳的北極熊
在拉丁美洲和黑色大陸玩著著色遊戲
儘管是隻年輕而近視散光皆嚴重的鷹
他仍以小心翼翼的姿勢蒐集著熊貓的唾液
　　那將是一帖媚藥的主要處方呢
接著他開始用濕的舌溫柔地舐
依然留有美軍靴印的日本白淨底圓臉

作者原註：

1.昔西班牙帝國、俄羅斯帝國、德意志帝國及奧匈帝國等皆以鷹為象徵。
2.首度登月者對月球的印象。

註釋：

註 1　鷹　：通常稱作「老鷹」、「蒼鷹」；猛禽類鳥名，背褐色有橫紋，腳四趾皆有鉤爪，嘴鉤曲銳利，視力強，常凌空下俯捕食鳥兔；獵人畜養，以助狩獵。因其兇猛，常被球隊或團體取之為名。英國詩人丁尼生（Alfred Tennyson,1809～1892）有以之為題的著名短詩 The Eagle：「牠用蜷曲的爪子抓緊嶬岩，／貼靠寂寂大地上的太陽，／背負淡淡的藍天，牠立著／／　起皺的海面在腳下蠕動；／牠從牆埰似的山岩凝望，／像一記雷霆地猛然下衝。」

註 2　鋼灰色：褐灰色。

註 3　叮　噹：金屬相擊的聲音。

註 4　星　記：以星星為標記，或有星星的圖案為標記。

註 5　北半球：以赤道為界，北邊的半個地球。

註 6　條　紋：橫條或直條的花色紋路。

註 7　麾　下：部下。「麾」，古時指揮軍隊的旗子。

註 8　暴發戶：突然發財的人。

註 9　擎　：高高舉起。

註 10　氫　彈：正確是「氫彈」，核子武器之一，也叫「氫原子彈」。原料為氘或氚的化合物，威力較普通原子彈大一千倍以上。

註 11　乳　酪：用牛乳羊乳提煉成酪的食品。

註 12　纔　：同「才」字。

註 13　援　例：照例、照樣、照舊。

註 14　西　歐：指歐洲西半部國家，包括德、法、英國、西班牙、葡萄牙、荷蘭、比利時等國。

註 15　紙　盾：用硬紙板製成的盾牌。。

註 16　熱　衷：正確是「熱中」。急切追求事情的完美成功。

註 17　猜　拳：划拳；宴飲時兩人互猜雙方伸指的合數，猜中者為勝；也可多人共玩，以助興。

註 18　北極熊：指蘇聯，因蘇聯濱臨北極。

註 19　拉丁美洲：指南美洲，大部份國家曾遭拉丁語系的西班牙與葡萄牙統治而別名之。

註 20　黑色大陸：指非洲大陸，其住民大都為黑膚民族，文化則尚待開發的初始文明狀態。

註 21　著色遊戲：在固定格式內，添加不同色。本詩暗喻政治色彩的改變。

註 22　散　光：人體眼球的水晶體凸起不正常，光線射入時，無法將影像清晰的映在網膜的黃點（即視神經感光部份）上，有此狀況就是「散光」。

註 23　小心翼翼：很細心的樣子。翼翼，指恭敬。

註 24　熊　貓：亦稱「貓熊」，珍貴動物之一，產於中國四川西部山區，形如貓，體形大似熊，眼睛四周有白色體毛圍繞，喜住竹林內，以竹為主食。

本詩喻指中國（中共）。

註 25 唾　　液：俗稱「口水」，由唾腺分泌的液體，可滋潤口腔，消化食物。

註 26 帖　　：原意指「紙片」。本詩為數量詞，用紙片包住藥材，一包稱作一帖。

註 27 媚　　藥：又名春藥，英文 aphrodisiac，能引起性慾的藥物。

註 28 處　　方：醫生開列治病的藥方。

註 29 舐　　：永用舌頭和物體接觸。

◎詩人簡介

　　林燿德，1962 年出生於台北市，祖籍福建。輔仁大學法律系畢業。1977 年開始創作，包括詩、散文、小說、評論等。曾任「四度空間」詩社藝術監督、《草根詩刊》執行編輯、《書林詩叢》編輯委員、《尚書詩典》總編輯。曾獲全國學生文學獎、時報文學獎、時報科幻小說獎、國軍文藝金像獎、《創世紀》35 週年詩獎等。著有合集《金色日出——四度空間五人集》（1986 年）；詩集《銀碗盛雪》（1987 年）、《都市終端機》（1988 年）、《妳不瞭解我的哀愁是者怎樣一回事》（1988 年）、《都市之甍》（1989 年）、《1990》（1990 年）、《不要驚動不要喚醒我所親愛》（1996 年）等；散文集《一座城市的身世》、《迷宮事件》、《鋼鐵蝴蝶》等；短篇小說集《惡地形》、《大東區》等；長篇小說《解迷人》、《一九四七‧高砂百合》、《大目如來》、《時間龍》等；評論集《一九四九以後》、《不安海域》、《羅門論》、《重祖的天空》、《期待的視野》、《世紀末現代詩論集》等；主編《新世代小說大系》12 冊、《台灣新世代詩人大系》2 冊、《現代散文精選系列》15 冊等。過世後，青年寫作協會承辦「林燿德與新世代作家文學研討會」（1997 年 1 月 25～17 日），並出版《林燿德與新世代作家文學——悼念一顆耀眼文學之星的殞滅》（1997 年 6 月）；楊宗翰主編《林燿德佚文選》五冊（2001 年）。

◎評析

　　本詩選自詩集《金色日出——四度空間五人集》，寫作時間 1984 年 5 月 16 日，為詩人初期作品。

　　林燿德進入詩壇，就英雄似的搶佔了後現代主義的灘頭堡，持續提出「反抒情的藝術」詩作，顯示鋼鐵般徹骨之冷。傳統的「鷹」詩，透過實體觀察以抒情方式贊揚鷹的雄姿，如英詩人丁尼生（Alfred Tennyson,1809～1892）的著名六行短詩 The Eagle：「牠用蜷曲的爪子抓緊巉岩，／貼靠寂寂大地上的太陽，／背負淡淡的藍天，牠立著／／起皺的海面在腳下蠕動；／牠從牆垛似的山岩凝望，／像一記雷霆地猛然下衝。」林燿德改以豐富的知識下筆，掙脫抒情，把視野拋向世界，格局寬大。

　　詩人從外國史實截取有關「鷹」圖騰的旗幟與符號，極盡諷刺美國的霸權文化。美國國旗「星條旗」，美國鷹派（主戰）行為，美國僅兩百年的歷史文化，卻「右爪成擎住氰彈（氫彈）／左爪踏著「美國乳酪」（月球）」縱橫世界，左右世局。昔時的成語「左手拿可蘭經，右手持殺人劍」的威脅、「左手拿麵包，右手拿刀」的假冒和平，亦流行國際間的運籌帷幄。

　　和大國蘇聯推拉划拳，在落後地區拉丁美洲和黑色大陸「玩著著色遊戲」（暗中操控各國的政治，乃至政變，以符合其利益或加入其夥伴），巴結中國（「蒐集著熊貓的唾液／ 那將是一帖媚藥的主要處方呢」），戲弄日本（舔舐有美軍靴印的日本白淨底圓臉）。文字刻劃貼切而不酸腐。至於，美國幾張臉譜的描繪：「北半球最後的巨鷹」、「文化貧血的經濟暴發戶」、「年輕而近視散光皆嚴重的鷹」，都有很現實的著筆。

革命罐頭

林燿德

據大俄羅斯百科全書解釋，革命罐頭採取真空包裝。
革命罐頭不受關稅與非關稅壁壘限制，
便宜傾銷，樣品隨時備索。
這些輕盈而空無一物的真空罐頭，上頭的標籤：
不論是波斯教主的白鬍牌、「人權運動」的拳頭圖樣、格達飛的
墨鏡商標、法蘭西共黨的三 M 旗號、白色亞美利堅的三 K 包裝，
都脫胎自同一株意識型態的變葉木。
不論是那一種廠牌：
仇恨，是革命罐頭唯一的開罐器。
並且，請你在開罐以後，
將自己的鮮血傾倒在
這輕盈而空無一物的鐵罐裡。

註釋：

註 1　革　　命：在政治、經濟或社會等方面，做順乎天，應乎人的政權轉移。
　　　　有時採激烈手段，造成敵對者互相殘殺、戰爭的流血，勝者稱王敗者為
　　　　寇。

註 2　罐　　頭：將食品裝進由馬口鐵製成的罐子，抽去空氣密封起來，經久不
　　　　壞。

註 3　百科全書：18 世紀以法國著名文學家、哲學家狄德羅（Denis Diderot, 1713
　　　　－1784）為首的一群學者，共同撰寫全稱為《百科全書，或科學、藝術
　　　　和工藝詳解詞典》。以後泛指一部（不限冊數）廣納知識，詳解完備的
　　　　大型辭書。

註 4　真　　空：沒有空氣的空間，物體不易腐爛。

註 5　包　　裝：用紙張、紙盒或布匹將物品裹住。

註 6　關　　稅：海關徵收貨物出口、入口時須繳納的貨物稅。

註 7　壁　　壘：原指防止敵人侵入的土牆。引伸為：限制、隔離。

註 8　傾　　銷：商品向市場大量低價出售。

註 9　樣　　品：廠商將產品的一部分送給買主或代理商，做為議價與宣傳品。

註 10　備　　索：準備著供應索取。

註 11　標　　籤：貼或繫在物品上，標示內容、價格等有廣告意涵的小紙片。

註 12　波斯教主：指伊朗統治者柯梅尼（Ruhollah Khomeini, 1900〜1989）。1978
　　　　年，伊朗國王巴勒維政府腐敗、毫無人性，被龐大的宗教勢力推翻；1979
　　　　年 2 月，流亡於巴格達、巴黎等地達 15 年之久的回教什葉派領袖柯梅尼，
　　　　由巴黎返回伊朗，成立嚴密而獨裁的回教政權，伊朗民眾奉他如神明。
　　　　當時首都德黑蘭，四處都可以見到其肖像：白色大鬍子和銳利眼神。本
　　　　詩「波斯教主的白鬚」及指此。1989 年 6 月 3 日柯梅尼病逝。林燿德比
　　　　本詩稍早（1984 年），另有一首〈柯梅尼印象〉，說柯梅尼「你是不世
　　　　出的煽動家……所謂回教革命／只是你個人的失事業」。

註 13　人權運動：從事維護人權的活動。懂得欣賞、包容個別差異並尊重自己
　　　　與他人的權利，這是「人權」（Human Right）。人權是與生俱來的權利，
　　　　尊重人權讓每個人皆能有尊嚴的生存在這塊土地上的每一個角落。「人
　　　　權運動」的宣傳海報，常搭配「緊握拳頭」的圖案。

註 14　格達飛：即：格達費（Muammar al Qaddafi），農夫之子，出生於利比亞
　　　　沙漠。1969 年 9 月，年方 27 歲，受過歐洲教育的上尉軍官格達費，發動
　　　　武裝政變，推翻利比亞艾德里斯國王的君主制，改國號為利比亞阿拉伯
　　　　人民社會主義群眾國。這場奪權成功是少壯軍人的「兵變典範」；格達
　　　　費的「九月革命」別稱「綠色革命」，綠色，因而成為利比亞革命的標
　　　　誌，象徵吉祥與勝利。1970 年掌權後，利比亞即為軍事獨裁國家，格達
　　　　費一直是擔任利比亞領袖，既是強人，也被認為是狂人，積極爭取非洲
　　　　及回教國家領導地位。格達費年紀愈老，其統治下的利比亞愈孤立愈窮

困。

註 15 法蘭西共黨：即：法國共產黨（（Parti communiste français），1920 年 12 月 29 日成立。初期發展不順，在 1933 年之前，黨員人數大約為 2.8 萬，1941 年德國對蘇聯開戰後，法國共產黨強烈呼籲抵抗納粹。法共的主張得到回應，法國共產黨的人數激增到 50 萬。戰後，維持 30 萬左右；目前（21 世紀初）為法國第四大政黨，黨員 27 萬。

註 16 亞美利堅：英語中的 "America" 一詞有兩種解釋：「亞美利加」和「美利堅」，前者指全美洲，後者指美國。

註 17 三 K：即：三 K 黨（Ku－Klux－Klan），美國最老的恐怖組織之一。美國內戰（南北戰爭，1861-65）結束後，被擊敗的南方邦聯軍隊的退伍老兵於 1866 年 5 月在田納西州普拉斯基城組成三 K 黨，初始目標為恢復美國南部民主檔的勢力，不擇手段地維護白人至高無上的地位，主要活動是散佈種族主義，迫害黑人和基層勞苦大眾。經常動用私刑、綁架、屠殺。

註 18 意識型態：英文 ideology 的漢譯，亦作「意識形態」，指個人或群體的觀念、意識。自由主義經濟學家周德偉（1902～1986）曾特別用心求證斟酌，採譯「意理」一詞，唯未被廣受認定、接納。

註 19 變葉木：別名：彩葉木、錦葉木，又名撒金榕。屬大戟目、大戟科，常綠灌木或小喬木，原產於熱帶地區的馬來西亞及西太平洋海島。清朝末年由英國領事及傳教士引進台灣。她的外表就變化多端與豐富色彩，老葉和新葉常不同形，且有深淺不同的黃色、綠色、紫紅色及橙紅色，間雜斑點或條紋，因而得名。性喜高溫多濕，觀賞價值極高，適合台灣氣候及環境，作庭園佈置或盆栽觀賞用。

註 20 仇　恨：仇視，將他人當做仇敵看待。

註 21 開罐器：打開罐頭的物件。罐頭、開罐器，大都為馬口鐵製品。

◎詩人簡介

　　林燿德，1962 年出生於台北市，祖籍福建。輔仁大學法律系畢業。1977 年開始創作，包括詩、散文、小說、評論等。曾任「四度空間」詩社藝術監督、《草根詩刊》執行編輯、《書林詩叢》編輯委員、《尚書詩典》總編輯。曾獲全國學生文學獎、時報文學獎、時報科幻小說獎、國軍文藝金像獎、《創世紀》35 週年詩獎等。著有合集《金色日出——四度空間五人集》（1986 年）；詩集《銀碗盛雪》（1987 年）、《都市終端機》（1988 年）、《妳不瞭解我的

哀愁是者怎樣一回事》（1988 年）、《都市之薨》（1989 年）、《1990》
（1990 年）、《不要驚動不要喚醒我所親愛》（1996 年）等；散文
集《一座城市的身世》、《迷宮事件》、《鋼鐵蝴蝶》等；短篇小
說集《惡地形》、《大東區》等；長篇小說《解迷人》、《一九四
七‧高砂百合》、《大目如來》、《時間龍》等；評論集《一九四
九以後》、《不安海域》、《羅門論》、《重祖的天空》、《期待
的視野》、《世紀末現代詩論集》等；主編《新世代小說人系》12
冊、《台灣新世代詩人大系》2 冊、《現代散文精選系列》15 冊等。
過世後，青年寫作協會承辦「林燿德與新世代作家文學研討會」（1997
年 1 月 25～17 日），並出版《林燿德與新世代作家文學──悼念一
顆耀眼文學之星的殞滅》（1997 年 6 月）；楊宗翰主編《林燿德佚
文選》五冊（2001 年）。

◎評析

　　本詩選自詩集《金色日出──四度空間五人集》，寫作時間 1986
年 2 月，為詩人初期作品。

　　由於科技的發展，食品工業中，就儲存運送備用與方便言，罐
頭食品成為現代飲食生活的一部份，且扮演著重要的角色。在速食
文化流行的年代，知識汲取一樣求助快速：現學現用。將罐頭移置
其他用途，依然具備儲存與運送的便利。

　　在此情況下，熱中革命者希望有「革命罐頭」的產品出現，一
如習武者，渴望祕笈一樣。現實生活中是否存在「革命罐頭」，或
《大俄羅斯百科全書》是否記載「革命罐頭」，暫置一旁。

　　「革命」這字詞，雖然殘酷，卻讓年輕人充滿著浪漫情懷，不
論日常行事或投入改造行列，只要「革命」，就是勇往直前，就是
讓青年拋頭顱灑熱血都在所不惜。1917 年，列寧（Wladimir I.
Lenin ,1870～1924）領導人民進行「十月革命」，建立第一個社會
主義國家，這事實，成為 20 世紀「革命」的前導者。隨後出現左傾

文學家、知識份子的嚮往；類似革命手段彷彿「革命罐頭」充斥各
地市場，任人選購。1980年代，時年二十餘歲的青年詩人林燿德，
在尚安定的台灣環境下成長，也感染到「革命」的嗜血症。作者假
想有「革命罐頭」這產品，就登載「革命」發源地的《大俄羅斯百
科全書》，有文獻說明也有樣品和實物。且有同源的多家廠商製造。
同源，即「同一株意識型態」，多家廠商，即列舉的「波斯教主的
白鬍牌」（柯梅尼半身畫像）、「人權運動」的拳頭圖樣、「格達
飛的墨鏡商標」（少壯軍人的兵變楷模）、「法蘭西共黨的三 M 旗
號」、「白色亞美利堅的三 K」等項，或獨裁，或左傾，或暴力，
或力爭。

　　末五行，「不論是那一種廠牌：／仇恨，是革命罐頭唯一的開
罐器。／並且，請你在開罐以後，／將自己的鮮血傾倒在／這輕盈
而空無一物的鐵罐裡。」強調「革命罐頭」的本質：仇恨和嗜血。

　　這首詩寫於1986年，柯梅尼於1989年過世，蘇聯社會主義的
解體與東歐共黨的崩潰是1990年代之事，狂人格達飛（格達費）仍
掌權，但年紀愈老，其統治下的利比亞愈孤立愈窮困。「革命罐頭」
或許只宜年輕人食用，且偶而淺嚐。

　　（相識林燿德的革命浪漫情懷，女詩人馮青有一文：〈帶著光
速飛竄的神童──一個解碼者‧革命之子‧林燿德〉乙文，刊載《自
由青年》697期，1987年9月，可供參閱。）

老　街

林德俊

脫掉昨晚那件寂寞
不小心踩到雨後老街的一灘鄉愁
「詩是童年派米臥底的嗎？」
突然我成了背著彩虹出遊的蝸牛
愈走愈慢，愈走愈慢，趕不上
名叫急促的文明病

乾脆坐下來聽老樹下的阿公說故事
搭乘時間的捷運
看五顏六色的人生賣力生長
跟著一把招扇輕輕搖晃
彷彿又要
搧走一個夏天

註釋：

註 1　寂　寞：無聊、冷清。
註 2　鄉　愁：思念家鄉的情緒。
註 3　臥　底：預先潛伏在對方裡，不被發覺，準備作內應。
註 4　彩　虹：白天，雨後天空出現的彩色弧形光帶，似拱橋，是太陽光照射水氣形成的七種顏色的長虹。比喻顏色美麗。
註 5　蝸　牛：又名蛞蝓。有肺的軟體動物，外有螺旋形的小殼，平時身居殼內，行走時，腹部兩端伸長成足；爬行緩慢；雌雄同體。
註 6　急　促：匆忙緊促。
註 7　文明病：因為置身文明環境引起的病症，如肥胖、哮喘、焦慮症及抑鬱症。當代詩人方群著有詩集《文明併發症》（1997 年）。
註 8　乾　脆：說話、做事或決定事情，爽快簡捷，不拖泥帶水。
註 9　捷　運：快速運輸。專指城市中，如地下鐵等捷運系統。
註 10　賣　力：格外出力。做是很努力。
註 11　摺　扇：可以摺疊收起，張開的扇子
註 12　搖　晃：搖擺不定。
註 13　彷　彿：好像。
註 14　搧　：搖動扇子生風。

◎詩人簡介

　　林德俊，1977 年 2 月 21 日出生於台中。畢業於輔仁大學社會學學系，政治大學社會學研究所碩士班。曾獲優秀青年詩人獎、乾坤詩獎首獎、帝門藝評獎等，多次入選年度詩選。主編《乾坤詩刊》，詩專欄作者。著有詩集《成人童詩》（2004 年）；編《詩次元》（與須文蔚合編，2002 年）、《保險箱裡的星星》（2003 年）、《愛情五味》（兔牙小熊編）。扮演多重角色：詩人、評論、網路作家暨「兔牙小熊詩磨坊：http://mypaper.pchome.com.tw/news/erato/」版主。

◎評析

　　本詩選自詩集《成人童詩》，2000 年作品，獲該年台北捷運詩文獎。

　　老街總給人陳舊、古老、破敗、沉悶、靜滯、不吉祥、跟（趕）不上時代脈動的感覺。為了排遣昨夜延續的「寂寞」，作者無意間走到一條老街。詩人用比較婉轉的詩意解說成：「脫掉昨晚那件寂寞／不小心踩到雨後老街的一灘鄉愁」，就在一攤死水般靜止的老街，喚起「一灘鄉愁」，也喚起警句：「詩是童年派來臥底的嗎？」童言童語是詩的素材，詩的觸媒。詩思的興起有多種來源，追記過往的經驗，提煉孩童的心思……等。走到老街，跌入鄉愁，回到童年，作者整個人的步調、思維緩慢了下來，蝸牛的意象浮現了：「突然我成了背著彩虹出游的蝸牛」；天邊顏色美麗的彩虹是理想的象徵，雖說蝸牛，「背著彩虹出遊」，仍有滿滿理想與抱負。儘管如此，畢竟像蝸牛，「愈走愈慢，愈走愈慢，趕不上／名叫急促的文明病」。通常對文明的認知，必然是：進步、競爭、安全、爭時間、求快速、有效率、講道理、有禮儀、循序漸進等。尤其為求效率與成果，「急促」趕時間的「忙」，成了必然的狀況。由「忙」，衍生的「茫」與「盲」便靠攏一起。這一灘鄉愁一灘死水的老街與文明有所對比的隔閡了。第二段，聰明的作者既來之則安之，索性「坐下來聽老樹下的阿公說故事」，陶醉在故事情節裡，時間快速消失。有趣的是，前一段還嘆「趕不上名叫急促的文明病」，此刻，已搭乘「時間的捷運」，要用阿公的摺扇，快速「搧走一個夏天」。一個夏天，意指一天，似乎也有一個夏季之意。

　　整首詩，由老街、老樹、阿公、彩虹、蝸牛、捷運、摺扇、寂寞、鄉愁，做基架，將少年與老年、前瞻與懷古、快速與緩慢，結合成有趣的畫面。

　　走在老街上，還讓詩人林德俊收穫一句名言：詩是童年派來臥底的。

新居　萬華一隅

林德俊

從遊客眼光開始
陌生電梯陌生騎樓陌生野貓陌生路人
陌生的斑馬線被你雙腳一蹬會喊痛
陌生紅綠燈胡亂閃爍你欲言又止步伐

陌生的老樹空降觸鬚拂拭你頭頂，為
勾你靈感
陌生冰店裡冷冷鐵凳被暖得十分溫熱
剛剛離席的老翁坐了十年

總是這樣
年輕的身體住著蒼老的感情
總是這樣
蒼老的身體誤闖年輕的建築

一座城市千百空格
在某個位置填入自己
啊人生的排版該如何
遺漏誤植了一些字又如何

從寄居蟹變成既居蟹
你終將在這裡變舊
躲進遊客眼光中
陌生景象一隅

註釋：

註1　萬　華：萬華是台北市十二個行政區之一，位台北市南端，是最早發展的地區之一，古稱為「艋舺」。西元1709年陳賴章率領福建鄉民移居至此，見到舟木蝟集，便以艋舺（Mankah／Moungar）稱之。艋舺，原為平埔凱達格蘭族小船和獨木舟聚集的地方的音譯。19世紀初（清道光初），台灣有「一府、二鹿、三艋舺」之稱，顯示萬華在當時已經相當繁華。目前，萬華區是臺北市最老舊的社區，最近幾年人口逐年緩慢下降，人口老化嚴重。

註2　隅　：角落。《論語・述而篇・8章》：「舉一隅而不以三隅反」

註3　騎　樓：街道兩旁預留的簷下。早期，台灣稱為「亭仔腳」。

註4　斑馬線：街道的叉路口，地面畫出白色粗線，供行人穿過的安全步道，似斑馬條紋，故言之。。

註5　蹬　：用腳踏或踩東西。

註6　紅綠燈：路口的交通指揮燈：紅燈停止，黃燈緩衝，綠燈可以行進。

註7　閃　爍：亮光閃動不定、不停。

註8　步　伐：步調、腳步。

註9　空　降：由高下垂。

註10　觸　鬚：樹木的細莖條。

註11　拂　拭：除去塵土。

註12　老　翁：老人。「翁」，老頭兒，上了年紀的人。

註13　闖　：猛衝。

註14　排　版：舊時印書前，把鉛字排成可以印刷用的底版，亦稱「排字」。電腦流行後，已將鉛字排版改用電腦排版。

註15　遺　漏：脫落。通常指說話或文章中脫落的字詞。

註16　誤　植：不小心放置的。通常指排版的錯誤。

註17　寄居蟹：身體柔軟，寄居在空殼內的蟹類。寄居蟹，須隨著身體的長大，不斷尋找新的螺殼。

註18　景　象：形狀、狀況、現象。

◎詩人簡介

　　林德俊，1977年2月21日出生於台中。畢業於輔仁大學社會學學系，政治大學社會學研究所碩士班。曾獲優秀青年詩人獎、乾坤詩獎首獎、帝門藝評獎等，多次入選年度詩選。主編《乾坤詩刊》，詩專欄作者。著有詩集《成人童詩》（2004年）；編《詩次元》（與

須文蔚合編，2002 年）、《保險箱裡的星星》（2003 年）、《愛情五味》（兔牙小熊編）。扮演多重角色：詩人、評論、網路作家暨「兔牙小熊詩磨坊：http://mypaper.pchome.com.tw/news/erato/」版主。

◎評析

　　本詩選自詩集《成人童詩》，原刊載《中外文學》367 期，2002年 12 月。

　　家的定義，可以是祖屋，也可以是租賃處，新居更是「宜室宜家」。家的成員定義，可以是單人，可以是雙人，也可以是幾代同堂。由於時代變遷轉型，原本單純單一定義的「家」，出現不同的解釋與意見。本詩詩題「新居　萬華一隅」，是作者覺得位在「萬華」的新住處，「一隅」則搭配詩裡「千百空格」中的「某個位置」。萬華（艋舺），屬於台北市是最早發展的地區之一。昔時，唐朝詩人白居易初上京城長安時，遭人嘲諷「長安百物皆貴，居不易」；現代詩人林煥彰有詩言：「沒有錢／跟人家擠在都市裡／真要命」。然而，台北仍是政經人文薈萃之地，詩人依然冠蓋雲集。作者安頓「新居」的方式，不在介紹家居內容裝潢或居易不易的問題，而是提出陌生熟悉之間的對立與諧和狀態。

　　全詩五段，每段四行，形式算整齊，作者按步就班「從遊客眼光開始」，由陌生下筆。萬華是熱鬧市區，西門町、龍山寺、青年公園、河濱公園，可逛街，可遊樂。在遊客（鄉巴佬進城）的眼光，每一點既好奇又陌生：電梯、騎樓、野貓、路人、斑馬線、紅綠燈。首段先取多樣，二段則挑兩件：老樹與冰店：「陌生的老樹空降觸鬚拂拭你頭頂，為／勾你靈感」；「陌生冰店裡冷冷鐵凳被暖得十分溫熱／剛剛離席的老翁坐了十年」。老樹，陌生但親切引你寫詩文的靈感，因為不言不語的樹木，靜靜立著的穩重，與下垂細莖條的擺盪，都予人無限遐思；賣冷飲的冰店，雖冰冷卻溫熱，讓一位老翁坐了十年；「離席」，有「離座」之本意，也有「離世」之暗

喻。三段，從陌生到熟悉與冷熱交替的觀察，作者進一步感慨「總是這樣」年輕與蒼老的輪換取代：「年輕的身體住著蒼老的感情」、「蒼老的身體誤闖年輕的建築」。前三段是面的描繪，四段為點的切入：「一座城市千百空格／在某個位置填入自己」；點、空格、某個位置，是否可有可無？再轉為跟作者熟悉的編輯作業與書籍文字的排版印製相比擬。一間居屋等於文章版面的一個空格，兩者間相似又相諷；有生命的「人」，等同無生命的「字」？準此，多一字，少一格，似乎無礙人生之書的閱讀。想到這樣，作者又增多一層感慨：

　　末段的變舊、變陌生。從無殼變有殼，從遊牧到定居，「從寄居蟹變成既居蟹」，日子久了，一切轉為習以為常的熟悉，卻變舊了；變舊了，在另一群眾眼中，回到首行「從遊客眼光開始」，還是陌生：人陌生景象陌生。在文字運用上，「寄居蟹」、「既居蟹」有協音效益，也是新世代詩人駕輕就熟的練字功夫之一。

　　從整首詩，作者似乎看透人生，「總是這樣」。「終將」如何；升斗小民的庶民生活，就是這樣既平凡貧乏，又重疊無聲。

附錄

苗栗地區文學發展現狀

　　當前，苗栗地區文學發展的整體面，以縣文化局及其出版品，作為推動研究與創作的主力。

　　進入 21 世紀後，文化局出版 30 萬字的《苗栗縣文學史》（2000年 1 月），為苗栗文學的活動，建構了可以展示與可以期待的遠景。有了初步奠基的礎石，在周局長與陳課長的用心，集合中生代幾位作家如羅肇錦、王幼華、莫渝和杜榮琛等人的協助，苗栗文學繼續有穩健而蓬勃的發展。重點工作：一方面，靈活整理成績斐然的前輩文集，另一方面，獎掖鼓勵縣籍寫作者的青春活力，以達到啟承薪傳的研究與文學新生命的續航。前者，已出版《李喬短篇小說全集》11 冊（2000 年 1 月出齊）、《詹冰詩全集》3 冊（2001 年 12月）、《謝霜天散文集》3 冊（2002 年 11 月）、《羅浪詩文集》1冊（2002 年 11 月）、《江上小說集》3 冊（2003 年 12 月）。苗栗縣籍前輩與重要文學家林海音、七等生兩位的作品集，另行分別由遊目族（格林文化）和遠景兩家出版社出版，可以說豐富了本縣的文學資源；尚待整理的有薛柏谷（1935~ 1995）的詩文集。此後，將由戰後出生的中壯年作家登場。首先登場的是今年（2004 年）3月出版的《杜榮琛詩文集》4 冊，包括 2 冊詩作、1 冊散文、1 冊研究資料彙編。至於獎掖後進者有「夢花文學獎」和「作家作品集」兩類活動。

　　今年度（2003）出版的前輩作家文集是《江上小說集》。江上，本名江文雙，終戰前 1932 年出生，文學寫作活躍於 1960 年代，以小說為主，有長、短篇的集子。1970 年代中期停筆創作。此次出版，

包括短篇小說 65 篇集印成 3 冊精裝，深綠色封面有作者半身照浮雕。新書發表會選在 2004 年 1 月 11 日上午舉行，國策顧問縣籍作家李喬、前國代文獻專家陳運棟兩位都蒞臨道賀。發表會由小說家王幼華主持。他先提出「斗煥派文學」這個新鮮的在地名詞，「斗煥」，係苗栗縣頭份鎮的斗煥坪地區，文風鼎盛，出現不少新舊文人，累積這些成績而有「斗煥派文學」的雅稱。李喬、陳運棟與江上三位，同屬 1950、60 年代「斗煥派文學」的活躍者。會中，李喬認真的直指江上欠台灣文學十年的創作成績，希望他利用往後的歲月彌補過來；陳運棟則以自身 52 歲才進研究所讀書的經驗，鼓勵之。促成《江上小說集》三冊出版的莫渝，稱江上寫作兩個重要主題：校園教育成長、（南庄）礦區生活描述，提出後者是江上文學的珍貴處，藉由世界文學史礦區產業文學代表作法國左拉的《萌芽》，與精緻小說家梅里美為例；兼以詹冰和羅浪、李喬和江上兩組同輩寫作經驗略做比較，《羅浪詩文集》整理出版後，羅浪重新寫作與翻譯。江上本人，在懊惱與感性十足自我期許下，要努力以赴，以新作彌補曾經失去的時間。其實，他在《江上小說集》裡〈我的文學觀〉手蹟稿就提出文學家的任務「應該是建立高超的精緻文化」。

有《苗栗縣文學史》的史料、50 餘冊作家作品集，以及百餘位舊新文學家的創作，野地繁花般的「苗栗文學」終於能與學術界結合。文化局與國立中興大學中文系合辦的「第一屆苗栗縣文學研討會——野地繁花」於 2003 年 7 月 29、30 日兩天舉行，《論文集》也於 2003 年 12 月出版，計 12 篇論文：1.吳慧貞：李喬短篇小說研究現況與評析初探、2.蘇曼如：從原型意涵看〈我愛黑眼珠〉、3.顏俊雄：原住民文化書寫的本質困境——兩個民族誌小說文本的比較分析、4.王正良：詹冰圖象詩的啟示、5.陳 謙：詩的真實——黃恆秋華語詩綜論、6.吳嘉惠：論述杜榮琛與「想當國王的寓言家」一書之相關意涵、7.傅素春：當代歷史的音像與文學書寫——試論侯孝賢〈悲情城市〉與藍博洲〈幌馬車之歌〉、8.李敏瑋：以文學

角度論析海峽兩岸對丘逢甲離台之評價、9.陳運棟：昂首依然是漢人──林台的生平及其詩文存稿、10.何來美：苗栗縣傳播發展與地方文史創作、11.解昆樺：「苗栗文學讀本」的鄉土文學教育意義──兼及台灣體制內文學教育的檢討、12.許俊雅：文學星空的一盞星光──論莫渝的詩學國度。

　　兩天的活動中，文化局還特地準備「留言條」，供與會人士留下「到此一遊」的文字記錄。現摘錄部份：

羅　浪：我現在正致力於翻譯《日本戰後現代詩大系》（七卷）之譯介工作。已年老力衰，自知能力未臻純青之境，尚孜孜苦學，略盡棉薄之力，以當畢生之苦差。

王幼華：一場美好的文學盛宴。

莫　渝：文學是水邊的常綠植物。

鍾年誼：花很少的時間，吸收很多的知識，況擴大寬廣的視野，改變僵化的思想。

杜榮琛（杜子）：讀詩　讀人　讀無行之書無一頁　讀無聲之詩無一字　讀風　讀雨　讀人間淨土的愛　讀戀戀風塵的佛。

江素珠：文學使人心軟　十年前　對苗栗一無所知　十年後　深深被苗栗文學吸引。

吳宜婷：期待在這片野地上，能夠開出更美麗的繁花！

林永美：文學是酷暑的飛瀑，沖瀉苦悶的心靈；文學是寒冬的暖陽，蒸昇陰溼的角落。

薛淑麗：在苗栗文學花園中所栽種的文學花朵，由於距離都市文學潮流教遠，彷彿可以在較不受干擾的情況下（避免漩入世紀末頹廢、情慾、拼貼的渦流），自給自足的生長。

　　每年 1 冊持續 6 年的「苗栗文學讀本」選註評析，本年度出版最後一冊第六輯《寒風的啟示》，主編莫渝特別邀約 6 位學者專家，

對前 1 至 5 輯的內容，進行檢討與建言，他們是；范文芳、林柏燕、張芳慈、林政華、許俊雅、解昆樺。另外，在選文方面，林婉婷是目前最年輕的入選者，中正大學中文系一年級生。

　　配合苗栗客家文化月，連續三年舉辦台灣客家文學學術研討會，「第二屆台灣客家文學研討會」於 2002 年 9 月 21、22 日舉行，論文集則於 2003 年 8 月出版。第三屆於 2003 年 12 月 21 日舉行，論文集正整理中。這項活動，與落籍本縣國立聯合大學的「台灣文學研究中心」，有相似的指標，從台灣大環境，落實族群文學的研究。該校承接客家委員會「台灣客家文學館」的計畫，於 2002 年成立「台灣文學研究中心」，著手建立「客家文學」資料，目前已經建檔的苗栗作家僅有李喬和謝霜天兩位，往後，應該還有極大的努力空間。相同於此學院經驗，繼黃恆秋個人研究客家文學幾本論著之後，後起之秀的邱一帆，其著眼點縮小為苗栗地區，撰〈苗栗縣客家文學概述〉乙文，強烈指出客家文學寫作環境的困頓，自然也帶些卑微的期待。

　　苗栗古典文學資料的出土與研究，由「文獻大老」陳運棟到黃鼎松，已有相當的成績，如《栗社詩選》（2001 年）等，加入小說家王幼華的論著《冰心麗藻入夢來——日治時期苗栗縣詩社研究》（2001 年），益增堅強的實力，後起者將在深度廣度的拓延下功夫。

　　今年「作家作品集」，有兩位青年劉嘉琪和林文福的散文集出版。獎掖青年的「夢花文學獎」，本年度進入第 6 年，得獎作品集於 2003 年 12 月出版；目前，這獎項開放縣外人士參加，得獎作品品質自然提升，但縣籍青年獲獎的比例相對降低了。

　　文學寫作是個人心靈自由創作的結晶，不必然全由政府支持，也不必然是官方的主要工作。作家作品呈現在社會上，成為公眾財，透過學院的討論，自然更易達到被重視與流傳效果。苗栗的文學活動朝此方向努力以赴，希望能在台灣大環境下，作家們的作品一併有提昇的表現。

——《2003 年台灣文學年鑑》

鋪設一條福爾摩沙詩路

——2004 年台灣新詩概況

2004 年年初，一本副標題「新台灣詩選」的《啊，福爾摩沙！》出版，接著，台灣古典文學《全臺詩》首期五巨冊的平面紙版書與電子媒體同步推出，跟《全臺詩》可以搭配的《國民文庫：古典文學・漢詩卷》先行推出紙版書，隨後，台灣筆會承辦「《台灣詩人選集》編輯計畫」的作業，也展開推動；下半年，《笠》詩刊歡度四十歲生日，《創世紀》詩刊也喜慶五十大壽。整整一年，由年頭貫穿年尾，彷彿一條福爾摩沙詩路隱然成形。回想十年前，1995 年某位大學教授公開說他在 1990 年之前，「不知道台灣文學是啥米碗糕？」更早，1970 年代，一位來台留學的日本碩士生，欲研究台灣文學，因為指導教授認為學院裡沒有「台灣文學」遭回絕。相較之下，今日「福爾摩沙詩路」的鋪就打造，應該值得欣慰。

一、從《啊，福爾摩沙！》起程

《啊，福爾摩沙！》的出版（1 月），是編選人李敏勇繼《綻放語言的玫瑰》（1997）、《台灣詩閱讀》（1999）兩冊之後，集印年前他在《新台灣周刊》連載的閱讀 50 位詩人 50 首詩的筆記，為台灣詩界提供另一份新鮮讀物。這本選集副標題「新台灣詩選」，編選人沒有論及詩選的「新」意義、目的與原則，僅在書前留下他個人以詩為序〈如果你問起〉的詩稿手跡，增濃這本「台灣詩選」的個人閱讀品味，包括書末納入三位日本籍詩人：增田良太郎（漢名陳樑增，原籍高雄市，歸化入日本籍）、北原正吉、北影一。

　　同樣是選集，《2003 台灣詩選》（6 月）主編向陽在序言〈以詩抗煞〉提出的一席「正名」的話：「……而值得一記的是，這本年度詩選的書名有了嶄新的變革，在我的建議下，經由全體編委同意，我們決定將自一九八二年開始的年度詩選書名由原來的民國紀元方式改為全球共通的公元表記；同時，鑑於選詩對象歷來就以台灣發行的文學傳媒〔含詩刊〕為對象，為使名實相符，因此正名為台灣詩選──這就是年度詩選書名從今年開始改為《2003 台灣詩選》的原因。名正，則言順，在全球化的過程中，此後年度詩選應可如實地表徵台灣詩人在不同年度的聞見行思和書寫成果，而無分詩人的生地、出身、背景或意識形態。這個正名過程，沒有政治激辯、沒有意識攻防，只因為這些詩作發表在台灣，傳達出的是台灣的詩的聲音。」向陽（包括往後此系列年度詩選書名）的行動，似乎為「年度詩選」取得較有力的「文學史發言權」。

　　《全臺詩》的編纂印製，助長了台灣文學的豐碩內容與研讀便利。長年研究台灣傳統文學的成功大學中文系施懿琳教授擔任主持人，邀集國內研究台灣古典漢師的學者組成編校委員群，蒐集、校勘、編纂全臺古典漢詩：《全臺詩》。選錄明鄭時期至日治止（1661-1945），前後近三百年。目前，先行將計畫啟動三年完成清咸豐元年以前（1661-1850）的作品，分五冊出版，約八十萬字，整個計畫預計在 2010 年完成。主持人施懿琳在〈編序〉談到此項工作「俾能提供一部資料齊全、校勘精確的《全臺詩》，作為國人閱讀、研究之用，將臺灣古典文學的推廣與研究向前推進一大步。」《全臺詩》是平面紙版書與電子媒體同步推出的一項壯舉，讀者可以上網：http://www.wordpedia.com 查閱。

　　進行這項龐大計劃同時，施懿琳教授為玉山社「國民文庫」書系編纂的《古典文學・漢詩卷》也出版了（6 月）。這本有教科書意涵的讀本，集錄 17 世紀來台的文人沈光文，歷經明鄭、清領、日治數個時期 50 位重要古典詩人詩作及其注釋、賞析與延伸閱讀，為台灣古典詩提供較明確的選本。

　　傳統古典詩的整理，指日可待。新詩界的整理也同樣起步了。由台灣筆會承辦「《台灣詩人選集》編輯計畫」於 6 月間展開，預計 2 年完成 60 位《台灣詩人選集》的編選；這項計畫可以銜續《全台詩》的作業，讓台灣詩史一脈相傳。台灣新詩界由 1924、25 年追風、張我軍開始，已有八十歲月。容許我們期待：《全臺詩》這項傳統詩的工程名稱，應該再擴大，將古典系列與現代系列融合一爐，展示完整的貌樣，成為名符其實的「全臺詩」。

　　由「二二八事件」的台灣傷痕，延續出「二二八文學」，從噤口到多元繪影，「二二八」成了社會活動與文學寫作的檢測劑，「二二八文學研究」也成為學院討論的重點之一。正如「二二八事件」有不同層面的解釋，繼市面出現過《二二八台灣小說選》（林雙不編選，1989）、《傷口的花：二二八詩集選》（李敏勇編集，1997）、《無語的春天：二二八小說選》（許俊雅編，2003）之後，《文學二二八》的出版，意圖從另一角度切入「二二八文學」。此書編者由橫地剛、藍博洲、曾健民三人合編，選錄事件發生前後島內島外作家的文作品，含蓋了小說、詩、戲劇、報導文學、散文等廣泛文類，其中詩部份共收 11 篇，有 2 篇是敘述較濃的長詩。藍博洲在〈編者語〉說明：「《文學二二八》的「文學」是動詞，不是名詞；它期許年輕一代的文學工作者，通過前人作品的教育、啟發，繼續創造更有審美意義的二二八文學。」

二、詩，青春文學

　　詩，一直屬於青春的文學。成名詩人在青春時期的詩集，以新面貌新版樣呈現詩壇，今年出現的頻率尤甚，陳克華最為醒目，幾本少作都重新包裝，包括《騎鯨少年》、《我生命轉彎的地方》、《給從前的愛》；其次，李敏勇的《青春腐蝕畫》、《暗房：李敏勇手抄詩集》，楊平的《永遠的圖騰》、《我孤伶的站在世界邊緣》亦可觀；此外，向陽的《十行詩》、鄭愁予的《鄭愁予詩集・Ⅱ・

1969-1986》、余光中的《守夜人》等，都有回到從前甘美甜意的感覺。

　　在 2004 年，出版第一本詩集的喜悅的作者，有平凡的《平凡詩集》、黃思齊的《魚人行》、古魯的《珠緣浮雕》、嚴忠政的《黑鍵拍岸》、林德俊的《成人童話》、陳雋弘的《面對》、陳銘堯的《想像的季節》、葉覓覓的《漆黑》等。嚴忠政、林德俊、陳雋弘是崛起的新勢力。

　　文曉村的《文廬詩房菜》是一冊別致的詩選集，也是自述自己對該詩寫作背景的表露，展示資深詩人的寫作歷程，可供晚輩習作參考。

　　在語系方面，台語，資深詩人林宗源推出《無禁忌的激情：林宗源性愛詩集》。客語部分，僅有葉日松的《台灣故鄉情》和邱一帆的《油桐花下個個思念》兩冊。

　　至於中國詩人周良沛的《浪漫於現實的手記》，亦加入台灣詩書印製行列，卻顯得有惜墨如金。

　　詩刊方面，老字牌的幾家詩社詩刊，《笠》、《秋水》、《乾坤》《葡萄園》、《創世紀》、《台灣詩學》、《菅芒花詩刊》等，中規中矩，按步就班的推出詩誌，反倒年輕世代的《壹詩歌》，從 2003 年出發，2004 年以標題「前衛」及「獨立文學雜誌」，在內容與版面編排，顯示異軍突起的鋒芒。

三、遍地開「詩」花的區域文學獎

　　近十年來，各地文化機構（文化局、文化中心）幾乎年年舉辦文學獎徵稿，一方面帶動地方的文學氣息，暗中較勁所屬文學獎的勢力、財力與殘才氣，另一方面也培育年輕文學人與文學出版品。直覺區域文學獎真的遍地開「詩」花。這樣的景觀，誰會相信「文學已死，詩歌已亡」？

　　年輕人必然透過各地的文學獎踏入文壇，在這之前，兩大報（中國時報文與聯合報）設立的文學獎是年輕人的最愛，如今，魅力依舊，卻有更多的選項，讓文學新人展露頭角趨向分眾。眾多的面孔，依稀浮現熟悉的容顏，如紀小樣、李長青、瓦歷斯‧諾幹、王宗仁、董秉哲（達瑞）、邱稚旦等。

　　或許因為學院裡重視台灣古典詩的教學，傳統詩的寫作受到注意，區域文學獎也加入「傳統詩」的徵件，如宜蘭的「傳統詩」（沒有新詩或現代詩的徵件）、台中市的「傳統詩組」和台南縣的「古典詩」三地。

　　在台語方面，第 1 屆海翁台語文學獎也展開新詩、散文與童詩三類的徵獎。

四、情詩與長詩的較勁

　　由年度詩選編輯群陳義芝等人推薦的 2004 年度詩獎得主，由陳育虹以 58 首組詩《索隱》獲得。陳育虹是年度詩獎創設以來，第二位以創作成績得獎的女性詩人，先前著有詩集《關於詩》、《其實，海》及《河流進你深層靜脈》三書。（莫渝按：此獎項為 2005 年推薦，但屬 2004 年，因而在此記錄。）陳育虹的《索隱》詩集，是一冊由 58 篇情詩組成長篇愛情詩集，既可單篇挑選欣賞，也可以綿綿長長地咀嚼作者細膩的情愛。集名《索隱》，即是等著讀者探索求隱地挖掘。最後，只在自身覓得「愛」與「詩」；原來，「那些流言都錯了／你不是我的戀人，你是／更親密的／──你是我」。

　　陳育虹的《索隱》是短詩接力賽似的長跑，被簡政珍譽為「台灣現代詩最有成就的女詩人」朵思，她的長詩《曦日》分 8 部 1700 行，簡政珍閱後的心得是「心神悸動的欣喜」。羅智成則具企圖心大，容納龐雜但玄虛的書寫，推出 2700 行分 60 節連作長詩《夢中情人》，先在《自由時報‧自由副刊》節選連載兩天（7 月 18、19 日），繼由印刻出版（12 月），頗有洛夫長詩《漂木》的刺激影響

與翻版。接受孫梓評專訪時，羅智成提出寫作時的看法，他認為工業革命後，「商業過度發展，資本主義興盛，革命者長時間缺席，人們甚且失去作夢的能力」，想嘗試「貼近社會事實，挪用神話典故，發展歷史事件，探尋一種『理想人格』的存在」。簡言之，《夢中情人》是完美「夢中情誼」的追索探問歷程。

不論《索隱》或《夢中情人》，都在「青春文學」的行列之中。同樣歸入情詩裡，康原編著的《愛情籤仔店》，是一冊輕淺喜悅的選集，集錄 16 位作者 24 首台語情詩，有詩人相照、生平簡介及作品導讀與註釋，配合王志峰的繪畫，散發迷人的玫瑰香氣。

五、熱鬧的城市詩歌節

2004 年，台北建城 120 週年，同時延續幾年的「台北國際詩歌節」，多項活動在 9 月 10-19 日展開。主辦單位希望「本屆詩歌節節目更為豐富、多元，吸引過往被忽略的可能族群，本屆台北詩歌節設計了文學、音樂、劇場、舞蹈等各種匪夷所思排列組合的表演節目，並進駐各個不同的展演空間，讓一般民眾與文學粉絲都有耳目一新的感受。」，配合台北建城 120 週年，為了讓大眾對台北山水歷史文化的了解與回憶，出版一冊由楊澤主編《又見觀音：台北山水詩選》的專書，是以「台北山水」為題，收錄古代文人雅士與近人所寫的古典體詩，以及當代與新生代題詠台北的新詩，合成一脈相傳古今並置意涵的「台北詩選」。另有兩項徵詩文：「台北公車詩文徵選」和「2004 年台北詩歌節」，後者首獎由鯨向海獲得。

另有一項活動，推選我最喜歡的一本詩集。包括羅智成推薦夏宇詩集《腹語術》，楊照推薦《楊牧詩集Ⅰ、Ⅱ》等。

在台灣，長期以來，學校體制下的詩文學教育是偏頗的、偏航的。因此熱鬧持續的城市詩歌節，出現一些雜音。有人質疑「台北詩歌節」是否可以提振現在的讀詩風氣？還是每年到了這時候，大家才來附庸風雅一下？詩人藉此亦圍爐取取暖？「詩」是否真的有

別於其它文類，需要較高的門檻才能進入？其它文類似乎無需活動；以及詩，只能在城市流傳？離開都會區，詩就隱失了嗎？「詩歌節」跟其他地區的文化活動，均由當地政府文化主管機關推動，成了熱烈卻略帶粗俗的場面，忽略精緻提昇的一面；為此，成了文化的附庸？

六、四十歲的「笠」和五十歲的「創世紀」

　　相對於詩壇年輕浪潮的洶湧，網路園地的澎湃，創刊於 1954 年 10 月出版《創世紀》詩刊的「創世紀」詩社，已滿五十歲了。當年，在南臺灣左營服役的三位海軍軍官張默、洛夫、瘂弦，共同集資創辦《創世紀》詩刊，在 1960 年代，獨領風騷，期間出現幾次改版、停刊、重新組合，享過榮光得意，也有過低迷分裂，1990 年代漸趨穩定， 10 月 29-30 日兩天舉行創刊 50 週年連串活動，包括：「現代詩與現代藝術的對話」、「創世紀 50 年與台灣現代詩研討會」、出版慶祝詩選集《他們怎麼玩詩？創世紀五十週年精選》，並頒發「創世紀 50 年詩獎」。詩選專書結集 37 位創世紀詩人在《創世紀詩刊》發表的第一首詩，和最近、最滿意的詩及詩觀，該書主編也是《創世紀》詩刊的靈魂詩人張默在序言〈追風戲浪五十年〉，起筆兩段，感性十足：「50 年來，《創世紀》像一隻兩眼灼灼永不疲憊的巨鷹，神情專注，時時刻刻守護著現代詩的田園，察看每一片秋苗是否向上勃勃自在的生長。／它不敢倦怠，它不敢遲疑，它非常仔細而精密地捕捉每一位詩人神奇傲岸的姿影，不斷給他滋養，給他新糧，給他連綿清脆的掌聲」。「創世紀」詩社由年輕一代接班人李進文和須文蔚合編近十年的《Dear Epoch：創世紀詩選 1994-2004》。

　　同屬喜事，1964 年 6 月創刊的《笠》詩刊，今年也慶祝四十歲生日。先在台中市舉行四十週年年會（6 月 12 日），會場懸掛一幀台灣橫躺的地圖；接著在台南市國家台灣文學館舉行「笠詩社四十

週年國際學術學術研討會」（10 月 2、3 日），邀約日、韓詩人參
與。「笠」詩社社長鄭炯明在研討會開幕致詞〈語言的實踐和夢想〉
一文，提到台灣詩人的責任與使命：「我們必需正視作為一個台灣
詩人，在他生存的時代所扮演的角色。台灣精神的回歸和台灣文學
主體性的建立，一直是笠努力以赴的目標。」原計劃同時推出的「笠
四十年紀念詩選」，因故延緩出版。

七、獲獎的榮耀與往生的遺念

　　這一年重要全國文學獎得主，與詩人有關者，依時間順序一一
簡介。

　　1 月，向陽因為「詩兮質俗量非常可觀，是戰後台語詩壇傑出
兮詩人」，獲第 13 屆「榮後台灣詩人獎」，獎牌題字「具備散文家
並開創母語詩體的詩人」。向陽的詩藝精湛，是戰後新生一代有世
界博觀視野的詩人之一。

　　5 月，江自得（1948 年出生）獲第 13 屆賴和醫療服務獎（另，
劇作家汪其楣則獲文學獎）。江自得甫從台中榮民總醫院胸腔內科
主任退休（2003 年），是國內幾位著名醫生詩人之一，年底出版詩
集《給 NK 的十行詩》。

　　第 45 屆文藝獎章，張默獲詩歌類榮譽文藝獎章，丁文智和琹川
獲新詩類文藝獎章。

　　7 月，林亨泰（1924 年出生彰化）獲第 8 屆「國家文藝獎」文
學類。林亨泰為《笠》詩刊創刊元老之一，是跨足 1950 年代「現代
派」、《創世紀》與《笠》的中重要詩人與評論家，這項遲來的冠
冕，帶給他晚年的溫馨。

　　8 月，蔡秀菊（1953 年出生），獲 35 屆吳濁流文學獎新詩類。
蔡秀菊是近十年自台中崛起的女詩人，短短數年間，出版四冊詩集
《蛹變》、《黃金印象》、《司馬庫斯部落詩抄》、《春天的 e-mail》，
也跨足譯詩和評論，今年出版的《文學陳千武》榮獲巫永福文學評

論獎，稱得上「雙喜臨門」。今年初，蔡秀菊還接印度《國際詩人》月刊通知榮獲「2003 年最佳詩人獎」。

詩人林宗源（1935 年出生台南市）獲「台灣新文學貢獻獎」，由第 26 屆鹽分地帶文學營推薦。

11 月 6 日，錦連（本名陳金連，1928 年出生）獲真理大學「台灣文學家牛津獎」（第八屆），獎詞「錦連先生的詩：由個人抒情到社會關懷；由人性剖析到政治批判；由自我鑑照到思想哲理的提昇，在在顯示出宏偉的氣度；一生堅持立場忠於良心，不向權勢妥協，是台灣詩史上獨具特色的一位傑出詩人。」同時舉辦「錦連詩作學術研討會」，有李魁賢的專題演講，及趙天儀、郭楓、林盛彬、張德本、蔡秀菊、岩上、江明樹和周華斌等八位發表的論文。錦連也是為《笠》詩刊創刊元老之一，擔任過鐵路局彰化站電報管理員，被譽為「鐵道詩人」，曾是 1950 年代「現代詩」社同仁及「現代派」重要詩人之一。2002 年以來，陸續推出《守夜的壁虎》（1952~1957 錦連日文詩集）、《守夜的壁虎》（1952~1957 錦連中文詩集）、《支點》（錦連日本語詩集）、《海的起源》等詩集，展示較完整詩貌，益增其詩壇的定位與被肯定。

被李魁賢譽為「純粹藝術家」的黃靈芝（1928 年出生台南市），11 月 7 日，獲日本正岡子規國際俳句獎。黃靈芝，目前隱居陽明山中，文學系譜屬日治末期作家，亦從事繪畫、雕塑與畫評，戰後仍用日文寫作與出版小說與俳句，並主持「台灣俳句會」，推動「台灣俳句」。近年，深受日本吉備國際大學研究台灣文學學者岡其崎郁子研究與評價。此次獲獎，岡崎郁子的推薦因素有之。

11 月，李魁賢獲第 27 屆「吳三連文學獎」新詩類。李魁賢詩業卓著，國內幾重要文學獎項均囊括在手，且伸向國際，幾乎年年得獎，如果有「台灣首席詩人」或「桂冠詩人」之銜，非他莫屬。

11 月，綠蒂以詩集《夏日山城》獲第 39 屆中山文藝創作獎。

　　本年度離開我們的詩人，有陳玉玲、詹冰、葉紅、王祿松和李潼。正值專注台灣文學研究，且展露成績的陳玉玲（1965 年 2 月 10 日出生於宜蘭羅東），因癌症於 1 月 29 日病世，得年四十；除幾本文學論著與選本外，留下一冊詩集《月亮的河流》供我們存念。印製詩集時，她給筆者一張寫在小活頁紙上，表明「出版詩集是我最大的願望」，因而詩集裡存放她與兩個女兒的親暱相片及圖畫。讀她寫給孩子的〈給你——我的孩子〉同樣感受身為母親的幸福：「你是大地上／新生的百合／在空氣中／散播淡淡的／清香……熟睡的你／躺在我微凸的／肚皮／粉嫩的嘴緊緊／含著我的乳頭／每一個吸吮／都喚醒我／內心深處／被索求的滿足……」陳玉玲任教的國立台北師範學院語文教育學系出刊《台北師院語文集刊》第九期，為「紀念陳玉玲老師論文集」特別「台灣文學專輯」。

　　詹冰（本名詹益川，1921 年 7 月 8 日出生於苗栗卓蘭）於 3 月 25 日病世於台中自宅，享年八十四歲。4 月 10 日（六）在台中市立殯儀館舉行告別式；陳水扁總統輓詞：積厚遺徽；呂秀蓮副總統輓詞：遺芬裕後；現場莫渝傳閱輓詩〈送別〉。《笠》詩刊 240 期（4 月）和 242 期（8 月）有紀念和懷念專輯，包括陳千武的手跡詩稿〈悼念詹冰詩兄〉。詹冰為「笠」詩社創社元老之一，被譽為「台灣現代主義的先驅之一」，早年詩風前衛知性，晚近簡樸清純，風格如人格。茲引其 22 歲（1943）時的成名作〈五月〉存念：「五月，／透明的血管中，／綠血球在游泳著——／五月就是這樣的生物。／／五月是以裸體走路。／在丘陵，以金毛呼吸。／在曠野，以銀光歌唱。／於是，五月不眠地走路。」

　　河童出版社的女詩人葉紅（本名黃玉鳳，1953 年 2 月 18 日出生），6 月 18 日在上海自殺，留有多冊詩集讓人緬懷：《藏明之歌》、《廊下鋪著沉睡的夜》、《愛紅蝴蝶》、《瀕臨崩潰的字眼感覺有風》等。讀她的一首小詩，感念她詩的印跡，詩題〈仙人掌〉（情慾記事四題之一，1995 年作品）：「渴壞了／／沙漠擁緊一棵仙人掌／吸吮」，藉仙人掌與沙漠之間關係，表現絕妙的兩性情慾。

　　詩人畫家王祿松（1933 年 5 月 16 日出生）於 6 月 23 日病故，享年七十二歲。7 月 14 日火化。50 年代，王祿松雄渾詩篇的「愛國詩人」，有豪情干雲之魄，亦擅長唯美水彩畫，晚近編印詩畫合集《讀月》、《讀山》等；茲引詩畫小冊《讀星》第 511 則存念：「流浪的風／沒有腳印／漂泊的雨／不收淚痕」。

　　以少年小說享譽文壇李潼（本名賴西安，1953 年 8 月出生），也是重要的兒童文學、小說及散文作家，還有新詩寫作，抗癌兩年半後，於 12 月 20 日在宜蘭家中病逝，得年五十二歲。一個月後，《國語日報》第 5 版少年文藝版主湯芝萱，促李潼「太平詩路」和「荷田留言」兩系列選出 11 首遺作，製成一滿版的刊載紀念專輯「詩的李潼」（2005 年 1 月 20 日）。同樣摘選李潼一詩存念，〈氣味〉：「你問我自然的氣味／怎可聞嗅的分明／／那是沾蜜蝴蝶飛過／是清泉在林間湧出／是鞋跡在落葉拓印／是春雨溜滑過新葉／是日光蒸發了露珠／是你在我身旁的芬芳」。

　　半世紀前，法國詩人卡度（René-Guy Cadou, 1920-1951）說：「我胸懷大志寫作，既不辜負自己的才情，也證明自己純真地生活在世上。」1920 年代窮困的台灣詩人楊華（1906-1936）留下《黑潮集》詩稿，象徵海洋台灣的波瀾壯闊。也許現代的文字工作者不須像楊華的受困，反倒充滿卡度的文學雄心勃勃。2004 年，在變化急遽的社會環境與國際局勢下，一條福爾摩沙的詩路看似成形了，期待終將是康莊大道，標記台灣詩人履過的艱困印痕。

（2005.03.21）

──《2004 年台灣文學年鑑》

後記

詩之光

　　1990 年代以來，我進行台灣詩文學的研讀與評介討論，撰寫出版了《讀詩錄》、《愛與和平的禮讚》、《閱讀台灣散文詩》、《笠下的一群》、《台灣新詩筆記》、《新詩隨筆》等書。進入新世紀，這項書寫的興趣並未停歇。本書集錄的篇章，集中於近兩、三年的作業。2004 年，台灣筆會籌劃「台灣詩人選集」，有幸被邀約擔任編輯委員，負責編選與撰述導讀，陸續完成詹冰、陳秀喜、陳千武、非馬、朵思、夐虹、拾虹、林豐明、陳坤崙、李昌憲、林央敏、陳明克、林盛彬等 13 位，形成本書輯一「詩人論」主要部份。2005 年秋，接受「台灣現代詩網路聯盟」須文蔚教授之託，為「詩路」撰寫新詩評析，撰述本書輯二「詩的欣賞」的 11 位詩人各 2 首詩。

　　因何寫詩？讀詩何為？如何論詩？是值得從「動機論」探究的問題。剖析個中因緣，就我個人而言，年輕時，接觸詩，除了「強說愁」的心理因素，與「詩是青春文學」的流行說法，不無密合，隨後，彷彿沾染成習，無法甩脫。如是，因寫詩，必然讀詩，及涉獵周邊相關的書刊，進而提出問題意見，串連談詩心得，形成了寫讀論不可分的「三位一體」。

　　從最初的無為到有為的書寫閱讀過程，也看清台灣詩壇動態與生態。

　　從 1950 年代開始，長期掌控台灣詩界的所謂主流「在朝」者，以「現代主義」、「後現代主義」或某類身份自居，出詩刊，編詩選、年度詩選、年代詩選、大系詩選、世紀詩選……等，甚至在「第

二代接班成功」的情況下，繼續橫行。相對的，以台灣意識為主軸的聲音，普遍遭受忽略漠視。

　　每個人的認知或許差異，文學的基本質素應該存有。島嶼台灣不算大也不小，每位寫作者都努力開拓一方領土；從另一角度看，他們也是社會上的平凡人，是常民、庶民，其聲音也許微弱，但持續有力，應該置放天平上，應該被注意。

　　台灣詩壇的寫作者，當然不止本書中的介紹，秉持「在自己的土地上，埋希望的種籽，開鮮豔的花朵」的理念，莫渝願意繼續在台灣詩園文界活動，閱讀他們的作品，感應（她）們的書寫，亮閃（她）們的光影。

（2007.02.10.）

國家圖書館出版品預行編目

台灣詩人群像 / 莫渝著. -- 一版. -- 臺北市：
秀威資訊科技, 2007 [民 96]
　　面；　公分. - - （語言文學類；PG0138）

ISBN 978-986-6909-63-4(平裝)

1.臺灣詩 – 評論

850.32512　　　　　　　　　　　　96007607

語言文學類　PG0138

台灣詩人群像

作　　者 / 莫　渝
發 行 人 / 宋政坤
執行編輯 / 賴敬暉
圖文排版 / 郭雅雯
封面設計 / 李孟瑾
數位轉譯 / 徐真玉　沈裕閔
圖書銷售 / 林怡君
法律顧問 / 毛國樑　律師
出版印製 / 秀威資訊科技股份有限公司
　　　　　台北市內湖區瑞光路 583 巷 25 號 1 樓
　　　　　電話：02-2657-9211　　　傳真：02-2657-9106
　　　　　E-mail：service@showwe.com.tw
經 銷 商 / 紅螞蟻圖書有限公司
　　　　　台北市內湖區舊宗路二段 121 巷 28、32 號 4 樓
　　　　　電話：02-2795-3656　　　傳真：02-2795-4100
　　　　　http://www.e-redant.com

2007 年 5 月 BOD 一版
定價：380 元

讀　者　回　函　卡

感謝您購買本書，為提升服務品質，煩請填寫以下問卷，收到您的寶貴意見後，我們會仔細收藏記錄並回贈紀念品，謝謝！

1.您購買的書名：_____

2.您從何得知本書的消息？

　　□網路書店　　□部落格　　□資料庫搜尋　　□書訊　　□電子報　　□書店

　　□平面媒體　　□ 朋友推薦　　□網站推薦　　□其他_____

3.您對本書的評價：(請填代號　1.非常滿意 2.滿意 3.尚可 4.再改進)

　　封面設計_____　　版面編排____　　內容____　　文/譯筆____　　價格____

4.讀完書後您覺得：

　　□很有收獲　　□有收獲　　□收獲不多　　□沒收獲

5.您會推薦本書給朋友嗎？

　　□會　　□不會，為什麼？_____

6.其他寶貴的意見：_____

_____

_____

_____

讀者基本資料

姓名：_____　　年齡：_____　　性別：□女 □男

聯絡電話：_____　　E-mail：_____

地址：_____

學歷：□高中(含)以下　　□高中　　□專科學校　　□大學

　　　□研究所(含)以上 □其他_____

職業：□製造業 □金融業 □資訊業 □軍警 □傳播業 □自由業

　　　□服務業 □公務員 □教職　□學生 □其他_____

To：114

台北市內湖區瑞光路 583 巷 25 號 1 樓

秀威資訊科技股份有限公司　　　收

寄件人姓名：

寄件人地址：□□□

（請沿線對摺寄回,謝謝!）

秀威與 BOD

BOD（Books On Demand）是數位出版的大趨勢，秀威資訊率先運用 POD 數位印刷設備來生產書籍，並提供作者全程數位出版服務，致使書籍產銷零庫存，知識傳承不絕版，目前已開闢以下書系：

一、BOD 學術著作—專業論述的閱讀延伸
二、BOD 個人著作 —分享生命的心路歷程
三、BOD 旅遊著作—個人深度旅遊文學創作
四、BOD 大陸學者—大陸專業學者學術出版
五、POD 獨家經銷—數位產製的代發行書籍

BOD 秀威網路書店：www.showwe.com.tw
政府出版品網路書店：www.govbooks.com.tw

永不絕版的故事‧自己寫‧永不休止的音符‧自己唱